近代日本の思想家

5

•

Natsume Soseki

夏目漱石

Senuma Shigeki

瀬沼茂樹

•

東京大学出版会

Thinkers of Modern Japan 5
NATSUME SOSEKI

Shigeki SENUMA
University of Tokyo Press, 2007
ISBN 978-4-13-014155-0

UP選書に収めるにあたって

本書は、一九六二年三月に、「近代日本の思想家」シリーズの一冊として、書下ろしで出版された。初版発行以来八年、漱石研究書の数ある中でも、確実に版を重ねてきたのは、著者としては大きな喜びである。この間、新たに定本版漱石全集が刊行され、漱石研究もまた一段と深まり、諸種の研究書が出ている。しかし、それにもかかわらず、わたしが本書でこころみた漱石理論はすこしも古びてはおらず、またわたしが取出した問題は簡単に解決されるようなことでもない。これはわたしひとりの勝手な自負の言ではなく、実は漱石の問題の奥深さにもとづいている。かつて本書を評して、いたるところに興味ある問題意識が見出され、これと取組むことによって、新たな研究の情熱がそそられるといってくれた生松敬三氏がある。まことに知己の言であるが、近代日本を真剣に生きてきた漱石の問題がまた現代人の関心に深くつながるということでもある。漱石の問題は、現代のような激動期においては、いよいよ真剣に問わるべき普遍的な課題をひめていると思う。わたしは、若い学徒が本書によって漱石理解をすすめ、漱石の問題に情熱を傾け、漱石がかつて為したように、将来の日本のために問題の先取りに進み出られるならば、著者としては本望といわなければならぬ。ここに改装してUP選書の一冊に収められるにあたって、著者としての挨拶をおくる。

一九七〇年六月二五日

瀬沼茂樹

目次

序　説

夏目漱石という偉大な文学者の思想を考えようと思うと、彼がスゥィフトについて語った言葉を、初めに思いだす。

「何だかスウイフトなるものが重たい石の様に 英国の真中に転がつてゐる様な心持がする。さうして此石が一つあるために、左右前後は無論、全世界に蠢動する人間と名のつくものが悉く石に変化した様に思はれる。……自から石を以て居ると共に、他を片々たるごろ太石と見做してゐる。それでゐて断えず氷の様な烟を吹き上げてゐる。」

これを読んでいると、いつかスゥィフトを漱石とおきかえて、漱石がスゥィフトを論じたことの意味をも離れて、自分勝手に解釈して、漱石を考えていることに気がつく。漱石はみずから冷然と石をもって任じていたのでも、またみずからのうちの「重たい石」を感じていなかったのでも、ないのである。しかしこの比喩によって、たとえば漱石が近代日本の真中にどっかと位置を占め、そのために前後左右が劃然と秩序だってくる大きな要石の役をしているように思われる。もちろん、漱石のほかにも、日本の文学者のなかで、森鷗外や島崎藤村もまたそういう重要な要石であったことを知っている。しかし鷗外や藤村を加えても、漱石は要石の中の要石であったと、わたしには考えられる。

漱石は英文学を学としておさめ、イギリス人以上に擢んでようと、だいそれた夢と抱負をいだいて、狂人扱いにされるまで苦闘した。「壺中大夢ノ人」であったかもしれない。しかしこのだいそれた痴夢を痴夢として笑わない気魄や情熱があったればこそ、素手で英文学の曠野にいどんで、一介のディレッタントになり終らなかったばかりか（優越した西洋文学に吸いこまれて、ディレタントに甘んじた外国文学者がなんと多いことか）、学としての英文学に開拓的偉業をなしとげて、まさにイギリス人以上の業績をのこした。外国文学の研究において、漱石あるがために、日本の英文学は明治の多くの英文学者たちを片々たる五郎太《ごろた》石にかえて、わたしたちにあるべき可能性を教えてくれている。これはひとり文学や英文学にかぎったことではなく、日本の学芸の全般にわたって、根源的に諸問題を同様に考えさせている。

考えてみると、英文学は漱石にとってさしずめ優越せる西洋文化に対決してゆく上で処理しなければならぬ一つの里程にとどまっていたであろう。外発的ならざるを得なかった開化日本の運命を、それがために自己一身にひきうけて、いかに内発的ならしめるか、無謀にも近い荒行をなしとげ、温い人間の血をまで枯らしたとはいえ、前人未踏の業績に、これを具体的に教える一石であった。そこに近代日本の歴史と社会とにあって前後左右にふりわけて整理する「重たい石」としてのすぐれた独自の場所があった。漱石は武士的ストイシズムと稀有な強靱な知力とを発揮して、近代日本と封建日本、新旧世代の対立を問題にしながら、そこからいち早く近代的自我の運命をも先取せずにはおられなかった預言者の風貌をみせた。市民的な自由人として社会と個人との関係を考えても、大胆に個人主義の貫徹を主張し、内容主義から社会の型の変化をもとめ、内容の変化にともない外形の変化は当然であると主張する進歩主義者であったから、近代日本の暗影にその将来をいち早く観取し、時と場所とに応じて無理のない社会を要求した真の愛国者でもあった。同時に機構化されていく社会において自己疎外される人間の運命を思い、近代自我の追求において「道義上の個人主義」が功利的には如何ともしがたいエゴイズムを掘りさげ、醜悪な人間の裸形に人一倍に絶望を味いもするのである。しかもこれがはたして社会的秩序の必要または改革によって解消できるかと、深く問うているようである。漱石は思想家として森鷗外のように社会主義に関心をしめすことがなかったけれども、そのためにかえって同時代の文学者の誰よりも柔軟な社会意識を鋭くみせて、事態を深く考えていた。

漱石は「譲歩のない冷静なスウィフト」のように「白眼にして無為なる庸人ではなかった」のだ。人生について真意義をさぐり、深くふれ、広く考える「文芸の聖人」でもあれば、思想の聖人でもあった。しかも人間漱石として、若くして人間的実存の深淵に当面し、「不測の変」に苦しみ、人間本然の姿に思いまどわなければならぬ「重たい石」を心の真中にもっていた。漱石の問題は自己自身への探求を普遍的な問題にたかめるところに、その風俗的なパアスペクティヴをも内部から支える吹きあげるような活力をもっていた。漱石の晩年の思想といわれる「則天去私」は、これあるがために“infinite longing”として初めから志向されていたけれども、人間の罪の重たさに行くべきところを探求して、長い労苦の遍歴ののちに、ただ単に伝統的日本、歴史的日本に還るための指標の役をしたと考えることはできない。むしろ「自分の分にある丈の方針と心掛」で、病軀をひっさげて、いかなる伝統にも還ることを満足としえない相対をこえた「絶対の境地」への探求であり、修業であった。思想家であるとともに同時に文学者であった漱石の人間的苦悩は人間全体の底にあるものであり、「死ぬか生きるか、命のやりとりをする様な維新の志士の如き烈しい精神」――この初心はいくたの経緯をへたにせよ、この意味で忘れられず、文学にも思想にも、とりくんでいった。漱石の誠実と真面目とは全生涯をつらぬき、「重たい石」の「重たい石」としての意義を発揮した。

漱石は悪戦苦闘の末に、業半ばにして恨みをのみながら、僅かに五〇歳にして果てていった。ほんとに今死んでは困る惜しい偉才であり、漱石の後に一人の漱石も生まれてはいない。どこまでも自己のうちから人間の苦悩をつかみだし、追求してうむことを知らなかった漱石の文学と思想は日本人の歴史的事実を今日もなお照らしだす光であることをすこしもやめていない。わたしは漱石の文学と思想を、そのなりたちから、全幅にわたって、できるだけ克明に追求し、その諸問題を考えてみたい。

第一章　作家以前の思想形成

一　古典的教養――江戸町人文化と漢書

夏目漱石は、一八六七年二月九日、江戸牛込馬場下横丁（現在の東京都新宿区牛込喜久井町一番地）に生まれた。これは明治改元の前年で、慶応三年丁卯一月五日である。この年に生まれた文学者には正岡子規、幸田露伴があり、普通にこの年の生まれとされる尾崎紅葉、斎藤緑雨は、太陽暦でいくと、内田魯庵、山田美妙、徳冨蘆花、北村透谷と同じく、一年年少である。さらに注意すべきことは、この九人のなかで、満足に大学教育を卒えたものは、ただひとり漱石があるだけであった。しかも漱石が後年『文芸と道徳』（明治四四年）という講演のなかで、「私は明治維新の丁度前の年に生れた人間でありますから、今日此の聴衆諸君の中に御見えになる若い方と違つて、どちらかといふと中途半端の教育を受けた海陸両棲動物のやうな怪しげなものであります」と自己紹介したとおりに、明治開化期という中途半端な海陸両棲的な時代に青少年期をすごし、またそれあるがためにこの時代の苦悩を自己一身にせおって、独特の自己形成、思想形成にすすみ出たのである。また純粋の江戸っ子は露伴、魯庵、漱石、紅葉の四人であり、町人階級の出身は後の二者であった。しかも漱石は紅葉が下町風の江戸職人（後に遊芸者）の出身であったのとちがって、武士階級との間に立つ中間的な立場にあった山の手風の郷士の出身であった。すなわち、父は江戸の「町方名主」といわれる由緒のある家柄の一人、夏目小兵衛直克といった。母は後妻で千枝といい、四谷大番町の質商、鍵屋こと福田庄兵衛の娘栄の三女であった。(1) 直克は明治維新後、露伴の父成延《しげのぶ》と同じく区長の役をつとめたが、成延のように官界に足場をきずくことはできず、次第に家運を傾けていった。

漱石は五男三女の末っ子で、「歓迎されない子」であった。年老いた両親の末っ子は、世間普通の慣例では、溺愛をうけて、甘たれ子になるのが普通であるが、逆に「母はこんな年歯《とし》をして懐妊するのは面目ない」(『硝子戸の中』)と、昔ふうに「恥じかき子」とみられ、冷ややかに遇されている。しかも「庚申の日」に生まれたために、大泥坊になるという迷信から、それを避ける意味で金之助と命名された。そこで生まれるとまもなく里子に出され、また内藤新宿北町の「門前名主」塩原昌之助のもとに養子にやられた。塩原は浅草の戸長となり、諏訪町に移って、ここに数え年十歳まで育てられた。実家にひきとられ、誰の眼にもわかるほどそのことを喜んだが、漱石はやはり歓迎されはしなかった。自伝小説『道草』や随筆『硝子戸の中』をみると、養親の愛情は将来のための利己的な打算であり、やがて醜い家庭の不和が幼い子供に不安・不快をそそった。実父は「我楽多」同然に、むしろ冷酷にあつかった。実母は「品位のある床しい婦人」であり、漱石は「一番私を可愛がつて呉れた」という追憶をもらしているが、それはこの家の雰囲気のなかでのことで、別に「甘く取扱はれた」わけではなかった。その母も漱石が一五の年に死んだ。要するに、少年漱石の俊敏な感受性は、養親の見せかけの愛情に我儘一杯にふるまっても、早くも愛が利己心の変形であることを知らなければならず、また実親の愛情をもとめて懐にとびこもうとしても、ひややかに突きはなされ、愛情の満足をうることができなかった。これが虚偽を憎み、神経質なまでに細心に理非曲直を弁別して進退する根性をやしなうとともに、その根柢に他人は他人、自分は自分という自己意識をさかんにし、つねに自己の言行を良心によって検討しながら、吟味反省する内向性をもっていた。そして人間の誠実をもとめ、正義をねがう性来の気象とともに、偏窟・片意地といわれるまでに、時には激越に癇癪を破裂させもした。そして漱石は「海にも住めなかつた。山にも居られなかつた」（『道草』）孤独のなかに、自分一人の世界をかたくなに理論的に筋を通して、やかましく生きなければならなかった。

漱石のまわりには道楽者が多かった。兄や従兄たちは江戸町人の伝統をひいて、「八笑人か七変人のより合ひの宅《いえ》」のように、芝居の仮声《こわいろ》や素人落語《はなし》に興じくらす有様であった（『僕の昔』）。またそういう気風をさそうものが親戚の遊女屋や芸者屋にあった。(2) 兄弟中の一番の道楽者の次兄栄之助は父の愛蔵の書画刀剣類をもちだして女遊びの資にした。漱石もみずからみとめるように、こういう家族の下町風な「道楽者の素質」をもっていないわけではなかったろうが、もともと下町とはちがって、山の手のしもたやに育ったのだから、兄弟たちの道楽の素行がどういう結果をもたらすかを俊敏にみわけ、人間の自然を毀損する実情をみてとり、兄弟たちへの軽侮と反感とをやしない、逆に遊興から遠いところにきびしく身を持《じ》することを知った。当然、兄弟たちの愛読していたであろう人情本などにも眼をさらし、江戸っ子らしい意気や粋や通や侠の意味を知っていたであろう。

ある程度、こういう江戸っ子気質にも親んだところから、寄席に講釈や落語をききにいくことを好み、江戸の町人文化のなかに生き心地のよささえ味わっていた。だから、後年、正岡子規に書きおくった手紙には、乙にすました通人の口調をかり、また初期作品に洒落や地口を活用したりしている。さらにこれを演繹して日本人の国民性を「元来真面目気の少いとぼけた様な、そしてよく泣きよく笑ふ感じ易い国民」とみてとって、滑稽文学の可能性を考えている（『滑稽文学』）。そればかりではなく、藩閥政府、「お上」にたいする庶民伝来の反感や、成上りの資産家にたいする侮蔑や官権・金権にたいする士性骨にとんだ叛骨を身につけていた。これは、明かに、同時代に生まれ、早く文学におもむいた尾崎紅葉が同じように江戸町人の伝統をうけつぎながら、消極的に戯作者気質をみがいた仕方とは、本質的にちがっている。「滑稽趣味」を批判的にうけつぐ姿勢には、兄弟たちの放蕩を孤独にみまもりながらも、これを容赦できない侠気――この江戸っ子気質を発揮し、むしろここにこそ漱石の実質の働くところがあった。これは後にその一本気な性格として激しい公憤を投げだす方向に育てられていきもした。

漱石は、小学校を三たび転じて、一二歳のころ、一橋の東京府第一中学校（日比谷高校の前身）に入った。遊ぶ方が好きで、勉強をおろそかにし、二、三年で退学、むしろ「道草」にもひとしい、三島中洲の二松学舎に転じて、漢学を学んだ。明治初年の教育制度は学制や教科は形式的にはととのってきたが、実質はまだまちまちであった。漱石は小学校で優等賞に『勧善訓蒙』（箕作麟祥の『泰西勧善訓蒙』であろう）や『輿地誌略』（内田正雄の著）をもらった（『道草』）。前者は修身書、後者は世界地理、このころの小学教科書には洋学者による「西洋の教科書の翻訳」が多く、たいていは漢文直訳体であった。(3) それはまさに「海陸両棲動物」のような怪しげな開明主義の啓蒙教育にちがいなかった。しかしたしかなことはわからないとはいえ、漢学の教師が作文などを教え、漱石もまたそのころの知識人の子弟と同じに早くから漢書に親んでいたであろう。『木屑録《ぼくせつろく》』の序に「余ハ児時唐宋ノ数千言ヲ誦シ、喜ンデ文章ヲ作為ス」(原漢文)とある「児時」は、小学校のころから二松学舎にあるころまでを指すとみて、不当ではあるまい。現存の唯一の作文は明治一一年の『正成論』であり、漢文直訳体である。後の『余が文章に裨益せし書籍』に、女性的な柔弱な和文体を嫌い、男性的な雄勁な漢文体を好むという意味のことを書いているほど、漢文体に親んでいた。「元来僕は漢学が好で随分興味を有つて漢籍は沢山読んだものである」(『落第』)ともいっている。そして漢学に親んだことから、文学をおもしろく感じて、「自分もやつて見やうといふ気がした」(4) それは一五、六歳の頃、中学生の時代であった(『処女作追懐談』)。漱石は漢学からすでに文学を解していたことがわかる。

漱石は子供のころから長い間の修業をして立派な人間になって世間へ出たいという明治人の尋常な出世欲をもっていた。日本語で普通学をおさめる中学の「正則」なコオスをえらんだのは、父のいいつけであったらしいが、また漢学流に「修業」の一つと考えていたであろう。しかし世間へ出るためには、明治の開明主義のもとでは、大学予備門(東京大学教養学部に相当する)につながる、中学の「変則」のコオスが近道であったにちがいない。漱石の畏敬した長兄大一は「大学で化学を研究してゐた」というが、漱石と同じように疳癪持で、漱石に英語を教え、疳癪を爆発させていた。しかし「英語と来たら大嫌ひで手に取るのも厭な気がした」(『落第』) ほどだから、英語で普通学を教える「変則」のコオスを欲しなかったであろう。しかも実母千枝の死にあって、出世よりも、好きな漢籍にひたる出世間的態度に心をひかれるところがあった。漱石が二松学舎に入ったことには、こんなさまざまな動機があった。漱石が文学をやりたいと長兄大一に相談して、「文学は職業にやならない、アッコンプリッシメントに過ぎない」と叱られて、むしろ職業にならない、ひそかに自分の志望とする「文学」を漢学にもとめたということも、「変物」の反抗心をそそったのではあるまいか。

漱石の漢文の教養は二松学舎の短い時期にほぼ素地を完成した。ここで漱石の修めた「漢学」は、まだ学問としての漢学ではなかったであろう。もちろん、漱石の頭脳は十分に漢学を学問として成就させるだけのりっぱなものであった。しかし中学から二松学舎の少年期の教養は、その教科からみて、いわゆる「経史文」をふくむ「文学」の学習であった。すでに唐木順三や猪野謙二がいったように、(5) 漱石は、一方において「唐宋数千言」(『木屑録』序) といった唐宋の詩文を範とした「文章の学」として、他方において「左国史漢」(『文学論』序) といった史書から観得した「有用の学」として、文学を概念しはじめていた。前者は「風流韻事」の文学として、その俳諧的要素 (滑稽的要素) をまで含めて、文人的要素を現し、後者は「経国済民」の文学として、その功利的要素 (倫理的要素) や内面的倫理化を含めて、国士的要素を現している。この二つの要素は矛盾しながら、終生、漱石のなかに生きているものである。しかし漱石は漠然と文学を志しながら、まだ文学に就くまでの決意は生まれていなかった。むしろ漢学によって経国の志をかきたてられたことが、当時寺小屋のような二松学舎に退いて、漢籍ばかり読んでいた生活から、逆に踏みきらせることになった。漱石のうちの庄屋の血が騒いだといってよい。好きな漢籍を一冊のこらず売って、大学受験準備のために、一七歳で駿河台の成立学舎に入った。

「漢籍ばかり読んでこの文明開化の世の中に漢学者になつた処が仕方なし」（『落第』）といい、漢学そのものの思想的創造的エネルギの前途に見切をつけて、大嫌いな英語の勉強による新しい思想的創造力をもとめはじめた。これは後に大学で「漢文科や国文科はやりたくない」と英文科を選択したのと同じく、好き嫌いを越えた明治の青年の選択、天下後世に名をとどめようとする青年の意気であった。だから『ナショナル英語読本』の巻二位しか読めない語学力をもって、スウィントンの『万国史』にぶつかり、やがてこれをこなすまでにすすんでいった。すでに漱石は並々ならぬ語学力をみせていた。これは明治一六、七年のころのことである。一方に藩閥政府の開明政策——上からの近代化がすすめられるとともに、他方に「維新」の貫徹を下からの近代化として要求する自由民権の運動がやかましくなっていたときである。「今まで自分の抱いていた志望」は、「文明開化の世の中」では、漢学よりは洋学によって可能だとみてとって、その第一歩をふみだした。少年漱石には、つねに自己本然の欲求によって自己決定しなければやまない性根の通ったところがあり、したがってある種の内部の劇がはげしくたたかわれていたことが想像される。漱石は「別に之と云ふ目的があつた訳」ではないと、さりげなくいってのけている。

(1) 小宮豊隆の『夏目漱石』は、母千枝の実家を遊女屋伊豆橋とする説をとっているが、夏目伸六の『父・夏目漱石』は、伊豆橋を継いだのは千枝の次姉久《ひさ》であった、異父長姉鶴が芝将監橋の島津家御用達、炭問屋高橋長左衛門に嫁ぎ、その妹として夏目家に嫁したと、否認している。伸六の考証は情理を尽しているから、豊隆の誤伝とみるべきである。

(2) 芸者屋は異母姉ふさの夫高田庄吉の神楽坂の行願寺の家の向いにあった東屋《あづま》である。『硝子戸の中』にも出ている。夏目伸六の『猫の墓』によると、長姉さわの夫福田庄兵衛が東屋の旦那になっていたという。もちろん、漱石は知らなかった。ここで簡単に親戚ということにしても差支あるまい。

(3) 漱石と同じ明治七年に下谷の松葉学校(育英学校)に入った魯庵は、『明治十年前後の小学校』(太陽、昭和二・六・一五増刊)において、このころの小学教育の実情をいきいきと回想している。福沢諭吉の『世界国尽』を一年で教え、簿記、経済まで、すべて翻訳書を教科書に教えた。今日では、当時の教科書の大要がわかっている。

(4) 同じことが『木屑録』の序に「遂ニ文ヲ以テ身ヲ立テルノ意アリ」と出ている。

(5) 唐木順三、子規と漱石(『夏目漱石』昭和二一・七・修道社所収)、猪野謙二、漱石(岩波講座、日本文学史・昭和三四・八・岩波書店所載)

二　英文学と近代個人主義

漱石は、一八八四年(明治一七年)九月、大学予備門に入った。同級生に中村是公、芳賀矢一があり、文学者では正岡子規、山田美妙が同年の入学、尾崎紅葉、川上眉山は前年に入っていた。(1) しかし運動競技に凝って勉強を蔑しみ、腹膜炎のために原級にとどまった。才人美妙は漱石の落第した年に退学している。漱石は落第を機として自己改革をやってのけ、一八八七年(明治二〇年)七月、首席をとり、一八八八年(明治二一年)九月、第一高等中学校(予備門の改称)本科英文科に進んだ。

すでに美妙は東京大学文科大学への入学に失敗して『以良都女』（明治二〇・七・創刊）をひきうけ、『都の花』（明治二一・一〇・創刊）の主幹として文壇的地位を確立し、紅葉らの『我楽多文庫』は公刊され（明治二一・五）、硯友社文学は美妙と対立しながら、明治新文壇の王座をねらっていた。漱石は「なあに己だつてあれ位のものはすぐ書ける」（『僕の昔』）と、ようやく英文学専攻の決意をかためたころである。

『処女作追憶談』や『落第』によると、第一高等中学予科三年のころに、一度、工科の「建築科」を専門に選んだことがある。(2) 漱石は長兄から文学の志望が「職業」としてなりたたないことを忠告され（長兄も「文学」を「風流韻事」か、「戯作小説」と解していたのだろう）、その専門の選択にあたって、「己を曲げずして趣味を持つた」もので、「世間に必要なもの」という二つの要件を満足させる「建築」をとったことを明かにしている。趣味と必要、あるいは芸術と実用とが、「建築」において合致すると考えた。この「実用」は功利的な意味をもっているが、根本的には漢学の「有用」の倫理的要求を秘めていたにちがいない。だから、後に二歳年少の同級生、「真性変物」であり、「天然居士」である米山保三郎が「日本でどんな腕を揮つたつて、セント・ポールズの大寺院のやうな建築を天下後世に残すことは出来ない」と、「実用」が功利的に「芸術」を束縛する「実際」を指摘すると、「衣食問題などは丸で眼中に置」かず、初心をつらぬく方向に、つまり文学に志した。「随分呑気なもの」と後にいったのは、もっと大きな意味で、すでに述べたように国士的要素に立って、功利主義的な要求を超えていたからである。漱石が漢学、すなわち「左国史漢」から得た文学の観念をもって、「英文学も亦かくの如きものなるべし」(『文学論』序)と、英文学を選んだという意味でもある。

第一高等中学校本科英文科に入って、正岡子規と邂逅したことは、文学者として、思想家として、漱石の将来を卜するきわめて重大な事件である。もちろん、漱石と子規とは同学年であったから、予科入学このかた知るところがあったにちがいないが、一八八九年(明治二二年)一月から「至辱知己」(子規『木屑録』跋)の関係となり、漱石の芸術・思想に直接の切磋を加えることになった。漱石は子規の『七艸集』を評し、また房総紀行『木屑録』を草し、教科以外の現存する漢詩文や俳句、──「風流韻事」としての文学の制作がはじめられるとともに、子規との文通のなかに、文学についての思索がこめられはじめた。

漱石は漢学からきた文学観念をもって英文学を読み(カアライルの論文やマシュウ・アーノルドの『文学とドグマ』一八七三年などがあがっている)、文学において人を感動させるものは「胸中の思想」、「オリヂナルの思想」"original idea"にあること、「文字の美、章句の法」は二の次であることをみてとった。そこで、当時の文学を評して、みずから小説家をもって任じている徒輩も、オリヂナルの思想がなく、ただ「文字の末のみ研鑽批評して」大家と称しているのであり、「北海道の土人に都人の衣裳をさせた」ようなものであると嗤《わら》った。「文壇に立て赤幟を万世に翻さんと欲せば首として思想を涵養せざるべからず、思想中に熟し腹に満ちたる上は直に筆を揮つて、其思う所を叙し、沛然驟雨の如く勃然大河の海に瀉《そそ》ぐの勢なかるべからず。」かくして文学に初めて「真率の元気」が出てくるとした。そして、子規の『七艸集』などの文章を評して「なよなよとして婦人流の習気を脱せず、」近ごろ饗庭篁村流に変ったものの、実質では同じだ、「少しく手習をやめて余暇を以て読書に力を費し給へよ」（明治二二・一二・三一・手紙）とさえ、忠告した。

漱石の文学論の基幹の一つはすでにここに定立されていたことに注意しなければならぬ。すなわち、文学を「語の配列」arrangement of words としての Rhetoric（後には「形式」）と、「精髄」essence（後には“matter”あるいは「内容」）としての「思想」idea とに二分する行き方である。後年、『英文学概説』の講義において、形式論と内容論とに分けて、『文学論』が展開する根拠がめばえていた。しかも、形式と内容との相関関係において、「Essence ヲ先ニシテ form ヲ後ニスベク、Idea ヲ先ニシテ Rhetoric ヲ後ニセヨ」という、一種の内容主義・中味主義の進取的立場ができあがっていた、とみてよかろう。これは文学の見方だけにはかぎらず、人間の見方、社会の見方に及んでいて、漱石の思想の核心となるものである。次に、「思想」の涵養には“culture”が第一、自己の経験が第二、自己の経験には限度があるから、「世界において言はれ知られてゐる思想を知る」という culture を読書によって体得するにあるとした（明治二三・一・手紙）。「知識を世界に求める近代個人主義思想の摂取と確立とが志向されていた。いや、漱石自身からいえば、「英語英文に通達して、外国語でえらい文学上の述作をやつて、西洋人を驚かせようといふ」（『処女作追憶談』）世界的な大望をいだくほど、大いに進取の若い気魄をこめていた。もちろんまた、このような思想重視は、先にもふれたように、当時の文学の無思想性・戯作性にたいする漢学者流の反撥があり、英文学からも思想を読みとることに急であったと、批評することはできる。吉田健一が英文学の理解の仕方が漢学流であったという批判は理由があるが、だからといって一義的にきめることは誤り(3)なのである。

子規は Good idea expressed by bad rhetoric と Bad idea expressed by good rhetoric と、「ソノ価値ハホボ相等シキカ」「ツマリ痛快ヲ得」(原漢文)と、冗談半分にいい、「詩文ノ才ハ天才ニ出ル」から、レトリックの方が重いといいたげな説を書いている。(4)もちろん、子規は「文字の美、章句の法」に浮身をやつす Rhetoric にだけ傾斜していたのではない。子規もまた政治を志して東京に出、共立学校に『荘子』の講義をきいて、哲学を目的とするにいたった。しかるに幼少の頃から詩歌の趣味をもち、哲学と詩歌との間に、「詩歌書画の如き美術を哲学的に議論する」美学の存在を知って、一八八八年(明治二一年)に美学を目的とするにいたったと告白している。(5)ハルトマンの哲学をふりかざして漱石を悩ましたというのはこのゆえであろう(『正岡子規』)。しかし明治一七年から二五年にわたる『筆まかせ』を通読すれば、子規はすでに文学観、人生観において大人の風格と見識とをもって、漱石とはちがう自己の軌道をしいていた。だから、子規は「世俗を棄てゝ塵外に遊び」(明治二三・八・一三・手紙)、伝統の詩歌・小説(それは子規のいわゆる「詩歌的小説」)の制作に志すとともに、みずから「小生も大分愛国者になつたろふ」(明治二三・七・一五・手紙)(6)といったほど、明治二〇年代のナショナリズムを代表する方向において、漱石にとっては特別の意義をもっていた。このナショナリズムは、安政の不平等条約を打破するためにとられた鹿鳴館的開明主義を反省し、国民の自主独立を意図する国民国家の観点から考えられたもので、「高天原連」の偏狭固陋盲目な国家主義でも、国粋主義でもなかった。

一八九〇年（明治二三年）九月、子規は東京大学文科大学国文科にすすみ、漱石は英文科に入った。二人の選択のちがいは、漱石が子規に対決しながら、子規以外の軌道に立っていることである。ここで注意すべきは、当時、ハアバアト・スペンサの進化論哲学・集合社会学を奉じる外山正一を学長とする文科大学の学風によって、漱石は自己の性来の思考力を組織的に鍛えられたことであろう。これより先、第一高等中学本科英文科の英語・歴史の教師ジェイムズ・マアドックにすすめられて、「ベインの論理学」を貸しあたえられ、また「十種程の書目」を教えられたことがある（『博士問題とマードック先生と余』）。アレキサンダ・ベインはジョン・スチュワート・ミルとともに、この時代の代表的な連想心理学派の哲学者である。ここで十九世紀末頃のイギリスの経験論哲学――ハアバアト・スペンサの「綜合社会学」や、ミルやベインの連想心理学が東京大学の講義や読書によって、じかに漱石の思想を培養していたことを忘れてはなるまい。しかも子規とはちがって、これによって自己の理論的思考を深め、我物化すること、やがてそれがみずからの思考法となって、外国学者の言説にも反噬していくほど生得の思考力をひき出してきた。このことは、子規との意見の対立にも現れている。漱石と子規との軌道のちがいの背景として頭にとめておかなければならない。

かくて、第一に、森鷗外の『舞姫』などの滞欧記念三部作のうち二篇にたいし、二人の評価のちがいが現れる。漱石は後のライヴァル鷗外を「当世文人中にては先づ一角ある者」とみとめ、その作品を「結構を泰西に得、思想を其学問に得、行文は漢文に胚胎して和俗を混淆したる者」と考え、「右等の諸分子相聚って」「一種沈鬱奇雅の特色」があると、正当な、すぐれた見解をみせた。これにたいして、子規は、漱石が「君と僕の嗜好は是程違ふや」と驚いたほど、その「洋書に心酔」した点を責めた。惜しいことには、子規の書簡が伝らず、初めには同時代の文学について感想を多く書いてある『筆まかせ』をみても、鷗外についての感想を残していないので、直接に子規の見解をただすことはできない。ただ漱石は「日本人が自国の文学の価値を知らぬと申すも日本好きの君には面目なきのみならず、日本が夫程好き者あるを打ち棄てゝわざわざ洋書にうつゝをぬかし候事馬鹿々々敷限りに候」といい、自分は「洋文学の隊長とならん」と思っていたが「己れの貫目」がわかったから、「邦文学研究」をもやると謙虚に答えた（明治二四・八・三・手紙）。すでに多くの人のいうように、子規は頑迷な国粋主義者ではなかったと同じく、漱石は軽薄な欧化主義者ではなかった。子規の「愛国」ぶりは「洋書」を斥けたのではなく（「洋書」を読み、論拠にしていることは『筆まかせ』にも随処にある）、「心酔」したとみるところに非をみつけていたのであろう。後の子規の多方面の革新が形式的頽廃に陥った伝統文学を「洋書」を媒介として新たに創造的エネルギを恢復するにあったことを思いあわせたい。漱石は、漢学を媒介として英文学に近づきながら、「学問の行き掛り」で、子規に「心酔」と思われるようになったことを反省しているが、それはどこまでも、「博覧をつとめ偏僻に陥らざ」る柔軟にして寛容な場においてであった。おそらく漱石は開明主義を自己の内部にうけとめ、子規に触発されて明治のナショナリズムと対決しながら、西洋と日本との問題を意識的に深く考えるところに立とうとしていたのであろう。それだからこそ、逆に「世界に知識を求め」、まず近代個人主義思想の核心に真剣にせまることを必要としたとも考えられる。

　そこで、第二に、子規が『読売新聞』に連載されて好評のあった読みもの『明治豪傑譚』にそえて、「気節論」を書き送ったにたいし、漱石はこんな「尋常一様の世間話」に感心して、「気節」というような大問題を気軽に論じ去る不見識を軽々にみのがさなかった。むしろ頭脳明晰に、正面から、やかましやの正体を発揮して、鋭敏な論理活動を働かせて、これを難じた。漱石によれば、ここに述べられた「流俗の豪傑」の即座の頓智、一時の激昂、失策話は「気節」でもなんでもない。そこで「気節」とは何かを総論的に説いていく。知情意という心理学上の三分法から出発して、気節は情意に属せず、知に属することを分析して明かにし、「己れに一個の見識を具へて造次顚沛の際にも是を応用し其一生を貫徹する」ことをもって「気節」であると定義した。そして「大気節は人生を掩ふ大見識に属す」ることを説いた。さらにすすんで、子規のすすめるこんな「蕞爾《さいじ》たる一俗冊」よりも、子規の斥ける蛮夷の「鴃舌《げきぜつ》の書」のなかに、むしろ「人生の大思想」を教え、脱化して「節操の一半」となるものがあることを指摘した。ここで注意すべきは、どこまでも人間思想にかかわる大問題については折目をたださずにはおかず、神経質なまでに論理的な説服によって自己主張をこころみることであり、これに関連して、人間意識の三分法という心理学の学理に立って、「気節」ということをも学問的に吟味するというやりかた――論理的に筋道のたった思考法をもちいて仮借しないことである。すなわち、問題を根本に遡って吟味し、論理的に整理し、どこまでも明晰に筋道を通して推論するという近代的思考法に即《つ》き、曖昧にその場を糊塗する行きかたを斥けている。漱石の後年の性根やものの考えかたは、ここに明かに基盤ができあがっている。次に、この手紙の中で、「賢愚無差別高下平等の主義」を奉ずるのではなく、「己より賢なるものを賢とし、己より高きものを高しとするに於ては敢て人に遜らず」と、「己」を基準として賢愚高下をも考える見識をしめして、後年の「自己本位」の考えかたがしめされている。さらにこれに関連して士農工商の「四民の階級」をもって「気節」を論じ、「人間の尊卑を分」った子規の貴族主義――むしろ封建的豪傑主義に対抗して「工商の肩を持」つ漱石の市民的立場をさえ明かにしている。子規によってひきおこされた西洋と日本の問題は、とかく子規の陥りやすいような、単純に「日本男子の区域外に放逐せられて饕餮飽くなきの蛮夷と伍するに至らず」というふうに割りきってすましているのではなく、その「蛮夷となすもの饕餮飽くなきの輩となすもの」から「人生の大思想」をくみとらなければならぬところに、もっと深刻で重大な問題がひそんでいることを感知していた。

漱石と子規とは、こういう真剣な問題について、この後は手紙を往復することがなかったから、この問題は二人の間において発展しなかった。漱石は独自に英文学にとりくむことによって、彼自身の問題としてきわめなければならなかった。子規は一八九二年（明治二五年）二月末、陸羯南《くがかつなん》の隣、下谷上根岸に移って、幸田露伴や羯南に近づき、「僕は小説家となるを欲せず詩人とならんことを欲す」（明治二五・五・四・高浜虚子宛手紙）と俳句に徹する方向にすすんでいった。そして陸羯南の新聞『日本』に寄稿、そのナショナリズムの方向を貫徹していった。しかも子規は、この六月、学年末の試験に落第すると、大学を退学して、日本新聞社に入って、文筆一本の生活に入ってしまった。もちろん、漱石と子規との関係は絶えたのではなく、「風流韻事」の世界において、子規は嚮導する位置に立った。子規はさっそく『獺祭書屋俳話』（明治二五年）を書いて、旧派俳句を批判して、俳句の革新の仕事に手をつけ、この仕事がやがて新たな意義をもって漱石の前に立ち現れてきもするのである。

（1）このころの学制は複雑であった。詳細は小宮豊隆の『夏目漱石』を参照していただきたい。それでもわからぬことが多く、漱石の談話を実証する素材に欠けている。また紅葉、眉山たちは明治二一年に東京大学法科大学に入学したと「年譜」に出ている。精密な比較は簡単にできないものがある。この辺は実証的に明確にすべきことが残っている。
（2）小宮豊隆の『夏目漱石』の推定によって、予科三年とする。この点も、実証的な裏付がない。
（3）吉田健一・東西文学論・新潮社。なお漱石は、単に思想が文学を包摂する立場から、文学が思想を包摂する近代的な立場に出ていることに注意すべきである。
（4）子規・漱石の書簡第二・附余の返事（『筆まかせ』所収）子規全集・第十一巻・改造社
（5）子規・哲学の発足（『筆まかせ』所収）子規全集・同前。なお、子規年譜（子規全集・一八巻）によれば、高橋健三（自恃）が加藤恒忠にたのまれて、フランスからハルトマンの美学を、明治二三年九月に、持ち帰って子規にわたしている。
（6）子規・銷夏策（『筆まかせ』所収）子規全集・同前。
漱石が後に「俳句的小説」をいうとき、子規の「詩歌的小説」に由来したと考えるべきであろう。

三　厭世主義と慈憐主義

子規との文通の中には、さらに見のがすことのできない「厭世主義」がもらされている。その初めは「この頃は何となく浮世がいやになりどう考へ直しても、いやでいやで立ち切れず、去りとて自殺する程の勇気もなきは矢張り人間らしき所が幾分かあるせいならんか」と、ファウストが自ら毒薬を調合して口辺までもっていきながら飲みほし得なかったことを思いだし、「misanthropic 病なれば是非もなし」（明治二三・八・九・手紙）といい、その後も「僕前年も厭世主義今年もまた厭世主義なり」（明治二四・一一・一一・手紙）という字句が散見する。これは単に二四、五歳の漱石の青春の煩悶であったろうか。

漱石は一五歳の時に実母を失い、二一歳の時に長兄、次兄を相次いで失い、トラホオムに罹った。その眼病はまだ一進一退をつづけている。『木屑録』の終りに書いた自嘲にはすでに「白眼甘ンジテ世ト疎キヲ期シ、狂愚亦嘉誉ヲ買フニ懶シ、時輩ニ譏ラレ時勢ニ背ク」（原漢文）の世に拗ねた「変物」の姿勢が、その「一片ノ烟霧ノ癖」とともに、語られている。そして井上眼科で銀杏返しにたけながをかけた女との「初恋」と、「彼程の人物は男にも中々得易からず況て婦人中には恐らく有之間じくと存候」（明治二四・八・三・手紙）と絶讃した「敬服すべき婦人」である兄嫁（三兄直矩の妻）の死とは、二五歳の時であった。これが厭世主義をもらした前後の事件である、この事件を頭において、漱石二四歳の手紙を読むと、「生前も眠なり死後も眠りなり、生中の動作は夢なり」とところえ、『方丈記』の鴨長明の悟りを言葉として記憶しているが、「心といふ正体の知れぬ奴が五尺の身に蟄居する」ために、ただ「煩悩の焔熾にして甘露の法雨待てども来らず慾海の波険にして何日彼岸に達すべしとも思はれず」云々という告白には自己の本体、ひいては人生の本然の姿がわからぬということのほかに、何らかの意味がありそうに思われてくる。渋川驍や、あるいは角川源義のように、ここに愛慾の問題をみとめ、あの「初恋」または兄嫁への秘められた愛情、乃至はこれに近い苦悩にみちた恋愛を想定することもできそうである。(1)実証の材料はないが、漱石が冗談にもせよ、持病の眼病に「女の祟り」をいったりすることは、別の証言とも考えられる。兄嫁の死を伝える手紙の中に、「吾恋は闇夜に似たる月夜かな」が悼亡の句と区別されて書かれているが、これに関連して考えられないこともない。小宮豊隆が遠廻しに、「漱石の成らざる恋愛を嗅ぐ気がする」というのはむしろ兄嫁への愛情乃至はこれに類する愛情をさしているとも、考えられる。明かなことは「心といふ正体の知れぬ奴」に当面して、人間本来の面目に思いまどい、そこから「煩悩の焔」や「慾海の波」が、一種の「狂気」となって実存的体験をもたらし、漱石の厭世主義をやしなっていたと、解せられる。だから、この厭世主義はかならずしも「慈憐主義」(明治二四・一一・七・子規宛手紙)と矛盾するものではなかった。もともと正体の知れぬ心は善悪の尺度で割りきれるような合理的なものであるはずはなく、善悪という尺度をもちいるならば、この二性は人間天賦の二面を現すものというべく、「善を褒すると同時に不善をも憐まざるべからず」という相対的立場に立つことになろう。だから一方において不善を憐む「慈憐の心」、すなわち「慈憐主義」に傾くとともに、他方においてこれを蔽う「厭世主義」ともなる。表面上、撞着しているようにみえながら、この両者を一望にながめうる地点に立とうとしていたところに、突破口が摸索されている。

漱石の俳諧的文字はこの厭世思想が隠者的姿勢をもって自己内面と対面するところに現れた一つの方向である。またこういう時に、司馬江漢の晩年の随筆『春波楼筆記』を読んで、「書中往々小生の云はんと欲する事を発揮し意見の暗合する事間々有之」、「古人に友を得たる心にて愉快」（明治二四・八・三・書簡）と、感じたことは興味が深い。漱石が江漢のどういう思想に共感したかは明かでない。しかし、思うに江戸町人の子であった江漢が、早くも近代科学の思想にやしなわれて、人間平等観に達した反面において、万物帰するところは虚無であるとして、老荘思想に近づき、虚無思想を生んでいる。一方において人間の欲念を説き、三欲をあげ、根本的なものを性欲とするとともに、知即ち思慮分別を備えるがために人間に苦があり、生存そのものが苦とせられる。他方において世俗に生きながら山林をしたい、諸欲を否定しながら、これを肯定し、こうした矛盾を深く究めて、人間が根本において無であることに達するとともに、この無に実をもとめる老荘思想におもむいた。漱石の心になって、江漢をよむと、漱石の暗合した意見が那辺にあったか、およそ想像せられないこともない。そして漱石が江漢を読んでから一年とたたないうちに、老子とホイットマンとについて、二つの論文を書いていることは、おもしろい。

『老子の哲学』は一八九二年（明治二五年）の大学の東洋哲学のリポオトである。子規もまた『荘子ヲ読ム』『老子ヲ読ム』を課題論文として前年に書いているから、自発的選択とはいえないかもしれない。すなわち井上哲次郎の課題であったかとみられる。漱石は、ここで強靭な形而上学の思索力をかって、老子の「玄之又玄」を根源とする絶対主義哲学を整理し、善悪の相対に拘泥する「儒教より一層高遠にして一層迂濶」なことを論証した。修身上の意見も（学問無用論、行為否定説等）、治民上の意見も（刑罰や甲兵を廃し、無知・無欲の教育を説く等）、極端な「退歩主義」であり、これを半世紀を超えて、シリーズいよいよ完結へ！

近代日本の思想家

［全11巻］

新装復刊10冊
＋新刊1冊

福沢諭吉
森鷗外
西田幾多郎
戸坂潤

中江兆民
夏目漱石
河上肇
吉野作造

片山潜
北村透谷
三木清

東京大学出版会

刊行にあたって

ふたつの「世紀の送迎」の後に

一〇〇〇年大晦日、東京三田の慶応義塾で「世紀の送迎会」が始まり、「逝けよ十九世紀」が朗読された。〇一年元旦午前〇時、仕掛け花火により「二十センチュリー」の文字が夜空に浮かんだ。ここで新世紀に立ち会った諭吉は二月に、「一年有半」の兆民は十二月に、世を去った。「送った十九世紀」はどのような時代であったのか、「迎えた二十世紀」はどのような時代であったのか。本シリーズにより、諭吉・兆民はじめ、あまりにも早く逝いた透谷、四五年敗戦前後に死した西田・三木・戸坂などを含めた思想家を通して、日本にとっての近代、近代にとっての日本、について、「迎えた二十一世紀」の光芒のなかで考える手がかりを得たい。

半世紀を超えて完結

二〇〇八年新春に刊行する『吉野作造』をもって、本シリーズが完結する。刊行開始は一九五八年。五十年を超えての刊了である。「近代日本の思想家」に対して、現代がいかなる角度から、いかなる側面に、光を当てえるか。ここに新装刊＋新刊として、われらの思想資産を読書世界におくる。

推薦者のことば

彼らの古びかたを見よ

鶴見俊輔

黒船来航から百五十年。私たちは、近代日本思想史をその古びかたにおいて見ることができる。ここにとりあげられた十一人は、それぞれの持久力によって、二十一世紀初頭の日本人にうったえる。「……はもう古い」というせりふをあいもかかわらずくりかえす現代日本の知識人の間にしっかりと立つ人びとの著作である。

著者のことば

東京大学名誉教授・松本三之介

『吉野作造』を何とか完成にまでこぎつけることができた。シリーズ「近代日本の思想家」の一冊として執筆依頼されてから、おおくの歳月が流れたものである。十数年前に『北村透谷』を色川大吉さんが出されてシリーズでの未刊は私一人となり、各方面にご迷惑をかけて心苦しく思っていたが、ようやく胸のつかえもとれたというところである。これまでは論文集が主であった私にとって、この本は初めての本格的書き下ろしで、その点でも感慨深い。

私の『吉野作造』の刊行に先だって、既刊の10冊が新装版としてふたたび公刊されるという。近代日本の思想家に託した著者たちのそれぞれの思いを、今日的な状況のなかで問いなおし、新しい時代への展望に活かしていただければ幸いである。

企画者のことば

元編集者・山田宗睦

このシリーズの第一冊は一九五八年に出た。敗戦の衝撃から十年以上がたち、世相はおちついてきていたが、それだけに、戦前の評価とはちがった、戦後独自の基準が欲しかった。近代日本の思想家に、どういう基準で誰を選ぶか。熱い議論の末、十一巻という形ができた。十でもなければ十二でもない。十一巻の形に熱い議論の痕跡がある。私が評論家に転じた後も、東京大学出版会は辛抱強く続巻を出し、五十年の後ついに全巻完成にこぎつけた。

戦後という時代は今また次の時代に変貌しつつある。五十年もの経過をへて成った本シリーズは、戦後の基準を保ちながら、次の時代への試練にもたえ、二十一世紀の日本の進路を考えるのにかかせない思想家列伝となったのである。

実際にもちいて応用することのできない「出世間的」なものと断じた。そして老子の哲学の根本である「道」を論じて、論理的には矛盾に陥らざるを得ないことを明快に指摘した。ここではみずからの相対を意識するが故に、老子の立てた「相対を脱却した絶対の見識」を重んずるとともに、このように「学問もなく経験もなく宇宙の真理天下の大道を看破」したのも「時と処との影響」に俟つものであるとさえ、みようとしている。要するに、漱石は老子の道――その虚無思想を吟味して、「学理上の議論」ならばとにかく、実際に行われがたいことを知ったのである。おそらく漱石は自己の陥っていた厭世思想を老子の哲学によって自ら検討しながら、高遠にして迂濶な理想論をみてとったのである。ここにはむしろ漱石の個別主義的な経験論的立場が照明しだされているが、他面において「人間は善悪二種の原素を持つて此世界に飛び出したるもの」(前掲・明治二四・一一・七・子規宛手紙)と考えていたからこそ、この人性の相対を止揚し得られる絶対の見識――無の理想の具体化としての「頑是なき嬰児」への復帰を遠く憧憬しないわけにはいかなかった。それは悟性的な「分別」を越えたものであるから、近代人としての漱石の内部矛盾となり、内向的に彼を苛いなみもしていたのである。矛盾はいたるところに露呈し、彼の思案を超えるのである。このことは自発的にホイットマンを論じ、また英国の自然詩人を語った場合においても、同じである。

『文壇に於ける平等主義の代表者ウォルト・ホイットマンの詩について』(明治二五・一〇・哲学雑誌)は漱石が初めて公にした英文学の論文である。冒頭に「革命主義を政治上に実行せんと企てたるは仏人なり、之を文学上に発揮したるは英人なり」と、大胆に説きおこし、平等主義に則った近代個人主義文学の粋を英文学にみとめる。そして、「人は如何に云ふとも勝手次第、我には吾が信ずる所あれば他人の御世話を一切断はるなり、天上天下我を束縛する者は只一の良心あるのみと澄まし切つて険悪なる世波の中を潜り抜け跳ね廻る」自主独立の精神をもった「偉丈夫」ホイットマンにふかい共感をよせ、一つの理想像をみている。ここからすすんで、時間的に平等、空間的に平等、人間を視ること平等、山河禽獣を遇すること平等と分けて、その平等主義を論じた。さらに男女を問わず、独立した人間同士の結合を"manly love of comrades"においた理想的な共和社会を描いて、これに邁進することを説いているとした。漱石は、ここではホイットマンの詩を「品評」しないで、むしろその「精神」または「思想」をくみとって、「風流」「都雅の思想」を抹殺し、まさに東洋主義とある点において衝突することをば認めながらも、この「快男児」の「楽天教」に、さながら自己の革命家としての面目を伝えるかのように語っている。しかもシェリ、バイロンが類似の思想に出発しながら、厭世主義におもむいたことを悲しみ、ホイットマンが楽天思想におもむいたことを壮とするまでの傾倒ぶりである。漱石の厭世主義と「慈憐主義」とがこの陽気なホイットマンの思想によって、ある種の変容を閲していることを知るのである。

漱石は一年後の一八九三年（明治二六年）一月、文学談話会において『英国詩人の天地山川に対する観念』を講演し、『哲学雑誌』（明治二七・三—六）に公にした。十八世紀末から十九世紀初めにかけて現れた自然詩人トムスン、ゴオルドスミス、クウパ、バアンズ、ワアズワスについて論じた。この論文で、自然と人工との関係を分析し、「天然が人為に似たときは前者の価値益貴し」といったアディスンの命題を論理的に吟味し、これを逆転して、人工が自然に似るときに価値があるとした。リアリズムの理論である。しかし、ここでわれわれに重要なのはバアンズとワアズワスとについての所論である。ワアズワスは先の『老子の哲学』においても触れるところがあったもので、ワアズワスとバアンズとを比較しながら、その特色を明かにし、いわば漱石のうちの両要素を照明したようなものである。バアンズは自然を「感情的直覚」によって認識し、自然界を人間界のように個別的に愛して、喜怒哀楽の情をもって生動させた。その結果、「胸裏の不平の情、ひいて自然の悽楚なるに及」んで、「跌宕沈鬱にして、悲惨の音多」いのである。これにたいして、ワアズワスは自然を「哲理的直覚」によって認識したから、「凡百の死物と活物を貫くに無形の霊気」をもって生動させ、「玄の玄なるもの、万化と冥合し宇宙を包含して余り」あった。その結果、「心中愉快の念発して天地の瑰麗なる点と結合」し、「高遠の中、自ら和気の藹然たる」ものがあった。漱石の厭世主義はバアンズに近いものであり、ワアズワスの「玄の玄なるもの」をふくむ老子とはちがっていたが、同時にワアズワスのように「頑是なき幼児」となって、「山林に逍遥して自由に自然を楽しむ」「和風麗日」の東洋的境地に還元して、これをあこがれていた。(3) 漱石の風流的要素と国士的要素とは、厭世的要素と慈憐的要素とを複合しながら、バアンズとワアズワスとのうちに、ある厚味をもって位置していたことを知るのである。なお、この論文には、後年、「十八世紀英文学」(後の『文学評論』)にしめされるような、個別的・経験論的な文学史の方法が運用され、一種の文献学的訓詁注釈に終始しているとみられる当時の英文学教授から脱却した見識をみせ、世人を瞠目させもしたのである。英文学者としての漱石の開拓的事業は高く評価すべきものがある。

これより先、漱石は、『老子の哲学』にひきつづいて『中学改良策』を教育学の課題論文として書き、これが伝わっている。この論文は教育の実際と漱石の経験とに即した中等教育の改善にたいする意見ではあるが、日本と西洋との問題を教育のなかにふくめて考えている点で、興味をひく。教育が本来理論的には「国家の為めに」人間を教育するものではなくて、教育をうける当人の「固有の才力を啓発し其天賦の徳性を涵養する」近代個人主義を核心とするものであることをいい、転じて日本の国際的地位からして「国の為になる様、独立の維持のつく様」に「国家主義の教育」を廃することができないと、いわざるを得なかった。明治人漱石の深憂は、すでに「日本の運命」を考えて、「後来日本元気の中心となるべき少年」の教育にも、自己矛盾と危機を予感していたのである。だから語学教育についても、「日本人の胴に西洋人の首がつきたる如き化物を養成する」無批判な行きかたを斥けるとともに、西洋思想が「邦人の陋習を破るか或は本来の美徳を誘導するもの」を教材として選ぶことをいわざるを得なかった。一方において和漢文の教育が少年の「元気」に関するとともに、他方において『自助論』などの西洋思想の効用を重んじていた。もちろん、ここで日本の近代化について、あの子規と文通した時のような問題の展開はみとめがたいが、日本文学に「国民を代表すべき程の文学」は乏しいながらも、西洋文学よりも「高尚優美にする者」があるといい、「平民的の文学」として俳諧をすすめるなど、子規にたいする手紙よりも、はるかに積極的に日本文学についての評価をみせている。こうして、近代個人主義を信条としながら、日本の近代化の現実の過程において、「高天原連」のように盲目的でなかっただけに、これを阻止する諸要因に思いをひそめつつ、すでに一身に矛盾の苦悩をうけとめなければならなかった。

大学時代の漱石の思想的形成は、現存する論説についてみると、以上のようにすでに後年の問題を核心にふくんで、行われていた。

(1)　渋川驍・夏目漱石論（『近代日本文学研究・明治文学作家論・下巻』）昭和一八・一二・小学館。角川源義・近代文学の孤独・昭和三三・五・現代文芸社。

なお、渋川説を裏づける話としては、大塚楠緒子の件がある。楠緒子が一六歳位の話なので、にわかに信憑することはむつかしいが、漱石東大卒業後のこととすれば、後の短篇『一夜』と関係して、一説とみられる。柳田泉『随筆明治文学』六四五ペイジにその内容は出ている。なお、大塚保治の『学生時代』（新小説・大正六・一）によると、大塚が初めて漱石を知ったのは、大学卒業後の大学院時代で、漱石が寄宿舎に入ったとき（明治二六年）であった。

(2)　男女平等を考えている点で、漱石がこれを肯定できないのは、儒教に育った東洋思想からであろうと、自ら断っている。

(3)　もちろん、ワアズワスの spiritualism を老子の唯道論 Taouism と比論することは危険である。このワアズワス解釈には漱石の心境が多分に織りこまれている。

四　漂泊――Xなる人生

漱石は一八九三年（明治二六年）七月、東京大学英文科を英文学専攻の二人目として卒業して(1)、ただちに大学院にのこり、さらに英文学の専攻を深く究めようとした。この年、「高山の林公」こと高山樗牛が哲学科に入り、翌年、上田敏（柳村）や土井林吉（晩翠）が英文科に入った。そして一〇月から、漱石は東京高等師範学校（東京教育大学の前身）の英語教師を嘱托されて、一八九二年五月、大学生時代からの東京専門学校（早稲田大学の前身）とともに、出講していた。

すでに大学時代から英文学の何ものであるかを究めるために、その全般に通ずる必要があると生真面目に考えて、「古今上下数千年来の書籍」（『文学論』序）を読もうとつとめ、「体のいい往生《レジグネイション》」におちいっていた。こういう志は志として、「白頭に至るも遂に全般に通ずる期」（同）はないと、「自分に対する甚だ気の毒」（『処女作追懐談』）を味っていたからである。当時の英文学教師ジェイムズ・メイスン・ディクソンの研究指導がいわば文献学的訓詁注釈の趣があったためであろう。ディクソンはじめ多くの人たちが漱石の抜群の頭脳を賞揚したにもかかわらず、生真面目な漱石は自己の無学を咎めて、安心することができなかった。英文学についてのエッセイは漱石が英文学に深い先駆的理解を自力でりっぱにひらいていることを証しながら、みずからは英文学とは何か、まだわかってはいないという疑いを消すことができなかった。しかもイギリスの学者や批評家が自己と反対の見解をみせている場合に、外国人の悲しさに、これを押しかえすだけの根拠も確信をもっていいきることができず、自己を苦しめていた。漱石の厭世思想には、こういう孤独な、如何ともしがたい焦慮もあったにちがいない。そして、いま英語教師となって、教師としての自己の適格性をば思案しなければならなかった。こういう意味では、文学も、英語も、共に捉えどころのない「幽霊」のように、みえたであろう。

その上、一八九四年（明治二七年）春、血痰を咯いた。二人の上の兄は肺結核で死んでいたので、相当に驚き、神経をいためたのは当然である。漱石は子規への手紙（明治二七・三・九）で反対のことをいっているが、結核は当時不治の病であったから、文字通りに解することはできない。彼の厭世思想、厭人病とともに、「理性と感情の戦争」（明治二七・九・四・手紙）に激しく心を騒がし、「虚空につるし上げられたる人間」（同）のような思いがし、シェリ詩集一巻に慰めを見出したりするのである。大学の寄宿舎を出て、「塵海茫々毀誉の耳朶を撲《うつ》に堪ず」（同一〇・一六・手紙）と、小石川浄土宗伝通院の子寺法蔵院の一室に独居した。しかし尼僧が数人隣房にいた。尼僧でありながら、「少しも殊勝ならず女は何時までもうるさき動物」（同・一一・一・手紙）で、この自己分裂の「沸騰せる脳漿」を休める役にたたなかった。だから、さらにこの年の暮に、鎌倉の円覚寺にいって十数日参禅し、釈宗演の提撕をうけようともした。(2)「父母未生以前本来の面目如何」の公案の前に「ぐわんと参ったぎり」本来の面目をつかめず、禅的悟達に失敗した。かように参禅に失敗したが、禅についての造詣をまし、無を根源とする東洋思想によって彼の思想を豊かにすることとなった。しかも、この自力宗は漱石の思想に一つの立退き場所のような影響をもっていた。

一八九五年（明治二八年）四月、漱石は突如として愛媛県尋常中学（後の松山中学）の英語教員となって、松山に赴任した。(3) 漱石が松山についた翌一〇日、正岡子規は日清戦争に『日本新聞』従軍記者として大連にわたった。そして病身の子規は帰国の船中に喀血して、神戸病院に入った。八月末に松山の漱石のもとに寄寓した。郷里の俳人たちが子規のもとを訪ね、連日運座《うんざ》がひらかれるようになり、漱石もいつかその仲間に加わっていた。子規が芭蕉を排し、蕪村を揚げて、写生を重んじた俳句革新は確乎とした業績をあげていた。

田舎教師となった漱石は久しぶりに漢詩をつくり、俳句をつくった。漱石は一方において「家も捨て世も捨てけるに吹雪哉」で、自己を松山に流寓させながら、心のなかを吹き通る吹雪を味わっていた。そして「名月や故郷遠き影法師」と、自己の孤独と遠い都とを思いながら、「思ふ事只一筋に乙鳥《つばめ》かな」で、それが時には「いざや我虎穴に入らん雪の朝」と、心中の狂気にただならぬたたずまいをみせる。明治二八、九年から三〇年にかけて、句作がきわめて多い。『英国詩人の天地山川に対する観念』以後、一篇のエッセイも書かず、むしろ風流韻事におもむいて、これによって自己内面の深淵と対面しながら、自意識の処理を象徴にまで高めようとしているようである。子規のすすめる写実の必要をみとめながら、漱石にとっては句作はどこまでも自己確認の方法であったから、それにこだわることを必要としなかった。滑稽句が多いのも、そこから出た批評である。子規は自己分裂を知らず、近代的不安や懐疑に狐疑することなく、制作に一筋にたちむかったけれども、漱石は「理性と感情の戦争」といった分裂と不安を自分のうちに閲しながら、そういう苦悩のはけどころとして、「俳門に入」ったにとどまる。それはまさに余技としての自覚である。

漱石は、自己の教師たることを嗤い、周囲にたいする内心の憤りをぶちまけ、はっきりと個人主義的信条を説いた一文『愚見数則』（明治二八・一一・保恵会雑誌）を残して、一八九六年（明治二九年）四月、松山を去り、第五高等学校（熊本大学の前身）の英語講師となって熊本に行って、その六月、中根鏡子（貴族院書記官長中根重一の長女）と結婚した。そして、熊本に四年あまりをすごした。「小児の時分よりドメスチック・ハッピネス抔いふ言は度外に付し居候」（明治二八・一二・一八・手紙）

といっていた漱石は、ここで、鏡子の悪阻とヒステリ症に苦しめられることもあった。しかしまた寺田寅彦らのすぐれた子弟たちをも知った。しかも漱石は熊本における教師生活にも安住してはいなかった。たえず東京に出たいと思い、教師をやめたいと思っていた。子規に目的をたずねられて、「わが身でわが身がわからない」不安をいい、単に「文学的の生活を送りた」い、「文学三昧にて消光した」い、自分は「不具の人間」だから、何か衣食の仕事をさがし、「其余暇を以て自由な書を読み自由な事を言ひ自由な事をかゝん」（明治三〇・四・二三・手紙）などと希望をもらしていた。ここで漱石は子規のような「風流三昧」を考えているのではなく、自らの考える「文学三昧」をもとめ、それが容易ならぬことを知って、東京に教師以外の適当な仕事をもとめあぐんで、心ならずも「漂泊」をつづけていた。

熊本四年間に書いた文章は五篇にとどまる。そのうち、熊本に赴任した年の一〇月――岳父中根重一に東京に適当な職業を相談した月であり、すでに『太陽』に拠って森鷗外を向うにまわして青年客気の勇をふるっていた高山樗牛が東京大学哲学科を出て、仙台に去り、『退壇に臨みて吾等の懐抱を白す』（太陽）の一文を掲げた月[4]――に発表した『人生』（明治二九・一〇・竜南会雑誌）の一篇を読めば、その心事は明かであろう。

人生を「事物の変遷推移」と定義し、これを解説する。さらに「小説は此錯雑なる人生の一側面を写すもの」とし、一側面ではあるが単純ではない、これを「写して神に入るときは、事物の紛糾乱雑なるものを綜合して一の哲理を教ふるに足る」といい、エリオット、サッカリ、ブロンテから読みとったところをあげる。さらに小説には境遇を叙するもの、品性を写すもの、心理上の解剖を試るもの、直覚的に人生を観破するものがあってそれぞれに教えてくれるが、人生は心理的解剖で終始するものでも、直覚的に観破しつくせるものでもなく、「われは人生に於て是等以外に一種不可思議のものあるべきを信ず」とした。この不可思議とは「われ手を振り目を揺《うご》かして、而も其の何の故に手を振り目を揺かすかを知らず、因果の大法を蔑にし、自己の意思を離れ、卒然として起り、驀地に来るもの」で、自己の存在の根柢にある合理的に認識しがたいもの、世にいう「狂気」であるとした。そして人間とは「何時にても狂気し得る資格を有する動物」であると断定した。

「二点を求め得て之を通過する直線の方向を知るとは幾何学上の事、吾人の行為は二点を知り三点を知り、重ねて百点に至るとも、人生の方向を定むるに足らず、人生は一個の理窟に纏め得るものにあらずして、小説は一個の理窟を暗示するに過ぎざる以上は、サイン、コサインを使用して三角形の高さを測ると一般なり、吾人の心中には底なき三角形あり、二辺並行せる三角形あるを奈何せん、若し人生が数学的に説明し得るならば、若し与へられたる材料よりXなる人生が発見せらるゝならば、若し人間が人間の主宰たるを得るならば、若し詩人文人小説家が記載せる人生の外に人生なくんば、人生は余程便利にして、人間は余程えらきものなり、不測の変外界に起り、思ひがけぬ心は心の底より出で来る、容赦なく且乱暴に出で来る、海嘯と震災は、啻に三陸と濃尾に起るのみにあらず、亦自家三寸の丹田中にあり、険呑なる哉。」

漱石はここであらゆる「哲理」が「人生の一側面」をみた「理窟」にすぎないことを明かにし、

こうした「理窟」で割りきれない「Xなる人生」——外界における「不測の変」、「心の底」にある「思ひがけぬ心」——一言でいえば、人間が人間の主宰たることのできない非条理な、「狂気」というのほかはない自己の存在の主体的根源に向いあっている。「自家三寸の丹田中」に狂気の虫をもち、あぶない橋を渡っている「険呑なる」自我（実存）の深い自覚である。漱石の三〇年の体験と問題はここに集中し、またここから出発するのである。東洋と西洋、エゴイズムと孤独、精神と肉体、理性と感情、厭世主義と慈憐主義等、すべての対立はこの実存的自覚の中核に還り、またそこから生まれてくる。だからこそ、このころになって、句作にカタルシスをもとめ、また香を焚いて枯坐もし、「糸瓜の愚を学」んで、「ぶらりぶらりと」していたのである(5)（『不言之言』）。

他方において、漱石の英文学への研究は不断につづけられていた。それは『トリストラム・シャンデー』（明治三〇・三・江湖文学）、『英国の文人と新聞雑誌』（明治三二・四・ホトトギス）、『小説「エールキン」の批評』（同・八・ホトトギス）の三篇によって、一つの指標が与えられている。これらの三篇はホイットマンや英国の自然詩人を論じた場合とちがって、その理想に理想を見、その悲惨やその気宇に自己を寄せるようなことはしなかった。むしろ主人公なく、結構なく、無始無終である「累々たる雑談」に道化者のロオレンス・スタアンを見てとって、尽きない興味を見出している。すでに後年の『吾輩は猫である』への嗜好を生んでいるといえよう。またウオッツ・ダントンの評判小説『エイルウィン』を評しては、それが通俗小説であるか否かに関することなく、自己一個の眼識をもって分析し、「小説にして尤も詩に近きもの」であることをみとめ、浪漫的人物、舞台、結構をそれ自体として高く評価している。漱石は独立した客観的批評のなかに自己の高い鑑賞と分析とをしめし、深い理解力を駆使した。さらに英国の新聞雑誌の成立史や、文学者との関係、社会的背景に論及をすすめ、英国の文化風俗から文学の生いたちを究めようとしている。注意すべきことは、英国の文学者の社会的地位が高く、ディケンズのような作家すら新聞事業に関心をよせていたほど、新聞雑誌の地位の高かったことを評価し、当時、日本にみられた新聞雑誌や作家にたいする偏見からすでに自由にふるまっていた。後年の漱石の行動に思い及ぶとき、これは見のがすことができないことである。これらはいわゆる注文原稿に属するものであろうが、漱石が英文学に本格的研究の歩武をすすめていたことを証している。これから考えると、よく漱石論に引用される『文学論』の序にいう英文学に欺かれたという不安、英文学がわからなかったという告白は、もはや文字通りにうけとってはならないものである。もしいうならば、英国の市民文学のX、あるいはもっと高次の何らかの文学を期待し、摸索しているという高い要求をしめすものであろう。漱石は十分に英文学をそれ自体として鑑識しながら、その深刻で複雑な「険呑なる」自我を投影させて、初めてあげている音《ね》なのである。

(1) 東大英文科の最初の卒業生は後の青島税関長の立花政樹であった。

(2) 漱石はこのときに鈴木大拙に会って、釈宗演がシカゴの万国宗教会議で行われる講演の英訳に朱筆をいれてもらった旨、岡崎義恵の『鷗外と漱石』(昭和二六・四・要書房)に記されている。しかしシカゴの万国宗教会議は、一八九三年(明治二六年)九月一一日から二九日まで開催されていて、宗演の講演に手をいれることができるわけがない(このときの釈宗演の旅行記が『万国宗教大会一覧』明治二六・一二として出版されている)。もしこれが誤伝でないとすると、明治二六年春に漱石が釈宗演のもとに参禅して、「無」という一字の公案を与えられた（『色気を去れ』）という談話の傍証になり、明治二六、二七年の二度参禅したという説が成立する。大拙が宗演の英語講演の原稿を、何かの必要で、帰朝後、漱石に朱筆をいれてもらったとも考えられる。なお、宗演は明治三八年再度の渡米をし、大拙は同行した。この時の記録は、宗演の『欧米雲水記』（明治四〇・一〇・金港堂）にある。岡崎は明治三八年六月の渡米と混同していることはないか。なお、鈴木大拙が上京したのは二二歳、一八九一年で今北洪川のもとに参禅、洪川の死後（一八九四年）、釈宗演のもとに師事した。さらに、漱石は明治三〇年八月にも、鎌倉に赴き、釈宗演に会っている（明治三〇・八・一七・手紙並に俳句参照）。明治期の知識青年は精神修業のために、自力聖道門を念ずる参禅が好んで行われ、漱石にだけみられる特異なことではない。

(3)　漱石の松山赴任の動機は諸説あって定まらない。失恋説、市隠説、洋行費説などある。また「裏面より故意に疳癪を起させる様な御利口連」（明治二八・五・一〇・手紙）が東京の学校にいて、何かあったのかもしれない。とにかく、参禅をもとめたような精神的危機が、暫く地方に退いて、自己脱却をもとめさせたのであろう。

(4)　樗牛は明治三〇年四月、仙台の第二高等中学校教授を辞し、上京、博文館に入って、『太陽』の文学欄主宰となって、ふたたび華々しい活動を開始する。漱石は横目にこれをにらみながら、「何の高山の林公抔と思つてゐた」（『処女作追憶談』）。

(5)　『不言之言』は『ホトトギス』明治三一・一一―一二に載った。「ホトトギス」は明治三〇・一・一五日、松山において、発刊され、翌明治三一・一〇月、第二巻第一号から東京で刊行、子規が主宰した。子規が主宰するようになってから、漱石の最初に書いた文章がこれである。子規は、この年二月、和歌革新に、翌明治三二年、写生文によって文章革新に志した。

五　ロンドンの経験――方法論的自覚

漱石は、一九〇〇年（明治三三年）五月、第五高等学校教授の現職のまま、「英語研究ノ為メ満二年間英国へ留学」を命じられた。英文学の研究のためではなく、英語の研究であったことに多少の抵抗を感じ、文部省に専門学務局長上田万年を訪ね、「多少自家の意見にて変更し得るの余地ある」ことを知って、受諾した。ドイツ留学の藤代禎輔（素人）、芳賀矢一らとともにドイツ船で「西征の旅」についた。

前後二年四ヵ月にわたる英国留学は留学生の誰でもが経験するような平凡なものであった。数え年三四歳という中年であったことと、文部省留学費が年千八百円にとどまっていたことから、ケンブリッジなどの英国の大学生活が自己の目的にかなわないと知って、大学の講義をきくことを断念した。(1) ロンドンで、シェイクスピア学者のウィリアム・ジェイムズ・クレイグ(Arden Shakespeare 四十巻の監修者で、Oxford Shakespeare の編纂者)の個人教授を一年あまりうけながら、下宿を五度変えて、学生街から西南の場末の新開地にうつり、衣食を極度にきりつめて、その留学の目的の一つといった高価な書籍の買入に留学費の大部分を傾けた。この間、憲法学者の美濃部達吉のほか、長尾半平、大幸《おおさち》勇吉、土井晩翠ら当時の多数の留学生のうちの特定の少数と多少の交渉をもったほかは、社交をさけ、ほとんど下宿にあって、いわゆる「下宿籠城主義」をとり、古今の英文学書の耽読にすごしたといってよい。ただ一つライプチヒ大学における留学を終えて、帰途たちよった化学者池田菊苗との三月たらずの交友が、学生時代の正岡子規との親交に匹敵する重大な影響を与え、一時、英文学書をしまい、心理学、哲学、社会学などの書物を耽読させた。誇張していうならば、漱石の学問とその方法は池田菊苗との邂逅によって、初めて自覚させられたといってよい。そしてその背景に、イギリスで実地に知った英国と英国人をみて、かつてもっていたかれらに関する想念が買いかぶりにすぎないことを知って、欺かれたという感じと自己にたいする信念とをやしなうことができた。これを通観して漱石の英国留学は、暗鬱な季節のなかで、孤独と望郷の念とにさいなまれながら、表面的にはほぼ内地の学究生活と変らぬ生活、とくに留学を特色づけるような生活が多少の観光のほかにはなかったことをもって終始している。

しかし漱石の内面的生活に入って考えてみれば、いわゆる「英国嫌い」を結果したような異郷の生活がもたらす結着を、その思想展開の上で、経験していた。ロンドンの経験は、『文学論』の序や『私の個人主義』に、みずから後に概括したこと以上に、これまでの漱石の思想の総決算であったとともに、その新しい発展の契機となる諸要素、諸問題への幅広い出発点を豊富につくりだしていた。ただし「他人本位」から「自己本位」に変ること、文学の心理学的社会学的研究を志向したことは、漱石みずからがいうように、ロンドンにおいて初めておこなわれたものではなく、すでにみてきたように早くから手がつけられていた。ロンドンの経験の意義は、英国学者の実態にふれ、自己の納得できない外国学者の言説を根本的に疑い、自家独特の見識をもって、独力をもって自己の学問思想を組織する確信をつかんだことである。もちろん、この確信は異邦の空気を呼吸し、博学にして見識のある立派な品性の持主「偉い哲学者」の池田菊苗との邂逅による方法論的自覚によるものが多かったということはできる。

ドイツ船にのって出発したときから、漱石はすでに西洋の中に入り、西洋との対決がはじまっていた。清国には義和団事件が発生していた。妻子と共にひきあげるイギリス宣教師の一行が二十数名上海からのりくんで、熱心に漱石に伝道するものがあった。宣教師の説くキリスト教は、みずから偶像破壊者をもって任じながら、キリストの化体を説く点において偶像崇拝であると、漱石は推論する。キリスト教は偉大な宗教ではあるが、世界の唯一の真の宗教とはかぎらず、キリスト教を信仰するものに救いがあるように、偶像崇拝とよばれる他宗においても、信仰において救われるのである。結局、宗教は信仰の問題であって、理性や討議の問題ではない。どんなに大いなる概念も、どんなに立派な外観も、信仰がなければ、砂上の楼閣であろう。信仰があれば、キリスト教ばかりでなく、仏教でも回教でも、各人の知的発展の段階に応じて、賢人の工夫をこらした空想や思索に満足や幸福が得られる。万人に真善とみえるものがあれば十分なのである。

漱石はこういうふうに宗教を経験論的に容赦なく批判しながら、自分の求める宗教があればなにかと考える。そのとき、インド洋上で茫莫とした静かな大洋をながめながら、身をゆだねた「幻影《ヴイジョン》」を思い浮べる。天でも、地でもなければ、「この世と呼ばれる人間存在の中間的次元」でもなく、実に「空虚」——“nothingness where infinity and eternity seem to swallow one in the oneness of existence”であった。もし「神」が真に有るものならば、この「無」であり、宗教とは、その超絶的偉大さのうちに、あらゆる宗派、宗教を含むものでなければならない。こうした思弁をめぐらして、神は絶対であるが故に、その命名によって相対性を含むことのできないのであり、キリストでも、聖霊でも、その他のものでもないとともに、同時にキリストであり、聖霊であり、万物でありうるような「無」でなければならないとした。それは漱石の「自我」を超克しうる「救い」の有り場所を暗示しているかのようである。

明かに、漱石は宣教師の説くキリスト教を経験論的立場から論破するとともに、自己の神観または宗教観として、あらゆる既成宗教を包摂した絶対無の東洋思想を提示している。この宗教観は経験論哲学を越えたところにもとめられる、それとは異質な「幻影」的な信仰の境地であっただけに、その経験論的立場からする世界観との連関を正しく把握した上でのことではなかった。しかも参禅において禅的悟達に失敗した体験をもっていたのだから、インド洋上の「幻影」に裏づけられた形而上学的思弁における一つの要請にほかならなかった。しかしもし漱石が宗教をもとめるとすれば、これがその立ちよりたい真実在としての次元にはちがいなかったのだろう。その自覚するように、彼の趣味には常に逃げ場所として「東洋的発句的」なところがあった。もちろん、漱石は安易にそこに立ち退いたりはしなかった。だから足を一歩ロンドンにふみこんで、現実社会に対面してみれば、この落差はふたたび西洋と日本との現実の諸問題に立ちかえり、日本の将来について深く考え、「日本は真面目ナラザルベカラズ、日本人ノ眼ハヨリ大ナラザルベカラズ」(明治三四・一・二七・日記)と、衷心から憂えるのである。

ロンドンについて、妻鏡子への第一報は、「西洋にては金が気がヒケル程入候」(明治三三・一〇・三〇・手紙)ということであった。異郷にあって金銭が唯一のたよりである旅人にとって、留学費の少いことと、堅牢ではあるが物価の高いこととは、まず「修学に便ならず」で、「凡てが金力に支配せらるゝ」大学生活、在留日本人の生活を拒否させた。そして金融資本の産業支配がヨオロッパ諸国のように甚しくないイギリスの資本制社会(漱石の着英の翌年一月二二日、治世六〇年を祝ったヴィクトリア女王が逝いた)においても、俗物的金権主義が人間の内面的価値とは関係なく、いな、むしろこれを蹂躙する事実を確認した。イギリスのような紳士社会でもそうであるから、在留日本人の多数をしめる産業資本の粗野な成り上り者の金権主義者については一層これが甚しいことを確認した。(2) 漱石には金銭について儒教的な軽視がみられるが、なによりも無智無学野鄙な輩がただ金あるがために「士大夫の社会」に入って、徳義を棄てて顧ず、高慢に権勢を誇ることに我慢ができなかった。(3) もちろん、イギリスの紳士社会においては、みだりに虚言を吐かず、礼儀を重んじ、権利観念が発達している等の長所のあることを、認めなかったのではない。やがて「財産の不平均」が「貧富の懸隔甚しき」を生む「欧州今日文明の失敗」をみとめ、「カール・マークスの所論の如きは単に純粋の理窟としても欠点」があるにせよ、「今日の世界に此説の出づるは当然の事」と岳父中根重一に書きおくるまでになっている（明治三五・三・一五・手紙）。漱石の蔵書中に『資本論』の英訳が存するが、「政治経済の事に暗く」と断ったように、この社会組織の欠陥の由来をつきとめて、是正を求めるという方向にまで出ることはできなかった。

漱石は、こういうふうに英国および英国人の現在を観察しながら、これを基盤として真剣にかくなり行くであろう日本の将来を思うのである。「今ノ文化ハ金デ買ヘル文化ナリ、金デ買ヘル文化ガ最モヨキ文化ナルカ」と問い、「若シ然ラズンバ日本ガ万事ニ於テ西洋ヲ崇拝スルハ愚ナリ」と答える。もちろん、漱石は日本の儒教道徳をそのままに是認したりはしない。逆に個人の内面的価値を重んずる立場から、激しく批判すること、この個人主義の社会的背景である唯物的金権主義にたいすると同じである。「道徳は習慣だ、強者の都合よきものが道徳の形にあらはれる、孝は親の権力の強き処、忠は君の権力の強き処、貞は男子の権力の強き処にあらはれる」といい、「日本ノ昔ノ道徳ハ subordination ガヨク出来て居る、君臣、父子、夫婦／是は社会を統一して器械的に働かす為に尤も必要である、今はだめ」と、破壊的口調で、『断片』に書いた。「高天原連」のように偏狭な国粋主義をもって、封建道徳の温存をもってすませる易きについているのではない。むしろ「西洋ヲ紹介スルハ善事」とし、さらに生存競争上からみて必要なことだとさえ考えていた。ただこの場合に、コスモポリタンな知性《インテレクト》をもって取捨する見識がなければならず、「只アル established science の外ニハ妄リニ西洋ノ intellect ヲ信ズルベカラズ、lawless science ハ tentative ナリ、気ヲ付ケ《ママ》ベシ」「Intellect 以外ノ faculty ヲ用ユル取捨ハ厳重ニ慎マザルベカラズ」等とした。ここで漱石は、明治初期の開明主義のように、単純に採長補短をいっているのではない。日本の近代化を要請しながら、「只西洋カラ吸収スルニ急ニシテ消化スルニ暇」なく、「欧州今日文明の失敗」までも学びとろうとしていることを警告し、これを取捨する見識は封建的道徳では無力であるばかりでなく有害であり、コスモポリタンなインテレクトでなければならないとするところに、「日本人ノ眼ハヨリ大ナラザルベカラズ」という意味があり、——儒教的道徳の批判から個人の内面的道徳の確立へと困難な創造的努力が費されていたと考えられる。

　他方、漱石は英文学の研究では、もっぱら「書物読の方に時間を使用」した。しかも「一般の英国人よりも我々が学者であつて、多くの書物を読んで居つて、且つ英国の事情には明かである」(明治三四・二・九・手紙)、英国人であっても恐れるにはたりないと、自己に確信をもつようになった。

しかも英文学に親しめば親しむほど「西洋人が是は立派な詩だとか、口調が大変好いとか云っても」（『私の個人主義』、同じことが『処女作追懐談』にある）、漱石の感じるところ、あるいは漱石の考えるところとは一致しないことがある。このことは、ロンドンにきて、初めて感じたことではないことはすでに述べた。[3] ただ今まではイギリスの批評家のいうことだからと、「気が引け」ていた。漱石は池田菊苗との邂逅を機縁として、西洋学者の言説は言説として、それを妄信しなければならぬとするまどいからさめ、これが腑に落ちない場合は根本的に疑い、日本人たる自家の趣味、文学の基本的立脚地から、どこまでも自説を主張できる根本、その方法を見出す方向に活路をもとめた。『断片』に「文ハ feeling ノ faculty ナリ／Feeling ノ faculty ハ一致シ難シ／故ニ西洋ノ文学ハ必ズシモ善イト思ヘヌ／之ヲ強テ善イトスルハ軽薄ナリ／之ヲ introduce シテ参考スルハ可ナリ／之ヲ取捨スルノ見識ハ非常ニ必用《ママ》ナリ／insurmountable difficulty アリ／是ハ一朝一夕ニ正シ難シ／且或部分ハ正ス必用《ママ》ナシ是見識ナリ」と書いたときに、この困難を国民性の把握から打開しようとした。そして文学の本質を心理学・社会学から根本的に研究するという新たな問題を自己に課したのである。文学書をしまい、科学書を耽読し、ノオトをとり、「蠅頭の細字にて五六寸の高さに達」するという刻苦勉強がはじまった。

漱石の新しい課題は、正岡子規に与えた『倫敦消息』（明治三四・五・ホトトギス）にすでに端緒をみせている。「此国の文学美術がいかに盛大で、其盛大な文学美術がいかに国民の品性に感化を及ぼしつゝあるか、此国の物質的開化がどの位進歩して其進歩の裏面にはいかなる潮流が横はりつゝあるか、英国には武士といふ語はないが紳士と（いふ）言があつて、其紳士はいかなる意味を持つて居るか、いかに一般の人間が鷹揚で勤勉であるか、色々目につくと同時に色々癪に障る事が持ち上つて来る」と通信したとき、この問題に含意した根本をも究めることであるからである。寺田寅彦にすすめたコスモポリタンな学問としての物理学に匹敵する客観的妥当性をもった学問として、換言すれば理論的思考を駆使して、独自に自家の「文学の哲学」をうちたてようとした。岳父中根重一に与えた目論見は、「西洋人の糟粕では詰らない、人に見せても一通はづかしからぬ者」として、前記子規宛消息にみえる考を内含しながらきわめて雄大なものに育っていた。

「世界を如何に観るべきやと云ふ論より始め、夫より人生を如何に解釈すべきやの問題に移り、夫より人生の意義目的及び其活力の変化を論じ、次に開化の如何なる者なるやを論じ、開化を構造する諸原素を解剖し、其聯合して発展する方向よりして文芸の開化に及す影響及其何物なるかを論ず」。

これをみると、単なる文学論にとどまるのではなくて、世界観・人生観・開化論・文学論をふくんだ大きな主題にとりくんでいたことがわかる。すくなくとも、学問的方法として文明史的方法をとって、文学の本体を究めようとするものであった。さればこそ「哲学にも歴史にも政治にも心理にも生物学にも進化論にも関係」する「二年や三年ではとても成就」できないものであり、「金を十万円拾つて図書館を立て其中で著書をする夢を見る」愚をも敢てしたくなったであろう。しかもこれが夢想ではなかったことは蔵書目録その他で明かである。後に「十年計画」といい、『文学論』が「純文学の方面に引き付けて」の講説した一部にすぎなかったという意味もある。

漱石がかような大きな主題をひっさげて、孤独に読書三昧に送った「下宿籠城主義」は、人に狂気とまで疑われる激しい神経衰弱をまねいた。これは、もちろん、「英国紳士の間にあつて狼群に伍する一匹のむく犬の如く、あはれな生活」であり、またロンドンの暗鬱な気候や、過度の勉強や、品行正しく、妻鏡子の愛情に渇して求めたにかかわらず、事情を知らぬ妻によって、それにふさわしく報いられることのなかったことのためでもあったろう。しかし、これらのものはその読書三昧とともに誘因であったこと、英国社会の偽善や日本人社会の不合理の場合と同じであったろう。いいかえれば、漱石が「思ひがけぬ心」といった本体のわからぬ「険呑なる」自我をかかえたままロンドンにあって、自己の深淵に当面していたことにもとづくものであり、むしろここにこそ真の素因があった。だから、その社会批判はかならずしも一貫した理論的根拠からとらえられず、むしろその場その場の悲憤の壮士調ともひびきかねぬことはない。漱石の不愉快がロンドンの二年だけのものではなく、「帰朝後の三年有半」においても変らなかったことは、追跡妄想の症状をともなうような、この険呑な自我分裂の処理に扱いかねていたからである。実際、漱石の自我は単独に自身の存在の深淵に向いあっていたにちがいない。

『断片』をみると、次のような言葉があって、自己対面をものがたっている。「普通ノ人間ノフワフワナル事、Dichotomy ○行動、言語、志操、一貫セズ、故ナク変化ス／咄嗟ノ際ニハ修養ノ効果何レニカ飛去ル」「フワフワノ原因、之ヲ矯正スル道／嗜好、徳義ノ発達、傾向、順序／頭デ考テ之ヲ実事ニ徴スルカ、実事ニ考テ之ヲ頭デ集成スルカ、両者ノ牴牾スルトキ何ヲ非トスルカ」「感情ト理ノ関係、其価値」これは池田菊苗との会談によるメモであったかもしれない。とにかく、自己の本体の理性的に収拾しがたい苦悩や思念を整理しようとし、その方法の発見を考えていたメモであり、『文学論』への方法論的自覚への道順を暗示している。唐木順三が「矯正スル道」という言葉に注目して「険呑なるものの方法化が提出されてきた」といったことは、炯眼といわなければならない。(5) そして、これが学問としての方法論的自覚であるとともに、「自己の方法化の問題」すなわち「倫理的な問題」として、ここに「自己本位」の実質を読んだことは、「Xなる人生」に取りくむ重要な自覚でもあったにちがいない。もしそうであれば、この「矯正の道」は、漱石の口吻をかりれば、「一朝一夕ニ正シ難シ」という嘆きをもひきずっていた。精神的治療法として、池田と語った「禅学ノ話」などがもちだされ、あの「無」の思想を思いうかべたと考えられるが、それだけに「自己の方法化」はきわめて奥深いところで摸索される課題として残っていた。池田と別れてまもなく、「近頃非常ニ不愉快ナリ」「神病カト怪マル」自覚症状を感じだすのである。

こうして、漱石は二度とふたたびイギリスの土地を踏むまいとまで、「英国嫌ひ」に険呑な自我をよろおって、「生きて面会致す事は到底叶ひ申間敷」とかねてから覚悟していた親友正岡子規の死をきいてからまもなく、故国日本にむかってたった。ふたたびみる祖国日本にもイギリスと同じく不愉快な日々が待っていることには変りがなかった。

(1)　吉田健一の『東西文学論』では、イギリスの大学制度や奨学金を述べ、漱石の独断的な思いちがいを批判し、残念がっている。しかし漱石が吉田のいうように平凡な大学生活に入っていたとしたら、英文学者漱石の面目も、作家漱石の面目も、今日みるようにならず、平凡な道に立ったかもしれない。吉田の批判は批判として、漱石の思いちがいに、却ってその面目が出ている。

(2) 明治三四年四月以降と推定される『断片』に、(一)金の有力なるを知りし事、(二)金の有力なるを知ると同時に金あるものが勢力を得し事、(三)金あるものの多数は無学無智野鄙なる事、(四)無学不徳義にても金あれば世に勢力を有するに至る事を事実に示したる故、国民は窮屈なる徳義を棄て只金をとりて威張らんとするに至りし事、(五)自由主義は秩序を壊乱せる事、(六)其結果愚なるもの無教育なるもの齢するに足らざるもの不徳義のものをも士太夫の社会に入れたる事(以下省略)等、しるしてある。

『永日小品』の中にも『金』と題する小品がある。

(3)『倫敦消息』に「日本の紳士が徳育、体育、美育の点に於て非常に欠乏して居る事が気にかかる。其紳士がいかに平気な顔をして得意であるか、彼等がいかに浮華であるか。彼等がいかに現在の日本に満足して己等が一般の国民を堕落の淵に誘いつゝあるかを知らざる程近視眼であるかなどといふ不平が持ち上つてくる」を参照、因にこれは後の文集『色鳥』では削除されている。

(4)『文学論』の序では、漢学の文学観念と英学の文学観念とのちがいとして問題を提出し、この根柢に、文学が「人の為や国の為」に有用であると考える文学観念が尾をひいていることは、すでに述べたから、ここに再びとりあげない。ここで、詩歌や韻律の問題が提出され、その方が具体的に「趣味」のちがいの所在を明かにする。わたしは「文学」観念のちがいから、ロンドンにおいては、「趣味」のちがいにふみこんでいったから、国民性の心理的社会学的研究からこれを明かにするという方向が打ち出されたと考える。

(5) 唐木順三・『夏目漱石』前掲書・二〇〇ペイジ。

第二章　大学の講義——文学理論の構築

一　形式論

漱石は一九〇三年（明治三六年）一月二三日に東京に帰りつき、牛込矢来町三中の丸の岳父中根重一の浪人暮しの隠居所に入った。[1] 妻鏡子はそこの離れに、借財に苦しむ実父の援助もなく、わずかな留守手当（月額二五円）だけで、子供二人を相手に、みじめな生活をしていた。しかも一度たたんだ熊本の家に帰って、第五高等学校の教授にもどる気はなかった。狩野亨吉と大塚保治との斡旋で、第一高等学校の語学の講師と、東京大学英文科の英文学の講師にきまっていた。借財をして本郷千駄木町の家（第一高校教授斎藤阿具所有）に移るとともに、第五高等学校教授を辞して、一時賜金（退職金）で、これをどうにか補った。借財の返済や新居の仕度や岳父その他の縁者の強請に、漱石は金の苦労につきまとわれ、やがて明治大学の講師をも兼ねた。それがまた原稿を書きはじめる現実的な誘因ともなった。

東京大学文科大学は、外山正一の逝去にともない、井上哲次郎が代って学長になり、それまでの「傭講師」Hired teacher であった帰化人、小泉八雲（ラフカディオ・ハアン）が解任された。その後任として夏目漱石、上田敏、アーサ・ロイドの三人が就任した。漱石は四月からの三学期に『サイラス・マアナ』の訳読と『英文学概説』の講義を担当することになった。[2] しかもハアンの詩人ふうな英詩文の鑑賞講義を慕う学生の間には留任運動がおこなわれた後であるから、漱石の学問的な講義にたいする学生の受けは、その余燼もあって、芳しいものではなかった。[3]

『英文学概説』General Conception of English Literature は四月二一日から五月二六日までの短い期間に、月火の二日行われた二、三時間の講義で、これが後の皆川正禧のノオトで公刊された『英文学形式論』である。学生のノオトであるから、漱石の講義が正確に筆写されているとはかぎらぬが、わたしたちは講義の内容をこれによってうかがうよりほかに道はない。漱石が学問的に文学の本質を分析しようとした第一歩は、ここに初めてわたしたちの前に姿をあらわしはじめるのである。もちろん、これは「英文学概説」であったから、一般の文学論よりは英文学に「引き付けて」講義するという形で現れたことはいうまでもない。

さて、『英文学形式論』は文学の定義について諸家の説を紹介したあとで、そのいずれもが一部を現し、もっともらしくみえるとともに不満足だといい、しかも十分な定義を与えることが自分にはできない。文学は科学のように定義を下せる性質のものではないから、暗黙の理解に出発したいと、ドイツの観念論哲学とはちがったイギリス流の経験論哲学に立って出発する。しかも、この講義では、「吾々日本人が西洋文学を解釈するに当り、如何なる経路に拠り、如何なる根拠より進むが宜しいか、かくして吾々日本人は如何なる程度まで西洋文学を理解することが出来、如何なる程度がその理解の範囲外であるかを、……吟味して見たい」といい、漱石自身の課題にとりくむことを明かにした。このために、文学を形式（Form）と内容（Matter）とに大別し、両者の関係を論じ、内容の分化、文学の人間に及ぼす効果と法則等を分析することを予定としてかかげた。ここから日本人が外国文学を研究するにあたって、種々の困難を感じる文学の形式を真先にとりあげ、この形式は「趣味に訴ふべきもの」と定めて、その「形式の客観的条件」を分類し、各項目について考えていくことになった（原英語）。ここに「趣味」を快・不快・好悪から考えているところに、イギリス経験論哲学の立場が表明されている。

Ⅰ、意味をあらわすための語の配列

（A）知的要求を充足して感興を起す形式、普遍的なもの。

（B）単なる知的要求以外に一般の種々な聯想から感興を起す形式——雑のもの。

（C）歴史的発展にともない教養された吾人の趣味から選択された形式。

Ⅱ、音の結合をあらわす語の配列

Ⅲ、語の形（Shape）の結合をあらわす語の配列

漱石は、この講義においては、最後の語の形の結合の場合については一言も触れることなく終っているから、英文学の場合、ここで何をいおうとしているのかわからない。また用語に特別の意義をもたせているから、分類だけで内容を推しはかってはならず、講義の独創性はこういう分類と、これを具体的に実証をもって推論していく過程にあり、おそらく日本人の頭脳と感性とで文学の形式を秩序だって組織しようとした最初のこころみであろう。

IのAにおいては、各語の意味(思想)、各思想を現わす符号(Symbol)としての語(例、同意語)、各語の組立全体の思想、結合した思想をあらわす語の順序に分析して、外国語を学んだ日本人には原則として理解できるとする。さらに形式あって思想のないもの、思想と形式との混同したもの、思想はあるが形式を欠いたものを実例でしめし、知的要求を満足させるか否かを吟味する。かくて「吾々の理解力に訴へてさらりと分るもの、普遍的なもの」がわれわれの趣味に訴える面白い形式であるとした。

次にIのBにおいては、フロオベエル、ペイタの文体論をひいて、「或一物を写し出すに、此にぴつたりと適合する唯一ケの名詞、一ケの形容詞、一ケの動詞がある、それ以外には存在しない」という有名な原則は理解できるが、われわれ日本人にはこれらの作家の心に入って分析し、なぜに甲の語が乙の語より勝るかをしめすことはむつかしい。スティヴンスンの一文を引いて、具体的に漱石におもしろいと感ぜられる理由、その客観的要素をとりだして、可能な範囲を明かにする。さらにカアライルの文体をあげ、こういう癖のある文章の分析はやさしいが、分析のできない場合のあること、その理由を考える。かくて、「Bは種々の分子を含む、理解力に訴へる部分もあり、音調の部分もある。その外刺戟的のもの、珍奇なもの、等を含むので、此を『雑のもの』と名付けた」が、これらのわれわれの趣味に訴えるおもしろい形式がすべてわれわれ日本人には理解できるとは限っていないという。

IのCは十五世紀から十九世紀にわたる英文学の文体の変化をあげ、短い言葉、短い句、生地の英語が現代の文体の特色となっていることを論じる。これは英国人の趣味の変化であるから、かれらと同一の経過をへるか、偶然にかれらと暗合するかするのでなければ、われわれの趣味と合致しがたい。われわれはかれらの歴史的趣味から自由であるから、各時代を通じて自由の選択ができるために幸福であるが、他面、この束縛がないために、かれらと趣味を共有できないから不幸である。この形式の選択には、第一に思想を標準とし、第二に形式が理解に訴えるか否かで、第三に雑多な諸点で、最後に感情的要素で行われるが、最後の要素は手にいれることがむつかしいから、趣味の一部分が空虚になる。かくて、「歴史的習慣より養はれたる趣味は偶然のものである。此に付き束縛を感ぜない吾々は、文学の形式を鑑賞するに於て鈍感であり、損失が多い訳」であり、「地方的趣味に支配されるものだから無論普遍的ではない」とした。

Ⅱは外国人に最も理解しにくい音の結合としての形式であり、主に詩について述べている。まずわれわれ日本人と西洋人とは同一の耳をもたないことを具体的にしめし、音の形式について、われわれの理解しうる要素は何かを吟味するために、（一）音自身の連続した性質即ち旋律（Melody）、（二）尾韻（Rhyme）と頭韻（Alliteration）其他の反復音（Repetition of sounds）、（三）韻律（Rhythm）——読む時の語勢（Stress）及び行（Line）の長短（Quantity）を意味する、音脚（Foot）や律格（Metre）もここに入る——とに区別して細論する。次に音にたいする趣味は時代により変化し、また国民によりちがうことを明かにし、かく東西古今で趣味の異る理由を求めて、連想、反復、弁別力、旋律そのものの再現の困難を数えあげる。

漱石の講義は未成熟のうちに着手され、しかも時間の限られたものであったために、IIの終りを要約し、IIIをはしょり、初めにかかげた内容と形式との関係をはじめ、芸術家の制作の喜びと読者の快楽の分析などに及ばず、荒正人のいうように、尻切れとんぼの感じがする。[4] 学生のノオトであるためか、全体の構成にも、整理の不十分なところ、理論的体系の弱いところが多分に残っている。しかし荒正人の指摘したように、十分にイギリス人の読みかたをこなした上で、自分の納得のゆく読みかたをしめし、確信をもってそれを語っており、そこが「この講義のなかで最も光っている」部分をなしている。当時学生の間に不評判であったこの講義は、本人が「大得意ダ」と菅虎雄に放言したように(六・一五・手紙)、英文学者としての漱石の理論癖が高度であったばかりでなく、鑑賞力も高度であり、自信のある高次の要求の所産であったことを証してあまりある。

ところで、漱石はかねて抱いていた「文学とは何か」を解明するにあたって、最も西洋人と意見の阻齬する難問、形式論を俎上にのぼせて、初めにとりくんだ。文学の複雑多岐にわたる形式を「語の配列」において三分し、あくまでこれを客観的条件または要素に分析し、その体系的組織において解明しようとした。そのために、英文学研究書のほかに、ロンドンの経験によって自覚した方法――ハアバアト・スペンサの『文体論』やウィリアム・ジェイムズの心理学などを援用しながら、形式の訴える感興を形式の要素や条件のなかに確かめながら、分析・記述・法則化の方法論的手続をとった。しかも日本の芸術家としての漱石は外国人と日本人との感性の懸隔を念頭において、日本人の理解し、感興をおぼえる限度――その原因を、できうる限り、具体的に、しかも理論的に明らかにした。「普遍的」とか、「準普遍的」とかいう評語はここに由来している。十分とはいえなかったにせよ、漱石は多年の難問にたいし、これを攻略する橋頭堡をきずいたのであり、わたしの知るかぎり、文体論または形式論としておこなわれていた既往のいかなる体系にも依存することはなかった。

それだけに、漱石にとって悪戦苦闘の毎日であり、ロンドン以来の神経衰弱——荒正人の指摘する追跡症の症状を強めもした。大学講師の辞任を考え、七月から夏季の間、夫妻間の衝突を意味する妻子別居をみたり、さまざまなエピソオドの伝えるように、危険な病的症候をみせもした。漱石の癇癪は「険呑な」自我が彼の分別を忘れさせる意識の深淵からの声である。

(1) 夏目鏡子の『漱石の思ひ出』によると、中根重一は大隈内閣の瓦解（明治三一・一一）後まもなく貴族院書記官長を辞し、一時、行政裁判所評定官から第四次伊藤内閣の内務大臣末松謙澄のもとに、地方局長をつとめた。伊藤内閣の崩壊によって、ふたたび地位を失った。これが明治三四年六月二日である。重一は漱石の留学直後に無職になった上、相場の失敗で、借財に苦んでいた。

(2) 当時、大学の新学期は九月にはじまり、七月の初に終ることになっていた。

(3) 漱石の講義にたいし、訳読も、講義も、不評であった。その詳細は当時の学生の一人であった金子健二の『人間漱石』（昭和三一・四・協同出版株式会社）に出ている。

(4) 荒正人・英文学者としての夏目漱石・昭和三六・三・英文学誌四号・法政大学英文学会。なお、追跡症のことは、すでに古くから注意されていたことである。漱石の屍体解剖をやった長与又郎は、『夏目漱石氏剖検』（新小説・大正六・一）のなかで、糖尿病からきた結果としてみているばかりでなく、この種の素質があり、糖尿病が誘引したと推定し、「極めて重大な問題」と指摘している。追跡症の症状は、大学卒業前後から、すでに現れていることは、鏡子の『漱石の思ひ出』によって伺われる。

二　内容論

一九〇三年（明治三六年）九月二一日から、新学期の『英文学概説』の講義は、前年度の『形式論』にひきつづいて、『内容論』に入った。この講義は一九〇五年（明治三八年）六月まで、日露戦争をはさんでつづけられた。後に中川芳太郎の筆写に手を加えて出版された『文学論』がこれである。だから、『文学論』は文学の定義や形式に一言もふれることなく、すぐに内容論に入るのである。同時に九月二九日から『サイラス・マアナ』の訳読に代って『マクベス』評釈がはじまり、これが終ると、翌一九〇四年二月二三日から『リア王』の評釈、さらに一二月五日から『ハムレット』の評釈とつづいた。漱石のシェイクスピア評釈は、坪内逍遙の伝説にきくシェイクスピア講義に匹敵する、二〇番の大教室が「大入繁昌札止め景気」（金子健二評）をみる盛況で、前年とはうって変った人気であり、法科、理科の学生まで聴講するほどであった。但し逍遙とはちがって、冷たい鋭い批評眼を働かせ、「正確適切にして一点のあいまいな所なし」「英文解釈力は文法的に見てすばらしい」と、当時の学生金子健二をして嘆賞させるものがあった。(1)ここに帰朝後の、ロンドン消息の続篇『自転車日記』（明治三六・七・ホトトギス）と、それにつづく最初の論文『マクベスの幽霊について』（明治三七・一・帝国文学）が公表される。

『文学論』における漱石の思想を吟味するために、まず初めに多少の煩瑣をしのんで、その構成をごく大要において紹介しておかなければならない。全体が五編にわかれ、文学的内容の分類、文学的内容の数量的変化、文学的内容の特質、文学的内容の相互関係、集合的Fと、それぞれ題されている。そして第四編の終り二章と第五編とは漱石によってまったく書き改められたことも、思想の推移を知る上では気をつけなければならぬことである。

第一編では、初めに文学の意識内容である「焦点的印象または観念」をF（focus の F）とし、このFに附随しておこる作者（または読者）の情緒をfとし、「凡そ文学的内容の形式は（F＋f）なることを要す」という有名な漱石理論の第一則を提出する。この原則そのものが文学を意識現象から心理学的に考究しようとする態度をしめしている。Fを認識的要素、fを情緒的要素といい、両者の結合に文学的内容の実質を考えたのは、情緒を離れては文学の内容が成立せず、「情緒は文学の試金石」であるとみたことでもある。したがって、文学意識の対象的焦点にいかなる情緒（美感）がともなうかを吟味することが重要な課題として、まず日程にあがってくる（但し、漱石は情緒の質をほとんど問題としないで終っている）。このために、文学意識の認識的要素を意識経験の内容からみて、いかに分析、分類するかが問題となってこよう。この人間意識の検討にあたって、広義に解釈して、分析心理学と進化論とをむすびつけたイギリスの進化論哲学者コンウィ・ロイド・モオガンの『比較心理学』をとりあげ、「意識の波」から動的、連続的に考え、ウィリアム・ジェイムズの「意識の流」に近づいていることに注意される。そこで個人の一刻の意識におけるFから、個人的一生の一時期におけるF、社会進化の一時期におけるF（いわゆる時代思潮）まで、個人の意識単位から集合意識へと拡大して考えることが可能になったのである。

かように文学的内容の形式を定めてから、その基本成分を考えるときに、感覚的経験にともなう単純感情の検討が問題になる。この場合にドイツの進化論的美学者カアル・グロオスの『人の戯』(英訳 The Play of Man)をかりて、触覚、温度(感覚)、味覚、嗅覚、聴覚、視覚の六種の感覚およびその複合感覚に分類して、豊富な実例によってこれらの単純感覚による「美感」(快感)の生まれることを説明する。さらにすすんでフランスの心理学者テオドュル・アルマン・リボオの『情緒の心理』により、恐怖、怒、同感、自己の情(エゴ感情)、両性的本能(恋愛)等の本能的・感情的経験を「人類の内部心理作用」としてあげ、また複雑な情緒に、リボオの善悪、宗教感情のほかに、嫉妬や忠義などを数える。かように単純なものから複雑なものにすすみ、具体的なものから抽象的なものに入っていく。そして漱石は文学的内容として、抽象的なものにも「比較的微弱」ながら感情のともなう場合のあることをあげ、「超自然的事物」や「概括的真理」(賢哲の格言など)を説明していくのである。(2)

単純具体的な感覚経験に出発して、複雑抽象的な知的経験までを含めて、あらゆる人生経験は感情の附着するかぎりにおいて文学的内容となりうるとしたのちに、これを感覚的(主に自然)、人事的(人情・道徳)、超自然的(主に宗教)、知識的(人生問題についての観念)と、四種類に分ち、(3)その文学的内容としての適否、または価値関係に入っていく。そして「文学的内容は具体的なればなる程情緒を惹き易し」という原則をひきだし、この点からみて感覚的および人事的Fが文学的内容として大切でもあれば価値があるとする。これにたいして超自然的および知識的Fは文学的内容としてあまり適切ではないが、超自然的Fの代表として宗教的経験を考えると、日本人の思い及ばないほどの強烈な情緒を一般民心に及ぼしていると説く。外国人の場合、なぜそうなるかを心理的に解説する。ここで宗教的経験をウィリアム・ジェイムズらの所説によりながら、神的観念の本質や成立を考える。すなわちそれは有限なる人間が無限性への渇望を転化したものである。人間の生存の必要から神をつくり、これを自然に、自らの間の英雄に、すすんで神なる抽象観念に転置したので、「神は人間の原型なりと云ふ聖書の言は 却て人間は 神の原型なりと改むべきなり」と、すでにみたインド洋上の宗教問題に現れた神観もしくは宗教観を確認している。これは「幽霊」などの心霊現象でも同じである。そこから浪漫派の文学に言及するが、審美的Fが単独に存在することはないと斥けたように、人生そのものと浪漫派の文学とを截然とわけている。

第二編では、人間の識別力の発達および識別すべき対象の多様化にともなって、Fが前記四種の「文学的材料」のいずれにおいても増加し、これに対応するfも増加することをしめす。このfの増加は感情転置法、感情拡大法、情緒固執法の三法則に支配され、いずれも心理学的に帰納される。すなわちfが一つのFから一種の聯想で他のFに推移する（転置法）、または新しいFが生じてこれに附着して拡がる（拡大法）、あるいはFが消滅し去るか、またはこれに付着する必要が消えたにかかわらず、愛着ないしは習慣から持続する（固執法）ことによって、数量上増加する傾向がある。

次に文学の情緒的要素fについて細論する。ここで力をいれたのは、間接経験（美的体験に類するものであろう）から生ずるfこそ文学の感動の特質であり、直接経験（現実的な経験であろう）におけるf（実際の感情）と区別され、この区別は作家の材料にたいする態度（「表出の方法」）と読者の作品材料にたいする態度（「読者の幻惑」illusion）の両面から生ずる。直接経験では感覚的に人事的に排斥される不快なことがらでも、作家の取扱いかたによって（間接経験に改められることで）一種の美感を生ずることを、四種の文学的材料について検討する。この場合、作家は聯想作用で醜を化して美とし、あるいは醜なる事物の描きかたそのものの巧妙さによって、または醜なる事物そのものの奇警にして非凡な点を見出しているために、あるいは醜なる事物のなかから一部の美なる部分だけを抽出するためなどによって、一種の除去法が行われるからである。ここでは世界観・人生観をふくむ大問題をさけ、簡単な事例をもちいていたために、やや技巧論に流れている。

ついで、読者の鑑賞にあたってはどんな心理作用から、これが「読者の幻惑」となるかを明らかにする。それは第一に「情緒の再発」が実際経験との間に数量的な開きがあるためであり、リボオの『情緒の心理』をかりて説明する。第二に文学的感情である間接経験は実際的な直接経験とは性質上から異っているからである。すなわち、読者はおのずから自己の利害得失の念を忘れ（自己関係の抽出）、善悪道徳の念から脱れ（善悪の抽出）、——没道徳的な「非人情」文学や、不倫といった人の世の掟を忘れさせる愛情の美しさ、人力を超えた情熱の崇高さ、好色とはいえ道化趣味のもつおかしさ——さらに知的要求から免れる（知的分子の除去）から、その文学作品に感動するのである。(4)最後に特別の場合として「悲劇に伴うf」が考えられる。いわゆる「断末魔の悲惨」を中心として成立する悲劇は、人間には「苦痛を逃がれんが為めに苦痛を愛する」性向があるために、舞台の安全なる「奮興の刺激」をもとめ、死生の大問題のような切迫した強度の事柄について（「危機に於ける催眠的魔力」）、作家がこれを鋭くみつめ表出する技巧（「贅沢的苦痛に耽る傾向」）によって、独特の場所を占めるのである。

第三編では、文学的内容を、作家一個人の意識内容から作家一代また一時代の集合意識までひろげて考慮し、遺伝、性格、社会、習慣等の諸原因にもとづくことを指摘しながら、文学的内容全般にわたる性質的特色を一般的に考えようとする。そこで、「同一の境遇、歴史、職業に従事するものには同種のFが主宰する」ということから、文学者のFを科学者のFと比較する。文学は科学と同じく事物を客観的に的確に認識するものではあるが、科学者は事物をhowの観点から問うて、部分的・解剖的に形態やメカニズムを解明する、概念による記述を目的としているのにたいして、文学者はwhyを問題として、全体的・綜合的に生命や心情を具象によって表出するところに特色がある。さらに文学上の真と科学上の真とを比較し、文学者は科学上の真に背馳しても、「描写せられたる事物の感が真ならざるを得ざるが如くに直接に喚起」されればよいのである。このために、誇大法、省略選択法、組み合せ等が採用される。漱石はここに文学者の覚悟または任務ということを含めて語っているが、今日では常識的なものであり、論法も粗く、技巧論に深入りしている。

第四編では、文学上の真を伝えるために用いる手段を問題とし、それが大部分「観念の聯想」によることを明かにする。ここに論じられることは一般に修辞学に扱われているものであるが、漱石は心理学的により深く解釈して、別種の自己の体系をたてている。これを「文学的内容の相互関係」

と題したのは、文学的材料（F＋f）が孤立するのではなく、新しい文学的材料（F′＋f′）と結合し、その相互関係から生ずる変化を表現法において組織的に研究するにあるからである。

まず第一に「自己の情緒を移して他を理解せんとする傾向」から「自己を投出して外界を説明する」「投出語法」Projective language をたてる。擬人法はこの一例である。これとは反対に、第二に、「自己を解くに物を以てする種類の聯想」で、投入語法といった。ある種の比喩法である。第三に、前二者とちがって、「全く自己なるものを離れたる外物間の聯想」で、「自己と隔離せる聯想」とした。直喩法のようなものである。以上の三者は類似の共通性に着眼した聯想であるが、第四に「意外の共通性により突飛なる綜合を生じた時」に効果を発揮する「滑稽的聯想」がある。口合せ（nap）や頓智（wit）はこれである。第五に、初めの三者の手法を拡張して、異種のFであるにもかかわらず同種または類似のfをもつところに着眼して結合する場合で、「調和法」と名づけた。これに反して、第四の滑稽的聯想を敷衍して、一つのFにこれと相反する異種のfを配する場合で、「対置法」とした。この場合に、一つの文学的材料aのfがあまりに息苦しいために、これを和らげようとして相反するbのfをいれる（緩勢法・f－f′）、またはaのfを強めるためにbのfをもちいる（強勢法・2f or 2f′）、さらには凄惨な場面の滑稽味を加えてむしろ無気味さを増し（仮対法・f＋f′）、反対に滑稽な場面に厳粛な行動をはさんで、むしろ可笑しさを増す（不対法）ことができよう。

これまで述べた六種の文学的方法は日常生活から離れたところに詩的幻惑をつくりだすものであるが、これとともに第七に、「わが親しく見聞せる日常生活の局部が其儘眼前に揺曳して写実的幻感」にわれわれをつれ去る文学的方法がある（写実法）。ここにいう写実法はいわゆるリアリズムとはちがって、技巧論である。これは実社会の表現法をそのままもちいるから実世界の断片を紙上に縮写する上では便利であるが、技巧上から考えると、強烈且つ濃厚な印象の合成または緩和を関心の外におくから、「純乎として無芸の表現」であり、「拙なる表現」「拙を蔽はざる表現」である。ここからすすんで、写実派と浪漫派（理想派、古典派）とを比較しながら、文学的方法として論評するところがある。漱石は出版にあたって、この章からまったく書き改めたと注記しているから、作家漱石の体験と思索とがかなりとりいれられていることに注意しなければなるまい。第八の「篇中の人物の読者に対する位地の遠近を論ずる」間隔論について摘要すると、ある作品が読者の関心をよぶためには、「読者と篇中の人物との距離は時空両面に於て、他に妨げなき限り、接近せしめなくてはならない。時間短縮法として「歴史的現在」の叙法をあげ、空間短縮法として読者と作中人物との中間に介在する作者の影を消して、読者と作中人物とを対面に対坐させる。このために、第一に、読者を作者の傍にひきつけて、両者が一つの立場に立つ（批判的作物）。これは読者が作者の眼で作中人物をみるのであり、作者は作中人物から一定の距離をとって、批判的眼光で、かれらの行動を叙述してはじめて可能になる。第二に、作者が作中人物と融化し、作者の介在の痕迹を残さない（同情的作物）。これは作者が作中の主人公または副主人公として作品世界を呼吸するのであり、作者の自我を主張することがない。この二方法は作品や人生にたいする作家の態度の根本にかかわる区別であるから、あらゆる小説はこの根本からする「二大区別」となる。しかし漱石はこれに深入りせずに、ただ歴史的現在法や一人称小説や二人称小説について、実例をもって論ずるにとどまっている。

第五篇では、文学の意識内容(F)を、その発生、持続、推移、変遷（消滅または再生）から、動的統一において究明しようとするものである。心理学的に歴史的社会的研究に入っていくものと考えてよかろう。このために、まず人間一代における集合意識(F)を形式的に三つの型に大別する。これは対社会的な意識活動といってよく、容易に他から支配され、時勢に適合する「模擬的意識」、この模擬的Fの到達すべき地点に、一歩先に達する、時勢に一歩先ずる「能才的意識」、さらに時勢に抗して、千里の遠きを見、千里の外をきく、「天才的意識」の三つに分った。そしてこれに総括的な論評を下した後に「意識推移の原則」――一時代の集合意識の変化と方向とを法則にまとめた。

(一) 吾人意識の推移は暗示法に因って支配せらる。
(二) 吾人意識の推移は普通の場合に於て数多のFの競争を経。
(三) 此競争は自然なり、又必要なり。此競争的暗示なき時は。
(四) 吾人は習慣的に又約束的に意識の内容と順序を繰り返すに過ぎず。
(五) 推移は順次にして急劇ならざるを便とす。
(六) 推移の急激なる場合は前後両状態の間に対照あるを可とす。

次に「原則の応用」と題する四章を設けて、「人間活力の発現」の諸方面にわたって、この原則について細説している。十八世紀の「典型派」と「浪漫派」の変遷、近代進化論の発達、印象派の絵画、あるいはフランス革命などの政治的事件をとりあげ、これを例証としている。もちろん、文学的意識の推移を歴史的・社会的に考えるとすれば、この他にさまざまな条件を考えなければならない。漱石が文学を人間活力の一発現とみて、その他の大なる発現として、経済的および科学的状況、精神的（哲学および宗教等より生ずる）状況、政治的状況等をかぞえて文学との関係を考察し、「補遺」におさめた。「補遺」に書かれたものはこれだけでなく、「新旧精神に関する暗示の種類」において伝統との関係、「暗示の方向とその生命」において時期との関係がふれられている。(5)

漱石の『文学論』の組織の骨組を抽出してみると、大体、以上のようなものになろう。そして漱石が後に折にふれて講じた『文芸の哲学的基礎』や『現代日本の開化』などの講演がすでにここに用意されている思想をもとにしての展開であり、また独立した主題における展開であることを知ることができよう。

青年漱石にとって、文学とは自己そのもの、人生そのものであった。だから文学によって文学の本質や目的や技巧についての学問を組織するが如きは「血を以て血を洗ふが如き手段」であるという考えが生まれてきた。いま、心理学的分析をもって文学的内容を説明するにあたって、具体的な事実を精密に観察し、文学的体験の底をくぐって、人生そのもの、自己そのものにアプロオチすることが大切であった。そこで「凡そ文学的内容の形式は（F＋f）なることを要す」と、いかにも独断的にみえる公式をもって書きはじめはしたが、文学における自己認識または人生認識が感情または情緒をともなったときに初めて文学として成立するということを確認するためにあっただけではない。こういう認識と情緒との生ける統体としての文学的体験の分析から、そのあらゆる変化を追求しながら、人間に固有な、知的活動の如何ともしがたい本能的または根源的な感情・情緒の伏在することをつきとめ、文学が人生そのもの、自己そのものを、その背後の深淵までをふくめて、つきとめうるものであるかを引き出してくるにあった。だから、『文学論』は既成の英文学の作品内容を機械的に分類して、そこから整然とした体系をつくりだすことを、かならずしも目的としてはいない。むしろ雑多な文学的体験の事実を簡単な仮設として出発し、複雑で動揺する人間存在の根源を問いつめる可能性があるかをさぐっていた。だから「文学の大目的」というようなことにふれながら、これを後まわしにして、どこまでも実証的な経験論的方法をとって、心理学者らの原理をかり、強靱に分析肉迫していったのは、ただそれだけが人間性の本然をつかみ、これを経験的に説明できる学問的方法として、二十世紀初頭の英文学出身の漱石の信念であったからにほかならない。

『文学論』は文学の意識内容を認識的要素と情緒的要素とに分って、その結合の仕方から考え、そこに多くの漱石理論をひきだしているが、ドイツの文芸学にみるように、雄大な理論的構築と統一とをもって、秩序整然とした体系を形づくってはいない。むしろ雑多な赤裸々な事実から経験法則のようなものを、漱石の深い体験のインデックスとして提出し、奥深い体験の論理によって体系づけている。この結果、文学的体験の美学的分析といった哲学的思弁にふけるという方向も、また文学の効果を発揮する技巧を考えては「坊間に行はるゝ通俗の修辞学」を利用するという方向も、漱石にとっては問題にならなかった。むしろ宗教的Fを論じて、彼の愛読した『近代画家』の著者ジョン・ラスキンが美の本源を神の属性に帰するとしたキリスト教的な美学をも、キリスト教徒の観念とその情緒とから経験論的に説明して、人間の性質の投出にすぎないと理解した。それればかりではなく、感覚F、人事F、超自然F、知識Fの四種を類別しても、この四種を並置して、これを経験的事実から関連的にとらえる行きかたには入っていかなかった。それは超自然的Fを生みだす人間の本源的な情緒、あるいは文学的手段を効果あらしめる情緒をそれとして理解し説明すると同じように、心理的事実として成立する経験を遺憾なく知りつくすことに、その心理学的方法は限界づけられていたからである。もちろん、そこには前人未踏の多くの発見があり、学者としての非凡な天賦が縦横にしめされてはいたが、人間漱石はかならずしも満足していなかったろう。二年近い講義は生やさしい努力ではなく、肉体的限界をこえるきびしい苦闘であった。しかもこういう生命を削る克明な探求にもかかわらず、『文学論』の根本にあった漱石の動機――人生そのもの、人間そのものの解明は依然として謎にとざされていることを思い知らされたといってよい。漱石がまったく書き直したといわれる第四篇第七章以下の論述にあたって、たとえば形式的間隔論を論じて、「批評的作物」と「同情的作物」との二つの方法に大別し、これが作家の態度、心的状況、主義、人生観にかかわり、小説の二大区別となることを指摘しながら、こういう「哲理的間隔論」については、「知識と見解」との不足をあげて、これ以上深く立ちいることを敢てしなかったのは、経験論的方法の限界をこえた重大な問題が横っていることを、作家漱石として気がついていたからであろう。漱石が『文学論』に序して、これを「学理的閑文字」としるしたのは、敢て踏みこみえない人生または人間の本体のわからぬ深い憂愁に当面して、おちこんでいる不愉快な心情からの発言であった。

漱石は自己の労作が「学術上の作物」として自信がなかったのではない。もし意図すれば、その続講も可能であったろうし、さらに一年の講義をつづけて、「補遺」にかかげたような諸問題を展開しえたであろう。それを敢て「未成品にして、又未完品」にとどめたのは、漱石の深い心情の要求において短兵急にいかないことを悟って、『十八世紀文学』の講義に転じたといってもよかろう。『文学論』が日本人の闘いとった「学術上の作物」として、記念碑たる価値をもつことをすこしも疑っていたわけではない。そしてきわめて大切なことは、作家漱石が、『文学論』において、いわば可能な制作をみがいていたことである。このことは文学的手段をさまざまに検討して、その効果を考えながら、小手先の技巧ではない、文学意識の根本からきわめ、また読者の立場に立って感動の根をさぐり、作家としての眼と腕とをこころみていることから、はっきりと判断されるだろう。そこに学者でありながら、学者の無味乾燥な文学概論とちがった『文学論』の独自の風味がある。

さて、『文学論』の講義とともにシェイクスピアの評釈を講じていたことは、すでに書いた。その手はじめは『マクベス』評釈であったが、おそらくこれが機縁になって、帰朝後、最初の学術論文『マクベスの幽霊に就て』(明治三七・一・帝国文学)を発表した。漱石は「窈冥牛蛇の語、怪癖鬼神の談、其他の所謂超自然的文素を以て、東西文学の資料として恰好なり」といい、『マクベス』に前後二回登場する幽霊について、「一、此幽霊は一人なるか、又二人なるか。二、果して一人なりとせば、ダンカンの霊かバンコーの霊か。三、マクベスの見たる幽鬼は幻想か将た妖怪か」の三問に分ち、シェイクスピア学者の訓詁注釈に走った常套的な諸説を参照し反駁しながら、マクベスの性格からみて、幽霊はバンコオ一人だと、心理的に条理をつくした論断をくだした。さらに、この劇はマクベスを中心とするものだから、マクベスの臣僚よりもマクベスに密接な関係をもって、観客はマクベスの心裏に立ち入る権利があるから、舞台に幽霊を登場させてもよいといい、さらにこの幽霊は科学の許さない幻怪であっても、文学は科学ではないから、さしつかえないと論じた。むしろ劇に実物の幽霊が出ない方が劇の興味を減ずる惧がある。「余は此幽霊を以て幻怪にて可なりと考ふ。若くはマクベスの幻想を吾人が見得るとし、其見得る点に於て幻怪として取扱って不可なき者と考ふ」とした。漱石は『マクベス』を評釈し、論理整然と、しかも濶達自在に幽霊を論じ、よくその面目を発揮した好箇の論文を書いたのである。なお『断片』に『ハムレットの性格』なる一節をみるが、これも『ハムレット』評釈と関係のあるメモとみられるのではあるまいか。

(1) 金子健二によると、漱石の『リア王』『ハムレット』と並んで、明治三七年九月二四日から上田敏も『ロメオとジュリエット』評釈がはじまった。その聴講生は二〇名たらず、「一瀉千里の勢ひを以て」すすんだ「粗雑」なものであるために、英文科の学生を満足させなかった。

(2) 漱石は恋愛が西洋文学の内容の九割を占めていることに注意を喚起し、「文学亡国論」の唱えらるるは故なきにあらずといい、東西思想の一大相異であると強調している。その論調には、恋愛にともなう罪悪感の指摘から、一種の儒教的ディダクティシズムの傾向がみられる。また複雑感情として「忠義」(loyalty)をとりあげ、これを義務感、尊敬感、忠実感、犠牲感、面目感の五種のfに分析している。この分析が西洋的な「忠誠心」を直接に対象としているが、なお漱石の儒教的観念の複合をみることはむつかしくはない。

(3) 漱石は、単純な感覚経験から抽象的知識の成立にいたる過程を精密に顧慮するところが少なかったように、この四種類の分類の根拠をまったく与えていない。これが後年の『文芸の哲学的基礎』その他の講演において、ジェイムズの根本経験論から修正されるとともに、重要な変化がみられる。

(4) 漱石は、ここで、文学と道徳の問題をあつかい、ニィチエの君主の道徳と奴隷の徳、藤村操の自殺、裸体画問題などについて関説する。当時の問題についての態度が表明されている。次に悲劇論をはじめ、非人情論などは、漱石の後の加筆とも想像されるが、詳細に論じてある。

(5) 『文学論』の摘要は、すでに滝沢克己の『夏目漱石』第二章、荒正人の『評伝・夏目漱石』第二章において、行われている。ここでは両氏の業績を参照しながら、私見を交えて、摘要した。しかし『文学論』の面白さは骨組よりも、豊富な英文学の実例をかりて、縦横に漱石理論をうちだす細かな部分に多いことを忘れてはなるまい。

三　十八世紀英文学——批評論

漱石は一九〇五年（明治三八年）九月の新学期から、前年度の講義と趣をかえて、『十八世紀英文学』という題目で講義をはじめ、翌々年三月、大学をやめて『朝日新聞』に入社するまでつづけ、辞職とともに中絶した。後に『文学評論』として出版されたもので、「十八世紀の末浪漫的反動の起る」ところまで講じる予定が、わずかにアディスン、スティル、スウィフト、ポオプ、ディフオの五家を論ずるにとどまった未完の講義である。これと並んで、シェイクスピア評釈の方は『オセロ』『テムペスト』『ヴェニスの商人』にまで及んだ。(1)

これより先、漱石は一九〇四年二月一九日夜、大学構内の山上御殿の英文会で『ロンドン滞在中の演劇見物談』をはなし、(2)最初の談話筆記『英国現今の劇況』（明治三七・七—八・歌舞伎）をのせた。これらは帰朝談であり、ロンドンの留学日記をみても、あまり正式な芝居見物をしていないにもかかわらず、かなりに正確で行きとどいた知識を身につけていたことがわかる。ロンドンの演劇の歴史や現況をすでにしらべあげてあったということである。さらに明治大学でおこなった講演『倫敦のアミューズメント』（明治三八・四—八・明治学報）は W. B. Boulton の“The Amusements of Old London”(1901—2) によって自在にロンドンの娯楽や娯楽設備を語ったものである。後者は明かに『十八世紀英文学』の講義の下準備をすすめていたことを意味するが、前者を併せて、イギリスの国民性との関連において「根本的に文学の活動力」を心理学的社会学の方面から綜合的に究めようとするロンドンでの大きな計画の一部であったと考えてもよかろう。すくなくとも、『文学評論』を一読してみると、その一〇年計画の文学的研究はいわゆる文明史的方法による要素が多分に濃厚であったと考えることができよう。

『文学評論』における漱石の思想を吟味するために、まずその構造の大要を紹介しながら、入って行くことにしよう。全体は六編にわかれ、序言についで、十八世紀の状況一般、アディスンおよびスティルと常識文学、スイフトと厭世文学、ポオプと所謂人工派の詩、ダニエル・ディフオと小説の組立と、それぞれ題されている。最初の二篇をのぞく作家論において、それぞれの作家の特色をいかにとらえ、どこに重点をおいて論じているかが、表題からうかがわれる。

第一篇の序言では、『文学論』をうけて、文学と科学との区別から、文学史や文学批評は文学とちがって「科学」、すなわち学問であることを明らかにする。そこで、文学批評を、われわれの外界にたいする態度から根本的に区別し、自己の好尚による「鑑賞的」態度と、自己の好尚に関せず、そのものの構造、組織、形状などを知る「非鑑賞的」または「批評的」態度とに二大別する。後者は「如何にして」を問うて因果関係を分析するから「科学的」態度である。さらに、この両者の折衷として第三の態度、すなわち「鑑賞」に出発してその理由を分析する「批評的鑑賞」(critico-appreciative)をたてた。文学趣味の批評としては、第一の鑑賞的態度は古来から東西の批評家によくある「玩味家」の態度で、批評ということはできぬ。第二の批評的態度は純然たる科学的方法で、古来から批評家にほとんど例をみない、たとえあっても詰らない人であるが、こういう客観的批評も二つ以上の作品を比較するには大切であることを明かにする。第三の批評的鑑賞の態度は第一の態度を不満とするかぎり、在来の批評家のもちいた方法である。この結果、文学批評としては「批評的」か、「批評的鑑賞」かという二つに帰着する。前者は知識的、後者は嗜好を標準に知識的手続をとるものである。ついで、明確には表明されてはいないが、この講義において「批評的鑑賞」の態度をとることをいいながら、自家の趣味嗜好をよりどころとするところから、趣味の普遍性を吟味する。最後に外国文学の批評的鑑賞にあたって、日本人の標準をもってすることの意義をいい、外国文学の研究にも、なるべく自己に誠実に、また真面目に出ることを要求した。他方において、外国人の所感批評を紹介することの意義を説き、これと漱石の所感と分析とを比較することにより、一つにはその国の趣味の推移(3)、一つには日本の趣味の進化との比較が可能になるとし、この方法をも併用することを明かにした。

漱石はこの序言において文学史の方法と文学批評の方法とを明かにし、漱石の批評論が展開されている点が大切である。漱石は自己の持前の好尚をイギリス経験論で基礎づけたから、内なる「鑑賞」と外なる「批判」とを統一する「鑑賞的批評」の立場をかなり明確に理論的に押しだしながら、これを真実の学問的方法とする点では、理論的に多くの保留を行っていることをみのがすことはできない。しかし漱石が『文学論』の補遺で書いたような歴史的社会的条件を文学史の方法として体系づけるところまではとどいていなかった。それにもかかわらず、実際は、第二篇以下にみるような文明史的方法をとって、漱石の偉大な個性において、事実として、これを成就していることを、高く評価しなければならぬ。そこにテエヌの『英文学史』や、ブランデスの『十九世紀文学主潮』に匹敵する、わが国での最初の文学史的達成をもったのである。

第二篇では、文学を社会現象の一つと考え、哲学の傾向、政治の状勢、芸術界の空気、コフィ店、タヴァン、クラブにおける社交生活の模様、ロンドンの状態、ロンドン市民の風俗、娯楽の性質種類、文学者の地位、地方の状況まで九節に分って、十八世紀のイギリスの状況一般を概説し、イギリスの十八世紀文化の特色を、その国民性と関連して、把握する。わたしが文明史的方法と呼んだ一斑はここに明示され、漱石の学風として門下の中川芳太郎の『英国風物誌』に伝承されるものである。ここで注目されるのは、漱石がそのみずからの精神傾向を触発したかにみえるイギリス哲学を冒頭において、ロック、バアクリ、ヒュウムらの認識論を基礎に、この時代のイギリス人の物の考え方の特色をつかみ、これが宗教、道徳から文学まで貫いていることを根本的に明かにしている方法論的志向である。十八世紀の散文的で物質的な傾向を特色づける理窟臭いところ、議論を好むところ、論理的抽象的なことを愛して直覚的感情的な点を冷却した気風などが政党政治に現れ、社交生活を支配し、ロンドン市民の生活や風俗におりこまれ、文学者の地位に関係し、文学においてたとえば Satire を生む所以を明かにするなどは、その一例とみてよい。この点において近代文学の研究方法について具体的に身をもって開拓した功を十分に認めるとともに、この講義に不朽の新鮮味のあるところである。なお、文学者の地位の項には、熊本時代の論文『英国の文人と新聞雑誌』の成長した姿がみられ、漱石の先見が生きている。(4)

第三篇から本論に入って、アディスンとスティルを論じ、その常識文学の本質や性格を考える。この当代の wits（才人）の計画発行した "The Tatler", "The Guardian", "The Spectator" を分析して、第一に、不可思議をも可思議と解する明快さをもち、日常に見聞する平時平凡の観察で満足し（風俗誌であるとともに、一種の性格描写）、中庸を愛し、過度を嫌い、法外をにくむ常識文学としての特色を具体的に指摘した。これらの wits たちは「時の文化を一身に集めた」「国家的進歩の先鋒」として、こういう「清新な文学」を十八世紀の初頭に生みだす歴史的根拠を明かにした。したがって、この常識文学は、第二に、当時の常識にしばられた習俗的道徳を標準とする「訓戒的傾向」をもち、それも非芸術的な、日常の礼儀作法についての瑣末なことが多かった。第三に、常識に富んだ都会人趣味は、人格の根柢から生ずるユウモアではなくて、可笑味を意識して道化を演ずるウィットとして現れる。ここでアディスンのユウモア論を引き、ユウモアを好まなかったことを明かにし、偽りのウィット論を吟味し、アディスンのいうようにパン（地口）などの文学的価値に乏しいとする論に賛成し、アディスンのいう真のウィットとは「二個の類似観念を綜合する才」とし、その『文学論』第四篇の所説と呼応させている。最後にアディスンとスティルとのちがいに言及している。

漱石はアディスンやスティルの常識文学を好まなかったことは明かであるが、冷静に、客観的に、批判的鑑賞の実質をしめし、よく両者の性格や作品の特色を深くえぐっている。しかし、なんといっても、『文学評論』中の圧巻は第四篇でスウィフトと厭世文学を論じるところであろう。すでに正宗白鳥ほか、多くの論者の指摘するところである。(5) 漱石もまた力をこめ、森鷗外が晩年史伝の考証的研究に没頭して、ついに渋江抽斎に邂逅し、抽斎のなかに自己を発見して喜びとしたように、スウィフトに同感し、共鳴し、スウィフトを点検することで、自己剖見をやっていると考えられる。

さて、このスウィフト論では、(6) その諷刺が十八世紀の気風に調和しているかを問い、その種類や程度を精密に分析し、楽天的な滑稽文学から区別される痛烈な諷刺文学であることを明かにし、時代思潮の表現とはちがった「一種の常規を外れた現象」であると断ずる。そこで、この諷刺はスウィフトの人格と調和しているかを問い、その「外部の歴史」から「内部の歴史」に入っていく。スウィフトが孤児であり、自尊心の強い男であり、私利私慾に耽るような劣等な我儘者ではなく、真面目な問題を冗談半分に扱うような男であり、病気があり、悲劇的な結末をみた二人の女性関係があり、政治家としての公的経歴があったと、七カ条に分けて、精密に分析する。これらにはスウィフトに厭世哲学を生む原因として役だつと思われるものがあるが、肉体上の病気（本人は胃病だと信じていたが、精神病の傾向があり、生涯なやまされた）を最有力とみていたように、「遺伝的な性質」と臆測していたかにみえる。

ところで、この「内部の歴史」を追求して、幼少から他人の世話になり、自尊心と強情と我慢とから失敗するために不平を増長し、比較的に潔白で正しい人であったために自分の利害を離れて常に公憤をいだき、頓才反語を天性とし、アイルランドの愛国者として英国政府の圧制とたたかったことなどを列挙するところなど、いかにも漱石の自画像を読む思いがするだろう。ことに、自己の病気を胃病と信じこんでいたことをはじめ、強い自尊心を説明して、「彼は非常な肝癪持である。肝癪を起すと、結果の如何を顧みず我意を通す人である。又人の下について屈従する事の嫌な男である。人に命令したがる男である」などといっているのは、漱石の自己解剖の観がする。「彼の病気は固より何であるか分らないが、この病気が彼の人生観に大影響を及ぼし得たと云ふことは、何人も疑ふことが出来んのである」といったことは、また漱石自身にもあてはまる。おそらく漱石はスウィフトにアフィニテを感じ、わたしたちはここらに漱石文学の一つの指針をみいだすことができよう。

次に『桶物語』と『ガリヴア旅行記』をとって、その厭世主義や諷刺の文学的価値を論ずる。教会史の諷喩である『桶物語』の興味を吟味し、本文と無関係な叙述すなわち digression に興味の多いことをいいながら、惜しいことにこれをスタアン論に譲り、ついにスタアン論を説くことができなかった。(7)『桶物語』には欠点の多いことを認めながら、豊富で警抜な警句を賞した。ついで『ガリヴァ旅行記』に入り、『桶物語』より、物語そのものが諷喩以外に興味のあること、アディスンの諷刺より深刻で、人間や人生に絶望していること、冷酷な犬儒主義《シニズム》ともいうべきものであること、事実を事実とする公文書の趣のあること、老巧な筆致をもっていること、猛烈な毒舌を常態とすること、想像力の豊かなことをあげた。最後に「彼は愛蘭土の愛国者で、故国の為めには危きを辞せずして応分の力を尽した志士である。白眼にして無為なる庸人ではなかつた」と、結んだ。漱石のスウィフトにたいする評価と傾注とをしめしている。

第五篇のポオプと所謂人工派の詩でも、独自の見解をみせている。毀誉褒貶の多いポオプの詩の要素を『文学論』の四種の認識的要素によって整理する。まずポオプの詩が文学的効果の少い知的要素から成っていることに着目し、しかも格言、訓語等においてシェイクスピアに次いで人口に膾炙する詩句を残した理由を考える。教訓的な格言じみた句の多いことのほか、通俗的で俗人にわかりやすく、普遍的真理を手際よく表し、ヒロイック・カプレット体につづめたことなどをあげる。なぜこんなポオプがカントからラスキン、バイロンにまで崇拝者をもったか。ポオプの人格をしらべて、傴僂のように瘠せた男で、生涯を病気でくらし、気むつかしく我儘で、権謀に富み、社交にも手管を用いたことなどをあげ、知的要素の富んだ詩を時代思潮の影響であるとした。

さらに人事的要素の詩を吟味し、十八世紀の時代思潮にない浪漫的要素をみとめる。ポオプは権謀術数を事とする、妙に女性的な人であり、それだけ微細なことに目がつき、浅くとも鋭い感じをすべての上にもっている男である。そこから、「十八世紀に生れないで十九世紀の初期に生れたものとすれば、矢張普通の詩人として普通の詩人に似た様な題目を選んだらうと思ふ」とした。次に感覚的要素の詩から自然に対する感じをしらべ、古典的文学の制肘をうけているが、自然の好きな人であり、充分その方面の嗜好をのばせば、クウパの先駆ともなった詩人であろうと推定する。最後に超自然的要素の詩を吟味し、豊富で精緻な想像力の潜在をみとめる。かくてポオプは一般にいわれるように詩人ではないという論に賛成するが、彼の立場に身をおいて考えれば充分に成功している。もし時勢の制肘がなければ、りっぱに成功する真の詩人であった、ここにバイロンらが崇拝する理由があったとした。最後に人身攻撃の諷詩『ダンシアッド』を分析し、スウィフトと比較した。戸川秋骨を感心させたように、(8)バイロンをしてポオプを崇拝させた理由に納得のゆく思考をめぐらしている点、ポオプ論の異彩であるにちがいない。

第六篇のディフオ論では、ディフオの変転をきわめた生涯を叙し、十八世紀の散文的な時代に「精力が充満して活動の表現を欲しい」ような場合にとる形式であると、ディフオの小説を性格づけた。ディフオの小説が長たらしく感じる理由を明かにするために、小説の組立論を展開する。この小説の構造論そのものは今日では珍しくないが、漱石は「興味の統一」から有機的統一と器械的統一に分け、小説の構成要素を分析し、有機的統一を性格の変化発展から生ずる統一（興味の加速度）、全性格の鈍き発展より生ずる統一（興味の漸移と漸移より生ずる変化）、性格の一所に停住する統一（興味の変化）に区別し、理論的考察を施しているところに特色がある。そして頭から詩を軽蔑するディフォは日常の事実のほかには何事をも書かず、しかも主人公の生涯の始めから終りまで写して、外形の纏まりに満足している。したがって、前記の興味の統一のいずれも欠き、ただ第三の統一の「贋造変化」として「場面の変化」を賑かにやっているにとどまる。ここから漱石の愛したスティヴンスンの観察の態度と比較し、ディフォの小説の乾燥無味な原因を明かにした。

要するに、漱石はディフォについては酷評を加えている。もっとも『文学評論』はディフォについて打ちきられたから、ディフォ論は転職その他の身辺の事情もあって、完結していないのかもしれない。『ガリヴア旅行記』と並ぶ『ロビンソン・クルウソ』について、ポオプ論において試みたように、そのポピュラな理由について考察してもよさそうに考えられるからである。とにかく、アディスン、スティル論は平凡であるが、スウィフト、ポオプ論は漱石の見識をしめす独特の作家論であり、ディフォ論も個性に富んでいる。ジョンソン、フィールディング、スモレット、リチャードスンその他十八世紀の作家について、予定のように浪漫的反動まで説きおよんだら、前人未踏の十八世紀英文学論が完成したであろうと、惜しみてあまりあることである。すでに記した批評論の概要とともに、学者として、作家として、漱石の心理的洞察と理論的思考とは異色ある光芒をもって、「批評的鑑賞」を遂行させている。すでに漱石は次章に述べるように、たとえ余技であるとはいえ、作家として、近代日本文学に清新な文学を開拓しはじめていたから、スウィフトの核心にふみこみ、ディフォの小説の組立を考えているとき、作家の眼を働かせていたのであり、「締め括りのある観察」の底に、漱石自身の自己の本性との関係に苦悩をつづけていたと考えても、不当ではあるまい。

（1）漱石のシェイクスピア講義のうち、『オセロ』は、野上豊一郎の『オセロ』（昭和五・鉄塔書院）および小宮豊隆の『漱石先生のオセロ』（『漱石襍記』所収）によって、うかがうことができる。

（2）金子健二『人間漱石』前掲書・八九ペイジ。

（3）趣味の推移については、『文学論』第五篇や補遺に言及があり、ここで、生命の歴史性と趣味の推移との関係について考えていることは注目されよう。

（4）『文学評論』には、Leslie Stephen の名著 "English literature and society in the 8th century" (1904) その他が自由に引照され、活用されている。

（5）正宗白鳥『文壇人物評論』昭和七・七・中央公論社。白鳥はいう、「これほど微細に且つ鋭利に、スヰフトを解剖し観察し翫賞したものは、英国に於てもないに違ひない。サッカレーやハズリットなどのスヰフト観も、漱石に比べると見方が皮相である」と、激賞した。

（6）スウィフト論の冒頭には、後の『文学の哲学的基礎』の根幹となる理想の種類と規準が、文学的素材の類別として、『文学論』とはちがった類別法で出ている。『文学評論』の整理が『文学の哲学的基礎』の発表後であったためか、あるいは『文学評論』に立てた類別が発展して後者となったたか、弁別する根拠がない。ただこの両者の関係について、併列的であることは、やはり注意すべき漱石の方法である。

（7）スタアン論は熊本時代の『トリストラム・シャンデー』に一斑をみるが、それは紹介といってよく、『文学評論』におけるような論評ではなかった。このことは、漱石文学を愛するものにとっては、惜しみてあまりある。

（8）戸川秋骨・『文学評論』評・明治四二・七・二三—二九・東京二六新聞。
なお、ポオプ論は東京大学在学中の『英国詩人の天地山川に対する観念』にも現れており、考察の進歩が読みとれる。

四　価値論

後に述べるように、『吾輩は猫である』などを発表して、思いがけなく作家としての道がひらけはじめた漱石は、本職を教師とするか、文学者とするかの懸案を、一九〇七年（明治四〇年）四月の朝日新聞社入社をもって解決し、専門作家への道にふみきった。それまでに、京都大学の文科大学長に内定した親友狩野亨吉からの新設の文学科教授への招聘（明治三九年七月）を断り、また滝田樗陰を通じて竹越三叉からの読売新聞社文芸欄担任への招聘（同年一一月）をはねつけている。前者は東京での文学者の生活を思案していたから京都へ行くことを望まなかったのであり[1]、後者は漱石を動かすほどの魅力ある条件を欠いていたからである。こうして朝日新聞社入社にきまったあとで、東京大学文科大学教授への昇格の相談があったが、後の祭であった。すでに文部省からの留学にともなう「義務年限」をはたしていたから、人の驚く「大学をやめて新聞屋になる」ことによって、念願の実現にむかった。これは一つには朝日新聞社が漱石の慎重な契約条件をいれて、将来を保証する厚遇をしたからであり、池辺三山の人物に「人生意気に感ず」（『入社の辞』）るところがあったからである。

朝日新聞社に入った直後、一九〇七年（明治四〇年）四月二〇日に、東京美術学校で、上田敏とともに講演した。それは『入社の辞』につづいて『朝日新聞』にかかげられた『文芸の哲学的基礎』（明治四〇・五・四―六・四）であり、漱石の作家としての「立脚地と抱負」を明かにしたものであるが、一九〇三年四月いらい、東京大学で講じてきた文学の基礎研究の到達点であり、そこにこの四年間の苦渋にみちた探求の結果として、漱石の思想は大きな転回がおこなわれていることがわかる。しかも一年後の一九〇八年（明治四一年）二月一五日、朝日新聞社主催でおこなわれた神田青年会館の講演『創作家の態度』（明治四一・一・ホトトギス）はこれを踏まえての、作家としての漱石の文学思想の展開であった。[2] そこで、ここにこの二論文を中心に、この転回を本章の最後にみておくことは妥当であろう。

　小宮豊隆によれば、『文芸の哲学的基礎』は『文学論』の基礎的な部分として、すでに一応考え通してあったものの、大学の講義ではあまり理論に傾いたためか、保留しておいたのではないか、というような意味のことが述べられている。たしかにその通りであろう。『文学論』は英文学の作品を解釈学的に分析整理するという観点に立っており、文学意識の根本である意識現象から説明する「哲学的基礎」――その認識論的基礎を予想して成立しているかにみえるからである。しかし、それはただにあまりに理論に傾いたがために保留したのではなく、むしろ認識の理論そのものにある種の疑いがあったからであろう。認識の出立点としてどこまでも、心理的事実に立つ経験論者である漱石は、文学という意識構造を心理学的に分析していくことは英文学の素材的整理からすれば充分ではあったが、意識そのもの、認識そのものについて、自己の態度を決定するにあたっては、ヒュウム的懐疑論もスペンサ的決定論も納得しがたかったから、もっと深く哲学的に考えてみようとしていたにちがいない。ジェイムズの示唆によって、[3]「意識の連続」の裏面に「選択の余裕」がふくまれていることを知ったときに、漱石はヒュウム的懐疑論やスペンサ的決定論からぬけだし、いわゆる根本的経験論に近い立場に立つことができた。このことは、漱石にとって、「意識の連続」を生命そのものと考え、下司な生活欲から高尚な生活欲、道義欲――すなわち個人の自由意志を肯定し、一切の論理的責任を負うて、理想・価値の建設にまですすみ出ることが可能になり、漱石の実感とともに理論的要求をも満足させ、いわば生命論的に価値的世界観への軌道をしいたと考えられよう。そこで、当然に『文学論』の「意識推移の原則」は修正されなければならないし、実際にこの問題について修正されている。[4] それは次の引用によっても明かである。

「もう一遍繰返して『意識の連続』と申します。此句を割つて見ると意識と云ふ字と連続と云ふ字になります。かうして意識の内容の如何と、此連続の順序の如何と二つに分れて問題は提起される訳であります。是を合すれば、如何なる内容の意識を如何なる順序に連続させるかの問題に帰着します。吾人が此問題に逢着したとき——吾人は必ず此問題に逢着するに相違ない。意識及其意識を事実と認める裏には既に此問題が含まれて居ります。さうして此問題の裏面には選擇と云ふ事が含まれて居ります。ある程度の自由がない以上は、又幾分か選択の余裕がないならば、此問題の出やう筈がない。此問題が出るのは此問題が一通り以上に解決され得るからである。此解決の標準を理想といふのであります。之を纏めて一口に云ふと吾人は生きたいと云ふ傾向を有つてゐる。(意識には連続的傾向があると云ふ方が明確かも知れぬが) 此傾向からして選択が出る。此選択から理想が出る。すると今迄は只生きればいいと云ふ傾向が発展して、ある特別の意義を有する命が欲しくなる。即ち如何なる順序に意識を連続させやうか、又如何なる意識の内容を選ばうか、理想は此二つになつて漸々と発展する。後に御話をする文学者の理想もここから出て参るのであります。」

次に人間をこの生きたいという下司な生活欲から高尚な生活欲、さらに道義欲にまで発展させる理想は何であるか（この裏に人間は自然的存在であるとともに道徳的存在とみている）。これを考えるために、あくまで心理学的に物我を区別し、物を自然、人間、超感覚的世界に三分し、我を知、情、意に三分する（但しこの精神作用の三分法は独立無関係の作用とみる古い心理学によらず、どんな心の作用にも三つが含まれるが、「便宜上の抽象」としてみる生命哲学に近づいている）。そして心の三作用を我以外の物と結びつけ、「物に向って知を働かす人」（哲学者、科学者）、「物に向って情を働かす人」（文学者、芸術家）、「物に向って意を働かす人」（軍人、政治家）に三分する。かように人間の理想を真、美、善に三大別した後に、(5)美すなわち「文芸家の理想は感覚的なる或物を通じて一種の情をあらはす」とし、まず感覚的なものとは何か、また感覚的なものを通じてあらわす情とは何かを問うて、文芸家の理想をさらに美、真、善、壮の四区別に分ける。すなわち、

一、感覚物そのものに対する情緒（美的理想）

二、感覚物を通じて知、情、意の三作用が働く場合

（イ）　知の働く場合（真に対する理想）

（ロ）　情の働く場合（愛に対する理想および道義に対する理想）（善の理想）

（ハ）　意志の働く場合（荘厳に対する理想）(6)

漱石理論を追ってくると、ここには種々の矛盾する問題がひそんでいる。第一に、この分類が厳密ではなく、一方において感覚的な情緒を「美的情緒」と呼び、他方において一般的に情緒を文学の中心において考えている（『文学論』参照）。したがって、「情の働く場合」は文学の基礎に入るは

ずであり、細かに考えるべきことが残っている。第二に、情は二の（ロ）で、道徳的な「善の理想」と考えられ、いわば善と美とが一つにされる傾向がある。しかも漱石の考えかたとしてみれば、これはその文学の道義的な特色を説明することになろう。第三に意志は普通実践（道徳）に関係するが、漱石はここでは「荘厳」という特有な理想を立て、これに重点をおいているので、この点、漱石の面目をみとめることができる。しかもこの壮の理想が「国の為めとか、道の為めとか、人の為めとか」道義的理想と結びついた場合に「非常な高尚な情操」をひきおこす、いわゆるヘロイズムであるとした。「真正のヘロイズムに至っては実に壮烈な感じがある」が、遺憾ながら「文芸家のうちで此の種の情緒を理想とするものは現代に於ては殆どない」と惜んだ。このことは、後に佐久間艇長の遺書を読んで昂奮し、『文芸とヒロイック』（明治四三・七・朝日新聞）を書いたことに関連しよう。漱石はその責任感、自己の職分にたいする誠実、その行為の壮烈にうたれて、賞讃を惜まなかったのも、明治人としてのこの面目があったからにほかならない。

次に文芸の理想をその本質や性質から四種に分類した後に、この四種の理想が「互に平等な権利を有して、相冒すべからざる標準」であることを強調する。もちろん、「時代により、個人により、其の勢力の消長遷移に影響を受けつつあるは疑ふ可からざる事実」であるけれども、「此四種は名前の示す如く四種であつて互にそれ相当の主張を有して、文芸の理想となつて居る」から、「四種の何れでも構はないと云ふ人があれば、其人の趣味は尤も広い人で又尤も正しい人」なのである。ここに漱石は、「真に対する理想」だけを主張しているとみられる日本自然主義の絶対性を否定したということができる。だから、「見当違ひの批評」を排するとともに、「現代文芸の理想に移って、少々気焔を述べ」ることになった。

漱石は現代文芸の理想が、美でも、善でも、愛でも、荘厳でもなく、真であることを時代の必然として認めながら、しかも真を重んずるがために、他の三理想を斥け去ることから起る弊害を指摘する。オセロ、ヘッダ・ガブラ、モオパッサン、ゾラなどを例示し、真の一字を標榜し、その他の理想をかまわぬという作品を公表して得意になっているのは、「作家として陥欠のある人間」だと断ずる。文芸は単なる技術ではなく、人格の所産であり、偉大なる人格が読者の血肉となって後代を左右するところに効果がある。「文芸が世道人心に至大の関係がある」というのはこの意味である。当時の自然主義者が真の理想を求めて、排技巧、触れるなどを説いたことを批判した後に、すすんで文芸の四理想が分化し変形するところから、最も新しい理想を実現する人を人生において新意義を認めた人とし、最も深き理想を実現する人を深刻に人生に触れた人とし、広き理想を実現する人を広く人生に触れた人とし、これらを兼ねて完全な技巧で実現する人を理想的文芸家（文芸の聖人）として、価値の段階を区別をした。

こうして文芸は発達した理想と完全な技巧とが合致したときに、極致に達するとし、これに接するものが接しうるだけの機縁に熟していれば、「還元的感化」をうける。この還元的感化が文芸の人々にあたえる至大至高の感化だとした。かくて、この「還元的感化」は、作家の側からいえば、芸術的リアリティの獲得であり、読者の側からいえば、芸術的感動の享受である。だから、「還元的感化」を鑑賞の妙境として「批評学の発達」を考えるところに、理論家漱石は意識現象的な心理主義的哲学に出発して、これを生命論的に超えた理想主義的世界観に達し、理想主義といっても、内に自然主義をふくみながら、これを超えるところに成立し、個人主義といっても、つねに国家有用の材となることを人生の意義や理想から思議する道義的個人主義であったわけである。

こうして作家として活動しはじめた漱石は、『文芸の哲学的基礎』を、もう一度作家の立場から吟味して、『創作家の態度』を明かにした。作家の態度を考えるために、歴史的研究に論拠をおかず、ジャンルの分類を眼中におかず、前論と同じく意識現象の分析に出発した。ここで意識内容の取捨選択に随意・不随意の注意作用をいい、「注意の向き案排もしくは向け具合が即ち態度である」として、その根柢に快・不快、好悪、利害などをおいていることは『文学論』の場合と同じである。好悪が漱石の志向の焦点にあることは経験論哲学から出たものとはいえ、いわゆる快楽主義でも功利主義でもなく、漱石の倫理的性格に深く根ざすところがある。ところで、この注意の作用から客観的な主知主義の態度と主観的な主感主義の態度を区別し、前者の叙述の方法を知覚的、概念的、象徴的、後者を直喩、隠喩、象徴と三段に分った。いわゆる写実派や自然派は前者に、浪漫派や理想派は後者に属するが、これを固執するのではなく、両者にわたることのあるのを認めている。さらに一歩をすすめて、前者が「真を発揮するのが本職」であり、後者が「美、善、壮に対する情操を維持するか助長するのが目的」であるとして、目的または理想と結びつけて、それぞれ「揮真文学」と「情操文学」と名づけている。こうして両者の目的の差異から特性に入って、漱石の面目は明かになる。

揮真文学は真を究めることを目的とするから、好悪の念を去り、取捨を廃し、公平に、忌憚なく容赦なく押していくことに特性がある。しかるに情操文学は善美壮の情操を維持助長するにあるから、快不快、好悪の念に支配されることに特性がある。ここで快不快、好悪といっている意味は、「善に逢つて善を好み、悪を見て悪を悪《にく》み、美に接して美を愛し、醜に近づいて醜を忌み、壮を仰ひで壮を慕ひ、弱を目して弱を賤しむの類」である。だから、「この意識の内容も紙へ写す際には、好は好、悪《を》は悪の方、即ち嫌な事、厭なものは避ける様になるか、もしくは之を叙述するにしても嫌ひな様に写します。厭だと云ふ意味が分る様にして写します。最後には自己の好きなもの、面白いものを引き立てるための道具として写します。従つて叙述が評価的叙述になります。」かくして「作物を通じて著者の趣味を洞察する事が出来る」——作者の大きな人格と交通するのである。漱石が自己の好悪にしたがって文明批評をこころみるところ、社会の維持や改良を文学の「還元的感化」に裏づける深い動機をうかがうことができる。だから、近代日本の現状から考察して、科学的精神の進歩、複雑に機構した社会、自己疎外される人間に着目し、揮真文学の優勢をみとめながら、将来に情操文学が隆起し、この二つの消長の間に、文学の発展することを注意せずにはいられなかった。

われわれは、漱石が『吾輩は猫である』『漾虚集』『鶉籠』などの初期の作品において、「動くべき社会をわが力にて動かす」（『野分』）ことを自己の文学の課題として期していたことを、これらの論稿を通じても読みとることができよう。

（1）この辞退の理由として明治三九年七月一日付狩野亨吉宛手紙に左記の字句があるのは興味が深い。すなわち、「其理由中に小生一身上他人には存在し得べからざる個人的理由」もあるといい、「夫は外でも無之東京の千駄木を去るのがいやな事に候。是は千駄木がすきだから去らぬと申す訳には無之、反対に千駄木が嫌だから去らぬ事に候」とし、「正邪曲直の衝突せる場合に正直の方より手を引くときは邪曲なるものをして益邪曲ならしめ候。是は局に当るものよりして見れば他の月給とか、山水とか、寧静とか云ふもの以上の大事件に候」と書いた。『吾輩は猫である』や『道草』をみれば、その具体的内容は明かであるが、同時に漱石の面目または神経衰弱の内容が出ている。

（2）この講演会は明治四一年に東京朝日新聞社の組織した「朝日講演会」で、この年都合四回行われた。その第一回である。講師は漱石のほか、池辺三山、内藤鳴雪、忽滑谷快天であった。当時、一高の最上級生であった辰野隆がこの講演をきいた思い出を書いている（辰野は「帝大法科の一年か二年の時分」と書いているが、一高をこの年七月に卒業したのだから、記憶ちがいである）。それによると、冒頭に「先頃、ある雑誌を読んだら、夏目漱石といふ男は風上に置けぬ奴だ、と書いてありました。風上に置けない！　まるで人を糞尿船か何んかと思ってるんです」と笑わせ、「今日の話は少々むつかしいぞ……」と断ったという（『忘れ得ぬ人々』）。自然主義文学への批判が含まれている所以である。

（3）「意識の選択作用」がジェイムズの示唆によったことは、『創作家の態度』の初めに「ジェームスと云ふ人が吾人の意識する所の現象は皆選択を経たものだと云ふことを論じてゐる」と、明確に書いているところから、明かである。漱石の蔵書中に William James, The Principles of Psychology, 1901 があり、問題の箇所は Chapter IX に現れる。

なお、この問題について、島田厚『漱石の思想』（昭和三五・一一および昭和三六・二・文学）と題する論文が出ている。

（4）「意識推移の原則」は『文学論』第五篇第二章にあり、それはすでに本書に引用した。第五篇第三章原則の応用を説いた中に、「余は前篇に於て文学にあらはるゝ材料を排列して之を四種に区別せり。四種に区別せるの善悪は知らずとするも、もし合一にしがたき四種の材料ありとせば、四種に対する理想を得るは容易なり」と述べている。しかし四種の認識的要素Fは価値的分類ではなかったはずである。ここに理想・価値を認めたのは、『文学論』当初の講義にはなく、価値問題が重要となった作家漱石（なぜならば、当時の自然主義文学にたいする態度の決定の根拠である）の出現によるもので、改稿により挿入されたと認められる。

ついでながら、漱石より三歳若い西田幾多郎が、『善の研究』において、ジェイムズから「意識現象が唯一の実在である」

といった表現をもちいて「純粋経験」を表し、漱石と同じように考えながら、西田はあくまでも形而上的な真実在の把握をめざしたのにたいして、作家である漱石は心理主義的に「意識の連続の中における主観と客観との斉一」をさぐって、内在論的な把握をしている。時代の基盤を一つにしていることとともに、その分岐をみとめられる。

（5）明治三九年一〇月の『草枕』にある有名な「智に働けば角が立つ。情に棹せば流される。意地を通せば窮屈だ。兎角に人の世は住みにくい」と現実生活について述べている。この発想の根柢には、ここの人間の理想が相即していたと考えられる。

（6）この分類は、すでに『文学評論』第四篇スウィフト論に、現れている。「文学者の取り扱ふ材料」として真偽、善悪、美醜、壮劣に区別せられ、ここでも「好悪の二重の意味」が注意されている。

第三章　初期の作品

一　文学的出発――『吾輩は猫である』と『漾虚集』

帰朝当時にさかのぼって、漱石の文学的事業について、その後の経過をたどらなければならない。留学時代には、俳句や英詩を書いたほか、文章を書かなかった。帰朝してからは『ホトトギス』の同人が訪れ、俳句や文章をすすめられ、「退屈凌ギ」に「一時ノ鬱散」をはじめ、子規宛書簡『倫敦消息』につぐ『自転車日記』(明治三六・七・ホトトギス)を書いた。そのころ作った俳句「愚かければ独りすゞしくおはします」「無人島の天子とならば涼しかろ」「能もなき教師とならんあら涼しなどには、如何ともしがたい内心のわだかまりが痛切に語られている。また、この年から翌年四月にかけて、英詩七篇を書いた。これらの詩篇の多くは、孤独に自己の内部をのぞきこんだ「夢」の影像であり、「無」の深淵からの陰鬱な、閉ざされた声である。この「夢」の影像には漱石の「永遠の女性」が棲むようでもあれば、また住む世界を異にするがための傷ついた呻めき声、あるいは絶望の唄のようでもある。だから多かれ少かれ、そこには大学の講義に骨身を削り、周囲の無理解に苛らだち、倦みはてた漱石の、「神経衰弱」とも「狂気」ともいわれる心の割れ目が語られている。しかも、これと前後して書かれた英文の断片には、(1)こういう自己と自己をとりまく周囲とにたいし激越な憎悪と憤怒とを投げかける独語がつづられている。

"Fond conceits! to think you are infinitely better than the beasts of the field. I see in myself, in our neighbours, in professors and statesmen nothing but beasts,—bestiality incarnate, with superadded structures so as to meet with the twentieth century society. By laughing them to scorn I laugh myself to scorn and my laughter has a bitter ring in it. It is a cruel mockery for my hypocritical attire".

また書いている。——

"I have lost my wife in teaching her a lesson; I am losing my children in teaching a lesson to my wife and her family. I am resolved to lose everything ere I teach them a severe lesson, except my will. It is my will that I assert and before it they shall bow. They shall bow before me as they find in me a heartless husband and a cruel father and an obdurate relative. They shall bow before me when they see their own cowardly behaviour reflected in their own minds. They will hold me as responsible for it. Silly things! Think of the cause and causality. If you were as obedient and dutiful as the most dutiful and obedient of all wives, I would not forgive thee. Wait and you will see; wait and you will see. Try everything; try every art till you are satisfied, till you are dissatisfied, till you are baulked of your scheme which will be all thrown away on me."

さらに少し後の断片(八)では——

「凡ての男を呪ひ、凡ての女を呪ひ、凡ての草凡ての木を呪ふ、凡ての生けるものを呪ふ、三世を坑中に封じ大千世界を微塵に摧き去る地球破滅の最終日我胸中にあり」。

この悶絶するばかりの現実憎悪があの「夢」にかりたてたのであり、そこからぬけだそうとする必死の努力が手あたり次第に強烈な「道義的癇癪」を爆発させていたのである。そこにはすでに『吾輩は猫である』と『漾虚集』との二系列の漱石文学のモティフが胚胎している。しかし漱石はまだこれを表現するだけのきっかけをもつことができなかった。だから英詩や日記に心の鬱憤を日蔭者のように書きつけ、あるいは橋口五葉(貢)と水彩画を描いて、一時の自己忘却をたのしみ、日露戦争に関連して『従軍行』(明治三七・五・帝国文学)などの新体詩を書き、またたびたび訪れてくる高浜虚子とともに『尼』(明治三七・一一—一二・ホトトギス)などの連句や俳体詩をつくって、わずかに心をまぎらせていた。ついに高浜虚子の度重なるすすめに応じて、一九〇四年(明治三七年)一二月、根岸の子規旧盧でひらかれる文章会(「山会」)に、『吾輩は猫である』(第一)の一文を托し、虚子によって朗読披露された[2]。そして、この一篇は『ホトトギス』誌上に発表された(明治三八・一)。それに引きつづいて年末近く書きあげた『倫敦塔』(同・帝国文学)や、『カーライル博物館』(同・学鐙)もほぼ同時に出て、思いもかけぬ歓迎をうけた。その好評にはげまされて、『吾輩は猫である』の続稿が書きつがれ、漱石の作家的出発の端緒がきりひらかれた。漱石のまわりにはその人柄と学識とを慕って集ってくる寺田寅彦らの多くの門下生たちがあった。かれらは漱石にはげまされながら、またこれを喜んで漱石は勇気づけられもした。

日本が世界史に登場する日露戦争について、漱石の見解は後の作品で多く語られているが、戦争の当初どういうふうに考えていたかは、かならずしも明かではない。しかし『従軍行』を書いたように、自己自身の問題に懊悩していた漱石は、この戦争を強大なロシア帝国の強圧とうけとって、明治人らしい反撥を感じていた。ただこの場合にも、多くの戦争の詩歌がむやみやたらに「剛慢とか無礼とか色々な形容詞を使つて露西亜の悪口をついて居る」（明治三七・八年『断片』六）(3)のとはちがって、理非なくうちかかってくる「讎」にたいし「男子の意気」「負けじ魂」をしめす姿勢をとった。そこで、戦争の詩歌は戦争の詩歌であっても、当時普通に行われた大言壮語にふける詩歌とは微妙なところでちがっているように思われる。それは冒頭をみてもわかる。

「吾に讎あり、艨艟吼ゆる、
　讎はゆるすな、男児の意気。
吾に讎あり、貔貅群がる、
　讎は逃すな、勇士の胆。
色は濃き血か、扶桑の旗は、
　讎は照さず、殺気をこめて。」

この微妙なちがいは、作品が発表されはじめた後の、奉天会戦後の談話『批評家の立場』（明治三八・五・新潮）や、日本海海戦後の談話『戦後文界の趨勢』（同・八・新小説）をみると、説明がつく。

つまり日露戦争を西洋と日本との問題にたいする自己の観点からとらえていた。帝政ロシアは西洋文化の代表として日本にのしかかってくる西洋文化の圧力であり、戦争はこれにたいして、日本の独立をめざして日本としての特性を発揮するためのものであった。巨大な西洋文化の圧力にたいして、死力を尽して戦わなければならぬ、生死の土壇場に立ったと感じとられている。そして日本の武力は、「西洋の利器を西洋から貰つて来て」「日本の特色を拡張するため、日本の特色を発揮するために」使ったから、「軍人がえらい」と素朴にいっている。だから、日本の特色といっても、古い日本をそのままに繰返そうとする盲目な国粋保存主義ではなく、むしろ「吾も人だ」という自信と自覚とをもって、日本の文化を西洋に劣らぬもの、否、それ以上のものにする気慨をこめている。この意味で連戦連捷は「精神界へも非常な元気を与へ」もした。そこで、漱石の文学は身をもって征露の軍と先をきそって、西洋文学に征めいる先鋒の意気ごみをみせるものである、後に回顧して、「書きたいから書き、作りたいから作つたまでゝ、……私があゝいふ時機に達して居たのである」（『処女作追懐談』）となにげなくいうし、またその後の国情に顧みて、「気を付けないと危険《あぶな》い」「亡びるね」（『三四郎』）とも警告をするのである。

ところで、漱石の文学的出発はいかに内的衝迫にうながされたものにしても、大学講師の副業であり、その「本職」はどこまでも前章に述べた講義――ロンドンからもって帰ってきた課題の成就にある。すくなくとも、一九〇六年（明治三九年）一月に菅虎雄に「僕大学をやめて江湖の処士になりたい」と願うようになるまでは、あくまでも「余技」としてみていた。だから、この時期の文学は漱石の全人格を賭けた精神的事業ではなくて、おのずからある間隔をおいたその一部であり、この意味で「余裕」をのこすものである、といってもよいだろう。

さて、漱石文学の二系列、『吾輩は猫である』と『漾虚集』とは、漱石理論の用語をもちいれば、「愛・道義に対する理想」をあらわすものと、「美的理想」をあらわすものとに、大別して考えることができよう。漱石は自己の中に火のように燃えていた憎悪や蔑視や痼癪の感情を爆発させる場所として前者に表現の場をとり、こうしていらだつ自己の存在の底にある謎の部分に暗い眼を静かにそそぎ、美しく粧う場所として後者の表現形式をえらんでいる。まず『吾輩は猫である』からみていこう。

『吾輩は猫である』一一章（明治三八・一―三九・八・ホトトギス）は、成立の事情からいって、無性格、無構成、無発展な非小説的な小説である。これは、なによりも作者自身がみとめているところで、「此書は趣向もなく、構造もなく、尾頭の心元なき海鼠のやうな文章」（上篇の序）といっているとおりであるが、そこに漱石の独創も発見もあったというべきであろう。もともと漱石の家に迷いこんできた野良猫をながめている間に、『ガリヴァ旅行記』の第四篇フウインヌム国にまぎれこんだガリヴァの条などを思いうかべ、(4)この無名で無心な猫の眼を視点とすることで、自己と周囲を写生する、それによって自己をふくめた人間の我儘、虚偽、虚栄、競争心、要するに愚劣や不合理を明かにして嘲笑することができると思いついた。実際、第一章をそれ自身完結した滑稽な俳諧文としてながめれば、猫族の国のなかに、その飼主の軍人や代言人や車屋の世界を投影しながら、自己の飼主である英語教師とその家庭、そこに出入する金縁眼鏡の美学者との太平楽な生活を描きだし、いわば優越した場所から、猫とともに、自己を嘲侮することに終始しているからである。これは写生文としては意表をついた方法であり、江戸庶民の笑いに通ずる落語や俳諧の更新であったから、漱石の発見は無類の独創として生きたのである。しかも続稿をもとめられて、かつて紹介した『トリストラム・シャンディイ』の方法（漱石はそこで「尾か頭か心元なき事海鼠の如し」その他、上篇の序と同じ用語で評していることを思いだすべきである）から、猫の「冒険」（イギリス十八世紀小説の一つの形態）として独特な結構に生成させうる可能性を心得て、すでに小宮豊隆が指摘したように、第三章あたりから「屁の様な気燄」（明治三八・一二・三一・手紙）を自在にはきたてる饒舌体に成長させている。それとともに、この猫の役割は一種の解説者・連絡係にかわるとともに、猫の眼をもってする人間批評も当初の意味から大分変ったものになっている。

『吾輩は猫である』は第一に猫の眼をもってする人間研究、人間批評である。人間が社会習俗の虜となって、なんらその不合理、愚劣さについて怪しむことを知らない日常生活を通して、素朴で無心な、それ故に先入見をもたない、一種の純粋な批評の眼でじかに眺めるときに、あらゆる人間の深部の愚劣さがそのままに顕《あらわ》されるところを衝いて、俎上にのぼせている。この点について「主人」の珍野苦沙弥や、そのまわりの美学者迷亭、水島寒月、越智東風、八木独仙、立町老梅（天道公平）、理野陶然らの「太平の逸民」めいた知識的自由人も、金田鼻子夫妻、富子、鈴木藤十郎、車屋、二絃琴の師匠から、苦沙弥の妻子までを含める俗物的存在も、一列に扱って、同じことである。唐木順三がいみじくも昔の「家族合せ」さながらの命名だと評したように、知識人も俗物も、一様に、人間が人間であるかぎり免れがたい通性において嘲笑されるべき愚劣な「一つ穴の動物」であることを知らされるのである。しかも、こんな名前さえもたない「食ひ度ければ食ひ、寐たければ寐る、怒るときは一生懸命に怒り、泣くときは絶対絶命に泣く」(二章) 自然に従って生きている単純な猫であるからして、自然に反して「只入らざることを捏造して自ら苦しんで居る」(一〇章) 人間という動物の、憐れで怪奇な、心理の複雑な無意味さにおいて、その故にとくに表裏ある生活をいとなんで、「世間に出されない自己の面目を保存」したりする卑劣な醜悪さをもっている知識人の場合において、かえって痛烈に嘲罵もできるのである。作者はこんな猫に思い知らせるように、猫におぞうにを盗みぐいさせて踊りをさせ、愚にもつかぬ箴言めいた警句をはかせるが、それとても知識人たちのもてあそぶディレッタンティックな饒舌の戯画の趣をもっている。この猫そのものが教師の感化でカアライルまがいの衣裳哲学やそれに関連して裸体論を放言して、人間の虚栄心をついたりするところまで (七章)「成長」しても、それは一種の文明批評であるよりも、むしろ文明人に成りあがっている不活潑な知識人たちの「平等を嫌ふ」本質の虚しい見栄にたいする嘲笑である。もちろん、こういう人間研究は破壊的であり、この諷刺の笑いの性質を説明しているが、思想的にはなんらの結実をもたらしてはいない。だから、ここでは詳細な分析に立ちいることは文学研究としてはとにかく、本書の目的からしては控えておきたい。

第二に、この人間批評は小説の展開において社会諷刺と批判の面を濃密にし、多年の鬱憤を自在にぶちまける方向をあらわし、ここに同時代の自然主義文学には弱かった社会性を初めから帯びることになる。しかし、この社会批判は、すでに述べたような実業家攻撃を具象化してみせるものであって、資本制社会の根幹を指摘して警世はしているものの、理性的にその是正を考えもとめるところまではいっていない。金田富子の結婚問題から落雲館事件にいたるまで、ここに描かれる俗物世界は車屋の主婦や二絃琴の師匠や友人鈴木藤十郎らまでをも金で動かし、落雲館中学の背後にあってあやつる金権万能の世界として俎上にのぼるのである。「僕は実業家は学校時代から大嫌ひだ」（四章）ということの表現である。その理由は「金さへ取れゝば何でもする、昔で云へば素町人だから」であり、「金を作るにも三角術を使」い、「義理をかく、人情をかく、恥をかく」（同）の三角を平気でやってのけるからであり、「世の中を動かす」「金の功力を心得て、此金の威光を自由に発揮する」（八章）のが実業家であるからである。廉恥を知らない利潤追求慾を攻撃するばかりではなく、その根柢に多年やしなわれた卑しい「素町人」根性をみてとって階級的嫌悪感を隠見させ、新しい「教養ある階級」としても封建的臭味を脱することができずにいる。それは当の嘲笑される二絃琴の師匠の家で家柄や系図が尊ばれ、迷亭の叔父である牧山偽男爵がいいだされるだけで、鼻子夫人の態度が豹変するといった明治社会の前近代性と、さして変らぬものであるだろう。

もちろん、小説がすすむに従って、たとえば明治政府の官僚政治の実態を近代的民主主義の立場から批判する。「役人は人民の召使である。用事を弁じさせる為に、ある権限を委託した代理人の様なものだ。所が委任された権力を笠に着て毎日事務を処理して居ると、是は自分が所有して居る権力で、人民抔は之に就て何等の啄を容るゝ理由がないものだ抔と狂ってくる」（一〇章）。しかしこういう近代社会の論理の把握からの思想的批判をもって全篇をつらぬくだけの用意を漱石は欠いていた。だから漱石の社会諷刺はかなり激しい破壊的調子をおびてはいるが、どこまでも「江湖の処士」としての知識階級の分化に即して、いわば社会的善から発する、八つ当りにちかいプロテストにとどまるのである。漱石の面目は、「自己の見識に負《そむ》かぬ様に」「唯自分の良心にはづかしからぬ様に勧善懲悪をやりたい」（『文学談』・明治三九・九・文芸界）、そのやや常識的な道義的理想の追求に興じているところにあった。そう思ってこの「世を憂ひ時を憤る」社会諷刺をよくみるならば、人格上の問題に終始していることがわかり、この問題がここでは東西、新旧文化の問題をふくんでいることを知る。そして世の俗物たちと知識人たちとのちがいは、この人格に関して「こんなごろつき手に比べると、主人抔は遙かに上等な人間と云はなくてはならん。意気地のない所が上等なのである。無能な所が上等なのである。猪口才でない所が上等なのである」（一〇章）と、正直や誠を徳として逆説的に評価するところにあるのである。

そこで、第三に、学者や芸術家である「太平の逸民」である苦沙弥たちの、滝沢克己のいわゆる「良心と自由の世界」を中心において、一方では積極的で進取的な西洋風な近代文明、その積極的に我意を通そうとして、外界に働きかけては、その際限なさに逆上する苦沙弥先生をみている。日本の近代化の必然をみてとっている漱石は、近代個人主義の貫徹を志しながら、それが口舌にすぎず、「極楽流に」処理されないことを知っている。騒々しい日露戦争の唯中で、東洋と西洋との角逐をみてとって、こういう形をとって現れる近代の個性の発達をめざす積極主義への懐疑に立たされる。そこで、他方において第八章から登場する哲学者八木独仙の消極的な東洋的虚無主義に心を動かされる。意の如く動かすことのできない外界の関係を条件として、そのもとに安心をもとめる心の修業によって「消極の極に達する」心の自由、この老荘的無為を半信半疑のあいだにあこがれもする。独仙の話した「馬鹿竹の話」は苦沙弥にとってきわめて暗示的なものを含んでいるようにみえる。だから、岡崎義恵は晩年の則天去私の問題に関連させて、この独仙の思想を重くみる。(5) 漱石は近代個人主義への懐疑のために、禅家風な虚無主義を他方の端に描いてはみるが、同時に「悟つた様でも独仙君の足は矢張り地面の外は踏まぬ」(一一章) ことを、悲しくも見きわめないわけにはいかなかったのである。漱石は良心と自由をもとめて揺れ動きながら、泥まみれになって転がっているというべきであろう。

こうして『吾輩は猫である』のなかには、人間を不可解とみる体験が基調をなしていることに思いあたる。迷亭の首懸の松、寒月の投身と霊の感応、これにまけずに語りだされる苦沙弥の芝居見物と悪寒、いわゆる三人三様の「不思議な経験」(二章) は、ざれごとめかした戯画にすぎぬと解釈されるけれども、迷亭が自注するような「副意識下の幽冥界」のインデックスであり、案外、「糸瓜の如く風に吹かれて超然と澄まし切つて居る」かれらの無気味な深淵を自覚していることであろう。これは下女の歯軋りを叙して「覚えがなくても存在する事があるから困る」(第五章)、無邪気でも滅却することのできないあの怖れに通じている。理性の光にてらして明かにできないこの闇を自覚するが故に、そして彼の逆上の根深さをさとるがために、この否定的なカタルシスとしての人間全体への一般的な諷刺をして独特な滑稽文学たらしめることを必要とした。同じ精神の機能がこの精神の闇を疎外して夢と幻想の場に救抜されるところに、『漾虚集』の一連の短篇小説があった。

『漾虚集』は普通にロマンティシズムの文学といわれ、実際、それにちがいない。『吾輩は猫である』六章までと併行して明治三八年中に発表された六篇のうち、『倫敦塔』、『カーライル博物館』、『幻影の盾』(四・ホトトギス)、『薤露行』(一一・中央公論)の四篇は三篇までが中世イギリスに取材した中世憧憬のロマンティックな作品とみられ、いわば留学記念四部作である。そしてこれはまさに江藤淳が鋭く指摘したように、後の『道草』などよりも「はるかに直接的な自己告白の世界」であり、「一種の印象的な詩的散文」であり(6)、効果として晶華した「美的理想」の系列に属している。だからロマンティックな情緒は題材による表皮であって、漱石の直接のモティフを意味するものではないと考えられよう。

『倫敦塔』と『カーライル博物館』はロンドンの暗い生活の反芻に、閉鎖した教師の暗い生活を重ねあわせて描いたような作品である。前者は冷然と二十世紀を軽蔑するように立っている「宿世の夢の焦点」として、ダンテの地獄篇を思わせる夜の暗黒に下っていく。イギリスの絶対王政の悲惨な歴史、たとえば逆賊門の故事や、エドワアド四世の王妃エリザベスが黒い喪服をきて会いにきた幼い二王子の幽閉や、ジェイン・グレイの処刑など、「人の血、人の肉、人の罪が結晶した」数々の陰惨で怪奇な幻想がくりひろげられる。後者はチェルシのセイジが鳥のように、当代の文明の騒音を嫌って、四階の屋根裏に巣くって、書斎としている。しかもそこにはどこからとなく遠い「下界の声が呪の如く彼を追ひかけて旧の如くに彼の神経を苦しめ」る。いずれも漱石の内部によどんでいた不気味な心像が焼きついていることを感得する。

『幻影の盾』と『薤露行』はイギリス中世の騎士物語で、アーサ王伝説による挿話である。前者は北方から得たという、ゴルゴン・メデュウサに似た恐ろしい夜叉を鋳出した円形の盾にまつわる話である。作者はこの盾の「目に見えぬ怪力をかり」て、「一心不乱」という誠の可能性を描き出すにあると、前書には書いてある。『吾輩は猫である』第二章に出る「霊の感応」をテエマとしているとみられる。白夜の城の騎士ウィリアムは霊の盾の力で、最後には軍陣の間に「意中の美人」夜鴉の城のクララの愛をうるところに終っているからである。だが、この純一無雑な不滅の愛は「盾の中の世界」――無の中とも有の中とも確然としない南国の映像なのである。おそらく漱石の「己を己の中へ引き入るゝ様に、内へ内へと深く食ひ入る景色」であろうし、クララの住む夜鴉の城の映像に下っていくことに関係していよう。そこで「霊の感応」は二重の意味をもっており、不滅の恋を現すとともに、人間的実存の深淵への沈潜を語っている。後者は「美しき少女」エレエンがアーサ王の寵妃ギニヴィアの愛人で、シャロットの女の呪をうけた騎士ランスロットを愛し、その愛が渝らじとはかなく消える――そこに「永遠の女性」を象徴する白百合につつまれる――やや手のこんだ物語で、趣旨は前者と同じである。エレエンを主としてみると、誠実な愛がギニヴィアをも動かすことをテエマとしていると読める。しかしまた反面にランスロットの遺書「罪は吾を追ひ吾は罪を追ふ」に一篇のテエマがあったのではあるまいか。王妃ギニヴィアへの不倫な愛、シャロットやエレンの愛、愛の罪であり、一種の原罪的な怖れをこめて、重態の身をくらました。漱石はこの無意識の罪を一篇の物語として深く追求してはいないが、人間の負うている罪を自覚している。

森鷗外が『青年』のなかで、漱石らしい平田拊石の作品に言及して、「短篇集なんぞの中には、西洋の事を書いて、西洋人が書いたとしきや思はれないやうなものがある」と賞したのは、こういう作品を指している。『漾虚集』のうち、『琴のそら音』（六・七人）と『一夜』（九・中央公論）は『幻影の盾』と『薤露行』との間に書かれ、一応、「霊の感応」や「心霊現象」を描いて、これらと共通する基調に立っているとみなされている。もっとも、前者では健全な常識家の法学士の主人公は、こういう幻影を一夜の幻影として否定するところに終るが、作者はここに理性的立場に立つかぎり、把握できない現実の場合を措定してみたというべきであろう。後者はさりげない小品でありながら、きわめて難解である。髯のある男と髯のない男と涼しき眼の女とがなにかで一所に集り、時鳥のなく初夏の宵をとりとめもなく語る様子を、情緒の世界に描いてある。詩人と現実家と情熱の女と三人三様であり、そのとりとめもない話題には、たしかに、愛における「霊の感応」がみえる。しかし森田草平がこの詩人の芸術観から『草枕』の原型をみとめ、渋川驍はここに秘められた恋（大塚楠緒子説がある）をみている。作者はただださりげなく「人生を書いたので小説をかいたのでない」というう。この意味は何であろうか。三人はたのしげにそこはかとない話題をとりかわし、太平楽をならべているようで、かならずしも相互に心の底が通じあっているわけではない、思い思いに別な孤独な生涯がにじみだしており、連帯意識を失った人間の単独性をうつしだし、ここに人間の淋しい一生の縮図があるとみていたのではあるまいか。しかも三角関係ということにも、『薤露行』などとともに、後年の漱石の奥深い謎をひめた課題が提出されている。

『漾虚集』の短篇は七篇で、最後の一篇は『薤露行』の後で発表された『趣味の遺伝』（明治三九・一・帝国文学）であり、『吾輩は猫である』の七・八章と同時に現れた。日霊戦争に戦死した浩さんとその墓に詣ったらしい娘との間の恋愛の神秘、霊の感応――一種の「運命愛」を知って、これを生物学上の遺伝の学説をかりて、科学的に合理的に説明しようとする。そこで、これまでの夢と幻想を主とする詩的散文とはちがって、きわめて散文的な散文になっている。おそらく眼医者で会った少女との体験から出発して、ギニヴィアとランスロットの愛のように「鉄片と磁石」のような自然な、あるいは誠の恋愛、俗にいう「ひと目惚れ」の存在に不朽の恋愛をみようとする考えかたが根強くあったにちがいない。漱石の恋愛観が語られているようである。この作品はその根拠をさらに祖先にさかのぼり、封建領主の権力によってひきさかれた純情が幾世代か後の子孫の間に復活するといったことの実証で、人間の作為の悲劇と自然の究極の勝利とを暗示している。しかし同時に漱石は「副意識下の幽冥界」あるいは「父母未生以前に受けた記憶と情緒」を、かように科学的に分析したり説明したりしてみても、結局、これによって人間存在の根源の謎をときつくすことにはならぬと知っていたから、主人公に「清き涼しき涙」を流させるとともに、依然として人生の怖ろしさに身をひきしめる思いを禁じ得なかったのであろう。どこまでいっても究めがたい消極的な嘆きであり、はてしない人間存在の絶対の底の暗い謎として残るものである。

(1) 明治三七、八年頃と推定されている『断片』中の一、二、三の英文は、四の『ハムレットの性格』からみて、小宮豊隆は明治三六年一二月前後と推定している。しかし『ハムレット』の評釈が東大英文科で講ぜられたのは明治三七年一二月からであるから、四の内容からみて、評釈を読み返しての感想ではあるまいか。『マクベス』の場合を考えて、初めのように、明治三七年中のものとの推定を支持したい(『文学論』の引用には関連をみとめがたい)。

(2) 高浜虚子の『漱石と私』によると、山会は正岡子規の「文章には山が無くては駄目だ」という主張から名づけられ、当時、坂本四方太、寒川鼠骨、河東碧梧桐が虚子のほかに主として出席していた。漱石の文章が子規の「写生文」と関係が深く、初期の文章に「写生文」または俳句の影響を強く認められることは贅するまでもない。しかし漱石は俳句や写生文の面白さを面白さとして認めながら、それに満足していたわけではないことは後の『写生文』(明治四〇・一・読売新聞)にうかがわれる。

(3) 『断片』六は、『断片』七が『吾輩は猫である』第一に使われているから、明治三七年中のものであろう。

(4) 梅原猛『吾輩は猫であるの笑いについて』(昭和三四・一・文学)に詳しい研究が出ている。『文学評論』のスウィフトの項のなかで、フウインヌム国を叙しているところを一読すれば、漱石がいかにもおもしろそうに、読み味い、ここにヒントを得たにちがいないことを実感する。ただフウインムズと猫とのちがいは、梅原の指摘するように、前者が「理想的動物」であったにたいし、後者が人間と同じく笑わるべき存在であったことである。

(5) 岡崎義恵・日本芸術思潮・第一巻・昭和一八・一一・岩波書店。

(6) 江藤淳・夏目漱石・昭和三一・一一・東京ライフ社・五七—八ペイジ。

二 『鶉籠』と『野分』

苦沙弥先生は、垣根ごしに「サヴェジ・テイ、サヴェジ・テイ」と、近隣の教養のない金力の手先からからかわれたのに癇癪をおこして、ステッキを握りしめて、往来にとびだしていく。苦沙弥先生としては珍しくおこした行動の一つである。苦沙弥先生の心理は複雑で奥深く、知的な説明ではきわめがたい。そこに『倫敦塔』からの短篇がこの暗い存在の底の謎の世界を告白するように並行してあった。『趣味の遺伝』はそれをつきとめようとして、合理的に解釈して、人間の良心や誠の根をはっている父母未生以前の絶対界の記憶や情緒にまでさかのぼってみた。それは近代的な説明の仕方の一つではあるが、漱石を納得させるに十分なものがあったとはおもえない。漱石は反転して、こういうめんどうな分析や説明をぬいて、苦沙弥先生をもっと単純にした一地方都市の中学教師を主人公にして、世間に出て、ステッキを思うままにふりまわさせた。それが『坊っちゃん』である。『坊っちゃん』(明治三九・四・ホトトギス)は『吾輩は猫である』一〇章と同時にかかげられ、また同時にかかれた短篇群の最後のものであるが、『漾虚集』に入らず、次の中篇小説集『鶉籠』三篇の巻頭に入っている。これは偶然ではない。『坊っちゃん』は『吾輩は猫である』と併行して書かれながら、『漾虚集』の諸短篇と異って『吾輩は猫である』と同じ「愛・道義に対する理想」をあらわす系列に属しているからである。

『坊っちゃん』は社会諷刺や批判をめざした諷刺文学であるが、周知のように、漱石が二年間滞在した松山に舞台をとり、一種の写実文学の趣をみせている。しかし自己の経験をもとにして、たとえば校長に着任の挨拶をしたときに教師として「法外な注文」をだされ、「到底あなたの仰しやる通りにや出来ません。此辞令は返します」といいだしたのは、東京高等師範の講師に就任の際の嘉納校長との経緯によるというようなことがあったにせよ、松山中学の教員や事件をそのままに藉りてきたものではない、むしろ拵えたものである。そこで地方都市の教員生活に明治社会の縮図をつくりだして、主人公のまわりの人物に漱石の考える日本人のさまざまなタイプを、その綽名がしめすように単純明快に書きわけていった。伊藤整は巧みにこれを説明して、「日本人的な性格を日本人的な手法で描いた作品」で、「典型的な日本人を描いた」といい、「主人公の楽天性、その同情、その無邪気さ、そして他の人物にある日本的な薄汚なさ、みみっちさ、劣卑さ、弱小さ、豪傑ぶり、それは実に完全な日本の性格である」(1)とした。まさにわれわれが周囲にみるようなみみっちい日本的性格を、無邪気で単純な正義漢という他の日本的性格から批判したところに、この小説の永遠の価値をもった普遍性があるにちがいない。伊藤はこれを日本の内部からみただけではなく、外国の生活体験から眺めた効果といい、漱石の書いた最初の「小説らしい小説」と評価している。この評価は正しいと思う。しかし同時に漱石自身のうちに住む高貴な魂であるとともに、卑俗な魂の外在化であり、悲痛をきわめる自己批判であることを見のがしてはならない。彼の中には坊っちゃんや山嵐とともに、赤シャツも野だいこも住んでいたはずであるからである。

ところで、漱石は『坊っちゃん』においても昔風の女である女中のお清の無償の献身のうちに、清純素朴な誠という人間としての尊く美しい力をみることにおいて、『趣味の遺伝』と同じところに立っている。この誠をよりどころとして、生一本の竹を割ったような気性、その正直一途の正義漢に、「親譲りの無鉄砲」という行動性をもたせたのが主人公の坊っちゃんである。しかし、みずから「たゞ知慧のない所が惜しい丈だ」というとおり、「知慧」つまり世間知に欠け、深い思慮分別をもたない単純無垢な、いわゆる「坊っちゃん」であるがために、その行動は猪突となって「損」ばかりすること、三つ子の魂百までの類である。ただこの場合に「世の中に正直が勝たないで、外に勝つものがあるか」という素朴ではあるが、確乎とした道義精神を「一人前の独立した人間」として貫こうとするところに面目がある。

この坊っちゃんにたいする中学生の悪戯や反感、ことに「バッタ事件」や「吶喊事件」は小説的興味のために誇張された戯画であり、これを合理的に解釈するためには、田舎の中学生が「生意気」な、どこか江戸っ子を鼻にかけて田舎者を見下す坊っちゃんと衝突する、その性格をもっと詳しく検討してかからなければなるまい。(2) これを別にして、山嵐やうらなりをのぞく多くの教員、あるいは骨董商のいか銀などの世間人はすべて「表と裏とは違った」人たちであり、いかさまばかりやって、「得」をはかっている連中である。「世の中はいかさま師ばかりで、お互に乗せっこをして居るのかも知れない」のであり、「本当に人間程宛にならない者はない」のである。こういう誠実を忘れたいかさま、人間を宛にならないものにする根拠として、漱石はここでも日本の金力や権力の小型版を見出し、坊っちゃんの猪突を一つの市民的抵抗として意義づけている。しかし山嵐や坊っちゃんが「奸物」どもに下した正義の天誅は、読者には痛快をおぼえさせる滑稽味をもっているにせよ、この勝利が何ものをもたらしたかと考えてみれば、ただこの「不浄な地」を去って、かの別の同じ「娑婆」に移っていっただけにすぎない。それは勝利からは遠い独り合点、独り芝居であることを見落してはいない。そこで、別の極にむかって、漱石はこころみる。

『坊っちゃん』についで、『吾輩は猫である』を完成した後に、『草枕』(明治三九・九・新小説)を発表した。『坊っちゃん』との関係でいえば、まさに「不浄な地」を去ったのちに、世間を出て、みずから「別乾坤」をたて、「清浄界」を享受する可能性を確保しようとするのであり、『漾虚集』の系列をひく「美的理想」をあらわすものである。だから、この小説は一九〇六年(明治三九年)暮から五高の同僚山川信次郎とともに旅行した熊本県玉名郡の小天温泉を写実的に写し、また那美さんのモデルらしい人物が実在していたにせよ、(3)むしろ記憶によって小天温泉に「別乾坤」の拠りどころを求めただけにすぎない。これは、あくまでも、いうように、二十世紀の俗悪な、人間臭い文明に反撥するが故に、「美を生命とする俳句的小説」(『余が「草枕」』)をこころみ、読者に「美しい感じを与へる」(同)ような「天地開闢以来類のない」(明治三九・八・二八・小宮豊隆宛手紙)、きわめて非小説的な小説をたててみたところに、作品の意義がある。そして、この小説を蔽うている美文意識は当時模倣を生んだまでに好評ではあったが、読者に「美しい感じ」をあたえるために作者のほどこした工夫にとどまり、その根拠となった第六章を中心に散見する東洋的な芸術論こそが漱石の眼目とした趣旨である。だから『草枕』はかような芸術思想・人生思想をいうために書かれた思想小説と考えるべきものである。そういえば「小生が芸術観及人生観の一局部を代表したる小説」(明治三九・八・七および一二・畔柳芥舟・深田康算宛手紙)と友人に書きおくったように、主人公の洋画家は作者の分身にふさわしく、俳句や漢詩をつくり、英詩、英文を読む三〇歳前後の明治的な文人として現れていることに注意されよう。

第六章では画家が春宵机によって、一事一物に即するともなく、なにものに心を奪われたとも明瞭に意識することのできない漂緲の世界——「冲融《ちゆう》」とか「澹蕩《たんとう》」とかいう詩語で現される境地を芸術化したいと摸索する。ここにいう情緒は『文芸の哲学的基礎』で四種の理想の一つとした「感覚物そのものに対する情操」とした「美的情操」であり、そこであまり内容に立ちいらなかった「飄逸的情操」をさすものと考えられる。しかも第一章から出世間的に没利害の東洋の詩歌の「非人情の天地」として、世間的な同情、愛、正義、自由にかかわる西洋の人情的な詩歌に対立せしめた世界でもある。「余裕」その他の態度も、これに関係している。これは『文学論』第二篇第三章で、読者の作品に対する「幻惑」を論じ、善悪観念の抽出をいい、「没道徳的趣味」を「非人情」としたところの細説とみることができる。さて、画家はこの感覚的美の表現を絵画にもとめて、物、物と感じ、感じを描く三つの場合に区別し、今、自分の所期が第三のムードだけの世界であり、これを表現したものは大雅堂、蕪村など、東洋にわずかにあるにすぎない。しかも自分ののぞむ具象世界を離れた「神往の気韻」「物外の神韻」は雪舟、蕪村らの場合よりはるかに複雑なので、無理である。そこで音楽ではどうかと考え、次に詩にはならぬかと考える。

「レッシングと云ふ男は、時間の経過を条件として起る出来事を、詩の本領である如く論じて、詩画は不一にして両様なりとの根本義を立てた様に記憶するが、さう詩を見ると、今余の発表しやうとあせつて居る境界も、到底物になりさうにない。余が嬉しいと感ずる心裏の状況には、時間はあるかも知れないが、時間の流に沿ふて、逓次に展開すべき出来事の内容がない。一が去り、二が来り、二が消えて三が生まるゝが為に嬉しいのではない。初めから窈然として同所に把住する趣きで嬉しいのである。既に同所に把住する以上は、よし之を普通の言語に翻訳した所で、必ずしも時間的に材料を按排する必要はあるまい。矢張り絵画と同じく空間的に景物を配置したのみで出来るだらう」。

画家は詩を書きかけ、那美さんの出現によって中絶する、湯壺にひたって、オフェリヤの画因を思いつく。ところで、時間や因果という関係を切りすてて、その裂け口から現れる「曠然として倚託なき有様」を描く絵画的・空間的な詩——一種の純粋詩論は、また「俳句的小説」といった『草枕』の仕立てかたを指している。漱石は、それを説明して、那美さんという「此美人即ち作物の中心となるべき人物はいつも同じ所に立つてゐて、少しも動かない。それを画工が、或は前から、或は後から、或は左から、或は右からと、種々な方面から観察する。唯それだけである」(『余が「草枕」』)という一種の二十世紀小説の技法をみせている。作品の実質上の主人公である那美さんの人物・経歴は、作品の背後におかれ、時間や因果の関係を切って、画家によって見られるかぎりにおいて、その時に外側から、感覚的に触発された美的情操の内容としてだけ存在している。これは、まさに漱石が発見した「俳句的小説」——虚子系の「写生文」とまったくちがう——の一つの実験であったということが、できよう。

漱石の東洋的な芸術論の背景に禅的・老荘的思想の横っていることは多く説く必要もあるまい。非人情的解脱を完成したかにみえる大徹和尚を登場させるほか、「詩人になると云ふのは一種の悟りである」といい、「所謂楽は物に着するより起るが故に、あらゆる苦しみを含む。但詩人と画客なるものあつて、飽くまで此待対世界の精華を嚼んで、徹宵徹髄の清きを知る」というように、物我対立する「待対世界」(相対世界)を禅脱して、物我一如の絶対世界を庶幾していることをみれば、明かである。漱石が住みにくい世の中、否、彼自身の自我の苦しさに、その人生観の一局部として、浮き世を離れた「人でなしの国」を東洋的精神にもとめ、あこがれていた。

しかし『草枕』の背景には、日露戦争があり、那美さんの前夫も、従弟も、この戦争の渦中にあった。那美さんのなかには、『一夜』の涼しき眼の女が、フラティションまでをふくめて、思議をこえた動作を演じているし、『漾虚集』の諸篇のように、遠く祖先に悲恋のために鏡が池に投身した娘をもち、父母未生以前の「罪」を負う、女性的本質に謎をひめた漱石的女性がいる。画家が那美さんにオフェリヤの画因を認めるところも、別の内在的意味をもっている。(4) また那美さんは肉体的条件において画家の画材とするに十分であるが、ただ一つ「憐れ」という精神的条件が欠けている。それがこの現実世界に入り、二十世紀の文明に接触し、落魄の身を満州にわたる「髯だらけの野武士」の前夫とそれとなく別れをつげる那美さんの表情に現れる。この「憐れ」は「人間を離れないで人間以上の永久と云ふ感じ」をだす必須条件であり、那美さんの表情に浮いて出たときに、画家の画面は咄嗟に成就したという。「憐れ」が女の表情に出たときに画面が成就したというのは、画家の非人情論の破綻ではないかと、考えられよう。これについて、森田草平宛の手紙(明治三九・九・三〇)に漱石の解説がある。この手紙は『草枕』の主張をみるために重要な参考になる。いま、上述の点についての漱石の言分をみると、女の表情に「憐れ」が浮んだということは「感覚的に画題に調和する」こと、「それ自身に於て気持がいい表情かわるい表情か」ということであって、画家の態度の非人情である点にはかわりがないと詳かに弁明している。漱石のいう意味や主張は一応明かであるが、女の表情が「人を馬鹿にする微笑と、勝たう、勝たうと焦る八の字」から「憐れ」に移ることによって感覚的美が「調和」するという意味は画家の「非人情的」態度とまったくかかわりがないものであろうか。「憐れ」そのものは人情的（漱石は道徳的に解しているが）であり、それで画題が調和するというのは、対象に「同化して其物になる」ことにおいて、画家自身が人情に冷淡でなかったということができ、すくなくとも「純非人情」にとどまってはいないと考えられよう。漱石は「憐れ」を対象的に考えるだけで、そこにあの画家の暗黙の「還元的感化」を一篇の主旨のために、わざと見落していたのではないか、と臆測することはできよう。

とにかく、漱石は美意識による調和の世界が現実的生活においては危殆に瀕することを知らないわけにはいかなかった。知情意を没した超生命的世界として、画家の特殊の美意識によって仮構するところにはじまって、この世界にまで押しよせてくる二十世紀文明――この世界の背景にある悲劇を瞥見するところに終っているからである。「文明はあらゆる限りの手段をつくして、個性を発達せしめたる後、あらゆる限りの方法によつて此個性を踏みつけようとする」。この結果、当時の思想的文学者ヘンリック・イプセンの指摘するように、「個人の革命」が近代文明と衝突し、かりそめの平和と自由が危殆に瀕していることを認めざるを得ない、「あぶない、あぶない、気を附けねばあぶないと思ふ」という警告を画家はつぶやいているではないか。だから、誰よりも漱石は東洋的な非人情の態度が現世では成立しがたいことを知っていた。いうなれば、「真に対する理想」を主張する自然主義文学にたいして、こういう「美的理想」を主張する文学もありうることを反措定してはみた、それも漱石の一面として単なる反措定ではなく、精神傾向に根ざした論理的な可能性を証するものであったと考えられる。だから、鈴木三重吉に与えた教訓で、『草枕』に言及しながら、「単に美的な文字は昔の学者が冷評した如く閑文字に帰着する。俳句趣味は此閑文字の中に逍遥して喜んで居る。然し大なる世の中はかゝる小天地に寝ころんで居る様では到底動かせない。然も大いに動かさゞるべからざる敵が前後左右にある。苟も文学を以て生命とするものならば単に美といふ丈では満足が出来ない。丁度維新の当時勤王家が困苦をなめた様な了見にならなくては駄目だらうと思ふ。間違つたら神経衰弱でも気違でも入牢でも何でもする了見でなくては文学者になれまいと思ふ」(明治三九・一〇・二六)[5]。ここに島崎藤村の『破戒』を「明治の小説として後世に伝ふるに足る傑作なり」と誰彼に推奨した漱石の面目があり、『草枕』を書き終ると、反転して『二百十日』(明治三九・一〇・中央公論)を発表しなければならなかった所以がある。いわば「美の理想」を追求した後に「善の理想」に還るのであり、初期の作品はこの二つの極の間を、つねに往来している。

漱石は『吾輩は猫である』を書き終えて、鈴木三重吉に「猫が出なくなると僕は片腕もがれた様な気がする。書斎で一人で力んで居るより大に大天下に屁の様な気燄をふき出す方が面白い」(明治三九・一一・一)といっていたが、まさに『二百十日』は例によって社会諷刺をともなった『坊つちやん』の大人版である。一八九九年（明治三二年）秋、山川信次郎と登山したときの阿蘇山を背景に、その時の経験や句作によって、圭さんと碌さんとの対話による旅行記として描いた。『草枕』と同じように山中のことであるが、ここでは濛々と立ちのぼる阿蘇の噴煙が、金持や華族のように、なんのかのと生意気にいばる奴らにたいする青年の憤りをあらわして、「純人情」の世界を描いている。豆腐屋の伜の圭さんは熱烈な慷慨家として、現実的な常識家の碌さんを前にして、「二十世紀は此桀紂で充満して居るんだぜ。しかも文明の皮を厚く被つてるから小憎らしい」とか、「金力や威力で、たよりのない同胞を苦しめる奴等」や「社会の悪徳を公然道徳にして居る奴等は、どうしても叩きつけなければならん」とかきめつけ、そこに血を流さない「頭」で相手を叩く「文明の革命」をさかんに説きつける。他方、無学な宿屋の女中を「単純でいい女だ」といい、「田舎者の精神に、文明の教育を施すと、立派な人物が出来るんだがな」といい、「あの下女は単純で気に入つたんだもの。華族や金持より尊敬すべき資格がある」と断じ、そこに新日本の可能性を認めようとする。こういうふうに、「不公平な世の中を公平にしてやらう」という志士的な気焔を虹のように吐いて、「かういふ文明の怪獣を打ち殺して、金も力もない、平民に幾分でも安慰を与へる」のが生存の目的だというのが一篇の主旨である。

圭さんの華族や金持にたいする反抗の原因や理由は一言も書かれていない。この点について、漱石は普通の小説とちがって「余裕のある逼らない慷慨家」にしたのであり、「僕思ふに圭さんは現代に必要な人間である。今の青年は皆圭さんを見習ふがよろしい。然らずんば碌さん程悟るがよろしい」といい、「今の青年はドッチでもない。カラ駄目だ。生意気な許りだ」(明治三九・一〇・九・高浜虚子宛手紙)と叱った。要するに現代の青年の不甲斐なさにたいする反撥から、気分的に金権政治への反感をぶちまけたというにとどまる。しかも十日たらずして、逆に「近々『現代の青年に告ぐ』といふ文章か又はその主意を小説にしたいと思ひます」(同・一〇・一七・虚子宛手紙)と、前言を取消し、むしろ青年に訴える、すすんで世間の「苦痛を求める」志士的文学を具体化していった。それが『野分』(明治四〇・一・ホトトギス)であった。だから『二百十日』は『野分』の前触れをする嵐であったというほかに重い意義を漱石文学のなかではもっていない。圭さんの「頭」による「文明の革命」は『野分』の主人公白井道也先生にうけつがれて、はじめて真面目を発揮する。

『野分』は、前記の手紙が証するように、秋霜烈日の意気をこめた烈風にも似た、青年に訴える思想小説である。鈴木三重吉に与えた「教訓の手紙」の趣意をみずから具体化してみせたイプセン流の問題小説でもある。小説としては技巧が拙劣で、人物も風俗も生彩に乏しいが、白井道也の思想、換言すれば漱石の思想が直截に語られ、初期の作品のなかでも、重要でもあれば、また愛すべき作品である。『浮雲』や『舞姫』このかた、明治の知識人が過さなければならなかった運命が妥協することを欲しなかった道也の生活と思想とのなかに、正面から描かれているからである。道也のまわりに現れる大学を出たばかりの二人の新文学士のうち、金持の子の中野輝一は美しい婚約者をもち、恋愛や芸術について「猛烈な」議論を大真面目に筆や口にして得意でいる楽天派を代表し、人生の真実にはすこしも触れない余裕派、『草枕』派ともいうべく、道也によって簡単に否定される。貧乏で肺病の高柳周作は中野の親友であるが、現在の貧困と亡父の犯した罪業とのために、漱石流の暗い翳をもち、世を恨み、人を呪い、自己の文学的志望に専念することができず、自己の苦痛をむきだしにして同情に餓えながら、中野の優越した立場からする厚意をすなおにうけいれられず、変屈に傾き、孤独な生活をする人生派であり、「世話をされに生れた人」、道也の論文『解脱と拘泥』の用語をもちいれば、自己の拘泥する拘泥派であろう。『二百十日』の碌さんの位置にあたると考えてもよいかもしれないが、道也に似て、道也とはちがう道を歩む人である。

白井道也は、この二青年との対照によって、思想の骨骼をあらわす。あたかも作者自身の道を先取するように、地方の新しい金権者や古い絶対者のために、節——つまり自己の主義を枉げることなく、安全な中学教師の職をやめて、七年目に東京に舞いもどってくる。ふたたび教職につかず、雑誌記者をしながら、著述家として「道を守り俗に抗する」筆の力、舌の援けで「社会状態を矯正する」、「世話をする為に生れた人」志士派となり、貧乏のなかに家庭をかえりみない十字架を負った思想家として登場する。しかもその思想のために、世間からは「危険人物」として迷惑がられる。事実、雑誌社の同僚は「電車事件」(6)を煽動した嫌疑で拘留されている。道也は国家主義も社会主義もあるものか、「只正しい道がいいのさ」と、『坊っちゃん』のように細君の心配をふりきり、「徳川政府の時代ぢやあるまいし」と、近代社会のあるべき姿から清輝館の演説会に出かけてゆく。漱石のうちにある志士的情熱は道也先生をかりてまさに革命家の風貌をあらわす。ところで、道也の「正しい道」とは何であろうか、敢て「一人坊っち」をよしとし、「動くべき社会をわが力にて動かす」のを「天職」とまで考え、「人格」をつくりあげている「道」とはなんであろうか。

道也は現代青年の煩悶を解決するために、『解脱と拘泥』を論じ、「憂世子」と署名した。ここでは青年の煩悶を自他の拘泥にあるとして、拘泥からの解脱を説き、その方法に二つあるという。しかも解脱は便法であって、その真意義は「光明を体し」、「光明より流れ出づる趣味」を養成し、「暗黒世界を遍照」する大道徳を社会に実現するところにある。また、道也が清輝館の演説会で行った『現代青年に告ぐ』の講演においては、「自己は過去と未来の連鎖である」という前提から、明治四〇年間の開化の歴史を考え、先例のない社会に生まれたがために、みずから先例をつくらねばならず、現代の青年は「後を顧る必要なく、前を気遣ふ必要もなく、只自我を思ひの儘に発展し得る地位に立つ」ているが故に「人生の最大愉快を極むるものである」と激励する。かような愉快な地位にあるものはこれに相当する理想をやしなわなければならない。「凡ての理想は自己の魂である。うちより出でねばならぬ」とし、この理想は学問見識が血となり肉となり魂となるときに成立するとする。しかも人によって理想はちがうとし、学問をするものの理想は何かと問う。そして学問すなわち物の理がわかるということと生活の自由すなわち金があるということとの無関係をいい、学問が、結局、人生や道徳や社会について幸福をあたえるものであることをいって終っている。これは道也が越後の中学で追われる原因となった講演『金力と品性』と同趣旨のものであり、滝沢克己の酷評によれば「実業家に対する学者の縄張り争ひを思はせる」(7)といった内容を多く出ていないが、実は儒教ふうにむしろ分を明かにすることを力説するにあったろう。なるほど作者自身の思想的立場は、道也の一途な理想的情熱にかなり整理されて表現されてはいるが、肝腎の「理想」の内容、「人格」の内容、「道」の内容は道也の著書『人格論』に結実するような、個別的に考えられた人格主義、修養主義におちつくということのほかは、不分明に終っているからである。

道也は「高く、偉《おほ》いなる、公なる、あるもの」に仕え、「人の為にする」ことにおいて「一人坊っちの崇高」に、喬木のように自由で独立でありえた。すくなくともその人格の光は貧困と病気とに社会を呪いつつ「一人坊っちの病気」にすさんでゆく高柳周作を絶望から救いあげる力となり、あるいは道也の兄や妻のような卑小な俗物の自利的態度を超えて行く勝利を結果してはいるが、果していうように暗黒の世界、「金以上の趣味とか文学とか人生とか社会とか云ふ問題」について、実に「金を儲ける為めに金を使ふ」——この資本家的営利精神について、その根源である金権の力そのものにさかのぼって、道徳的自制にまで滲透して、光明をもたらすものであろうか。はたして、この問題は各人の「賢明なる自利心」にまたなければならぬ道徳的自制——「人格」論で解きうるものであろうか。道也の「人格論」は、このままでは、現実社会からはじきだされながら、その故に赤貧と孤独との中に追いつめられながら、「わたしは痩せてゐる。痩せてはゐるが大丈夫」と、瘠せ肩をそびやかす福沢諭吉のいわゆる「瘦我慢の説」に終始するにとどまるであろう。しかし漱石は三重吉に与えた「教訓の手紙」と同じ口調で、次のように文学または文学者の特質をいうことで、この解決されない問題を文学の核心または文学者の責務として、実人生の内容的価値として、文学の中に真正面からとりあげようとする一つの地点にまでたどりついていた。

「文学は人生其物である。苦痛にあれ、困窮にあれ、窮愁にあれ、凡そ人生の行路にあたるものは即ち文学で、それ等を嘗め得たものが文学者である。文学者と云ふものは（中略）円熟して深厚な趣味を体して、人間の万事を臆面なく取り捌いたり、感得したりする普通以上の吾々を指すのでありあます。（中略）ほかの学問が出来得る限り研究を妨害する事物を避けて、次第に人生に遠ざかるに引き易《か》へて文学者は進んで此障害の中に飛び込むのであります」

漱石は白井道也をかりてこの障害の中に一歩とびこんだのである。文学はもはや漱石にとって大学講師の余技であることを、彼自身の内面的要求からしても許さないところまできていることを自覚しはじめたのである。漱石は自己の内面の暗黒に眼をすえ、現実世界の諸悪とたたかいながら、自己の才能の可能性を多様にこころみ、そこにうさはらしも、おもしろさをも発見していったけれども、それがいわゆる余裕となってはねかえってくる安易さには、なによりもその文学的信念が許さないものがあったにちがいない。しかも三女栄子の赤痢につづく、『文学論』の校閲や、転宅や、インフルエンザ、ようやく身辺の賑わってきた訪問客やに妨げられて、苦労して書きあげた『野分』も、賢明な漱石にとっては、当初の意気込みにそぐわぬものがあることに気がついていた。なによりもここにとりあげられた、各自がめいめいに知るべき「人生の道」は自己自身に批判の眼を掘りさげるべきものでありながら、小説の構想として書きあげられたにとどまっている皮相さを残していたからである。朝日新聞社に入って、職業作家として、「文学は人生其物である」ことを身をもって実行する全人格的な営為によって、自己の問いに喰いさがらなければならぬ時がきていたのである。

（1）伊藤整・現代日本小説大系・一六巻・解説・昭和二四・四・河出書房。
（2）片岡良一・夏目漱石の作品・昭和三〇・八・厚文社参照。
（3）島為男・夏目さんの人と思想・昭和二・一〇・大同館書店参照、この本は『草枕』を主とした実証的研究を含んでいる。
（4）この点について、「土佐ェ門の贊」との関係、遡っては『薤露行』のエレーンの屍まで関係させて、深く論ずべきであるが、問題が多様化するために、注記するにとどめる。
（5）この手紙はよく人の引用する「僕は一面に於て俳諧的文学に出入すると同時に一面に於て死ぬか生きるか、命のやりとりする様な維新の志士の如き烈しい精神で文学をやつて見たい。それでないと何だか難をすてゝ易につき劇を厭ふて閑に走る所謂腰抜文学者の様な気がしてならん」の有名な文章で結んである。
（6）電車事件とは、明治三九年八月一日、東京市電が電車賃を四銭均一に値上の認可を得たのに抗議し、九月上旬、東京市民の値上反対運動が半暴動化した事件である。九月一二日から、この抗議にもかかわらず、実施された。
（7）滝沢克己・夏目漱石・一一五ペイジ。

三　職業作家の誕生――『虞美人草』

漱石は、「文芸に関する作物を適宜の量に適宜の時に供給すればよい」という好条件で、朝日新聞社にむかえられたときに、「文芸上の述作を生命とする余にとつて是程難有い事はない、是程心持ちのよい待遇はない、是程名誉な職業はない」（『入社の辞』）といって、「大学屋」をやめて「新聞屋」にふみきった。野人漱石の面目に還ったのである。一九〇六年（明治三九年）暮に、本郷区西片町に移転、翌年三月二八日東京をたって、帰朝いらい初めて、京阪の旅に出た、そして『京に着ける夕』（明治四〇・四・九―一一・大阪朝日）を書いた。一五年前に、今は亡き正岡子規とともに京に遊んだことをしのび、当時、子規といいあっていた文学を、同じ「新聞屋」となって専門的に志すにいたった因縁をなつかしんだ。また京都の旅の見聞を日記に書きとめ、職業作家として世に問う最初の新聞小説『虞美人草』（明治四〇・六・二三―一〇・二九・東京朝日）を、その中の叡山登りや保津川下りを発端として書きはじめた。この直前に発表した『文芸の哲学的基礎』の主旨の一端を、この作品は実行しようとする意図をふくんでいたと推測することができる。

まず『虞美人草』は初めての新聞小説として最善の能力を傾け、これまで漱石文学の好評であった諸要素を題材の許すかぎりとりいれていこうとした。そのために、題名のしめすように、「艶」で「妖冶」な花と同じ趣（予告文参照）をそなえている。『草枕』ふうに俳句をつなげた厚化粧の美人的意匠、あるいは奇知に富んだ格言的警句、乙に気取った会話や妙に誇張した身振り、通俗的好尚に一致する類型化された勧善懲悪、ジョオジ・メレディス張りの拵えすぎた性格や劇的構成――要するに古風な美文意識と物語意識とをもって、全篇を踏襲することになった。このことは当時の知識階級を喜ばせる漱石文学の集大成ではあったが、同時に『草枕』とともに、後年、漱石が嫌悪の感をもって過するようになった原因の一つでもあった。しかし、他方において、『野分』と同じく、最後に甲野さんの日記に悲劇の哲学を書き、「僕は此セオリーを説明する為めに全篇を書いてゐる」（明治四〇・七・一九・小宮豊隆宛）というふうな思想小説であることを期した。異るところはこの哲学を初めて想像的構想力の論理として全篇の劇的構成を企てる、『坊っちやん』このかたの小説らしい小説としたことである。しかし残念なことには、後年の小説とちがって、文学の核としての哲学が初めからできあがっていて、これが論理として生成するところがなかったがために、古風な読本か人情本にみるような小説の弱点となる内的素因をかたちづくった。このために思想小説を意図しながらも、唐木順三をして「なんとなく品のない、また思想のない小説」と評価させるような結果になったと、いえる。(1)

悲劇の哲学は、まず第一に、人間的自己の出立点が生死の大問題であることを教える。この問題をどう解決するにしても、死を捨てて生を選ぶところに人間的生がある。人間的生はかく死を捨てて生をとったときに、その「必要の条件」として「道義」を「相互に守るべく黙契」にしているのである。この意味で、「人生の第一義は道義にあり」という命題が働いてくるのであり、たとえその実践が他人に最も便宜であり、自己に最も不利益であっても、またどんなに困難であっても、これに力を致すときに、「一般の幸福」をうながし、「真正の文明」にみちびくことが可能になる。そこで、「道義」とは人間的生存をささえている根本的条件であり、各個人がめいめいにこの「黙契」を体現するところに、白井道也の説くような「人格」が形成されるし、また「万人」が相互にまもるべき普遍的な道義の「本体」もある。漱石は、叡山登りの条で、甲野君に「死は万事の終である。又万事の始めである」と考えさせたが、人間的死という厳粛な事実に出発して、「道義」を、各自の道としても、また一般の道としても、人間的生存の根本条件として考えはじめたのである。『吾輩は猫である』から『野分』をへて、漱石が眼をすえて考えつづけてきた一つの里程標であった。

ところが、第二に、人間的生は、次第にその出立点を忘れて、日々の要求に、死を忘れ、死にそむいて、大自在にふるまっても生中を脱する惧がなしとして、道義の観念を必要としないとみるようになる。ここに「巫山戯《ふざけ》る、騒ぐ、欺く、嘲弄する、馬鹿にする、踏む、蹴る」という道義を犠牲にした「喜劇」――日常的生が成立する。それは粟か米か、工か商か、あの女かこの女か、綴織か繻珍か――要するに生死の最大問題を抜きにして、「この生とあの生との取捨に忙がしき」日常的生の喜劇なのであり、喜劇よりうくる快楽である。普通の人が朝から晩まで身心を労する問題はみな喜劇であり、贅沢な快楽に奔走している。もちろん、漱石は日常的生を喜劇として蔑しみ、近代生活における快楽――これもまた功利的にいえば「一般の幸福」や「真正の文明」に必要なものである――を一概に斥けているのではない。人間的生をささえる根本条件を忘れ、それが日常的生のうちに埋没され終ったときに、人間の悲劇を孕むが故に、擯斥すべき喜劇としているだけである。ここで、漱石はむしろ「業深き人」を暗い眼でみて、なんとかしなければならぬと考えはじめている。「業」や「我」は日常的生に深くかかわっているにせよ、人間的生にとって「三世に跨がる」ような根源的条件でもあるのではないか、それは人間内部の問題として「道義」とどう関係するのであるか、生存欲と道義欲との問題はまだ深く関係づけられて考えられてはいない。

そこで、第三に、人間が日常的生の享楽にむかって道義を忘れて、社会を満足に維持しがたくなると、自己の出立点を思いさとらせるがために、突如として悲劇がおとずれてくる。「生か死か、是が悲劇である」。生の隣に死が住み、「忘る可からざる永劫の陥穽」がひらかれていることを教える。しかも悲劇は忽然として生を変じて死とするし、襟を正して道義の必要をいまさらに知るのである。しかもこの「道義の運行は悲劇に際会して始めて渋滞せざる」「偉大なる自然の制裁」でもあれば、人間が自己の「本来の面目」にかえらせる「石火の一拶」でもある。かように、悲劇の哲学は、漱石にとっては、道義的意義をもった人生哲学であり、そこに「三世に跨がる業を根柢から洗」う形而上的な働きをさえ期している。しからば、悲劇の偉大なる勢力によって、道義が業や我をかく簡単に断滅しえられるのであろうか、そんなに楽観的に考えてよいものであろうか。

小説『虞美人草』は、この悲劇の哲学を含意して、一切の結構がたてられたとすれば、道義と我執との問題は小説の中にこそとかるべきことがらであるかもしれぬ。小説の主題は藤尾とその母に代表せられる我の世界と甲野欽吾や宗近兄妹に代表せられる道義の世界の葛藤であり、道義が我に勝を制する一種の勧懲小説の趣をみせ、結構の形式からいえば、悲劇のセオリの趣旨を貫徹しているかにみえる。

「我の女」藤尾は、作者によって「嫌な女」とされ、「仕舞に殺すのが一篇の主意である」(明治四〇・七・一九・小宮豊隆宛手紙)と、初めからその死が予定されている。小野さんとともにシェイクスピアの『アントニオとクレオパトラ』を読むくだりから、[2] 周到な伏線をはって藤尾の死がクレオパトラの死に匹敵するような大きな悲劇としての意義をもつかのように工夫されている。藤尾の死は唐突に訪れてくるけれども、最後まで我を押し通そうとして、ついに我に死ぬことがいかにも必然な成行をしめすのである。「色相世界に住する男」小野さんは宗近君の説得で、「真面目」になったにせよ、「謎の女」藤尾の母は、とにかく、この死によって、我から解放され、「本来の面目」に還って、甲野君の前に詫びもする。藤尾の死の悲劇によって、作者の論理の表面において、悲劇の哲学は予定のように実証されている。この結構には狂いはないようにみえる。しかし、『虞美人草』一篇を支配しているものは、藤尾の死をふくめて人間喜劇であり、宗近君の言い草ではないが、ここで流行しているものはすべて日常性の喜劇ではなかろうか。このことは二つの方面から明かにできる。

第一に、我に積極的に生き、詩情もあれば、才気もある新しい女藤尾が、宗近君の説得で愛人小野さんに捨てられ、宗近君に時計をさしだして拒まれ、生死の巌頭に立ったとき、どのような「人間本来の面目」から死を選んだのであろうか。「紫の女」であるような高慢な虚栄心が、そのなかに蔵する「悪」または「罪」の自覚によって、死に赴いた、すなわち「虚栄の毒に斃れた」と解釈せられるにせよ、自己に対する関係において、「第二義以下の活動の無意味なる事」を自覚した上でのことであったろうか。作者の道義意識が藤尾を罰したということはできても、藤尾の主体において、後の『こころ』の先生が自己を罰したように罪の意識を含んでいないのであれば、道義そのものの主体としての人間的自己はその生存の「必要な条件」をみたしたことにはなるまい。

第二に、藤尾の死が他人に対する関係で自己の出立点にたちかえり、業の深さを悟ったとしても、わずかに「謎の女」であるその母においてだけである。しかもその母の「不行届」は「未来に於けるわが運命の自覚」において我を抑える功利的な気配をもつものであって、「根柢から洗はれる」ような質をふくんでいるとは読みとれない。いわんやその他の作中人物において、悲劇の厳粛な意義が道義の渋滞のない運行を「脳裡に樹立する」ような内的葛藤において発展してはいない。藤尾の直接の相手である宗近君や小野さんについて考えてみれば、とくに明かである。実行家の宗近君の無私の働きは藤尾の我を打ち砕くために死に追いやることであり、銀時計の秀才の小野さんが真面目に帰ったことは才子の保身であって、これまた藤尾の死に手をかしたことである。藤尾の死がこの二人の「本来の面目」にどのように逢着したかを考えてみると、日常的生を擦過したような一事件であったろう。宗近君の無私の活動は「第一義」というよりも、きわめて無反省な世間的な処置であり、小野さんの愛情は我を扮飾して、きわめて功利的な進退であったことをしめし、二人は襟を正して藤尾の死の前に頭をたれたということにはなるまい。

要するに、藤尾の死が一般的に人間的生にとっての厳粛な意義——そのものの悲劇性と、『虞美人草』の俗世界においてもつ意義——その日常性とは区別して考えなければならない。藤尾の死は表面からいえば人生の二相——道義性と日常性との対立矛盾から悲劇の相を現しながら、その我や業が新派悲劇的な俗っぽい日常性に終始するが故に、その死をもふくめて藤尾の生涯が矮小化して、日常的生の進行する喜劇の一駒として位置するにとどまる。作者が藤尾にあたえた美的意匠はその我の深さを俗化すればこそ、我の胚胎する悲劇の必然性を啓示してはいないから、その死が藤尾や母を通じて喜劇を変じて豁然と人間的条件を教える悲劇の質をもつことができない。

漱石は『虞美人草』において「我」や「業」の本体をみるまでに、まだ深く追求することを知らなかった。逆にいえば、「業」や「我」を人間的生の根源から内部的に考えるところまで行かず、俗物世界の日常性の出来事のなかにおいてみて、これを自己の傀儡として動かしていたにすぎない。

同じことは人間的生を支える条件としての「道義」を、小説のなかでは、具体的には日常的な義理人情にも等しいもの、あるいは明治人らしくここでは人倫の道といったような習俗的な外部関係においで予定していた気配がある。もちろん、人間的生存の条件としての道義は、個々の人にとっても、また一般人間にとっても、人間内部の問題、または人間関係の内部の問題であるはずである。生死の大問題に出発して「人生の第一義」を問うというのは、いわゆる道学者流の説法ではなくして、むしろ人間的実存にかかわる根源的な、この意味で絶対的な条件であろう。しかるに小野さんと井上孤堂父娘との関係、藤尾と宗近君との関係、甲野さんと義母との関係のなかに作者のみている道義は世間一般の外部習俗からとりだされた既成のもの、せいぜい内部意識に翻訳された義理人情であり、かようなものを悲劇のセオリにおいて「自然の制裁としての道義」の意味でことごとしくとりだそうとしたのではないはずである。これは、藤尾と小野さんとの愛情が、甲野さんと糸子と「肝胆相照らす」人間的結合において成立しているのとは、まったく異った関係にあるのと照応している。しかも小野さんが宗近君の説得によって小夜子さんに還ったにしても、この両者の結合はこのままでは人格的なものにはならないだろうし、甲野さんと義母との関係が藤尾の死によって昔にもどったにしても、この親子関係は表面的におさまったにすぎない。漱石はこういう世俗的道徳の摂理によって一般の幸福をうながし、真正の文明にみちびく第一義の人生が実現したと功利的に楽観してすましていられるほど甘い通俗作家ではなかった。

漱石は、「文学は人生其物である」として、生死の大問題から人生そのものを根源的に問おうとする文学者あるいは思想家の意気ごみをもって『虞美人草』にとりかかった。このために四家族、三組の男女を設定するし、「善の理想」と「美的理想」とを交錯させながら、より大いなる文学を志していった。少くとも藤尾には「美的理想」を体現し、甲野さんや宗近君の「人格」には「善の理想」を托し、その他の人物をもあわせて、そこに人生そのものを髣髴させながら、我と道義との葛藤に、みずからの根本の問いに解決をもとめていった。しかし藤尾を追いつめて死にいたらしめ、義母をして悔恨の涙にむせばせてみても、甲野さんや宗近君や糸子の「人格」の勝利はむなしいものであったにちがいない。「我」や「業」は人間的自己の外部において問われ、内部にあるものとして、せいぜい女性的本質の謎にかかわるもので、(3) 人間的本質そのものから深く問われなかった。「道義」は人間的自己の内部から、真に自己の出立点として吟味された内容をもたず、ただ両親の約束といったふうな外部習俗の伝統的意識を吟味をしないままに、しかも漱石の「自己本位」の道徳と背反して、ただ、事実において受容していたにとどまる。漱石は人物設定においても、また問題探求においても、まだその文学を手にいれておらず、知らず知らずに矛盾を犯していたのである。甲野さんや小野さんを主人公にして後期の作品のようにその内部苦悶を探求する、あるいは藤尾を主人公にしてその内部世界に立ちいる素因をもちながら、このような人間の内部世界に人生そのものをさぐるという方向にまでとどいてはいなかったからである。

漱石は悲劇の哲学を具体化するために、構想を誤ったのである。世間は喝采をもって迎えたが、その苦心の方向を誤って、すでに早くから「何だこんなものかと思ふ事多し。つまらない」（明治四〇・六・一七・松根東洋城宛）ともらし、後年、本質的なところで嫌悪した。このことは、逆にいえば、自己の文学と問題の所在とを、『虞美人草』の制作を転機として気がつきはじめたことである。前提とした道義という規範は人生や人間にとって市民的条件でさえもない古い日常的習俗であり、そのような道義で我や業を根絶できないばかりか、人生そのもの、人間そのものの謎を断ちわったと考えても、わりきれるものではなく、依然として謎として残っていることを、誰よりも早くみずから知っていた。彼が考えた道義も我も、人生という大いなる日常性の一面であったとすれば、道義も我も改めてその謎のなかにさぐらなければならぬ。生死の問題から人間の運命を思索する甲野さんの根源的なセオリの探求は、『虞美人草』のなかでは、小説とともに生成する、あるいは探求することなくして終ったのである。漱石が書き終って四ヵ月の努力がむなしいような気がしたのも当然である。(4)

『虞美人草』の連載中に（すでに脱稿していた）、生涯をそこで終えた牛込早稲田南町に移った。ここで、高浜虚子の『鶏頭』のために序文を書いた。この序文は長文のもので、余裕のある小説と余裕のない小説とを区別し、虚子の小説は前者に属するとした。さらに虚子の小説の特色を評して「低徊趣味」なる語をもちいた。「低徊趣味」「余裕派」は、ここから漱石の作風を虚子一派とともに、一括する名辞として利用されている。この一文は、すこし前に発表した『写生文』（明治四〇・一・二〇・読売新聞）とともに、漱石の立場を現したように流布されていたが、漱石にその傾向がなかったわけではないにせよ、これに満足していたわけではない。写生文について「二十世紀の今日こんな立場のみに籠城して得意になつて他を軽蔑するのは誤つてゐる」と戒めたように、「人生の死活問題を拉し来つて、切実なる運命の極地を写す」イプセン流の非余裕派にむかいつつあったのだから、虚子の文学に同調しているのではない。ただここに生死の問題を考えて、イプセン流と異った場合を措定し、東洋的な悟達をも考えていることに注意される。第一義の意味が彼此異る点を指摘するから、『虞美人草』の課題は彼にとって過程的なものであったことが知られよう。

このころ、『坑夫』の素材を売りこみにきた荒井某なる青年があった。[5] しばらく早稲田南町の漱石の家に書生として住みこんだ。『朝日新聞』は『虞美人草』についで二葉亭四迷の『平凡』(明治四〇・一〇・三〇―一二・三一)を連載、ついで島崎藤村の『春』がのる予定になっていた。藤村の小説は予定のように進行せず、「島崎君のが出るまで、私が合ひの楔に書かなきやならん事になつ」て(坑夫の作意と自然派伝奇派の交渉)、『坑夫』の制作に着手した。

(1) 唐木順三・夏目漱石・前掲書三〇ペイジ。
(2) 但しシェイクスピアの原作からの引用が忠実に訳出されているわけではなく、特に第二章の初めの「墓の前に……」の個所は原文にないことを、板垣直子が、『漱石文学の背景』(昭和三一・七・鱒書房)二二一ペイジ以下に指摘している。
(3) 女性的本質の謎の問題は「謎の女」藤尾の母だけにあるのではなく、「我の女」藤尾の中にも巣くっている。『虞美人草』は、この問題にもかなりに触れているが、ここに詳説することができなかった。しかしそれはやがて一般に人間的本質の謎として、これから考えられるはずである。
(4) 『虞美人草』について、談話『文学雑話』(明治四一・一〇・一・早稲田文学)のなかに、作意の一端を書いてある。筆者に別に『虞美人草』論がある(角川版・漱石全集・第六巻所収)。
(5) この荒井某は諸処に身上話を売りこんだらしい。島崎藤村の『新片町より』の中の二篇の『放浪者』参照。

四　一つの転機——『坑夫』『文鳥』『夢十夜』

『坑夫』(明治四一・一・一—四・六)は『虞美人草』の反措定として、その自己批判の上に成立している。しかも、『吾輩は猫である』このかた企ててきた漱石流の「善の理想」にたいする「美的理想」という方向ではなくして、むしろ新たに当時の自然主義文学にたいする批判をもふくめて、「真の理想」におもむく行きかた——後の言葉でいえば「揮真文学」(創作家の態度)——の一つとしての実験である。『「坑夫」の作意と自然派伝奇派の交渉』(明治四一・四・文章世界)という談話は、『坑夫』のなかにも現れる小説観を補足しながら、この作意を明かにする。そこに、一九歳の良家の青年が恋愛事件のために家出して、足尾銅山に坑夫生活をする、その「個人の事情」を捨てて、この青年が銅山に入る事情や坑夫生活だけを中心として、後年からの回想という書きかたを採っている。二十世紀の初めに、ウィリアム・ジェイムズの心理学などを応用した「意識の流れ」にもとづく二十世紀文学との類似を思わせる斬新な小説が、事実として生み出された。これまで『坑夫』は漱石文学のなかで比較的に軽くみすごされてきたが、江藤淳の否定にもかかわらず、中村真一郎らによって、改めて二十世紀小説の先取として重要視される理由がある。(1)まず、『虞美人草』との関連から考えていこう。

『虞美人草』の人物は悲劇のセオリから具体化された、それぞれに明確な輪郭をもった古風な性格であり、このために作者の傀儡のような観がある。漱石は藤尾の「性格」に「我」を擬人化したように、甲野さんや宗近君の「人格」に自己の理想（道義）をあらわし、この鞏固な性格づけのために、人生そのものの謎は作者の手をのがれて、思わぬ矛盾をはらんだ。出来あがった作品は勧懲主義の新派悲劇にすぎなかったことは、すでに述べたとおりである。『坑夫』はまさにこの明確な性格の輪郭を解体して、「人間のうちで纏ったものは身体丈」で、「心の状態」は「一時間毎に変って居る」ような「ふらふら不規則に活動する」意識の非論理的な連続であるという事実に着目して、『虞美人草』と対蹠的な地点に立とうとしたのである。漱石は作中の青年の反省を通じてくりかえし、「人間は、自分を四角張った不変体の様に思ひ込み過ぎて」いることの誤を説き、「周囲の状況」によって変化もするし、矛盾した行為言動にも出ることを明かにした。また精神分析的な説明で、人間の意識には「外界の因縁で意識の表面へ出て来る機会がない」「正体の知れない」「潜伏者」があって、意識の非論理的連続という不可測な事実が生まれてくることを説いた。だから、恒常不変な性格が独立して存在するように考えることは、小説家の独断だと、『虞美人草』のような性格設定を頭から否定した。

「よく小説家がこんな性格を書くの、あんな性格をこしらへるのと云つて得意がつてゐる。読者もあの性格がかうだの、あゝだのと分つた様な事を云つてるが、ありや、みんな嘘をかいて楽んだり、嬉しがつてるんだらう。本当の事を云ふと性格なんて纏つたものはありやしない。本当の事が小説家抔にかけるものぢやなし、書いたつて、小説になる気づかひはあるまい。本当の人間は妙に纏めにくいものだ。神さままでも手古ずる位纏まらない物体だ」。

みずから「無性格論」とよんでいる性格解体論である。この性格の解体は、性格間の交渉によって生ずる事件の進行についての興味をも斥け、事件の進行ではなくて、「事件其物の真相を露出する」「智力上の好奇心《インテレクチユアル・キユリオシテイ》」を充足させることにおいて、『虞美人草』のような拵へものの通俗的興味からぬけだした。すなわち、事件の進行といった原因結果の脈絡の一貫した関連を追うていくのではなくて、事件の進行のなかに露頭を現したものの真相を「動機」にまで、掘りさげていく知的興味を採った。「十分に発展して来た因果の予期を満足させる事柄」よりも、「頭も尻も秘密の中に流れ込んで只途中丈が眼の前に浮んでくる一夜半日の昼の方が面白い」と主張する。「凡て運命が脚色した自然の事実は、人間の構想で作り上げた小説よりも無法則である。だから神秘である」と、『虞美人草』を否定して、「纏まりのつかない事実を事実の儘に記す丈である。小説の様に拵へたものぢやないから小説の様に面白くはない。其代りに小説よりも神秘的である」と、『坑夫』の有りかたを明かにした。

ここで「事実の儘に記す」ということは、もとより自然主義作家のいう意味とはちがって、人間的生を「纏まりのつかない事実」の連続に還元し、そこに人間そのものの謎、人生そのものの謎を、どこまでも追求しようとする方法を意味した。だから、それは単純無反省な記録的方法であってはならず、また体験によりかかった告白的方法であってもならなかった。記録や告白は、俗人には「其の時其の場合に書いた経験」だから「一番正しいと思ふが、大間違」なのである。「刻下の事情と云ふものは、転瞬の客気に駆られて、飛んでもない誤謬を伝へ勝ち」であるばかりか、「乳臭い、気取った、偽りの多いもの」になりがちであるからである。そこで、ここには、一種の回想の方法による過去の再現を採用して、人間の秘密または人生の秘密に肉迫しようとするのである。「自分に対する研究心」の育った「今日の頭脳の批判」をもってすれば、過去の「心の状態」に遠慮なく厳密なる解剖の刀をふるって、縦横十文字に切りさいなんでみせられる。昔のことだから、色気を去ってあらいざらい書きたてる勇気も出ようし、眼前にすえて根掘り葉掘り研究する余裕もある。もちろん、それでも千遍一律でわからないところがある。しかし、まさにそれであるからこそ、拵えものの「平面国」を出て、「自然の事実」の「無法則」のなかに黙示する「立体世界」の「神秘」が「不可得」の奥に公開されると、考えた。事実のままに書くということは、かく「事件の内幕」に立ち入って、この意味で複雑な「動機」を解剖し、隠れたものまでも、誰の眼にも明かなように、立体的にしめすことである。かくて、漱石は『坑夫』の主人公の異常な冒険を記述するにあたって、青年の冒険以上の、新聞小説としての驚くべき冒険を、小説の実験としてこころみたのである。

『坑夫』は家出青年が死場所をもとめて彷徨する間に、ポン引きに誘われ、足尾銅山につくまでが、前半の三分の一である。死の彷徨から銅山行という青年の異常な緊張した精神状況のなかに、過去の生活（「家」と恋愛との葛藤など）にあるその「動機」とその時々の意識の生起や連続とを結びつけて、談話時の時点から、生の不安を、冷静に分析していく。だから、ここでは、青年が歩いた前橋・日光・足尾などの道順の客観的叙述は必要ではなく、精神状況の誘因として、ポン引きの長蔵、赤毛布の男、浮浪児などの零落した同行者との接触、それがひきおこした主人公の反応や観察反省が中心となる。主人公の一人称小説である所以である。主人公の坑夫生活は残りの三分の二をしめるが、飯場についてからの二、三日が主で、気管支炎のために帳附になってから五ヵ月はただ結末として描かれているだけである。作者は主人公の眼を通して初めて眼前にみる非衛生な飯場生活、苛酷な坑内生活などを生々しく観察し、青年の心理や行動への屈折とともに、精細に実況描写をしている。作者は、銅山などを見学した体験をもたずに、しかも主人公の視点に立って奴隷的な坑夫生活を「智力上の好奇心」で驚くまでに清新にとらえたところに、同時代の自然主義作家が一指もふれなかった鉱山労働者の偽らざる姿を描きだす放れ業をやってのけた。しかし主人公が「生きて葬られる」「人間の墓所」のなかで、当初の死の決意から再生する心理的契機をつかむ、きびしい精神的状況を示唆する方に、作品の重点があったはずである。かつて漱石が推賞した藤村の『破戒』と似たような構想をみせていると、考えられる。

　明治三〇年代の悪名高い足尾銅山の坑夫生活は社会のどん底の、いろいろな意味で、アウトロオの集った地獄生活であったろう。それも、奴隷的な賃銀、壁土のような南京飯、不潔な汚れ蒲団、南京虫、有毒な坑内労働――すべて非人間的な最低生活において、坑夫たちの「品性の堕落」を拍車づけたであろう。「達磨に金を注ぎ込む」ことから、「坑の中で一六勝負をやる」、坑夫たちの葬式である「ジャンボーを病人に見せて調戯《からかふ》」、「女房を抵当に」いれて他人にとられる、こういった無知な野蛮な風習も生まれてくる。「自分の性格よりも周囲の事情が運命を決」し、「性格が水準以下に下落する場合」――この意味で、漱石は教育あるものの「身分の堕落」が「品性の堕落」を結果する環境説に近づいている。人間の社会的条件が品性に深い関係をもっていると認めることは、すでに『吾輩は猫である』以下の作品に散見するところで珍しくはないが、最下層社会において、これをはっきりと、確認したのである。ただ、明治社会の実情はどうであれ、鉱山労働者を「身分の堕落」とみるような社会認識の不徹底は、もともと当時の社会通念であり、それを目的としたものではなかったにせよ、まぬかれなかったことだけは、付言しておいてもよかろう。

しかし漱石が他人の体験を素材にして『坑夫』を書いた真意は、文明の虚飾を剝いだ最悪の条件における獰猛な野獣のような坑夫たちのなかに入っていって、「人間の正体」なり、「人間の生地」なりを、「自然の事実」としてつきとめるにあったにちがいない。そして、半死半生の病人にむりにジャンボーをみせるような冷酷残忍な所行をする一方で、同じ坑夫たちが「彫り附けた様に堅くなつて」、真剣に「未来と云ふ大問題」を論じるのを知るのだ。また不案内な新参者の主人公を坑内に残して外に出ながら、ようやく安さんの親切で出てくれれば、親方が怖いものだから、途中で待ちあわせるという利己的で意地の悪い初さんのような男もいれば、他方には、ここが人間の屑の抛りこまれるところで、一度おちこんだら、どんな立派な人間でも出られない、教育のある青年のくるところではないと訓戒し、旅費まで出そうという安さんのような男らしい、すっきりした男（そのほか、飯場頭の原さんや、坑夫頭がある）もいることを知った。後者は作者の作為ではなくて、『日記・断片』中のノオトに語られている事実であることに注意を要する。畜生とも敵とも痛忿の焔で胸をやいたこの「人でなしの国」にも、なお「自己の利得のみを標準に」考えられぬ「立派な人格」が存在することを認めた。これは前の環境説とは反対の事実ともいうべきであろう。しかしこれは必ずしも『虞美人草』の甲野・宗近系の人物と同系ではないはずである。「性格の水準以下に下落」したなかに、まだ堕落しきらない性格の存在を知ったのであり、「人間の生地」のなかに、未来を思い、常人をなつかしむ善意が潜在することを教えたのである。「人間は相対的なり」という思想の発展であったと考えられよう。

漱石は主人公の青年を「生きて葬られる」「人間の墓所」——その野獣的生活のなかにおいて、生の不安から、いかにして救ったか、という点になると、かならずしも明確にしてはいない。ここで『虞美人草』の悲劇のセオリの冒頭を思いださなければならぬ。甲野さんは悲劇の到来を予知しながら、為すがままの発展にまかせて、「隻手の無能」「一目を眇す」る無力を感じていた。それは「人間の運命」といった言葉のはしに現れるような絶対的生にたいする怖れ、人間的生の不安であろう。『坑夫』の主人公も恋愛から「家」の悲劇を予知して、これに為すなき孤独な生と無力とを味った。みずから死場所をもとめて、生の彷徨をするほど、主人公には実存的意味をもっている。だから、人格や性格は解体する根本的なものであろうし、坑夫生活は「どんな決心でどんな目的を持つて来ても駄目だ」という一種の極限状況であったにちがいない。自己の無力と不安のままにする「堕落の修業」は「堕落」をつきとめることによって、「生きて——自分を救はうとしてゐる」契機を体現することであったはずである。しかるに、漱石は坑夫生活に入るとともに、主人公の生の不安や怖れをそこに追いこんだ「動機」の根源から分析せずに、坑夫生活そのものの実相に「知力上の好奇心」を移していった観があり、意識の非合理的連続の根源にあるものに、前半三分の一のときほどの力をそそがなかった。主人公が坑夫にならずに帳附になったこととともに再生の決意が表面はとにかく、内実において曖昧になり、作者の小説論が一種のアポロジのような観を呈する所以である。しかし、漱石は、これを書き終ったときに、人間的生の不安や怖れが根源的な由来をもつことに、思いあたったにちがいない。青年時代からいだいていた、あの理性的認識の彼岸にある「正体の知れない」「潜伏者」の自覚である。

『坑夫』の連載中に、既述の『創作家の態度』(前章参照)を講演し、森田草平(白楊)の『煤煙』事件がおこり、平塚雷鳥・草平は尾花峠で発見され、草平は漱石宅にひきとられた。こんなことで、人の往来がうるさくなり、身辺がざわめいた。『大阪朝日』の要求によって『文鳥』(明治四一・六・一三—二一)、『夢十夜』(同七・二五—八・五)が次いで書かれた。「潜伏者」の自覚が「夢」の形で感覚的に顔を出すのは後者であり、『漾虚集』このかたつづいている不連続音がかなり顕に自覚されてきたことである。漱石は自分の心の中をのぞきこんで、これらの小品を書いた。これまで何気なく読みすごされてきた小品は、伊藤整が『夢十夜』について「一種の人間存在の原罪的な不安」がとらえられていると鋭く指摘してから(2)、初めて荒正人や江藤淳によって、「漱石の暗い部分」をとく鍵として深く研究されはじめている(3)。残念なことに、そのフロイト的解釈は確証できる材料が乏しいので、多方面な論証を要し、ここに概括的に論ずることはむつかしい。私はただ漱石の思想の発展の途上において、これらの難解な小品のもつ意味にふれるにとどめる。

　まず『文鳥』はただのロマンティックな美しい写生文ではなくて、『虞美人草』や『坑夫』の底にあるものと通じている。鈴木三重吉の買ってきた可憐な小鳥に、漱石の心のなかの女――それは誰であるにせよ、あの「美しい女」を思い、これを孤独にいとしんでいた（愛の希願）。日課の仕事や「例の件」[4]の忙しさにとりまぎれて、面倒をみることを怠り、死なせてしまった。小さな命にたいする慈憐の情は怒りとなり、一六歳の少女を呼びつけて、いきなり亡骸を投げつけた。三重吉に家人が餌をやる義務をつくさないで死なせたのは残酷だと書いてやった。返事には文鳥の死をいたみ、家人のことにはふれていなかった。つまり、漱石は小さな命を如何ともできなかった無力に腹だち、その罪を家人にきせようとして、咎められているのを感じた。人間の無力な感じと自己の罪障の自覚とがあり、人間存在の根源にあるものにふれているとみられる。『夢十夜』の「第一夜」は愛する女の死と白百合の花と百年後の再会とを語って、『漾虚集』からの「霊の感応」の系統に属している。漱石は心のなかにある秘められた「永遠の女」への憧憬で、「白百合の花」はこれを象徴し、『文鳥』に通じる、とげられない願望（愛の希願）の変態《メタモルフォシス》の吐け口のように思われる。

　これに反して、「第二夜」の武士の参禅の話は、無と人間の意志との角逐で、人間の意志によって無を究めることの不可能――あるいは人間の意志を超えたあるものを予感して、布団の下の短刀に手をかけるまでの絶望感に近づいている。こうして『夢十夜』において、挿話を重ねるごとに、彼の内部の不安は複雑に深刻化していることが明かになる。

　『夢十夜』は「第三夜」に入って、盲目の子だと思って背負っていたものが、百年前に殺した盲人であったという挿話をつづり、「おれは人殺しであつたんだなと始めて気が附いた途端に、背中の子が急に石地蔵の様に重くなつた」と結んでいる。「人間存在の原罪的不安」を端的に表すもので、荒正人はフロイトの「親殺し」をかりて、詳細な分析をおこなっている。この解釈は興味深いが、とにかく漱石は、人間存在の根源に、人間であることにおいて、暗い罪を負うている、それが「重たい石」となって人間的生を支配していると、思い悟るところがあったと考えられる。この根源悪の問題は漱石文学の展開によって一つの核心をつくっていく。

「第四夜」は西洋の童話にもあるような飴屋の爺さんの話であり、「第五夜」は捕虜の武士が思う女に会いたいという最後の願いを、天探女《あまのじゃく》が妨げる話である。前者は子供の純真な期待を、河の中に消えた爺さん（悪魔かもしれない）が弄び、裏切り、後者は相愛の男女の最後の逢瀬を鬼女が詐計によって蹂躙する。ここには人間の期待や希望を無視する邪悪な力の存在を思わせる。「第六夜」の運慶の話はわかりよいもので、とげがたい願望をしめしている。「第七夜」は洋上航海の話であり、この行先のわからぬ船に人生の無気味な不安を現し、この不安からのがれるために死を選んだとすれば、投身後に後悔や恐怖をしたところで、すでにまにあわない。生の不安は死を選ぶことによって単純に解決できるものではなく、しかも死は絶対であると語っているようである。「第九夜」の武士の妻のお百度詣りの話はこれと関連があろうか。良人の死を知らずに、八幡宮に、その無事を祈る妻の姿は哀れであるが、その希望のかなえられる見込はとうていありえない。眼に見えぬ力の前に、人間の祈りも無力なのである。

「第八夜」は理髪店の鏡の前に坐っての市井の風景であり、耳にきく音の幻想である。鏡の中の世界、音の中の世界は、そこにだけある世界であって、本体の存在は確証できるはずがない。門口を出て理髪師の語った金魚売だけが実在したが、それも「ちつとも動かなかつた」、この世のものとも思われない。なにか無気味な不安、幻か現か、はっきりとしない生の不安を語っている。「第十夜」は、この「第八夜」に出てくる庄太郎が女に攫われた話である。「第五夜」の「天探女」と同じような、怪しい女の誘惑によって、七日六晩、ステッキで豚の鼻頭をたたき、精魂つきて、嫌いな豚に甜められ、重病で命もあぶない。「第五夜」「第十夜」は江藤淳が指摘したように、女性(罪であろうか)を媒介として、邪悪な力に弄ばれている生の不安を、無気味にも描きだしている。女性的本質の謎に深く関係しているように思われる。

漱石は、『文鳥』や『夢十夜』において、自己の内部の生の深淵に、「潜伏者」の自覚に、一歩をすすめているのであり、この小品はただの小品ではなくて、こういう内部の不安を描いて、見事な現実感をあたえて定着するとともに、その何ものであるかに思いをひそめようとしているのだ。これを反面からいえば、人間存在の根源にあるもの、人間的生のさまざまな条件を支えているもの、環境の力や、道義の力だけでは解決のつかないことを悟りはじめていた。そして「善の理想」と「真の理想」とは、この「美的理想」にふくまれる生の秘密を媒介として、漱石文学の新しい展開を用意していたと、考えられる。

(1) 中村真一郎・「意識の流れ」小説の伝統・漱石の『坑夫』・昭和二六・一二・群像。

漱石の『坑夫』はジョイス・プルウストの「意識の流れ」小説とは区別されるが、江藤淳が『夏目漱石』において無性格論をメレディスの性格論の批判としてだけみていることは、『坑夫』の一面であって、本質を見誤っている。このことは、『創作家の態度』の終りで「性格の描写」を論じ、「矛盾の性行」や「心理状態の解剖」をいっている「形式の打破」の実験に、暗示されている。

(2) 伊藤整・現代日本小説大系・一六巻、解説・前出。

(3) 荒正人・漱石の暗い部分・昭和二八・一二・近代文学。
江藤淳・夏目漱石（前掲書）。

(4) 小宮豊隆によると、森田草平の煤烟事件のことであるらしい、『夏目漱石』新書版・下巻一八ペイジ。

第四章　第一の三部作

一　『三四郎』――『永日小品』

一九〇八年（明治四一年）島崎藤村の『春』（明治四一・四・七―八・一九）の新聞連載が終ると、漱石は、その後をひきうけなければならなかった。鈴木三重吉にあてて、「小説をかかなければならない。……君の手紙や小宮（豊隆）の手紙を小説のうちに使はうかと思ふ。近頃は大分ずるくなつて、何ぞといふと、手近なものを種にしやうと云ふ癖が出来た」（明治四一・七・三〇手紙）。『坑夫』で手近な素材を利用したように、身辺にあつまる文学青年たちから素材をもとめて、矢つぎ早な新聞の要求に応じ、自己の思想を実験によって確認しようとした。『三四郎』（明治四一・九・一―一二・二九）がこれで、第三の新聞小説であり、福岡から上京して一高に入った小宮豊隆が小川三四郎に擬せられる所以である。[1]このことの実否の詮索はここにいう必要はない。それよりもむしろ、意識したかどうかはわからぬが、『春』の後をうけて、これと競作するような形で、『三四郎』の材料をとりあげた自信にこそ注目すべきである。最初の実験小説が青春小説の形をとった由来が考えられるのではないか。もっとも、作品の質からいえば、藤村では、『春』よりも、むしろ後の『桜の実の熟する時』にくらべられる。森鷗外が『三四郎』にたいして、『青年』を書き、ここでは意識的に競作に出ている。しかし作品の質はより観念的で、まったくちがったものになっている。

『三四郎』は、「田舎の高等学校を卒業して東京の大学に這入つた三四郎が新しい空気に触れる。さうして同輩だの先輩だの若い女だのに接触して色々に動いて来る」と、予告のなかでいった。熊本高校を卒えて東京大学に入るために上京する列車の中からはじめて、二三歳の主人公は日露戦争後の日本の「新しい空気」のなかに放たれる、自我にめざめながら、まだ自己の個性にふさわしい独自の進路を発見できぬ、初期の大学生活を中心とする「迷へる羊」の青春小説である。青春小説は青春の心情のロマン的な告白小説（『春』はここに入る）のほかに、青年の理想的な人間形成の過程を描く「教養小説」の型をもっているとすれば、『三四郎』は後者のパタアンに数えられる。「明治十五年以前の香がする」過去の世界を「立退場」としてもっている、純情で清潔無垢な青年三四郎は、未知にたいする好奇と不安と怖れとに胸をとどろかせながら、学問や師友や恋愛にふれて、貧しいけれども太平な学問の世界と「燦として春の如く盪《うご》いてゐる」現実の世界（美しい女性がこの世界の「凡ての上の冠」である）との交錯するなかに投げいれられ、その人間形成を中心に、話はこばれていくからである。ここにはもはや『虞美人草』におけるような、相互に相容れない道義と我、新と旧の対立といったような固定した対照はなく、学問と現実との二世界は相互に交渉しながら、矛盾と危機とを内包して、主人公の上に働きかける。

しかし、漱石は三四郎の人間形成を通して人生そのものを深く究めようとしているかと問えば、すこしちがうようである。三四郎のタブラ・ラザのような心的状態は、「学生生活の裏面に横たはる思想界の活動には毫も気が附か」ず、また「上京以来の自分の運命は大概与次郎の為に製《こしら》へられてゐる」(これは与次郎だけに限らず、広田先生、野々宮宗八のような独立した人物、あるいはもう一つの中心点である里見美禰子によっても同じである)ことによって、色づけられている。青春の血があまりに温かすぎるために、「切実に生死の問題を考へた事のない」といわれるような男であるから、人生そのものを核心から深く究める内的省察と沈潜とに欠けていて淡く、三四郎を人間的に生長させるはずの「新しい空気」のなかを美しく「色々に動いて来る」だけにとどまっている。これを逆にいえば、三四郎を中心に「推移趣味」と「低徊趣味」との統一をはかるといった目的は(『文学雑話』)、そのエキステンションとなった雰囲気、その情緒とニュアンスとの快い流れのうちに多元化され、今日では一種の風俗小説としてうけとられるものになっている。ここに大正期の作家が自分たちの学生生活から推重したようには、今日ではあまり重んぜられにくい根拠がある。江藤淳が「退屈な小説」と評し、一九〇七年(明治四〇年)ごろの「知識階級の風俗的戯画」とみる見解はこれである。(2)しかし、私は、今日の騒々しい蕪雑をきわめる多くの青春小説のなかで、さわやかな「かぶれ甲斐のある空気」「知り栄えのある人間」として親しまれるべきものをもっていると考える。

漱石の思想を考える上で重要なのは、むしろ三四郎にとって指導者の役目をする四〇歳で独身の広田萇先生である。広田先生は『吾輩は猫である』の苦沙弥先生、『野分』の道也先生、『虞美人草』の甲野さんの後身として、直接に漱石の思想を代表して、『三四郎』の初めから登場する。子規の友人で、濃い髭をはやし、西洋人らしい鼻すじの通った「神主じみた男」である。この三四郎の

「神主の様な顔に西洋人の鼻を附けてゐる」という印象は広田先生の思想を手短かに説明するものであろう。十年一日のように高等学校で英語を講じてすごしてはいるが、古今の書物を読み、哲学的叡智にすぐれていて、佐々木与次郎が驚いて「何でも読んでゐる。けれども些とも光らない」と嘆声をもらすように、名声や栄達をもとめず、「偉大な暗闇」で自足している。慕って身辺にあつまってくる二、三の弟子には、哲学の烟をはきながら、警抜な座談に、人生や文明の批評を惜しげもなくみせながら、道也先生のように、文筆や弁舌をふるって世間に訴え、「文明の革命」をこころみようとはしない。「神主じみた」モラル・バックボオンを諸処にみせるし、「日本より頭の中の方が広い」とすまして、独身に貧しい禁欲的な知的生活に甘んじているのは、その独身が母の遺言で初めて知った出生の秘密を根にしているから、甲野さんのように、自己の「人格」を信仰して、これを中心に積極的に動くわけにはいかないのである。広田先生は道也先生や甲野さんの後身ではあっても、単なる後継者なのではなくて、外側からみても、これだけ変ってきている。三四郎が批評したように、「世の中にゐて、世の中を傍観してゐる人」「批評家」の境涯に甘んじているのは、道也先生の「人格論」、甲野さんの「悲劇論」のような形式だけの人格や道義には満足できなくなり、その実質を吟味しはじめているからである。

広田先生は三四郎に昔の青年と今の青年とを比較し、偽善、露悪という観念をもちだすが、これはとりもなおさず、人格や道義の観念の内容の推移を語っている。昔の青年は「する事為す事一として他を離れ」ず、「凡てが、君とか、親とか、国とか、社会とか、みんな他本位」で、こういう教育をうけた明治人は文明開化の空気にふれて、みな「偽善家」であった。これはある意味で、甲野さんや宗近君の伝統的な道義観念にたいする批判といってよい。しかるに、社会の変化で個人意識の発達した今日、すなわち明治末期の青年は近代個人主義による「自己本位を思想行為の上に輸入し」たけれども、これが正しく指導されないで、「我意識が非常に発展し過ぎて」、「天真爛漫」な「露悪家」ばかりの状態になっている。しかも旧時代の他人本位の偽善道徳の虚偽よりは新時代の自己本位の偽悪道徳の正直さの方がましだ、「悪い事でも何でもない」と考えている。「美事な形式を剝ぐと大抵は露悪になる」のはわかりきっているから、「木地丈で用を足してゐる。甚だ痛快」なのである。二十世紀に入ってから、「偽善を行ふに露悪を以てする」正直で優美な露悪家すら現れている。これは文明人らしい一番よい方法だといっている。広田先生は、このように、古戦場でも説明するように新旧道徳を図式化して紹介していくが、両者の欠点も、過度な場合の弊害も心得ていて、両者の「平衡」を考えているようである。しかもそれが進歩のない「化石」をもたらすことを知っている。過去の教育の結果、「万事正直に出られない」表裏ある自己の「気障」を知って、むしろ「それ自身目的である行為」の正直さをましだと考えてはいるが、そのような享楽的な思想からは遠いところにいる。だから、自己のなかから真の道義を確立する、自我意識の過剰を制限し、しかも偽善におちいらぬ「正直」を徳としてもとめてはいるものの、欠点や弊害のような否定的な面が眼について、「実際を遠くから眺めた地位」にとどまって批評をこととする消極な態度にとどまっている。

広田先生は新旧の道徳観念の矛盾を指摘するように、日本の近代化の新旧の矛盾をみてとる。ここから文明批評が現れる。「時代錯誤だ。日本の物質界も精神界も此通りだ」といい、九段の古い燈明台の傍に新式の煉瓦作りの偕行社のあるのを「日本の社会の代表」として嘆くばかりである。日露戦争に勝って一等国になったとうかれている同胞にたいして、この現状に盲目であるが故に、危険を警告し、「亡びるね」と「国賊扱い」されかねない痛烈な批評を放つのである。旧来の封建文明と外来の西洋文明との錯雑するところ、富士山を「日本一の名物」とするような、人工ではない、自然におぶさった独自性も創造性もない国民性の将来を考えるからである。

このように、物心両面のアナクロニズムを批評し、そこに囚われることの危険を警告し、「危険い、気を附けないと危険い」と叫びながら、「批評家」にとどまっているのは、もとより臆病なためでも、愛情がないためでも、自己の利害のためでもない。実に人間の理性的認識の制約と困難を知っていたからである。野々宮宗八の光線の圧力の研究について、「物理学者は自然派ぢや駄目の様だね」といって、これを人間研究に延長して、「ある情況の下に置かれた人間は、反対の方向に働き得る能力と権利とを有してゐる」といい、人間存在の根源には科学的認識においても、また道徳的意志においても予測することのできない「能力と権利」を根拠づけるあるものが潜伏していることをはっきりと指摘している。だから、広田先生の叡智と善意とによる無為は、また明治文明の進化の前に、若い世代にまじって流れていくときには、「歩調に於て既に時代錯誤である」という運命をまぬかれないことを、漱石は知っていた。

学問好きで、研究業績もあって、西洋人の間には知られていても、相変らず、暗い窖の実験室で光線の圧力の研究をしている野々宮宗八は、広田先生の弟子にふさわしく、世間的な栄達も欲望ももとめず、ひたすら科学研究に専心しながら、広田先生とはちがって、日本の進歩に貢献しようとつとめている独立した個性である。旺盛な散文的な研究心から、轢死人を見なくて惜しいといい、空中飛行器にたいしても、美禰子の感情的な考えかたを斥け、あくまで科学的な考え方を出している。妹のよし子は、この点について、「研究心の強い学問好きの人は、万事を研究する気で見るから、情愛が薄くなる」と、科学的認識が詩的感情を制約する関係に注意をむけ、「人情で物をみると、凡てが好き嫌ひの二つになる」ような感情的好悪は「研究する気なぞ起るものでない」と、科学的認識を阻害することを明かにしたのちに、それにもかかわらず、「兄は日本中で一番好い人」と結論するように、人間的な温味の存在することをいう。漱石は真の愛情が科学的認識や感情的好悪を超えて、もっと深い無私の根柢を人間存在に負っていることをみせる。野々宮の美禰子にもっている愛情もまたそうであろう。

野々宮さんの友人の画家原口さんは絵画論において展開する。「今の画はインスピレーション位で描ける事ぢやありやしない」「我々の職業も根気仕事だ」という。それは「画工はね、心を描くんぢやない。心が外へ見世を出してゐる所を描くんだから、見世さへ手落ちなく観察すれば、身代は自ら分るものと、まあ、さうして置くんだね。見世で窺へない身代は画工の担任区域以外と諦めるべきだよ」。人間の心の不可測性を知ったが故に、その索引としての表情の現すかぎりにおいて、画家の眼の捉えられるところに限定しようとする立場と解される。そこで、「どんな肉を描いたつて、霊が籠もらなければ、死肉だから、画として通用しない丈だ。……此眼の恰好だの、二重瞼の影だの、眸の深さだの、何でも僕に見える所丈を残りなく描いて行く。すると偶然の結果として、一種の表情が出る」。画家の捉えた表情の意味するものに、絵画が作られるという謙遜な主張と解することができる。この絵画の制作論は、『草枕』の画家の理論とちがって、広田先生の哲学の応用と考えてよかろう。また東西の美の標準のちがいを論ずるところも、広田先生の文明批評の一つとして考えてもよかろう。

要するに、広田先生、野々宮さん、原口さんらは、理性的認識の限界や意志的努力の制約を知るが故に謙虚であり、人間存在の根柢におぼろげながらも気がついて、そこから苦沙弥先生、道也先生、甲野さんたちがもっていたような知識人《エリイト》としての優越意識を払拭しながら、次第に眼を自己内部にむけかけていることを知るだろう。

広田先生も、野々宮さんも、原口さんも、みな独身生活をしている。もっとも後の二人は三〇歳前後であるが、原口さんは「結婚は考へ物だよ」と警告する。この警告は「女が偉くなると、から云ふ独身ものが沢山出来る」という明治の文明の進歩に根拠している。もっとも、「離合聚散、共に自由にならない」例としてあげているところは、女の「家」の古い観念で、「偉く」なったことの例としては矛盾するところがある。広田先生は自己の出生の秘密に関係して、母親を通じての女性的本質の謎を示唆している。漱石が『三四郎』を書いた理由として、ズウダマンの『消えぬ過去』のフェリシタスを「無意識な偽善家」(3)と評し、森田草平に「書いて見せる」と公言したこと、ここに美禰子と三四郎との恋愛を緯として、一篇の趣向がたてられたことが、あげられる（文学雑話）。この場合、「無意識な偽善家」とは、イプセンふうな「新しい女」、つまり自我にめざめた女であると同時に、なによりも、漱石の女性的本質の謎にたいする一つの探求であったと考えることができる。普通の美禰子は三四郎と同年の美しい良家の令嬢であり、その言葉は「短く」て「明確《はっきり》してゐる。」藤尾の後様に後を濁さない」、すぐれた頭脳や才能をもつ新時代の女性で、まさに『虞美人草』の藤尾の後身であるにふさわしい。しかし藤尾のような傲慢な「我の女」ではなくて、広田先生の評したように「落ち付いて居て、乱暴」である。これを三四郎が注釈するように、「周囲に調和して行けるから、落ち付いてゐられる」のであり、「何処かに不足があるから、底の方で乱暴」なのである。美禰子は藤尾のように傲慢――自己の魅力に過度な自信をもっていない「無邪気な女王」であるから、周囲に調和して落ちつき、他人の自尊心を傷つけずに、意をむかえさせるが、どこかに不足のところがあって、「乱暴」――その調和を破るような振舞に出るのである。この「底の方で乱暴」であることとは、直接には美禰子の自覚しない女性的本質に関する問題であろう。

『三四郎』の冒頭の列車のなかで、三四郎は出征兵士の妻と同衾する事件にであう。これは三四郎の初心で純情な性質を現すとともに、女性の怖ろしさをあらわし、この小説の重要なテエマの暗示である。女性の怖ろしさは女性の本質にある「誘惑者」の所在をしめしている。女性は感性的に、肉体的に「男への欲求」を秘めており、その肉体的構造から車中の人妻のように露骨に出て、相手を「度胸のない方」と戯弄することもできる。しかし良家の処女である里見美禰子の場合はいささかちがう。三四郎が初めて東大構内の心字池（三四郎池）で美禰子に会ったとき、彼女の黒眼の動く刹那に「或物に出逢」い、落した白いバラの花を拾った。二人の「霊の交感」はこの時にはじまったにちがいないが、三四郎が列車の人妻と似た感じを味ったにせよ、美禰子にはそのコケットリも、フラテイションも、無意識な欲求の訴えであって、列車の人妻のような意識的な技巧ではなかった。美禰子は三四郎と相識を加えるにしたがって、その訴えを官能的にして、ヴォラプチュアスな表情、時には「見られるものの方が是非媚びたくなる程に残酷な眼付」をする。魂の根柢から、女性的本質の奥から出てくる誘惑ではあるが、処女であるがために、なぜにそうであるかを知らない。ただ「霊の疲れ」、「肉の弛み」として「物憂さうに」するだけである。まさにみずから批評するように「御貰ひをしない乞食」なのである。

美禰子は三四郎と知る前から野々宮さんと交際し、学問研究の熱意を尊敬し、もし野々宮さんから申しこめば、あるいは結婚を承諾するまでに心を通わせている。しかし美禰子は「無邪気なる女王」で、待ちうけてはいても、誰の前にも膝をかがめることを望まない。「御貰ひ」はできないのである。逆に、「啞の奴隷」になろうとはしない相手には、三四郎の耳に何かささやく恰好をして、フラテイションをして、気をひいてみながら「何故だか、あゝ為たかつたんですもの」と、その反撥の深い根を知らぬようである。まして同年の女からみれば「女の方が万事上手」で、稚気を脱しない三四郎が、思いきって「二人の間に掛かつた薄い幕の様なものを破りたくなつ」て、一歩ふみこもうとすると、美禰子の言葉は急に石のように冷たくなり、なんの刺戟も感じさせないというふうである。野々宮さんが「責任を逃れたがる人」であるにたいし、三四郎は喰いたりない田舎の青年なのである。だから美禰子は野々宮さんや三四郎ではなくて、自己の安全と自由をもとめて常識的な結婚にふみきる。

美禰子は自己の愛情や本能や要求に誠実でありたいと願いながら、「現代社会の陥欠」はかならずしもこれを充してくれない。女性の魂と肉体とは矛盾して、不安にもなれば、「迷へる羊」にもなる。しかもキリスト教徒として、人間の最初の罪を知っている美禰子は、自己の本能や感性が無意識にふるまった誘惑に気づくならば、詩篇をかりて「われはわが愆《とが》を知る。我が罪は常に我が前にあり」と、その罪業性をつぶやかなければならない。これは、あの傲慢な藤尾の知らなかったものであり、広田先生が「一寸見ると乱暴の様で、矢つ張り女らしい」と評したよし子の場合でも、その「懶い憂鬱と、隠さゞる快活との統一」の底にひめているものである。女性的本質の謎――それはまた一般に人間存在の根源につらなるものである――に、漱石は手をそめはじめたというべきである。三四郎が火事にみた「赤い運命」の象徴のように、三〇円の金をめぐってまきこまれる経過は、藤尾が亡父の時計をめぐって織りだされる「悲劇」――この歌舞伎調のものより、はるかに現実的に近代人の劇におりたって、人生そのものの謎を問うていることをしめしている。

漱石は、それを思案するように、大阪朝日からのもとめに応じて、『夢十夜』のような小品として『永日小品』(明治四二・一・一―二・一四)[4]二五篇を発表した。これはすべてが『夢十夜』と同質のものばかりではなく、むしろ多くはないが、漱石の暗い内部に関係していて、興味が深い。

まず『下宿』『過去の匂ひ』『暖かい夢』『印象』『霧』『昔』『クレイグ先生』の七篇は暗いロンドン生活の回想である。プライオリ・ロオドの下宿屋の複雑で陰惨な家庭がある。父はドイツ人の仕立屋で、先妻の生んだ息子があり、フランス人の後妻(亡)の娘が主婦代理で、出生不明のアグニスという妙な娘がいる。父子の反目、哀れなアグニス、すべてが暗い過去の匂いをもって、不吉な空気をよどましている。ロンドンの寒い街は小さな太陽もとどかぬぐらい暗い底の穴の中で、劇場の闇の中にただ「暖かな希臘の夢」がみられる。人の海の中で孤独な漱石は竿のような細い柱の上に小さな人間像をみとめて、ひしひしと孤独感を深める。あるいは暗い霧の中にたったひとりで、下宿に帰る方角もわからず、立ちすくんでしまう。これらのロンドンの思い出の映像は、『倫敦塔』のように文章に気ばったところはないが、同じように暗くよどんでいる。ロンドン生活のなかに、自己の内部の闇を塗りこめている。ただスコットランドへの秋の旅でのピトロクリの谷の思い出と、偏屈なシェイクスピア学者のクレイグ先生の追憶とに、あかりがすこしさしている位である。

『元旦』にはじまり『泥棒』『火鉢』『猫の墓』『山鳥』『火事』『行列』『紀元節』『変化』などの九篇は日常の身辺の出来事についての感想であり、最後の二篇は若い日の思い出である。とくに中村是公との交情を書いた『変化』は見事なものがある。これらの系列に入るものかどうか確認しがたいが、注意を要するものが、ここにまじっている。叔父さんと鰻釣に出かけて蛇をつる『蛇』には、最後の数行に、投げすてられた蛇が鎌首をもたげて「覚えてろ」という声がした。この怪談ふうな結びの恐しさは、どこか闇からの執念の声をきくような尋常ならぬたたずまいを暗示している。『心』は鳥から不思議な女の話に移る。鳥が「心の底一面に煮染んだもの」の象徴であるように、女もまたこの心の姿であろう。心の底の方によどんでいる無気味なものを語るようである。一体に平穏な日常生活を語るかにみえる前記九篇のなかにも、心の不安をなにげなく伝えているものがある。また空谷子をかりて金が形式的に統一的に生活を処理する「魔力」について深い洞察をみせ、これに反抗した『金』のように、漱石の苦労がみのらせた思想が手短かに語られもする。

このほか、『柿』『人間』『モナリザ』『懸物』『儲口』『声』の六篇は、小品というよりむしろコントであり、りっぱな短篇小説である。新聞小説を書きだしてから短篇小説を書かなかったというのは形の上だけのことで、こんな珠玉のような短篇小説を書いていることをみのがしてはならぬ。崖上と崖下との貧富の差のきわだってちがった家庭の少年少女のいさかいを書いた『柿』には、鋭い対照のなかに、両者の賤しい心情が洞察されている好箇の短篇である。旦那につれられて有楽座に出かけた妾が「おれは人間だ」といばる酔っぱらいの印絆天をみる。仲間に荷車にのせられていく『人間』は妾の正月の話の種になるが、作者はそういう着飾った妾はどうだと、皮肉をいっているようである。『モナリザ』は下級サラリマンの生活と複製名画の世界との懸隔を題材にして、日本の近代化の批判と読める佳篇である。マドンナの微笑の謎は、漱石にとっては、もはや名画だけの世界ではなかっただけに、この題材をとりあげた重い意味がうかがわれる。『懸物』は新旧の時代のちがいと生活のへだたりを描いて、『モナリザ』を別の角度から考えたような作品である。『儲口』

は貿易の世界の非情な懸引の一断面である。『声』は亡母に似た声をきいて、弔う話である。ここには、漱石の心の声を遠くきく姿を思わせるものがある。

要するに『永日小品』は、その題名から想像せられるようなのどかなものではなくて、さまざまな話題のなかに、漱石の心をうごかしている人間存在の重みを、内部の声として静かに聞入っているようである。他方、自然主義文学の盛んななかに、当時の流行作家として人気をあつめ、身辺が忙しく賑かであった。朝日新聞から大志をひめて特派される長谷川二葉亭のロシア行をおくり、国木田独歩の逝去にあたって、その作品についての談話で低徊趣味をみとめ、親友正岡子規の七周忌をしのんだ。談話『文学雑話』にたいし、田山花袋が『評論の評論』(明治四一・一一・趣味)で「要するにこれ、作者の拵へものである。自然的のものを写したと云ふ趣は極めて少い。巧みに作者の目的にある事柄を持つて往つたに止まる」と、ズウダマンを評した。漱石は『田山花袋君に答ふ』(明治四一・一一・七・国民新聞)で、拵えものを苦にするよりは「拵らへた人間が生きてゐるとしか思へなくつて、拵らへた脚色が自然としか思へぬならば、拵らへた作者は一種のクリエーターである。拵らへた事を誇りと心得る方が当然である」と、芸術的リアリテイの真意義を説き、日本の自然主義が「事実そのままに」ということの意味を誤解している痛いところを鋭く衝いた。

(1) 小宮豊隆・新書版『夏目漱石』(三)によれば、小川三四郎が小宮豊隆(その故郷福岡県京都郡犀川村が真崎村として出る)であり、野々宮宗八が寺田寅彦であることが、モデルという意味ではないが、出ている。このほか、鈴木三重吉は佐々木与次郎をもって任じていたことがある(後に取消した)。

(2) 江藤淳・前掲書・八九ペイジ。

（3）漱石は『文学雑話』では、この「無意識な偽善家」を「其の巧言令色が、努めてするのではなく、殆ど無意識に天性の発露のままで男を擒にする所、勿論善とか悪とかの道徳的観念も、無いで遣ってゐるかと思はれるやうなもの」と、性質を説明している。森田草平の『煤煙』の主人公明子、平塚雷鳥を、漱石流に解して、里見美禰子が生まれたという。

（4）これは東西朝日により掲出に異同があるが、細目を注記しない。

二　『それから』——『満韓ところどころ』

これより先、一九〇七年（明治四〇年）六月、内閣総理大臣西園寺公望の「文士招待会」（雨声会）の招宴を「時鳥《ほととぎす》厠半ばに出かねたり」と断り、また一九〇九年（明治四二年）一月、桂内閣の文部大臣小松原英太郎の晩餐会に出席したものの、森鷗外の建議したという「芸術院」新設のための打診と知って、これに関係することを敢てしなかった。この六月、博文館が「新進二十五名家」の読者投票によって、文芸界の第一人者に、島村抱月、島崎藤村、徳冨蘆花を抑えて第一位にあげられたが、その商業主義を嫌い、芸術作品を投票数によって優劣をつけて、作家の独立と自由とを阻害する無礼を承服できないとして、辞退した。他方、後の『道草』に描かれるような養父塩原昌之助からの金の無心はこのころにおこってきていた。

さて、一九〇九年（明治四二年）、『三四郎』このかた、『東京朝日』には、漱石の斡旋で、森田草平の起死回生の告白『煤煙』（明治四二・一・一―五・一七）、つづいて大塚楠緒子の『空炷《そらだき》』（続篇・同・五・一八―六・二六）[1]がのり、次に漱石の第四の新聞小説『それから』（同・六・二七―一〇・一四）の連載となった。小説の主人公長井代助は、テエマからみれば、小川三四郎の後身として、第一の実験的三部作の第二部に位置し、実験的意図が濃密化する。大学新入生の三四郎は里見美禰子をはじめて見て、鉄片が磁石に出会ったときのような自然な淡い恋心を感じる。美禰子もまた同じであったが、三四郎が告白したときには、すでに愛のない結婚にふみきり、偽善——その根源に気がついている。代助は大学を卒業して三、四年、友人と結婚したいとしい人、美禰子と再会した三四郎の場合の追求であると考えられる。(2) しかし思想から考えると、代助はむしろ広田先生の延長として、そこから生まれてきた息子という批評が妥当する。

漱石は「代助は凡ての道徳の出立点は社会的事実より外にないと信じてゐた」と書いている。これをすこし広く解釈して、代助の思想の出発点になったのは「社会的事実」であり、これについての認識の仕方であるといいかえてもよいだろう。この場合に、代助は、広田先生のように、観念的に、断片的に、しかし大雑把ではあるが、鋭利に明治末年の日本社会の現実について、社会認識——文明批評を下しているのではなく、むしろ聡明な頭脳をもってきわめて現実的に包括的に根柢から分析して把握している。

代助が考えるところによると、世界列強に立ちおくれて出発した日本は、日露戦争に勝った後では、無理にも一等国の仲間入りをしようとしている。実質は貧寒な資本蓄積であるにもかかわらず、西欧資本主義からの借款によって資本集中を強化して、「あらゆる方面に向つて、奥行を削つて、一等国丈の間口を張つちまつた」。一等国の体面をつくるために、「日本程借金を拵へて、貧乏震ひをしてゐる国」はなく、なまじ無理ができるようになったために、牛と競争する蛙のように、腹の裂けるまで無理に無理を重ねているから、いたるところに見苦しい悲惨が露呈している。たとえば日本国の首都である東京市についてみても、物価騰貴にきりつめられた中流社会の住宅は粗悪な安建築であり、市街は場末にむかって膨脹していくけれども、小資本の投資によるこの種の貧弱な借家の拡りで、それが「梅雨に入つた蚤の如く、日毎に、格外の増加律を以て殖えつつある」といった見苦しい現状である。これが戦後の日本を代表する象徴といってよかろう。

こういう日本の社会が精神的、徳義的、身体的に健全であるはずはない。いたるところに精神の困憊と道徳の敗退と身体の衰弱とを発見できる。大隈伯が学校騒動で生徒側に味方するのは生徒を早稲田へ呼びよせるための方便であり、薄給で生活難に陥っている刑事が掏摸と結托するのも尤も千万であり、重役が代議士を買収する「日糖事件」は日糖株を買いこんで損をした英国大使にたいする「申し訳」のための検挙であり、一割二分の配当をした東洋汽船が次の半期で八十万円の欠損を計上したのも「信を置くに足らん」詐術であり、日清戦争時代に大倉組が食肉牛の盥廻《たらいまわ》しをやったのも、また幸徳秋水らの一味を恐れ警戒し、大業な張番をつけるのも「現代的滑稽の標本」であった。役人上りの実業家である代助の父兄は日糖事件に類する不正に介入し、その穴埋めに代助に多額納税議員の娘との政略結婚をすすめている。彼と大学同期の親友である平岡常次郎は、サラリマンとして、上役の犠牲にされて金銭問題に苦しんでいるが、人並に立派な洋服をき、金縁眼鏡をかけて体裁をつくろっている。こういう社会の腐敗も人間の生きかたも、そうしなければやっていかれぬ社会的・経済的必然性をもっているのだから、やむを得ないと是認する。こういうふうに、誰も彼も、切りつめた頭で、目のまわる程にこき使われて、精神衰弱になって、「自分の事と、自分の今日の、只今の事より外に、何も考へてやしない」、目前のことに心を奪われて、精神の困憊と身体の衰弱にさ迷いこんでいる。こうして「欧州から押し寄せた海嘯」ともいうべき新しい「生活慾の目醒ましい発展」が、ついに古い「道義慾の崩壊」を促し、「二十世紀の堕落」をきたしたと、解釈する。現代の不安も頽廃も「一に日本の経済事情に帰着せしめ」られるような現実的なものであり、社会を利己的個人の集合体に分解し、お「互いを腹の中で侮辱する事なしには、互に接触を敢てし得ぬ」、それ故にまた神にも人にも信仰のない「野蛮程度の現象」にほかならなかった。日本国中どこを見わたしたところで、輝いている断面などは一寸四方もないのである。

代助は日本の社会の敗腐と堕落とを剋明に観察し、細心に分析した結果、自分一個の力をもってはとうていこれをどうすることもできないと知って、「三十になるかならないのに」、早くもどんな醜聞や悲劇にも驚かされぬニル・アドミラリの境地に立った「醒めたる男」である。そこで、こういう資本制社会に裸でとびこんでいっては、世間の俗物と同じにいたずらに自己の人間内容を汚濁にまみれさせるばかりで、精神衰弱に人間の堕落を味うのがオチである。だから、自己の悟性的判断により、一歩退いて、一切の社会的野心を棄てて、この社会から韜晦して、親父からの不浄な金を糧にもらいうけ、都市の知識人として、肉体の健康美を讃美するギリシア主義、学生時代から冠せられた arbiter elegantiarum の仇名のとおりに趣味に生きる美的快楽主義、エピクロス主義を思想するにしくはなかった。

代助のギリシア的・唯美的快楽思想はかような社会認識の結果としてみずから発明した、現実にたいする独自の態度である。代助によると、人間はある目的（理想）をもって生まれてきたものではないと目的論的人生観を否定し、生まれた人間に始めてある目的ができてくる。だから人間の目的は生まれた本人がみずから作ったものではあるが、恣意に作ることのできるものではなく、「自己存在の経過」がこれを現すと一種の機械論的人生観に近づくのである。したがって「自己本来の活動」が「自己本来の目的」なのであり、「自己の活動以外に一種の目的を立てゝ活動するのは活動の堕落」むしろ「賤民」のわざである。ここに、経験論的に快、不快を生活の基準にたて、「無目的な行為」を目的として活動する感性的快楽思想の哲学が成立する。この生を十分に味えるだけ味おうとする快楽思想は、二十世紀に人となった代助の思想であるから、もとより単なる機械論的人生観では満足できず、「自己本来の活動」において、どこまでも「特殊人《オリジナル》」たる自我を生活の主体として確立して、後にいうような新しい「道義慾の満足」を通そうとしたところに、特色をもっている。これを、代助のいうように、細緻な思索力と鋭敏な感受性とをもった「天爵的に貴族となったもの」の思想と呼ぶことができる。ここから封建的道徳観の否定、市民的職業観からの脱却、恋愛、結婚の封建的・人為的形式の破棄が生まれてきた。

代助は、甲野さんの「第一義の活動」としての封建道徳を、広田先生と同じように、「偽善」「気《き》障《ざ》」「虚偽」として否定し去る。しかも広田先生のように、この他人本位の道徳の美点をすこしでも認めることができなかった。「情意行為の標準を自己以外の遠い所に据ゑ」る封建的道徳は「現代の生活慾」からする卑俗な功利主義と矛盾する「空談」であり、現実的には「自己の道念を誇張」してみせるだけのものにほかならなかった。維新の動乱に参加した父長井得が誇らしげにいう度胸とか、胆力とかいう徳目は昔の「野蛮時代」に通用したものであり、古風な弓術撃剣の類と大差のない古道具である。一八歳の昔から今日まで「人の為に」「国家社会の為に尽」してきたと得意になり、相当の富を蓄積し、若い妾をかこっている、この矛盾をふくむ封建的道徳の代弁者こそはむしろ「自己を隠蔽する偽君子」か、「分別の足らない愚物」かである。旧藩主からもらった「誠者天之道也」という中庸の語を書いた額をかかげてあるのをみると、その後へ「人の道にあらず」とつけ加えてみたくなるくらいである。とにかく自己犠牲を看板とする封建道徳は「泣いて人を動かさうとする」「低級趣味」であり、「思はせ振りの、涙や、煩悶や、真面目や、熱誠ほど気障なものはない」と、論理的にその道徳価値を批判し、否認しつくした。

敏感な感受性をもって、資本制社会の悪と堕落とを知りつくしていた代助は、「職業」によって社会の構成分子に編入されることによって、自己の充実した「高尚な生活慾の満足」を汚されることを知っていた。あまりに利口に生まれすぎたがために、一切の職業を「賤業」とさえみなしている。「食ふ為の職業」は食うのが目的であり、働くのが方便であるから、食いやすいように労力の内容や方向をあわせ、働くことが「誠実にや出来悪い」。したがって、その労力は「堕落の労力」にすぎないことになる。現に代助と同じく将来を嘱目されていた平岡は、「僕の意志を現実社会に働き掛けて、其現実社会が、僕の意志の為に、幾分でも、僕の思ひ通りになつたと云ふ確証を握らなくつちや、生きてゐられないね」という実際家であり、働き者であるが、結局、その働きのために失敗し、それが人間内容までも堕落させ、放蕩というようなことで自らを傷つけていく。作家を志し、翻訳で生活をたてている友人の寺岡も同じである。結局、「麵麭に関係した経験は、切実かも知れないが要するに劣等」であり、「あらゆる神聖な労力はみんな麵麭を離れてゐる」といいはなち、「職業の為に汚されない内容の多い時間を有する上等紳士」――無為無職の高等「遊民」こそ最高の自由人であると誇っている。これは代助の快楽思想からきた当然の帰結であり、「遊民」のアポロジともいえるが、「個人の自由と情実」を斟酌しない、「機械の様な社会」における職業の非人間化にたいする、いち早い洞察をふくんだ警告であったことに留意すべきである。

また恋愛についても、「渝《かは》らざる愛を、今の世に口にするものを偽善家の第一位」におくのである。美的快楽思想は、当然、美の類別をみとめるが故に、あらゆる美の種類を繊細に享受する鑑賞家であることを喜びとしている。男女両性の愛もまた同じで、都市生活にあって、両性間の引力において、随縁臨機に、測りがたい変化をする、この刹那的な実感の底に「愛」がある。しかるに、あらゆる意味の結婚という人工的形式は、この愛の移りゆく実感の故に、つねに「不義の念」に脅かされ、過去から生まれた不幸を嘗めていなければならない。広田先生たちも結婚を懐疑し、独身をまもって、仙人のような禁欲生活を送っていたが、それは恋愛の神聖と人間の「罪」とをみたが故である。ところが、代助は、「自己本来の活動」において充実した生活をもとめるが故に、結婚という習俗の形式を破って、むしろ自由に交際できる感受性に富んだ「芸妓」を相手に「現在的な」

鑑賞をえらんだ。代助が三千代との結婚をさけた理由でもある。だから、結婚することがあったとしても、「渝らざる愛」を信じ、結婚の形式を尊重するが故ではなく、兄誠吾のいうように「元禄時代の色男の様で可笑しい」からであったろう。代助は女性についても、そのさまざまな美を享受することに人生の充実を見出す洒落者であった。

もちろん、代助もまた新しい意味で「道義慾の満足」をもとめていないわけでないが、きわめて消極的なものであった。「誠実」とか「熱心」とかいうものは「出来合の奴」ではなくて、石と鉄とが触れて火花を発するように、相手次第で摩擦の具合さえうまく行けば、当事者の間に起る「精神の交換作用」である。だから、むしろ「自己本来の活動」としての願望嗜欲の遂行を「自己存在の目的」として活動することが、「他を偽らざる点に於て」道徳的でさえあった。この意味での「自己の誠実」が代助の「道義慾の満足」を意味していたと思われる。だから、代助にとっては「道義慾」は「嗜欲」の一種であり、その満足を破壊しない程度において、「高尚な生活慾の満足」を願い、あらかじめ生活慾を低い程度にとどめて我慢してさえいた。だから、代助の美的快楽主義は刹那の快楽を次から次へと追いもとめる遊蕩児の刹那的享楽主義ではなくて、倫理的意義をもち、むしろ簡素な住居に厳粛に過す読書家であり、その快楽も絵画・芝居・音楽の鑑賞を主とするディレタンティズムであった。つまり代助は「高尚な生活慾の満足」と「道義慾の満足」との、資本制社会においては到底もとめがたい平衡をもとめて、かくは消極的な一種の「禁欲《アスケーゼ》」の生活に甘んじていたのである。だから、代助のギリシア主義やエピクロス主義は、つねに鋭敏な感受性と細緻な思索力とをもって主体の独立性を計量して保持する、きわめて現実的なものである。草平の『煤煙』の主人公の享楽思想は、代助にくらべると、はるかに上手《うわて》であり、日本の文学者がロシア、フランス、イタリアの文学から、現代の不安を描こうとするのは「船来の唐物」で、その必要がないのに、ひとりで信じこんでいるにすぎないときめつけることができた。理性的認識をもって本体のわからぬもの（たとえば「自己は何の為に此の世の中に生れて来たか」）を問うのは懐疑の不安に陥って精神の平安を紊すと知れば、判断中止――むしろいさぎよく切り棄てて、否定し去って怪しまない。こうして旧時代の日本をのりこえ、ひとり美と趣味との世界に鷹揚な心の平安を保っていた。

小説『それから』は「血の音」と相即する八重椿の落ちる音にはじまる。(3) それは例の「白百合の女」平岡三千代の登場がつげる悲劇の不吉な予兆でもある。すなわち、三千代が上京して、代助の美的快楽生活の平安にひびが入るところから、『それから』は書きはじめられる。彼は心臓の音に自脈をとり、これが命であると考えながら、時とすると、死に誘う警鐘のように思わずぞっとする。アンドレエフの『七刑人』の最後の模様を思い浮べ、維新前に家中の武士を斬殺して切腹を覚悟したという父の話を思いあわせ、生の欲望と死の圧迫との間にさまよい、恐怖する。睡眠と覚醒とをつなぐ一筋の糸を発見しようと、無意識の心理を検討する好奇心に苦しめられ、正気の自己を夢の中に譲りわたすところから狂気の状態ではないかと考えたりする。そして紅茶茶碗をもって、ぼんやりと庭の草木を眺めながら、「微塵の如き本体の分らぬもの」が身体のなかでうごめきはじめているのを感じる。きわめて神経質なくせに、いままでは感じたことのなかったアンニュイや不安の念が急にうごき出してくる。アンニュイや不安の念は快楽思想に必然する一種の「生理上の変化」といえばいえるが、そうではなく、「内容の充実しない行為を敢てして、生活する時の徴候」と考え、心の奥底に感じる空虚とし、暗い影をちらつかせはじめている。ついに健康において幸福をうけていると確信する肉体と同じく確かな「頭の中心が、大弓の的の様に、二重もしくは三重にかさなる様に」時として感ずるようになった。こういう時に、彼が決着をつけたはずのあの「自己は何の為に此世に生れて来たか」という疑問が姿を現してくる。代助は、三千代と再会することによって、この快楽的生活の平安が根柢からゆすぶられ、「精神的に敗残した人間」という自己規定に変りはじめるのである。これは何を意味しているのであるか。ここから『それから』のさらに重要な主題が現れてくる。

平岡三千代は代助の学友菅沼の妹で、三千代と代助とは口にこそ出さなかったが、ひそかに愛しあっていた。管沼とその母が死んでから、平岡への友情のために、三千代と平岡との間を斡旋して、結婚をさせた。三千代が平岡の妻として代助に再会したときに、平岡の失敗と遊蕩とは、愛児を失って病身な三千代の身心を傷つけ、平岡の未来の重荷のようにみえた。そしてこの三千代の不幸な結婚と病気と貧苦とに窶れて淋しそうな姿は、代助の快楽哲学、その理性の論理によって偽善の第一として否定し去ったはずの「渝らざる愛」を自覚し、強化させ、思わざる「情調の支配」となって精神の不安を呼んでいることを知った。もちろん、代助は平岡への義理、父兄や嫂にたいする経済的援助への未練、その背後の社会の法律習慣にたいする恐怖と、三千代からする離れがたい引力

〈自然の情合から準縄の埒を踏みこえる危険〉との間のディレンマから脱れるために、あるいは旅行を思い、一夜を赤坂の待合にすごし、さらには平岡と三千代との関係を昔にもどすために、あらゆる努力を尽した。しかも、こういうすべての努力は滑稽なほどにむなしいものであった。かくして代助は最後のディレンマに逢着する。

「彼は自分と三千代との関係を、直線的に自然の命ずる通り発展させるか、又は全然其反対に出でて、何も知らぬ昔に返るか。何方かにしなければ生活の意義を失つたものと等しいと考へた。其他のあらゆる中途半端の方法は、偽りに始まって、偽りに終るより外に道はない。悉く社会的に安全であつて、悉く自己に対して無能無力である、と考へた」。

代助はさらに逡巡を重ねたのちに、「意志の人」たることよりは「自然の児」になろうという「一大断案」を「最後の権威」である「自己」において下すのである。しかも、この決断はこれまでの「消極的生活」を「積極的生活」に転換することを意味する。つまりその行動は「自己の誠」をしめすために、「青天白日の下に、尋常の態度で」なければならなかった。生家を訪ねて、「私は好いた女がある」と縁談を断り、不在がちの夫にぐちをこぼさぬ嫂を哀れと思い、三千代の前に「僕の存在には貴方が必要だ、何うしても必要だ」と、自己の罪と愛とを告白した。そして腹の中で「万事終る」と宣告した。告白は、常にそうであるように、代助の過去の死であり、同時に新生の宣言であった。漱石は代助の心臓の論理に味方して、頭脳の論理を否定し去ったのであり、これを客観的にいえば、三千代の出現を契機として、代助の高踏的な快楽哲学の論理は冷酷な現実の論理によって、空中の楼閣のように否定し去られると共に、まじめに自己更新をはかったものと解しなければならぬ。

漱石は、『それから』において、自然と意志（道徳）との対立、心情と理性との背反、個人と社会との相剋をとりあげ、このディレンマから生ずる矛盾のなかに代助を投じて、人間存在の根源にある謎をさぐろうとするのである。

代助は三千代を平岡に与えたのは、「僕の未来を犠牲にしても、君の望みを叶へるのが、友達の本分だと思つた」「義侠心」――道徳慾の満足を計ったつもりであった。しかも「渝らざる愛」を偽善とする論理を自己の独身の弁としていた。ところが、この論理には「或因数《ファクタ》は数え込むのを忘れた」と疑わせるような「自然を軽蔑し」、自己の心情の承認しがたい、自己満足、思い上った自負であったことを思い知らされなければならなかった。だから「自然は自然に特有な結果を、彼等二人の前に突き附け」て、「自己の満足と光輝を棄てゝ、其前に頭を下げなければならら」ず、「自然に復讐《かたき》を取られ」たことになり、代助は自己の独身を愛の「罰」とも三千代の「復讐」ともいわせるのである。だから、三千代にたいする代助の関係は、世に普通にいう「姦通」といった社会習俗からきた観念とは次元が異り、こういう観念を越えた人間存在そのものの基盤にある「自然の事実」に即して、すなわち「自然の命ずる」ままに、「天意に従ふ」ことであった。だが、この自然な関係も、社会的現実との関係においては、やはり「自己が自己に自然な因果を発展させながら、其因果の重みを背中に負つて、高い絶壁の端迄押し出された」という危機感を免れることはできない。

ここに重要な意味をもつ「自然」の思想は何であろうか。この「自然」は一義的ではなく、漱石はまだ十分にこれを明かにしているわけではない。だが、もちろん、この自然は、第一に「人の掟」「世間の掟」というような社会習俗的なものを人工的・人為的規範とみて、一種の自然法的、それ故に原初的で無垢な人間関係を考えている。第二に、これを時に「天意」と呼ぶように、個人に即しながら個人を超えたある種の理想的な可能態を倫理的に措定している。第三に、人間の自然という意味で、自然的な「本能」を意味しながら、さらにその奥にある人間の「真実」を考えている。漱石はまだ区別して厳密に考えてはいないけれども、かような自然は「頭の判断」、すなわち理性的認識をもって見出されるものではなくて、「心の憧憬」、すなわち心情的直観として事実において達観せられ、あるいは夢想されるとみているようである。「心の憧憬」の純粋体験として「愛」をおいているにちがいあるまい。代助が「自然の昔に帰る」とは、時間・空間の事実においていうのではなく、「雨の中」に、「百合」の中に、「再現の昔」のなかに、「純一無雑に平和な生命」に帰一することである。だから「欲得」も「利害」もなく、「雲の様な自由」「水の如き自然」があり、すべてが「幸」(bliss)であり、美しくもあるのである。これはまさに新しい思想の萌芽であろう。

代助は三千代との愛に自己存在の根拠に帰って、さまざまな意味でこのような「自然」を体験したと考えられる。だから、この愛は「先祖の拵へた因縁」といった功利的な伝習に支配されるものではなく、「自分の拵へた因縁」という自己本質的なものに考えられてくるし、またかように生まれてきた人間として、社会的な意味で、「罪を犯す方が、僕には自然なのです」とも、いいきることができるのである。

もちろん、漱石は普通の意味での「人の掟」である姦通（しかし代助の場合には「心の姦淫」であっても、身体的に成立していない）を是認も、奨励もしているわけではない。逆にむしろ代助の三千代にたいする愛の根柢をさぐって、しばしば描いてきた一種の運命的な愛をみいだすとともに、さらに深い根拠から「愛の賚《たまもの》」となり、「愛の刑」となるものの根源を考えているのであろう。そして「心の憧憬」と「頭の判断」とを、また「自分の天分」として湧いてくる「動機行為の権」と、個人をとりまく社会の「制裁の権」とを、一言でいえば個人と社会とを、さらに深い根拠から新たに統一できる場所をさぐっていたのである。だから、「天意」と「人の掟」との背反を、あるいは恋愛という人間心情と結婚という人為の掟との背反を、習俗の掟を毀つ結果になるにしても、さらに深い根拠から考えることで、「天意」に即した新しい自然の掟の方向に建てようとさぐっていたのである。ただ漱石は『それから』においては、まだこの「自然」の論理をたてる基盤を明確にとらえられるところまで、とどいていなかった。

代助は三千代への愛の告白によって「自然の昔」に帰った、それは「最後の権威」である自己の決断であったから、自己と三千代との運命に対して責任を帯びることを意味し、もとより昔のままの代助ではありえない。しかも「死ねと仰しやれば死ぬわ」と覚悟をきめて、代助をぞっとさせた三千代は、病身に愛の重荷をせおってひしがれ、生死の淵にさまようが如き身になった。代助は、平岡にも、また平岡の密告で父兄にも絶縁され、しかも三千代と再会することを許されない「妙な運命」(『それから』予告)に立たされ、自己の罪を「愛の刑」として負う悲劇、苦悩の「赤い炎」のなかに漂泊するにいたる。代助の快楽哲学の否定は愛の刑を額にうけて、日常的な漂泊者の論理に、将来を新しい懺悔と労働との生活に、託すかのようである。「人間は容易な事で餓死するものぢやない、何うにかなつて行くものだ」と、人のよくいう口癖を――それ故に、思考の論理に媒介されない、無論理の日常性の哲学に身をゆだねる。これはまさに知識人としては完全な自己否定であるとともに、代助が「自然」の側に立って、あの登攀者のように「其絶壁の横にある白い空間のあなたに、広い空や、遙かの谷を想像して、怖ろしさから来る眩暈」をおぼえた解決であったろう。代助は「犬と人の境を迷ふ乞食の群」にも比せられるこの「心の状態の落魄」に、いかに生き死にする核心を発見できるのであろうか。漱石は『それから』においては、代助を白い百合にあこがれて、冒頭の落椿に相即する苦悩の赤い炎のなかに委ねたまま、筆を擱いた。それは次の課題であったからである。(4)

漱石が『それから』の執筆中に、ロシアにあった長谷川二葉亭が肺結核に病み、帰国の船中に逝いた(明治四二・五・一〇)。そして『長谷川君と余』(同・八・一・朝日新聞)を発表した。同じ新聞社の同僚でありながら、「遠い朋友」であったことを述べ、その作品のうちで、僅かに『其面影』に言及したにとどまる。予備門時代から親交のあった中村是公にロンドン以来、七年ぶりに会った。是公は、当時、日露戦争の結果、日本が手にいれた満州の権益――南満鉄道株式会社の総裁であった。「海外に於る日本人」の事業視察に漱石を招待した。漱石は急性胃カタルのために床についた。このために、是公より一船おくれて九月三日大阪から鉄嶺丸にのって大連にわたった。四六日間を胃カタルに悩みながら満韓の旅をつづけて一〇月一七日に帰京した。そして、『満韓ところどころ』(同・一〇・二一―一二・三〇・朝日新聞)をかかげた。

当時、満州では日清間に間島事件があり(八・二二)、また韓国併合のために、枢密院議長伊藤博文(前韓国総監)はハルピンを訪れ、ロシアのココフツェフ蔵相に会見後、一韓国人の手によって駅頭で暗殺された(一〇・二六)(5)。日本の満州経営について、また韓国併合について、朝野の視聴があつまっていた。漱石の満韓旅行には、おそらくかつての二葉亭の『満州実業案内』または直前の『露都雑記』のようなものを、記事として期待していたかもしれない。とにかく、時機に適した読物として読者も新聞社も望んだにかかわらず、記事の輻輳を理由に休載され勝で、「癪に障るからよさうと思ふ」(一一・二八・寺田寅彦宛)と、漱石が洩らしたほどである。『朝日文芸欄』の開設(同・一一・二五より)を機会に、「二年に亙るのも変だ」という理由で、全行程の半ばにも達しないところで、打ちきった(6)。

『満韓ところどころ』は漱石の満州の印象記であり、一種の私記である。もちろん、満州の風土・文物について記し、戦跡の見物にも触れていたが、日露戦争について悲愴の文字をつらねて大袈裟な感慨をしるしたり、また満州経営に活動する日本人の言行を讃美したりするところはなかった。むしろ知人関係者との応接をたのしみ、胃カタルに苦しみながらも、満州の風物に好奇心を燃やし、軽妙な読物とすることを心がけていた。言いかえると、漱石は好むがままに率直に感想をのべ、日本人の進取の気象を認めながらも、植民地主義者のような空言空論を上下しないところに、むしろ愛国者としての面目があった。漱石の文明批評が志向しているところからみれば、西欧流の植民地主義者の大言壮語は間口を拡げただけの一等国ぶりで、却って苦々しいかぎりであった。長塚節が漱石の書きぶりを軽佻浮薄といって憤ったと、漱石は書いているが（『土』序）、世間で不真面目とみたとすれば、軽妙な書きぶりだけではなく、むしろこのような点であったろう。しかし『満韓ところどころ』が今日読むに堪えるのは、満州の風物といっても、シナ人やその生活についての印象であり、漱石の知人たちの消息である。予備門時代の友人是公をはじめ、橋本左五郎、立花政樹、佐藤友熊たちと再会し、自己の青春時代の思い出をおりこみ、これらを知らぬ人たちにも、小説家となった漱石と対照して、興味が湧いてくる。熊本時代に書生としておいたことのある俣野義郎（『吾輩は猫である』の多々羅三平であるといわれた）の後身もみられる。こういう個人的な交際についてだけ記したことが『満韓ところどころ』の魅力の一つであったのは、紀行文学としての価値を、むしろ高めているものである。紀行とは、本来、私的なものがもつ普遍性であるからである。

（1）『空炷』の前篇は『東京朝日』に明治四一・四・二七―五・三一まで載って、病気のため中絶した。なお、『大阪朝日』には、このころ長谷川如是閑の「？」（後の『額の男』）が連載されていた。

（2）小宮豊隆『夏目漱石』三では、代助を三四郎の後身ではなく、美禰子の変身とみる説を出している。しかし、これはいささか強引な解釈である。

（3）里見弴の『椿』（大正一二・一一・改造）はこの冒頭の一章と似ているところがあり、ある種の示唆を思わせる。

（4）代助と三千代とが、いわゆる不倫の罪にたいする態度においての相異は、宗助とお米との態度の相異をへて、後の『彼岸過迄』において須永と千代子との比較において、「恐れる男」と「恐れない女」との区別となって現れるものの原初的な形態として注意される。この点は別途に考えるべき問題であるが、本書において詳しく触れない。
（5） 伊藤博文は、漱石から約一月おくれて、一〇月一六日、門司から漱石の乗った同じ鉄嶺丸で大連に行き、ハルピンに入った。だから、『満韓ところどころ』に言及するところはない。
（6） 漱石の満韓旅行は九月六日大連着、それから旅順、大連、熊岳城、営口、湯崗子、奉天、撫順、ハルピン、長春、奉天とへめぐり、安東県から平壌に入ったのは二八日、京城、仁川、開城、京城（妹婿鈴木禎次の弟鈴木穆の家に入る）、一〇月一三日、京城を出発、翌日、下関に着いた。「満韓ところどころ」は、九月二一日、撫順で炭坑の中に入るところで、中絶している。『日記』に詳しく記されているから、その後の大要をみることができる。

三 『門』

一九〇九年（明治四二年）一一月二五日、かねてから懸案の『朝日文芸欄』を開設し、漱石は在宅のまま編集にあたり、森田草平を私設編集員として実務にあたらせた。『煤煙』によって文名のあがった草平は、この事件のために、朝日入社を断られ、漱石の助手的立場にとどまっていたのである。漱石は友人大塚保治らを特別寄稿家に、広義の「文芸の時事に関する事」（同・一一・二〇・大塚保治宛）をあつめ、漸次に寄稿家を知友から拡げて、変化をもたせていった。しかし当初は日本自然派の集団的行動に嫌厭の情をもっていたから、「公平と不偏不党」（明治四三・二・三・安倍能成宛）であることが、当然に反自然派的な態度をみせることになった。こうして漱石門下をはじめ、戸川秋骨、内田魯庵、中村吉蔵、桐生悠々、阿部次郎、安部能成、魚住折盧、武者小路実篤、小宮豊隆らが文芸欄によって、活躍した。

漱石は、これまで『朝日』との関係から、他紙には「談話筆記」として掲げてきたものを主旨としてやめ、もっぱら、その種のものを書いた。『日英博覧会の美術品』『東洋美術図譜』『客観描写と印象描写』『草平氏の論文に就いて』などの読切小論がこれである。ここで、日本美術が精神を欠いた技巧主義に走っていることを難じ、日本の芸術の伝統が創作のためのインスピレイションとするに乏しいことに苦しみ、田山花袋が印象描写を新しい客観描写のようにいうにたいし、(1)両者はまったく異る矛盾概念で、読者を誤らせることも甚しいと批難した。また森田草平が『自然主義論者の用意』のなかで、漱石の意見として述べたところは、読者の誤解を招くと、一言一句をもゆるがせにせず、訂正した。

さて、『それから』以後、『朝日新聞』は泉鏡花の『白鷺』(明治四二・一〇・一五―一二・一二)、永井荷風の『冷笑』(同・一二・一三―明治四三・二・二八)を連載、(2)ついで漱石の第五の新聞小説『門』(同・三・一―六・一二)が掲げられた。『門』は『三四郎』にはじまる第一の実験的三部作の第三部であり、野中宗助・お米夫妻はまさしく長井代助・三千代の後身であり、その後日譚の趣をみせている。もちろん、小説の設定には若干の異同がある。それにもかかわらず、「世間の掟と定められる夫婦関係」を否定して、新しい人間生活の基盤から「自然の事実としての夫婦関係」の成りゆきに探求の眼をむけた。だから、『坑夫』が『虞美人草』の反措定であったように、『門』は、『それから』の高級な知識的自由人の美的快楽生活(遊民生活)の反措定として、ごく平凡な下級官吏の凡庸な日常生活に即して、問題をその内部の生成から微妙なところで考えていく。この意味で、『門』は『それから』の悲劇の終ったところに、新しい問題の展開を提出すると同時に、いわば『それから』

を前提として成立している。

野中宗助は学生時代には代助と同じ「派手な嗜好」「当世らしい才人の面影」を思想や動作にみなぎらした洒落者である。「強く烈しい命に生きたといふ証券」をにぎりしめたいと、学問を社会へ出る方便と心得、寛濶にすごしていた前途有為な青年である。この点では、むしろ平岡にちかい実行型の知識青年である。ところが、学友の安井の妻であるお米と知り合って、虹のように美しい未来を一挙に吹き消し、現在のような非社交的な「局外者」の小市民生活に心の平安を見出す境涯に追いこまれる。宗助とお米との関係は、代助と三千代との関係のように、過去の因縁によるのではなく、「大風は突然不用意の二人を吹き倒した」という突発事件である。しかし不用意な突発事件であったとしても、世間がみるように、「不合理な男女」の関係であったのではなく（なぜならば、お米は安井の「妹」として紹介されている）、むしろ「罪もない二人」がいつ吹き倒されたかも知らぬほど、「残酷な運命が気紛れに面白半分穽の中に突き落とした」というものであり、自ら選んだのではないから、無念に思うだけなのだ。そこに、代助の場合と形式はちがっていても、やはり運命的な愛であったといえよう。だから、「言訳らしい言訳」を必要としなかったのである。しかし、世間はこれを不合理とみとめ、その上で徳義上の罪を容赦なくかぶせるのである。二人もまた「青竹を炙って油を絞る」ほどに苦しみながら、そのときに切っても切ることのできない、「自然の事実」としての愛の交りを自覚する。二人は「蒼白い額を素直に前に出して、其処に燄に似た烙印を受け」、もし、二人だけの新しい生活に入る。これはまさに代助の新生をうけつぐ設定である。代助と宗助というような近似した名を与えたのも、このための作者の用意であろう。

宗助夫婦は親を棄て、親類を棄て、友達を棄て、学校を棄て、大きくいえば一般の社会を棄てた、むしろ逆に社会から棄てられた。過去の「罪」を甘んじて背負って、二人は広島から福岡へ、福岡から東京へ、苦しい重荷におさえつけられながら、年を送り迎えして佗しくすごしてきた。もちろん、順境な学友の得意な振舞をみると、「今に見ろ」と、反撥心をおこしたこともあるが、やがてそれが憎悪の念にかわり、また「自分は自分の様に生れ附いたもの」とあきらめて、無頓着になった。

こうして「生死の戦ひ」に二人の未来を真赤に塗りつけた「赤い色が日を経て昔の鮮やかさを失い、「互を焚き焦がした焔は、自然と変色して暗くなってゐた」。時がたって、二人の生活はこんな「暗い中に沈んでゐた」。小説『門』は東京の崖下の日当りの悪い借家に、二人だけの佗しい平凡な下級官吏の生活をいとなんでいるところに始まるのである。

宗助夫婦は東京の中に住みながら、東京を見たことがないという結論に達する。都会に住んでいて、「山の中に住む心」をいだいた「局外者」の生活をしている。だから、代助のようには「社会的事実」について何の関心をもたず、伊藤公暗殺についても、キッチナ元帥来訪についても、およそ日毎の新聞を賑わせる事件について、別世界の出来事と同じに格別の興味をもっていない。また代助とちがって、官途につくにせよ、実業につくにせよ、初めから功利的に将来を考えていたぐらいだから、職業の非人間性について批判をすることもなかったかわりに、下級官吏の生活に甘んじ、むしろ役所の改革や淘汰、あるいは増俸の噂を気にしながら、役所と家庭との間を往復している。

二人にとって、社会の存在は日常の必要品を供給する以上の意味をもっていない。薄給なサラリマンとして、新しい靴や外套を買う余裕もないので、家計費を切りつめ、諦めと忍耐とをもって過している。亡父の遺産は一人の弟のために叔父の管理にゆだねたが、叔父が死に、弟の小六が学資の支給を絶たれても、遺産がどうなっているかを確めようと、一人の叔母を訪ねることさえ、臆劫に思って、腰一つあげることすら、なかなかやらない。要するに、個人としての社交を極度に嫌って、「色彩の薄い極めて通俗の人間」らしく、二人だけの生活にとじこもって、夫婦の灯の照らす範囲において、未来も希望もない、単調なその日暮しを送っている。

宗助の生活の原理が、告白後の代助の原理と同じく、「まあ其内何うかなるだらう」を口癖にするような、日常性の原理であるのは当然である。家庭をごたつかせたくなくても、小六を引きとるのは事情已むを得ないと思えば、「成るが儘にして置くより外に、手段の講じやうもなかつた」のである。代助が「積極的生活」と呼んできりひらいたものは、目的のない「漂浪の雛型」であることに変りはなく、実社会の経験から割りだした極めて消極的な暮しかたであり、おそらく代助の場合も同じ結末になったであろう。貧寒な日常生活から生まれてくるさまざまな苦しみも、その原因を突きとめ、これを打開しようとするのではなく、「自然の経過」にまかせている、夫婦の過去の情炎の火と同じように、「只自然の恵から来る月日と云ふ緩和剤の力丈で、漸く落ち附いた」。人の噂も七十五日、時間という自然治癒力を頼って、日常生活の原理としている。これは神や仏を信じても、それを超越原理とし、論理とすることのできない、過現末の連続性（一種の輪廻観）において考えていく、きわめて日本的な生活哲学であり、島崎藤村の『新生』のなかの考えかたに代表されるように、日本自然主義文学の根本思想である。自然主義者が『門』に共感をもったのも当然であろう。しかし、宗助は初めからこのような生活原理を採っていたのではない。弟の小六に若い日の自己の姿をみて、かつては「兎に角物に筋道を附けないと承知しないし、また一辺筋道が附くと、其筋道を生かさなくつては置かない」、いずれにせよ、論理によって連続性を断絶し、論理的に筋を通して考え生きようとしていた。それが日常性の論理に甘んじ、表面、静かな生活に平安をもとめているのは、あの「啖に似た烙印」をうけたがための日蔭の「局外者」の生活に限定されたからである。したがって、この生活者の日常の論理のかげには、茫漠とした恐怖の念があり、自分の鏡の中の影にも「此影は本来何者だらう」という疑惑が秘められている。漱石は日常性の論理をそのものとして考えるのではなく、その連続を破って、日常性の裂け目から顔を出す、夫婦の過去に由来する不安・焦燥・恐怖のような非日常性に深い根拠をもとめて、そこから考え直そうとしている。

他方において、社会的功名や栄達を捨て、たった二人だけの閉鎖的な夫婦生活にきりつめたことの代償として、二人が純粋に嚙みしめる「幸福」と「甘い悲哀」とが得られた。つまり「外に向つて生長する余地を見出し得なかつた二人は、内に向つて深く延び始めたのである」。社会的人間として外延的な功利的な「一般の幸福」と市民的な「真正の文明」とを失ったけれども、「自然の事実として夫婦関係」がお互いの胸のうちに掘りおこすことのできる愛の交りにおける幸福と甘い悲哀とを得たのである。それは或いは「世の中の日の目を見ないものが、寒さに堪へかねて、抱き合って暖を取る様な具合に、御互同志を頼りとして暮してゐた」からだともいえるだろう。もちろん、「御互の頭に受け入れる生活の内容には、刺戟に乏しい或物が潜んでゐる様な鈍い訴へがあつた」にしても、「御互が御互に飽きるの、物足りなくなるのといふ心は微塵も起らなかつた」。だから一緒になってから六年の歳月をすごしながら、「まだ半日も気不味く暮した事はなかつた。言逆《いひさからひ》に顔を赤らめ合つた試《ためし》は猶なかつた。」要するに、「彼等に取つて絶対に必要なものは御互丈で、其御互丈が、彼等にはまだ充分であつた」という狭いが満ちたりたものになっていた。だから、この夫婦関係は二人の「命はいつの間にかお互の底まで喰ひ入」り、外見は別個の二つの個体であっても、「互から云へば、道義上切り離す事の出来ない一つの有機体」であり、「二人の精神を組み立てる神経系は、最後の繊維に至る迄、互に抱き合つて出来上つてゐた」。──この抱合にこそ、世間尋常の夫婦にはみられない「親和」と「飽満」、それにともなう「倦怠」とがあった。この「倦怠」は二人の愛をうっすりと霞ますことがあっても、神経を逆撫するような不安はなかった。漱石は社会から切断された極限条件における「人並以上に成功した」「仲の好い夫婦」に「和合同棲」の理想を描きだした。そして、世間一般の男女がもとめる愛の幸福とはこのようなものかと、問うているようである。

しかし「自然の事実としての夫婦関係」は、よし宗助夫妻のように共同の過去の亡霊をもっていないにせよ、このような「和合同棲」に極致を見出しうるのであろうか。これは先の日常性の論理と無関係のものではないとすれば、やはり同じく非日常性の論理──宗助夫妻の場合には「暗い影」

として過去からの罪の意識とそれに応ずる罰――いわゆる「自然の復讐」の内面の自覚から、ゆさぶられてみなければならないだろう。だから、宗助夫妻の過去の亡霊はその平凡な日常生活、その静かな夫婦の外形を成立させている内部条件であり、人間存在の根源には、ひとり宗助夫婦のような過去の有無に拘らず、何人にも潜むところの奥深い「自然の事実」であるはずである。漱石は『門』においてこれを因果の論理において具体的に追求してみるだけである。

宗助夫妻の生活では、いわば共犯者の意識をもって過去の罪過が人に見えない「結核性の恐ろしいもの」として「自己の心の或部分」にひそんでいることを自覚している。二人の平和と幸福とは、共犯者がこの「心の傷痕」、不治の罪過を禁句として、「わざと知らぬ顔に互と向き合」うことで克ちえているような危いものである。屈托のない呑気なお米が時として「其内には又屹度好い事があつてよ。さうさう悪い事ばかり続くものぢやないから」と夫をいたわれば、宗助は妻の真心のある慰めにも、「我々は、そんな好い事を予期する権利のない人間ぢやないか」と、つっぱねるの他はない。

お米がこういう自己の内部の罪を自覚するのは、自分の命を吹きこんだ胎児を、一度ならず、二度、三度失った時である。三度目の臍帯纏絡については、半ば以上自分の落度だと知れば、自分が「残酷な母」のように感じ、自分が手を下したのではなくても、「考へ様によつては、自分と生を与へたものの生を奪ふために、暗闇と明海の途中に待ち受けて、これを絞殺したと同じ」ことであった。「徳義上の苛責」を人知れず感ずるし、「眼に見えない因果の糸」、「動かしがたい運命の厳かな支配」をみとめ、「時ならぬ呪咀の声」をきく感じがする。「和合同棲」しているはずのお米はこの苦しみを愛する夫にさえ語ることはできなかった。夫婦の自力では如何ともすることができないことをよく知っているからである。産褥を離れると、一種の女性的な迷いや好奇心から、他力によって、「易者の門」をたたいてみた。「貴方は人に対して済まない事をした覚えがある。其罪が祟つてゐるから、子供は決して育たない」と、易者の声はお米の心臓を射ぬき、たたきのめした。宗助もまた同じである。

宗助は家主に盗賊の入ったことから、家主の坂井との細い交りがひらかれ、弟の小六を書生にひきとろうという申出まですすんだ。しかも家主の弟の「冒険者」の友人として、彼がその妻を奪った学友安井が家主の客として現れるという話が、突然、耳に入った。奉天にいる学友の出現に癒りかけた古い傷口が疼きはじめた。まったくの偶然の邂逅と考えても、それだけでは彼の心の平安をえられず、かえって「不安で不定」なものにするだけであった。万事をお米にうち明けて、共に苦しみを分ってもらおうかとも思うが、その勇気が出てこない。黒い夜の中を漂浪しながら、自分を救う実際の方法——過去の罪過という原因は切り放して、男性的に自力によって、「心の実質が太くなる」ものをかちとって、安心とか、立命とかいう境地——この結果としての鷹揚に生活できる核をもとめた。自力得道の「禅院の門」をたたいた。しかし初めから一凡人にすぎない男が一夕の参禅によって安心立命をうる捷径などはありえない。「父母未生以前の本来の面目は何か」という公案を与えられながら、この根本問題は自己の現在の問題からは遠いとして、思念をこめることができず、目前の過去の亡霊に心乱れるばかりというような形で、懊悩と困憊とをかさねていた。自分は迂濶にも山の中へ迷いこんだ愚物だという感慨を深めただけであった。門は叩けど、開かれず、大事は去った。自分はとうてい救われない人間だと思いながら、山門を下った。

留守の間に、安井は家主の家に客となり、知らずして去った。しかしこれで終ったわけではない。これに似た不安がこれから先に何度も、いろいろな程度で繰り返されるという「虫の知らせ」はどうすることもできない。だから、小康を得て、「本当に難有いわね。漸くの事春になつて」と、お米が女性らしく陽気にいっても、宗助は縁で爪を剪りながら、「うん、然し又ぢき冬になるよ」と、うつむいたまま、男性としては暗く答えるのほかはない。(3)

漱石は、『門』において、『それから』を前提にして、一方において、平凡な小市民のみじめな家庭生活を描くとともに、そのなかにも成立する夫婦の愛による飽満と親和とのよろこび――小市民的な愛の理想を描いた。他方において、罪の意識に顚落して、救いをもとめながら、なんらの救いもえられない境地、精神の地獄に行きつまった「失われた人間」の姿を描いた。多くの批評家は、この両者の不調和のために、作品の欠陥を、さまざまな見地から批評する。厳密にいって、前者に重点をおけば、正宗白鳥のように、後者の参禅を「少し巫山戯てる」とし、「変な伏線」に嫌悪を催すかもしれない。(4)後者についても、罪の意識について問題の多い設定であることは、片岡良一その他の指摘するとおりであろう。(5)わたしも精密に考えると、この作品に、白鳥や良一その他のいうとおりではないにせよ、欠陥は欠陥として認めなければならない。しかし思想的観点に立ち、漱石がどうして『門』を書いたかを考えれば、白鳥のように「貧しい冴えない腰弁生活の心境」だけを書いたとすると、無思想な自然主義作家を喜ばせたかもしれないが、漱石の問題は展開しない。たとえ罪の意識の設定が不十分であるとしても、平凡な日常生活とその底にある一切の希望を失い敗北した無力な絶望とが相即するところに、漱石独自の構想が成立するのであり、この観点が漱石の問題を初めて明かにできるのである。いいかえれば、夫婦の日常的な幸福の生活をつくりあげた二人の内部に巣くう「結核性の恐ろしいもの」が同時に二人の心の顔を、いざという場合に、とても向け合すことのできない危機を生む当のものでもあることを気づいたのである。二人の有機的一体を容赦なく分解するであろうこの恐ろしいものの所在をつきとめるところへ、漱石の問題は出て行かなければならなかったのである。

漱石は『それから』においては人間の外部的条件と内部的条件との相関関係において、個人の社会にたいする拒絶とその結果を追求し、『門』においてはいわば外部的条件を一定しておいて、内部的条件において社会的に「失われた人間」——社会に敗れ、圧しつぶされた人間を追求するはずであった。宗助は知識人としての自負の特権を棄て去った、打ちのめされた敗北者であったけれども、それだけに日常的人間の平凡性において「自然の事実」に沈潜することによって、内面的に人間の自然そのものを発掘することが可能である。実際、その沈潜は夫婦の交りにおいては、『それから』の代助が夢想したような一つの理想を獲得することができたにちがいない。しかしこの小市民的幸福が「自然の事実」として、あるいは人間の自然そのものとして、『それから』から漱石の追求していた当のものであろうか。漱石はこれに「否」と答えていたにちがいない。だからこそ、この小市民的幸福を脅かすものとして過去の亡霊——罪ならぬ罪の意識が根源的なものとして要請され、二人はまたしても「自然の復讐」を思い、その恐怖・不安から、お米は易者の門に、宗助は禅院の門の前に立つのである。しかもお米は「貴方は人に対して済まない事をした覚えがある」と肺腑をえぐられ、宗助は自己の苦悩の実際的解決という安易な心持から解脱をもとめ、却って自己の無力に苦悩の底にくぐる。ここに一つの本来の無力感に絶望におちいった「失われた人間」の姿は美しく描き出される。しかし漱石が「失われた人間」において追求しようとしたことは、もっと深く人間存在の根柢をつきとめることであり、そのために、罪の意識が日常性を超えるものとして用意されたはずである。ところが、二人の罪は、もしいうならば「人に対して済まない事」、つまり他にたいする罪であり、「此影は本来何者だらう」と鏡中の影におびえるような原罪的なものではなかった。宗助はもともと内部的人間として厳しく人間存在の根柢をきわめ、最後の断崖に立って「見性」にいたりつくとか、或いは逆に宗教のむなしさを味いつくすとかするまでに、内部的に苦悩が深刻に追求されるように構想されるところまでとどいていなかった。この思想的未成熟が作品の内部の欠陥として残ったといわなければならぬ。しかし『門』は、漱石の病気を通じて、第二の三部作——つまり内部的探求へ一段と深まる第一の三部作の三部にふさわしいところまでは、きていたのである。

漱石は『門』を書き終ると、いまだ新聞連載中に、長与胃腸病院に行って、満韓旅行以前からの胃病について診察をうけた。胃潰瘍と決定して、六月一八日、入院加療する身になった。

(1) 花袋の「平面描写」についての反論である。花袋の『描写雑論』(明治四二・一〇・早稲田文学)や『インキ壺』(明治四二・一一刊)所収の小論などを頭においていたことと想像される。なお、相馬御風が『漱石氏の描写論に就て』(明治四三・三・早稲田文学)で、花袋を支持した。

(2) この時、漱石は森鷗外を考慮したようだ(明治四二・一一・六・池辺三山宛)。しかし鷗外日記にみあたらぬから、交渉の有無は判然しない。

(3) 男女両性のちがいはここだけでは「抱合同棲」の仕方にも現れる。いわゆる「恐れる」男と「恐れない」女とのちがいである。

(4) 正宗白鳥・夏目漱石論・昭和三・六・中央公論。

(5) 片岡良一・夏目漱石の作品・昭和三〇・八・厚文社。

なお『門』が小宮豊隆・森田草平による『ツアラツストラ』からの偶然な題名の命名であり、作者の健康その他から、この作品の欠陥を説明する点については、小宮の『漱石の芸術』参照。

第五章　社会と自分

一　修善寺の大患――『思ひ出す事など』

漱石の胃が弱かったのは学生時代からのことである。『吾輩は猫である』の苦沙弥先生はすでに胃弱に悩まされていた。近くは胃カタルをおして、満韓の旅に出たし、『門』の執筆中には手紙で胃の変調を訴えている。胃潰瘍との診断をうけて入院し、一九一〇年（明治四三年）七月三一日まで病院にあった。当時、胃潰瘍は生命の危険な病気である。退院すると、医者の勧めで、伊豆修善寺に転地療養した。松根東洋城が北白川宮御用係として修善寺の菊屋の山荘におもむくので、この地にきめられた。夏の盛りの八月六日である。この旅はずいぶんまだ無理なものであったはずだ。胃はたちまち悪化して大吐血、二四日には危篤に陥った。しかし幸にもちなおして徐々に回復すると、二カ月後の一〇月一一日に東京に帰って、長与胃腸病院に入った。病院長の長与称吉（善郎の兄）は、漱石の病臥中に、八月五日に死んだ。漱石はここで越年して、翌一九一一年（明治四四年）二月二六日に、七カ月ぶりで自宅に帰った。『思ひ出す事など』（明治四三・一〇・二九―四四・二・二〇）はこの入院中に書かれた体験記である。

これより先、『門』の脱稿後、朝日新聞文芸欄に小評論を書いた。一つは長塚節の『土』を『門』

につづいて新聞に連載するための挨拶である（『土』は明治四三・六・一三—一一・一八）。一つは潜航訓練中に沈没した第六潜航艇艇長佐久間勉大尉の遺書について書いた二文である。漱石は、一方において自然派の文学理論の非理想の不備を衝いて、佐久間艇長のヒロイックな行為によって、『文芸の哲学的基礎』で説いた「荘厳に対する理想」を改めて力説した（『文芸とヒロイック』）。他方において佐久間艇長の遺書と広瀬中佐の詩とを比較し、後者の拙悪陳套な詩であることを指摘し、その壮烈な挙動に虚偽を感じとり、前者の超凡なる努力に秘められた「人間としての極度の誠実心」、この新しい倫理感を高く評価した（『艇長の遺書と中佐の詩』）。漱石の正直な道義心の発露がうかがわれる。さらに『鑑賞の統一と独立』、『イズムの功過』、『好悪と優劣』は相互に関連する鑑賞論であり、暗に自然派の論客と対峙している。鑑賞は個人の主観的・個別的な評価におもむくが、その底には客観的統一性が要請される。他方において過去の経験からつくりだした一定の型に、その輪郭に、個人の精神の発展をはめこむことは、屈辱にすぎない。このときに過去の輪郭は崩壊する。永久不変のカノンはないのである。漱石は内容主義をとるが故に、単なる「守旧派」ではないのである。だから個人の主観的な好悪に発して、普遍的な優劣に転化しようとする志向は、主観の客観化における論弁の力によるものであって、芸術上のカノンを意味してはいない。趣味の統一とは多数の評価の一致であると、文学論上の多様における統一を説く個別主義の立場に立っている。これは従来の主張と変らぬ、舶載した自然派のカノンにたいする独立の宣言である。病気に斃れた漱石はこれ以後しばらく休暇をまもって沈黙する。そして、『思ひ出す事など』の連載となった。

修善寺の大患は、漱石にとって、「肉体上の大事件であるとともに、精神上の大事件であった。是を機として漱石は、生活の上にも芸術の上にも、大転回を遂げる」と、小宮豊隆はその伝記に書いている。小宮とその同門の子弟たち、或いはこれに同調する批評家たちは、大体、この説をとって、一種の通説になっている。しかし漱石文学の爾後の発展を注意深く読むものにとっては、修善寺の大患がただちに漱石に根本的変化を呼んだような「大転回」の契機であったなどとは、とうてい考えることはできない。これはまさにいわゆる「則天去私」への道程を合理化する贔負の引き倒しにすぎないし、漱石の神格化をはかる以外のなにものでもない。また漱石の思想の展開からみても、貧血が招いた恍惚をもって、無媒介に無条件にやすやすと成立する「絶対境」などに長年苦しんだというような生やさしいものであるはずはないからである。むしろ生死の境にさまよって思わずも見出した「作家の休日」に、「われは常住日夜共に生存競争裏に立つ悪戦の人」であるという漱石がしばらく「閑適の境界」を呼吸している姿である。

『思ひ出す事など』は、その『日記』とともに、みずからいうように、「病気の経過と、病気の経過に伴《つ》れて起る内面の生活」を断片的にしるした、恢復期における感想である。ここで、「三十分の死」という事実が漱石に死生の問題をまったく反省させなかったわけではない。「俄然として死し、俄然として吾に還る」その間のことは、時間・空間からいって、「経験の記憶」として存在していなかったことから、この生死二面の対照がいかにも急劇で没交渉であり、それに自分を支配されたことが納得できず、「茫然として自失」したほどである。そしてこの時間・空間を「超越した事が何の能力をも意味しなかった」ことを知り、また「此死此生に伴ふ恐ろしさと嬉しさ」とが紙の裏表のように重っていることのはかなさを知った。同時にまた大吐血後の貧血状態において、「自活のために戦ふ勇気」も、「戦はねば死ぬといふ意識」をももたずに、心身ともに空虚な状態で、むしろ恍惚とした蕩漾を味い、この自己が存在しないようにして存在する有りさまに「天賚」(bliss)をしみじみと味った。そして、ドストエフスキの「神聖な病」といわれる癲癇の発作による不可解な歓喜を想像し、死を美化してみたりする。「人間よりも空、語よりも黙。……肩に来て人懐かしや赤蜻蛉」と、自然をなつかしんだ。

仰臥人啞ノ如シ　黙然トシテ大空ヲ見ル
大空雲動カズ　終日杳トシテ相同ジ

しかし漱石がこのような人間の意志を超えた「自然」の境地の体験を「楽しい記憶」とし、「幸福の記念」としたにしても、これは修善寺の大患にはじまったことではない。いわんや、漱石が多くの人々の厚い看護にみとられて、一人の「凡人」として、世間の人たちの親切を感じて、「難有い」と感謝したにせよ、それに特別の意味をつけることは、重態の病人の感傷に形而上学的意味をくみとることである。もちろん、漱石は病中の「天賚」を感謝し、人々の親切をありがたいと思い、「願はくば善良な人間になりたいと考へた。さうして此幸福な考へをわれに打壊す者を、永久の敵とすべく心に誓つた」ことに嘘はなかった。しかし、その愛読したR・L・スティヴンスンの『少年少女のために』から関連して考えるように、「病の癒えた今日の余は、病中の余を引き延ばした心に活きてゐるのだらうか」と自問し、いろいろな意味で、「退院後一箇月余の今日になつて、過去を一攫みにして、眼の前に丼べて見ると、アイロニーの一語は益〻鮮やかに頭の中に拈出する」方向に歩んでいたのではあるまいか。

それ故に、むしろ重患の漱石が意識を恢復し、すこし筆がとれるようになると、自己の精神状態を『日記』に書きとめ、危機においても自己検索を怠らず、その中には医者の会話に耳をとめ、医者の処置を注意深く観察して記憶にとどめる旺盛な好奇心と作家魂とに驚嘆するのである。そして、この意味でウィリアム・ジェイムズや、長与称吉や、大塚楠緒子ら、病中に訃報をきいた人たちの死を悼みながら、あるいは亡き二人の兄のことを思いだし、ドストエフスキを考え、ジェイムズ、ウォード、ロッジらによって、科学的に死の意味を、或いは遠く、或いは近く、つきとめようとすることを怠らなかったとさえいえる。

漱石は「作家の休暇」をたのしむように、久しく遠ざかっていた俳句や漢詩を多くつくり、『日記』に書きとめ、『思ひ出す事など』に挿入した。「自分が一歩現実の世を離れた気」になり、「他も自分を一歩社会から遠ざかつた様に大目に見て呉れる」病気によって得た余裕が生みだした「太平の記念」である。それらには多くの人たちの指摘するように、全俳句・全漢詩のうちでも佳作を多く生んでいる。それはまさに「一番幸福な時期」を現すものであろうが、同時に植物的静寂、キエディズムを呼吸していたことを意味し、ここに精神的基軸を設定することは、漱石にも思いもよらぬことであろう。

さて、漱石は長与胃腸病院に入院中に博士会から文学博士に推薦され、これを辞退するいわゆる「博士問題」がおこった。「小生は今日迄ただの夏目なにがしとして世を渡つて参りましたし、是から先も矢張りただの夏目なにがしで暮したい希望を持つて居ります」（明治四四・二・二一・福原鐐二郎宛）というのが漱石の「本音」であった。このために、文部省との間に煩しい折衝が行われ、物わかれに終った。漱石は『太陽』の「新進二十五名家」の当選を拒んだのと同じく、国の保護によって「僅かな学者的貴族」をつくって「学権」をにぎり、またこれを自己の価値や力のように利用する俗物たちの弊にたえられなかったのである（『博士問題』『博士問題の成行』参照）。漱石は上田万年や芳賀矢一の「好意的の訪問」に、他人の親切に「有難い」などと感謝の気持でうけいれたりはしなかった。同時にこれによって、第二次桂太郎内閣が大逆事件後の思想対策として打ちだした文芸委員会に委員として選任される道をみずからとざした。漱石は『文芸委員会は何をするか』を書いて、国家権力を後盾に、自由な文芸界に君臨して、文芸委員が最終の審判者であるかのようにふるまい、健全な文芸を発達させるという美名のもとに、「行政上に都合よき作物のみを奨励して、その他を圧迫する」弊を予見し、むしろ「文芸組合」または「作家団」の組織にしくはないといった。このように、漱石は病気が軽快すると、たちまちに筋道を正し、昔ながらに硬骨な自由人として世間にたいする戦いをはじめている(1)。

漱石の文名は、もちろん、知識人の間に早くから知られていた。しかし、それはまだ限られた「教育のある且尋常なる士人」の範囲のものであったといってよい。これが広く一般民衆の間にも知られるようになったのは、修善寺の大患の報道であり、その後の博士問題によって、世間の耳目を騒してからのことである。親友狩野亨吉は修善寺の詩碑の中で、「漱石明治四十三年此地ニ於テ旧痾ヲ養フ。一時危篤ニ瀕スルヤ、疾ヲ問フ者踵ヲ接ス。其状権貴モ如カザルモノアリ。漱石ノ名声四方ニ喧伝セルハ実ニ此時ニアリトス」と書いてあるが、誇張ではない。それとともに、小康を得た漱石をして静かに確実に療養をつづけさせることを妨げた。長野県教育会の依頼で、長野市で『教育と文芸』、また帰って東京大学の美学研究会で『文芸と道徳』を講演した。

『朝日新聞文芸欄』にも、初めは談話筆記ですませていたが、高校時代のマードックの思い出から筆をとった。その中には『学者と名誉』のように、博士問題と同じ論点から一人の虚名によって万人の業績を蔽う弊をつくものがある。また『子規の画』や『ケーベル先生』のような小品としてすぐれたものを書いた。さらに『変な音』では病院入院中の体験から『思ひ出す事など』と同じ死生についての感想があり、『手紙』は一箇の短篇小説ともみられる小品である。親戚の青年男女の婚約についての挿話を叙して、男のもとにきた玄人の艶書についての粋なはからいを書いてある。おそらく、しばらく小説の筆を休めていた漱石の、次の作品を用意している間の習作であろう。とりたてて論ずるほどのこともない。

(1) 拙稿『博士号辞退事件』昭和三六・六・江古田文学参照。
漱石は明治四四年二月二〇日付で、明治三一年勅令第三四四号学位令第二条により、佐佐木信綱、幸田露伴、森塊南、有賀長雄とともに、文学博士号を授けられた。ちなみに、森鷗外は前年七月二四日、文学博士の学位を得た。文芸委員会官制は明治四四年五月一六日発布、森鷗外ら一六名が任命された。

なお、漱石が博士号に期待するところはなかったと考えるのは誤であろう。漱石と同年の芳賀矢一は明治三六・四・二に文学博士になっているし、明治三九年一月一〇日、森田草平に与えた手紙に教授や博士にふれるところがある。東大教授への任命や、博士号の時期の遅れたことに野人的不満を爆発させたとみるのは、うがちすぎではあるまい。この種のことは別に文献がある。

二　職業論

大阪朝日新聞社は、真夏に、関西で講演会をひらいて、病後の漱石を講師にひっぱり出した。この関西の四講演は、内容からみて、漱石のこれまでの思想の総括であり、整理であり、新しい出発点である。だからこれまでの記述と重複するところもあるが、ここに改めて概括しておきたい。

まず八月一三日は、明石の公会堂で、『道楽と職業』という題で講演をした。『それから』の中で、代助の職業観としてふれ、また『思ひ出す事など』でオイケンの「自由なる精神生活」から考えた職業観を、漱石自身の思想として体系的に論じた。もちろん、講演であるから、巧妙な話術による説得を旨とするところがあるが、なお根本的な考察に出発して、いかにも堂々と論理を展開するのである。

ここで、第一に個人主義に則り、自由競争を特色とする資本主義社会の発展によって、職業の分化と専門化とが高度にすすみ、それにしたがって人間の非人間化と孤立化とが行われることを指摘した。漱石のことばでいえば、職業は「開化」のすすむにつれて分化し、専門化し、「片輪の人間」に化し、「孤立支離の弊」が現れてくるというのである。これを説明するために、自給自足の古代人は、「本当の独立独行」を実行した「独立した人間」であり、「完全な人間」であり、実は現代人もこういう独立した完全な人間を理想としているにもかかわらず、資本主義文明という職業生活においては不具化されるという事実を認めなければならない。しからば、なぜ職業の分化と専門化とが人間の不具化と孤立化とを結果するか。これを明かにするために、「己の為にする仕事」と「人の為にする仕事」とを区別し、職業の分化と専門化とが「己の為にする仕事」を減じ、「人の為にする仕事」の増すことを説いている。「人の為にする仕事」が職業であり、その種類や分量は取捨興廃の権威とともに自己の手中にはなく、世間の手にあり、自分ひとりでは生きられないから、いやでも応でも凡て己を曲げて人に従わなくてはならない。ここから人間が他人のご機嫌をとる必要が生まれてくるし、人間は相互に他人の職業を理解できなくなり、同情もうすれ、敵視もする。かくて、人間は表面的には共同生活をいとなみながら、逆に不具化と孤立化とを生んでいくと説明する。現代人が自己の孤立化と不具化との弊を正そうと思えば、ある種の社交が必要であり、とくに文学に親しむことが必要であると説いている。

漱石の職業論は、第二に、科学者、哲学者、芸術家は「他人本位」では成立しがたい職業であることを明かにするにある。かれらは「直接世間の実生活に関係の遠い方面をのみ研究してゐる」。これを専門的にいえば、物質的生産に直接関係しない、換言すれば実生活から抽象化するところに成立している。現代文化の特色はこの抽象化の上に精神の独立と自由とが保証されている。逆にいえば、かれらの仕事は精神的に「己の為にする仕事」であり、「自己本位」でなければ、成功することができない。故に「道楽本位」であり、すでに、今日の意味の職業としての性質（物質的に他の為にする仕事）を失っている。だから、精神的な「道楽」は物質的な報酬（「職業」）を保証しない。ただ己の為にする結果が偶然人の為になることによって、わずかに物質的に報酬が与えられる点で、職業とみなされている変態である。

「彼等は一も二もなく道楽本位に生活する人間だからである。大変我儘のやうであるけれども、事実さうなのである。従つて恆産のない以上科学者でも哲学者でも政府の保護か個人の保護がなければ、まあ昔の禅僧位の生活を標準として暮さなければならない筈である。直接世間を相手にする芸術家に至つては、もし其述作なり製作がどこか社会の一部に反響を起して、其反響が物質的報酬となつて現はれて来ない以上は餓死するより外に仕方がない。己を枉げるといふ事と彼等の仕事とは全然妥協を許さない性質のものだからである。」

これは、簡単であるが、資本主義社会における良識であり、また学者・芸術家の地位を説明している。漱石文学に現れる知識人が、近代的自我のさまざまな可能性をさぐる純粋培養の実験の場として、一種の精神的貴族である「高等遊民」として描かれ、またかれらの中の一人としてしめされる漱石の不安や苦悩の根拠が説明されている。「針の先で井戸を掘るやうな仕事」をするような科学とちがって、「一般の人間に共通な点に就て批評なり叙述なり試み」なければならぬ文学の場合には、この「道楽即ち本職」であることは矛盾をふくむからである。『思ひ出す事など』第二七節では、このころからベルグソンとともに流行しはじめたオイケンの、ドイツ観念論に出発する理想主

義哲学――その「自由なる精神生活」について経験論的立場から批判し、それを表明している。(1)

オイケンのいう「自由なる精神生活」とは「束縛によらずして、己れ一個の意志で自由に営む生活」でなければならず、かような生活に入ろうとすれば、「職業なき閑人として存在」していなければならない。しかるに現代の社会組織からみれば、きわめて応用範囲が狭いものになる。芸術の好きなものが芸術を職業としても、「芸術が職業となる瞬間に於て、真の精神生活は既に汚されて」しまう。「芸術家としての彼は己れに篤き作品を自然の気乗りで作り上げやうとするに反して、職業家としての彼は評判のよきもの、売高の多いものを公けにしなくてはならぬ」という矛盾にぶつかるからである。漱石はこの矛盾を自覚し、「文芸を好んで文芸を職業としながら、同時に職業としての文芸を忌んでゐる」と、文学者としての苦悩を告白した。

もちろん、明治末年に作家として立った漱石の苦しみはこれだけではなかった。それが次に述べる現代文明論とも関係するところが深かったことはいうまでもない。

(1)　このオイケンの著作は R. Eucken; The Meaning and Value of Life, London, 1909 であろう。「短篇並に雑感」の書きこみから推定される。

三　現代文明論

明石の講演が終ると、翌日、和歌の浦に一泊、八月一五日、和歌山で『現代日本の開化』と題して講演した。この講演も漱石文学の重要なテエマとして繰り返されているところで、『三四郎』『それから』から次第に煮つまってきた漱石の持論である。ここには根本的に西洋対日本の問題があり、維新によってひらかれた近代日本の宿命とその苦悩にたいする漱石の真剣な、しかも未解決の対決がある。

漱石はまず近代文明、すなわち「開化を人間活力の発現の経路である」と定義する。この人間活力の発現の仕方を積極的・消極的の二つにわける。前者は「積極的に活力を任意随所に消耗しよう」とするもので、「活力消耗の趣向」と名づけ、後者は「消極的に活力を節約しよう」とするもので、「活力節約の行動」と名づけた。前者は普通にいう道楽から前節で述べた文学・科学・哲学のように、他から強制されずに追求することを目的としているもの（前節の意味での「道楽」）である。後者はわれわれが社会生活を送るために果さなければならぬもの、「義務」（道徳上の意味ではない）であり、自由になりたいためにやむを得ずとる手段としての「職業」のことである。ここで職業と道楽との関係は別の角度から要約される。そして、開化、すなわち文明生活の進展はこの二大原動力が無限に交錯・分化していく径路のことである。こうして、道楽の刺戟にたいする反応としての積極的な活力消耗（娯楽）と義務の刺戟にたいする反応としての消極的な活力節約（発明・機械力）との交錯からうまれる開化が昔の人にくらべて今の人に幸福をもたらしているかといえば、むしろ逆であり、生活苦においては今の開化人の方がはるかに苦しいというパラドックスが成立する。昔は死ぬか生きるかのために争ったが、開化の今では、Aの状態で生きるか、Bの状態で生きるか、に腐心しなければならぬ。昔は欲望が小さかったが、今では人力車の代りに自動車ができて、少しでも有力なものにとびつかないと生存競争に負けるから、「各部の比例がとれ平均が回復される迄は動揺し」生存の苦痛はいよいよ大きくなる。このように、開化は人間の生存の不安と苦痛とをまねくというパラドックスをもっている。

日本の開化は、この上に、さらに別の苦痛と不安とをもたらしている。「西洋の開化（即ち一般の開化）は内発的であつて、日本の現代の開化は外発的である」ためである。本来、開化は蕾が破れて花弁が外に向うように、内から自然に出て発展すべきもの（内発的）であるにもかかわらず、開国によって外国文明と接触した日本は「外からおつかぶさつた他の力で已むを得ず一種の形式を取」らねばならなくなった、外発的にならざるを得ない運命にあった。つまり日本の開化は「活力節約活力消耗の二大方面に於て丁度複雑の程度二十を有して居つた所へ、俄然外部の圧迫で三十代迄飛びつかなければならなくなつた」。それは「天狗にさらはれた男」のように無我夢中の間にである。西洋では甲の思想から乙の思想に移るのは、内部要求の必要から、甲の好所も悪所もよく知りつくした上でのことだが、「日本の現代の開化を支配してゐる波は西洋の潮流で、其波を渡る日本人は西洋人でないのだから、新しい波が寄せる度に、自分が其中で食客《ゐさふらふ》をして気兼をしてゐる様な気持になる。」その上、「食膳に向つて皿の数を味ひ尽す所か元来どんな御馳走が出たかハッキリと眼に映じない前に」甲から乙へと移って行く。

こういう外発的な開化はわれわれ日本人にどんな影響を心理的に与えるか。

「斯ふ云ふ開化の影響を受ける国民はどこかに空虚の感がなければなりません。又どこかに不満と不安の念を懐かなければなりません。夫を恰も此開化が内発的でもあるかの如き顔をして得意でゐる人のあるのは宜しくない。それは余程ハイカラです、宜しくない。虚偽でもある。軽薄でもある。……夫を敢てしなければ立ち行かない日本人は随分悲酸《ママ》な国民と云はなければならない。……是を一言にして云へば現代日本の開化は皮相上滑《うはすべ》りの開化であると云ふ事に帰着するのである。……事実已むを得ない、涙を呑んで上滑りに滑つて行かなければならない」。

しからば、この空虚な上滑りをやめて、内発的に推移する方法はないか。

「西洋の新らしい説などを生噛りにして法螺を吹くのは論外として、本当に自分が研究を積んで甲の説から乙の説に移り又乙から丙に進んで、毫も流行を追ふの陋態なく、又ことさらに新奇を衒ふの虚栄心なく、全く自然の順序階級を内発的に経て、しかも彼等西洋人が百年も掛つて漸く到着し得た分化の極端に、我々が維新後四五十年の教育の力で達したと仮定する。体力脳力共に吾等よりも旺盛な西洋人が百年の歳月を費したものを、如何に先駆の困難を勘定に入れないにした所で、僅か其半《なかば》に足らぬ歳月で明々地に通過し了るとしたならば、吾人は此驚くべき知識の収穫を誇り得ると同時に、一敗また起つ能はざる神経衰弱に罹つて、気息奄々として今や路傍に呻吟しつつあるは必然の結果として正に起るべき現象でありませふ」。

かように、日本人は皮相上滑りをつづけるか、起つ能わざるの神経衰弱になるか、「言語道断の窮状に陥つ」ているのが運命なのだと、きわめて「悲観的の結論」を下した。日本の将来について、きわめてペシミスティックな見解しかもつことはできなかった。「只出来るだけ神経衰弱に罹らない程度に於て、内発的に変化して行くが好からう」というお座なりなことしかいえず、「私には名案が何もない」と、きってしまった。西洋対日本の問題を自己一身にひきうけて解決処理するために苦闘している漱石、それを自己の使命であるかのように、自己の半生をささげてきた明治人の漱石であったからこそ、むしろこの結論は悲愴なものがあったといわなければならない。しかもなお、戦後の今日においても同じことがくりかえされ、解決できない困難な問題としてのこり、上滑りがつづいていることを思うべきである。漱石は、とにかく、自分の生活の場で、これを問題とし、彼なりに悪戦苦闘をつづけていくのである。

四　社　会　観

和歌山の講演が終ると、大阪にひきかえし、八月一七日、堺において『中味と形式』という題で講演をおこなった。この堺講演は題名からして単にその『文学論』と同じく内容主義・中味主義を強調したものと、考えられ勝である。その証拠には、これを十分に考えた漱石論は、いたって少ない。しかし、この講演の背景には漱石の社会観があり、この点から読み直してみると、きわめて注目すべき重要な内容を含んでいたことに気がつく。この点、すでに述べたように職業論とも密接に結びついているものである。

漱石はここでも根本的な考察から出発する。子供は「甲より乙が偉い」と簡単に優劣の価値判断をする。しかし専門の知識が豊かで、事情のくわしい大人には、こんな簡潔な判断を下すことはできない。これは子供と大人との区別ではなく、幼稚な知識をもった没分暁漢や門外漢の大人もやっている無雑作な概括である。簡単にいって、「物の内容を知り尽した人間、中味の内に生息してゐる人間は夫程形式に拘泥しないし、又無理な形式を喜ばない傾があるが、門外漢になると中味が分らなくつても兎に角形式丈は知りたがる、さうして其形式が如何に其物を現すに不適当であつても、何でも構はずに一種の知識として尊重すると云ふ事になる」。しかも専門学者のなかにも、こういう形式上の概括をやって平気なものがある。たとえばオイケンの理想主義哲学がそれである。

オイケンは説いて、現代人は一方に自由・解放を主張しながら、他方に秩序・組織を主張して、矛盾をおかしている。この矛盾はいずれかに片づけなければ意味のある生活をやることはできない、という。しかしこれは無理な考えである。われわれの実生活をみると、「業務に就いた自分」と「業務を離れた自分」とがあり、「明かに背馳した両面の生活」をしていて、むしろこの二様になる方が却って「本来の調和」を得ている。一つは「人を支配する為の生活」であり、他は「自分の嗜慾を満足させる為の生活」であるから、意味がまったく違っている。前に述べた「職業」と「道楽」との関係の別の言いかたであり、ここでは政治家・実業家・教育家・軍人などを頭において、支配する側の公生活と私生活とを考えている。漱石はこの形式上の矛盾を、かえって「生活の両面に伴ふ調和」であると名づけた。学者がこの矛盾を解決しようとして無理に統一・概括したにせよ、それは形式だけのことで、「中味の統一」ではありえないことは争う余地がない。学者は「冷然たる傍観者」であり、「永久局外者」の地位にあるから、「内部へ入り込んで其裏面の活動からして自ら出る形式を捉へ」ず、ただ外から観察して機械的に観念的に形式上の統一をつくりあげることで満足しているからである。しかるに実生活の経験をなめている「当局者」は、その実生活がいかなる形式になるかを考える暇がなく「迷ふ」かもしれぬが、「内容丈は慥かに体得して」いる。経験の裏書のない形式はいくら頭の中で完備していると認められても、不完全な感じがするのはこのためである。

かように漱石はあくまでも経験の内容を重んずる経験論者・実生活者として、「形式は内容の為の形式」であり、「形式の為に内容が出来るのではない」と主張する。さらに一歩をすすめて「内容が変れば外形と云ふものは自然の勢ひで変つて来なければならぬ」という重要な立言をする。だから、傍観者の学者が局外の観察から得る規則・法則・形式・型は抽象であり、未来の実施上に役だつことはあるにしても、これをもって実生活を割り出そうとすれば、順序主客が逆になる。漱石は社会主義や社会問題について大きな関心をもってはいない。『それから』の中に幸徳事件への言及、『門』に社会主義への言及があるが、これは特別の関心を意味していない。しかし政治家・法律家らが秩序・組織の形式をもって実生活の内容を無理に割出し、これを強行するなら、「一国では革命が起る」「学校なら騒動が起る」ことになりかねないと、断定する。

人間の思想やその思想にともなって変る感情は永久不変のものではない。だから、「若し形式の中に盛らるべき内容の性質に変化を来すならば、昔の型が今日の型として行はるべき筈のものでない」。フランス革命や維新の革命はどうして起ったか。「一つの型を永久に持続する事を中味の方で拒むからなんでせう。成程一時は在来の型で抑へられるかも知れないが、どうしたつて内容に伴れ活はない形式は何時か爆発しなければならぬと見るのが穏当な合理的な見解である」というのが答である。だから、社会生活には多くの人を支配する型、個人と個人との交渉する型は必要ではあるが、活きた人間、変化のある人間を相手とするには、「時と場所に応じて無理のない型」をつくらなければならない。しからば、「明治の型」はどういうものであろうか。漱石は「現今日本の社会状態」が激変しつつあることを指摘し、「政府が一般の人民に対するのも無論手心がなければならない筈だ」と、次のように答える。

「一言にして云へば、明治に適切な型と云ふものは、明治の社会的状況、もう少し進んで言ふならば、明治の社会的状況を形造る貴方方の心理状態、夫にピタリと合ふやうな、無理の最も少ない型でなければならないのです。此頃は個人主義がどうであるとか、自然派の小説はどうであるとか云つて、甚だやかましいけれども、斯う云ふ現象が出て来るのは、皆我々の生活の内容が昔と自然に違つて来たと云ふ証拠であつて、在来の型と或る意味で何処かしらで衝突する為に、昔の型を守らうと云ふ人は、それを押潰さうとするし、生活の内容に依つて自分自身の型を造らうと云ふ人は、それに反抗すると云ふやうな場合が大変ありはしないかと思ふのです。丁度音楽の譜で、声を譜の中に押込めて、声自身が如何に自由に発現しても、其の型に背かないで行雲流水と同じく極めて自然に流れると一般に、我々も一種の型を社会に与へて、其の型を社会の人に則らしめて、無理がなく行くものか、或はこゝで大いに考へなければならぬものかと云ふことは、貴方方の問題でもあり、又一般の人の問題でもあるし、最も多く人を教育する人、最も多く人を支配する人の問題でもある。

我々は現に社会の一人である以上、親ともなり子ともなり、朋友ともなり、同時に市民であつて、政府からも支配され、教育も受け又或る意味では教育もしなければならない身体である。其辺の事を能く考へて、さうして相手の心理状態と自分とピッタリと合せるやうにして、傍観者でなく、若い人などの心持にも立入つて、其人に適当であり、又自分にも尤もだと云ふやうな形式を与へて教育をし、又支配して行かなければならぬ時節ではないかと思はれるし、又受身の方から云へば斯の如き新らしい形式で取扱はれなければ一種云ふべからざる苦痛を感ずるだらうと考へるのです。」

漱石の社会観、もしくは社会問題にたいする戦闘的進歩主義者としての面目がこの穏かな言葉の中に現れている。第一次西園寺内閣を潰して、第二次桂内閣の末期――一九一一年（明治四四年）代の日本の社会状況がどういうものであったかをすこしでも注意してみれば、漱石の言葉の中にふくまれている批判の重要性はわかる。幸徳事件に平家の公達のように脅えたった明治絶対主義者（山県有朋らの長州軍閥）たちが、個人主義も、自然主義も、社会主義も、十把一からげに危険思想視して、反動的に思想取締を強化して、明治の社会に黄昏が訪れていたときである。官僚として山県有朋の幕僚ともいうべき地位にあった森鷗外の保守主義――それは、もちろん、硬直したウルトラ国家主義者にくらべて、弾力をもっていた――とはまったくちがった市民的改革主義者でもあったのである。鷗外は漱石と同じように広い展望をもち、同じ理想主義者であったにはちがいないが、ドイツ観念論の普遍主義とイギリス経験論の個別主義との思想の間のちがいは、漱石のような市民的実生活の現実からして、歴史の歩みにたいして、思索をすすめることができなかった。この点は、さらに次の現代道徳論においても、明かである。

五　現代道徳論

漱石は堺講演を終って、八月一八日、大阪で最後の講演『文芸と道徳』をおこなった。すでに述べたように、長野講演（この速記は別巻に入っている）、東大講演と三度くり返された主題であり、漱石の自然主義論であるとともに、現代道徳論である。もっとも、すでに述べてきたように、明治人である漱石は陰に陽に文学を道徳の立場にひきよせて考えなかったことはなく、『文学論』のなかにもすでに現れている。ここでは当面の問題について簡単な整理をおこなうにとどめよう。

まず古今の道徳の区別をする。昔の道徳、すなわち徳川時代の道徳は「完全な一種の理想的の型」をたて、この完全な模範を標準に、それがわれわれの努力によって実現できるものという普遍主義的人間観から出発する。模範が完全なものと認められていたから、これに到達するのが修養であり、徳育であり、これを標準として倫理上の要求は厳格主義であった。ところが、明治に入ってから、科学的観察、批判的精神がおこり、交通が発達し、封建的階級制度がすたれた。理想どおりに完全な道徳をしいる力が弱まり、昔の理想は偶像とせられ、事実にもとづく今日の道徳がつくられてきた。「人間は完全なものでない、初めは無論、何時迄行つても不純である」ということになった。自然の事実にもとづいた個人主義的人間観によると、人間は「善悪とも多少混つた人間なる一種の代《しろ》物《もの》で、砂も附き泥もつき汚ない中に金と云ふものが有るか無いか位に含まれてゐる位」のものだと評価されるようになった。明治の道徳は昔のような「性を矯め」るまでの「瘠我慢」がなくなり、自他ともに人間性の弱点を認め、自己の短所弱点を公開し、自由寛容な個人主義の見方と処理とが行われるようになった。古今の道徳には「評価率の変化」が現れて、明治の道徳が成立している。

次に道徳に関係のある文学を考察する。浪漫主義と自然主義とを、その根本思想から区別し、浪漫主義の文学は、「人物の行為心術が我々より偉大であるとか、公明であるとか、或は感激性に富んでゐるとかの点に於て、読者が倫理的に向上遷善の刺戟を受ける」のが特色である。これにたいして自然主義の文学は人間を伝説的英雄の末孫扱いにせず、人間の弱点だけを綴りあわせたように見えるもの、弱点をわざと誇張するような傾きがあるが、とにかく「普通の人間を只有りの儘の姿に描」いて、道徳の方面の行為も「疵瑕交出」し、「斯う云ふ浅間しい所のあるのも人間本来の真相だと自分も首肯《うなづ》き他にも合点させる」のが特色である。さらにこの二つの文学を分析し、浪漫主義の文学にも不徳義な要素があるとともに、自然主義の文学にも道義の要素があることを強調する。漱石はここで日本の浪漫派、自然派という党派の作品を眼中においているのではないと同時に、すでに述べてきたように、花袋らの自然派の文学にたいする批判をしめしている。自然主義の文学が堕落・猥褻の代名詞にされているが、人間の弱点を描き、自己と同じような弱点があると考える読者はそこに同情を感じ、「己惚の面を剝ぎ取つて真直な腰を低くする」という道徳的効果をもっている。自然派の作品がこういう効果をもたないとすれば、作品に欠点があるのであって、自然主義そのものの弊ではないと、注意を喚起した(1)。これは反面からいうと、自然主義文学の必然をみとめていることである。

最後に明治以前と以後の道徳の対照は、この浪漫主義と自然主義の文学の対照と相即するものとして、「浪漫的道徳」と「自然主義的道徳」と命名し、日本の道徳が昔の「浪漫的道徳」を経過して、明治年間に、「自然主義的道徳」を樹立してきたと断定する。漱石は日露戦争後の日本の世界的地位が安定し、これにともなう個人主義思想の発展から、「道徳も自然個人を本位として組み立てられ」、「自我からして道徳律を割り出さうと試みる」ようになった。そして浪漫的道徳は昔の「社会制度にあつて絶対の権利を有して居つた片方にのみ非常に都合の好いやうな義務の負担に過ぎない」と鋭く批判した。だから、社会組織の変化と科学の進歩とに応じ、個人主義の発展が歩武をすすめるとともに、いよいよ影の薄くなるのは当然であるとした。これは現在の成行主義に甘んじようというのではなく、人間の歴史が明日実現しようとしている新しい「理想発現の経路」なのである。もちろん、自然主義の道徳は人間の自由を重んじすぎて、個人の行動が放縦不羈になり、個人として自由の悦楽を味いうる満足があるとともに、「人としてはいつも不安の眼を睜つて他を眺めなければならなくなる、或る時は恐ろしくなる」。その結果、一部的反動として浪漫的な道徳も起るだろうが、大勢として自然主義の道徳はまだまだ展開していくと、考えた。

「以上を総括して今後の日本人にはどう云ふ資格が最も望ましいかと判じて見ると、実現の出来る程度の理想を懐いて、ここに未来の隣人同胞との調和を求め、又従来の弱点を寛容する同情心を持して、現在の個人に対する接触面の融合剤とするやうな心掛——是が大切だらうと思はれるのです」。

これが漱石の講演の結論であると同時に、また課題でもあったのである。「新しい意識を帯びた一種の浪漫的道徳」が「我々現在生活の陥欠を補ふ」と示唆するところがあったが、自然主義的道徳にみいだされる「理想」と、どう関係するかは、必ずしも明かにしてはいなかった。それはあくまで課題として残っていた。

さて、漱石は堺講演の時から胃の不調を感じ、大阪講演のあとで吐血した。真夏の講演は無理であった。無理がたたって、胃潰瘍が再発し、大阪の湯川胃腸病院[2]に三週間入院した。帰京すると、肛門周囲炎（痔瘻）のために神田の佐藤病院に入院手術をうけた。さらに最も意気に感じ信頼していた主筆の池辺三山は、漱石にたいする知己の念から、当時、社内に道徳的不評の焦点となっていた森田草平の『自叙伝』（明治四四・四・二七―七・三一）をかばい、朝日文芸欄の廃止論にまで発展したのを契機として、朝日新聞社を退社した[3]（九月三〇日）。ついで、漱石の病気や留守のあいだ、池辺三山の庇護と漱石の親任をよいことに、森田草平や小宮豊隆らが『朝日文芸欄』によって、自分らの「気焔の吐き場所」として、得意に思いあがっていたことが禍をもたらしたとみとめて、みずから廃止を提議して、そう決定した（一〇月二四日）。小宮豊隆宛手紙（明治四四・一〇・二五日付）に激越な調子のある裏面の事情は『上野理一伝』の朝日新聞社側の内情に照しあわせてみることによって、明かになる。そして、漱石も三山に殉じて辞表を出した（一一月一日）。慰留されて思いとどまったが、こんどは一一月二九日、五女ひな子が急死した。漱石の最も愛していた三歳になる末女で、はっきりした原因もなく、突然に死んだ、これは次の小説『彼岸過迄』の『雨の降る日』の一章となり、幼女を失った悲しみを永久に記念するものとして残した。一九一一年（明治四四年）は病気の漱石にとって多事多難に明け暮れていった。

(1) 小宮豊隆は『夏目漱石』(三)で、これを目して、「自然主義の中のロマンティックな精神、もしくは理想主義的精神の高調」とし、日本や西洋の自然主義に「最も欠乏していた精神の高調」であるとする。そして「新しい、漱石自身の自然主義」だとまで極論する。これは自然主義文学にたいする小宮の一面的偏見で、ゾラやモーパッサンにこの意味の理想がなかったのではない。日本の自然派の作品にも認められるところである。漱石の見解の方がはるかに公平である。漱石が日本の自然派を批判したのは、第一に党派心であり、第二に排技巧からきた拙劣さであり、第三に感傷性であり、第四に「舶来の唐物」であったことであり、第五に「真」以外の理想を認めぬ排理想の理論上の態度そのものである。漱石は作品よりも理論的党派的主張の偏狭に腹をたてていたというべきである。

なお、小宮豊隆は評伝で、漱石の大患による大転回を立証するかのように、漱石の自然主義の「自然」に特殊な力点をおいて、「漱石の自然は、自然であるとともに、神であった」(一一九ペイジ)とする。『文芸と道徳』からのこの立論は強引で、納得できるものではない。

(2) 湯川胃腸病院は大阪市東区今橋三丁目にあり、湯川秀樹の養父湯川玄洋の病院である。

(3) 池辺三山の辞職は南極探検隊後援について後援会の立場を擁護して、村山竜平社長以下幹部と対立したことに原因がある。明治四四年九月一九日、「東京朝日」の評議会で弓削田秋江(外勤部長)が草平の『自叙伝』を不道徳とし、朝日文芸欄の廃止を唱えた。三山はこれに反対して、激論、ついに廃止をとりやめにした。従来、この『自叙伝』問題が表面に出ていないので、漱石の辞表を三山への単なる義理のように解されてきたが、三山の意気と漱石のこれにたいする情宜との他に、この問題があった(『上野理一伝』昭和三四・一二・朝日新聞社)。漱石が明治四四・一〇・二五小宮豊隆宛手紙で、「今度ある意味から森田にやめて貰はなければならない」と書いた意味はここにある。小宮豊隆の評伝はこの点を曖昧にし、ついで起る『朝日文芸欄』の廃止が森田草平・小宮豊隆らの責任にあることを、過小にみている。

なお、外遊中の鳥居素川が帰国すると、素川は漱石とともに三山の復社を斡旋し、決定をみたが、三山は復社に先だって外遊を考え、中途で病歿した。漱石の情宜はつづくのである。

第六章　第二の三部作

一　『彼岸過迄』

『門』を書き終ってから、修善寺の大患をへて、一年半ぶりに、一九一二年（明治四五年）、第六の新聞小説『彼岸過迄』（明治四五・一・二―四・二九）を発表した。これにつづく『行人』『こころ』とともに、『三四郎』以下の三部作にたいする第二の三部作の第一作であった。これは先行する三部作の展開とよく似た結構輪郭をもちながら、誰しもいうように、自我の問題を前面におしだして、一段と深く新しい探求を人間存在の根柢にむけ、『吾輩は猫である』と『漾虚集』との二系列が後者の主導によって展開せられる。だからこの第二の三部作では、それぞれに形式の上で、『須永の話』、（『松本の話』を含める）、『塵労』（Hさんの手紙）、『先生と遺書』のような主人公の「告白」またはこれに類する一章がかならず用意され、人間を「内部的人間」において捉え、いっそう深く内部的に自我を究めようとする意図を端的にしめし、第一の三部作と異る特色を明かにしている。のみならず、漱石の「探偵」への興味と憎悪とは『彼岸過迄』において初めて小説の手法として推理的方法をとりあげ、形態ではなくして実質を、風俗ではなくて、人間の心の底にある暗いからくりや罪の意識をきわめる心理的方法として役だたしめ、いっそう本質的な意味をもってきたものと考えたい。

『彼岸過迄』は『三四郎』に対応する。主人公田川敬太郎は小川三四郎の後身として、東京に遊学して大学を卒業した田舎者であり、明治末期の不況時代に就職口をもとめる法学士である。三四郎が東京の大学生活に明治の文明に清新にふれていくように、敬太郎は東京の実社会に入ろうとして、明治社会に生きる実業の世界にふれていく。『三四郎』が三四郎の冒険であったとすれば、『彼岸過迄』はさらに趣向をこらした「敬太郎の冒険」である。「田川の蛸狩」と異名をとったほどに「遺伝的に平凡を忌む浪漫趣味の青年」であっただけに、「異常に対する嗜欲」をもやして、「世間の表面から底へ潜ぐる社会の潜水夫」――「人間の研究者」として「人事上の探検」を積極的にこころみている。そこには敬太郎が愛読し、また漱石の愛したR・L・スティヴンスンの『新アラビア物語』が作者の構想にあったにちがいない。たとえ「敬太郎の冒険」は、三四郎の場合とちがって、自己の人間形成に深くかかわるところが明かに描かれなかったとはいえ、実は作者自身の冒険をも併せて、この奥深い主題に近づくための手順であった。

『彼岸過迄』の連載にあたって、最初主旨を一回分書いた(八・一)。それによって、漱石は「成るべく面白いものを書かなければ済まない」と考え、個々の短篇の連作による長篇小説の形式をとった。ひとはここから『須永の話』を本命として、初めの『風呂の後』から『雨の降る日』までは通俗的趣向に妥協した導入部分であるというのが通説である。自己の主題に近づくために新聞読者を探偵趣味で釣って行くというのは、新聞小説の場合にはあながち咎められぬことではあるが、漱石は興味本位にこれを敢てしたと考えるのは、この序文にのせられた読者のことであろう。前半は田口要作の悪戯を種に、かならずしも面白いとはいえない探偵物語を描いて、導入部分とするためにだけあったとみるのは近視眼である。むしろ敬太郎の冒険は、いささか猟奇の嗜好、青年らしい好奇心をもって、下宿の同宿者森本や、友人須永の母の義弟である田口要作や松本恒三に外部から近づいて、明治末年の社会関係を端的にあばきだすにあった。しかも、本来の主人公須永市蔵の内向的存在に深く接触しはじめると、「直《ちか》に会つて聞きたい事丈遠慮なく聞く」という世俗的に「最も簡便な又最も正当な方法」――経験的方法をもっては踏みこむことのできない人間存在の深淵の問題があることをみせはじめる。田口のような世俗の人間にとって「立派」なことの認識の限界を、漱石自身も、また読者にも納得させるために、この冒険は意義をもっていたというべきである。

須永の二人の叔父田口と松本とは「親しい社会関係によつて繋がれてゐながら、丸で毛色の異つた」対照をみせている。明治の実業社会がその本質によってみせる対照であり、別の意味で森本と田口がそのような対照をつくりだしている。もともと森本と田口とはほぼ同じような境涯に出発し、前者は企業家的創意と冒険心につまずいて放浪者の境涯に染まり、後者は須永の父に見こまれ、母の妹を妻として、実業家になり、社会機構の上層部といってよいところに地位をうる。森本は、「貴方のは位置がなくなつて有る。僕のは位置が有つて無い」と、大学出の幹部候補生である敬太郎にいったように、若い夢が、長年の放浪ののちに尋常な機械的な仕事に落着きをえられないまでに、生活の垢にまみれ、敬太郎の同情と反感をひくような人間につくられている。反対に、田口は実業家として敬太郎の人物試験に人の悪い悪戯も敢て辞さないというような人間の扱いかたをし、こうした社会的地位にありがちな、人にたいする警戒を知らずしらずにみせる人間になつている。「事業の成功といふ事丈を重に眼中に置いて、世の中と闘かつてゐるものだから、人間の見方が妙に片寄つて」いるふうに松本にいわせ、こういう仕方で人間を扱うことに老練さを加えているが、本来は美質であるから、敬太郎に悪戯の償いとして、「当人の体面に拘らない」ように、職業を与えるといった「妙に温かい情の籠もつた」処置をやってのけるのである。漱石は田口において『吾輩は猫である』から『それから』まで実業家攻撃に終始してきた態度を転じて、社会の中における人間をその被害者とみる幅と用意とを獲得している。こういうふうに考えてくると、敬太郎の冒険は、これまで漱石の文学にみられなかった主人公須田と周囲の人物との関係の設定を意味し、それだけ社会関係や人間関係について、漱石の認識が深まっていることを意味している。

『彼岸過迄』は以上のような点をどう考えるかによって、評価が大きく開いてくる。だから作品論としては、この構造を深く考察することが重要である。作者の言葉にのせられて、その通俗的興味を機械的に論じるが如きは、作品の本質にかかわらぬものである。しかし思想的観点から考えている本書においては、残念ながら作品の構造に深いりしていくことは、慎しまなければなるまい。

小説の実質上の主人公は須永市蔵であり、その精神的な父親は叔父松本恒三である。松本は『三四郎』の広田先生の後身としての「高等遊民」であり、市蔵は、誤解をおそれずにいえば、広田先生の前歴、あるいは代助または宗助の前身ともみることができる。松本と広田先生とに大きな距りがあるように、市蔵は代助や宗助の前身ではあるが、もし滝沢克己の表現を借りれば、代助たちの苦しい経験を経ずに、その経験の恐ろしい本質をなめつくした知識人、この点で広田先生の闇にかくれたと同じ前歴を深刻に苦悩している不幸な知識人と規定されるような違いをもっている。しかも松本と市蔵とは『松本の話』に描かれるように、精神的な親子であっても、明暗の差をもつものといえよう。

まず初めに松本恒三という男をみておこう。松本は広田先生と同じく木製の西洋パイプから煙を狼烟のように吐き、敬太郎に「世に著はれない学者の一人」かと思わせるし、また千代子に「何を聞いても知つてるんですもの」と感嘆させるほどであり、「社会観とか人生観とかいふ小六づかしい方面の問題」を初対面の青年にもちだして苦しめる。その内容は語られていないから明確ではないが、通夜僧と経典の話に興じ、ゴーリキのアメリカでの処遇にたいする感想などが一例であろう。田口要作の義弟であり、実業家たちの生活の表裏に通じているが故に、これに忌憚のない批評を加え、「世の中に求める所のある人」の言行を軽蔑の眼でみている。年中多忙なために、「彼奴の脳と来たら、年が年中摺鉢の中で、摺木に攪き廻されてる味噌見たやうなもんでね、あんまり活動し過ぎて、何の形にもならない」などと「激語」を放って、みずからは親譲りの資産に、いわゆる「高等遊民」の生活に甘んじる。広田先生とちがうところは、その資産のおかげで、妻子をもち、社会との関係が逆な様で、実は順に行くから、結構、幸福な家庭生活をいとなみ、半隠遁的な趣味の生活——一種の快楽の追求に生きていることであろう。

松本はこういう自己を説明して、「僕は通俗な世間から教育されに出た人間」であるから、「心は絶えず外に向つて流れ」、この旺盛な好奇心に老いることを知らない、「社会の考へに此方から乗り移つて」、茶の湯をやれば静かな心持に、骨董を捻くれば寂びた心持になるというふうに、その時その場の空気に適合することで娯んでいる。こういうふうに眼前の事物に心を奪われすぎると、自然に「己なき空疎な感」にうたれるから、こんな「超然生活を営んで強ひて自我を押し立てようとする」のだとする。松本は聡明な年齢の知恵でいわば自我の限度（或いは弱さ）を知りつくしているが故に、自我の実体（独立と自由）を保持しようとするがために、かえって謙遜にも微温にも退化した代助といってもよいかもしれない。それだけに、須永の母のいう「大の交際嫌の変人」の正体は、漱石の従来の人物の風化したような、圭角を失った性格に消極化することによって持続しているものと評してさしつかえあるまい。このことは、須永が非礼と偏見とを犯して「偽物贋物の名を加へる」痛烈な批評に出ているから、詳しくいうを要すまい。

ところが、この松本が自分の好尚を移して精神的養子とした主人公須永市蔵は、まったくこの叔父とは性格のちがった「内部的人間」として登場する。外形においては松本と相似した面をもっているといると説明されはするが、その内質においては、独自の近代的自意識に苦しむ孤独な知識人として、第二の三部作において初めて姿を現す人間像である。そこに「世の中と接触する度に内へとぐろを捲き込む性質」という内向的性格とその内部の葛藤の意義が現れてくる。

須永も代助と同じように、大学を卒業した法学士でありながら、就職という問題は眼中におかない。「朝から晩迄気骨を折つて、世の中に持て囃された所で、何処が何うしたんだといふ横着」があって、「僕は時めくために生れた男ではない」と、まったく行動力を切り棄てた知性的人間につくられている。もちろん、こういう「我儘を我儘なりに通して呉れる」のは僅かな父の遺産であり、それが「余程腰の坐らない浅墓なもの」であることを知りつくしている点で、代助とはちがっている。法律を学んだものとして、松本の評言を使って、「社会を考へる種に使」い、このために「在来の社会を教育する為に生れた男」であるといえば、代助と近い場所にいるようにみえるが、それが逆に「現代の空気に中毒した自分を咒ひたくなる」と告白するような内面の葛藤となって初めから油絵のような執念なものを沈澱させる関係になっている。もちろん、「普通の人間」のように働き、自分を頼りにする母を安心させ、そのために「家名を揚げ」たいと思わないわけではない。しかし、家名を揚げるにしても、自分の見識でもっともとみとめた揚げ方でなければならず、いかなる意味でも家名を揚げる男ではないと断定する。こうなる根拠は、「全く信念の欠乏から来た引込み思案」だと自解するが、これは「何の因果で斯う迄事を細かに刻まなければ生きて行かれないかと考へて情なく」なるほど「自分の頭が他より複雑に働く」ためであり、松本のいうように「市蔵は自我より外に当初から何物も有つてゐない男である」からである。つまり自我意識が強烈であるがために、どこまでも自我の要求に忠実に生きようとして、他の何事にも没頭できないような人物に生まれついているということである。

このように「高等学校時代から既に老成し」ていたことは、須永が早くから自我にめざめ、外界からの刺戟に単純に反応できず、これを反芻し、懐疑し、逡巡していたということである。それはいかなる愛憎も素直に反応しない「執濃い油絵」のような自意識のためであり、「一つの刺激を受けると、其刺激が夫から夫へと廻転して、段々深く細かく心の奥に喰ひ込んで行く、さうして何処まで喰ひ込んで行つても際限を知らない同じ作用が連続して、彼を苦しめる。仕舞には何うかして此内面の活動から逃れたいと祈る位に気を悩ますのだけれども、自分の力では如何ともすべからざる咒ひの如くに引つ張られて行く。さうして何時か此努力の為に斃れなければならない。たつた一人で斃れなければならないといふ怖れを抱くやうになる。さうして気狂の様に疲れる」といった「市蔵の命根に横たはる一大不幸」のためである。漱石は、須永の一大不幸を強調するように、幼い子供の時に父を失い、しかも自己責任ではない出生の秘密を用意しておいた点は、注意するまでもない。(1)もちろん、これは明かに小説的約束であろう。しかし広田先生の場合と同じ小説的約束の奥に、漱石が人間存在の根源について何を考えていたかが、むしろ重要である。作者はこの問題を考えるために、敬太郎の冒険に関連して、次のような「観察点」をたてていたことが注目される。(2)

「年の若い彼の眼には、人間といふ大きな世界があまり判切分らない代りに、男女といふ小さな宇宙は斯く鮮やかに映つた。従つて彼は大抵の社会的関係を、出来る丈此一点迄切り落して楽しんでゐた。」

漱石は、須永の問題を、ここに敬太郎が観察点として用意した男女関係——須永市蔵と従妹の田口千代子との関係に切り落して、そこから照しだそうとしている。これは第二の三部作において初めてとりだされる恋愛・結婚において近代の男女両性が真の「愛」においてつながれるか、近代人の運命にかかわる問題である。しかも『彼岸過迄』は愛しながら愛し得られない二人の場合について、その連帯性の喪失に即して、悲劇の根源を追求することである。

須永と千代子とは、外部からみれば、敬太郎の観察するように、夢のような匂いのする「縁の糸」につながれた好個の「一対の男女」にみえる。実際、二人は幼な馴じみであり、両親の間で将来の結婚を約し、兄妹のように仲よく育てられ、また深いところで愛しあっているにはちがいないのである。叔父の松本の千代子評によると、妹の百合子の「小蟇《がま》は大人しくつて好い」が、「大蟇は少し猛烈過ぎる」というように表面的に解している。しかし須永は叔父の俗説が美質を真に解しないものだと冷笑し、千代子が猛烈にみえるのは、「女らしくない粗野な所を内に蔵してゐる」からではなくて、「余り女らしい優しい感情に前後を忘れて自分を投げかける」ためだと評価する。理非善悪の分別を直観的に感得し、経験や悟性にしばられない「純粋の女」であるから、いざというときには「自分の利害や親の意思を犠牲」にするくらいは平気である。こういう「純粋な感情程美しいものはない。美しいもの程強いものはない」と、「尤も女らしい女」である千代子の「美しい天賦の感情」を誰よりも深く理解し、心の底で深く愛している。千代子とても、表面では須永の冷淡や偏屈を攻撃することはあるにしても、心の底では深く愛していることに変りはない。だから、二人の情愛が男女の恋となって燃えあがろうとしたことがある。それにもかかわらず、須永は千代子を妻として迎えることが不可能に思われ、千代子は須永の苦悩に近よりがたく怖れさせるものがある。二人はお互いに知り尽しているがために、男女の愛として二人を結びつけず、かえって遠ざけていると考えている。

愛して愛し合えぬ二人の不幸は、須永の出生の秘密が一つの誘因であるにはちがいない。母がこの秘密によってしいて須永を千代子に結びつけようとする魂胆、田口夫妻が老練にも娘を遠ざけようとする意図は、さまざまな疑惑を呼んで、「意地の強い男」である須永をして千代子から遠ざからせようとしている。しかも、これは須永の考えるように、「恐れる男」と「恐れない女」という男女の「性質」のちがいに帰せられるところに伏在する「根本的の不幸」の故であろうか。母の魂胆や叔父夫妻の意図は、須永にとっては、その「性質」にもとづく疎隔をつくりだしている。千代子が実業家の娘として「頭と腕を挙げて実世間に打ち込んで、肉眼で指す事の出来る権力や財力を攫《つか》まなくつては男子でない」と、そういう働きぶりを要求するであろうし、また「要求さへすれば僕に出来るものとのみ思ひ詰めてゐる」と、結婚したのちの結果を勘ぐり、そこから生ずる千代子の不幸や失望を予見する「意志の弱い男」である。たしかに純粋で美しい千代子は世の何ものをも恐れない強い女――「恐れないのが詩人の特色」であるから、「風の如く自由に振舞ふ」であろうし、自我の内面的真実に生きる須永は何よりも先に結果を考えて取越苦労する「恐ろしい事丈知つた男」――「恐れるのが哲人の運命」であるから、二人の性格のちがいを誇大に考え、性格の悲劇とみることもできるであろう。しかしこれらの条件は、二人の生いたちや性質からきた「頗る怪しい絆」を「彼等は離れる為に合ひ、合ふ為に離れると云つた風の気の毒な一対を形づくつてゐる」「彼等が夫婦になると、不幸を醸す目的で夫婦になつたと同様の結果に陥るし、又夫婦にならないと不幸を続ける精神で夫婦にならないのと撰ぶ所のない不満足を感ずる」と説明する松本の警句に示唆された素因にとっては、なお副次的なものだとも考えられる。あの『門』の静かな夫婦の堅い結合の底にも、いざという場合に、その愛の交りにおいてすら乗り越すことのできぬ亀裂を認めたような、近代的男女の、人間の運命が伏在することを、漱石はみてとっていた。

このことは大学三年から四年にうつる鎌倉での夏休みの出来事によって暗示される。二人の間には高木という英国帰りの紳士、この第三者の出現によって波紋が点ぜられる。須永は「自分の所有でもない、又所有する気もない千代子が原因」になって、我にもあらず高木に「嫉妬心」をもやしてみずから驚く。こういう自分をもてあまして、鎌倉から逃げ帰り、「夫程解り悪い怖いもの」「自分といふ正体」を分析する。高木にたいする嫉妬は明白であるが、「競争心は未だ嘗て微塵も僕の胸に萌ささなかつた」と断言する。「嫉妬心だけあつて競争心を有たない」「自分の矛盾」を反省して、「高い塔の上から下を見た時、恐ろしくなると共に、飛び下りなければ居られない神経作用と同じ物だ」と判断する。須永はここに「性質」をこえた自己の人間存在の根柢に巣くう、思議を絶する「怪しい力の閃き」を感知している。

須永は自意識の苦しみを理と情との矛盾とし、この矛盾を理によって解決するのが「人間の常態」と考える知性的人間である。「僕の頭《ヘッド》は僕の胸《ハート》を抑へる為に出来てゐた」と解し、行動の結果からみて遺憾はなかつたとしている。しかも自己の内部に「命の心棒を無理に曲げられる」ような「活力の燃焼」を感じるたびに、「頭の命令」に服して、頭が強い、胸が弱いと判断しながら、この矛盾は「生活の為の争ひ」であると考えて、「わが命を削る争ひだ」と畏怖の念を感じてきた。だから、アンドレエフの『ゲダンケ』を読んで、「非常に目覚ましい思慮と恐ろしく凄じい思ひ切った行動」、主人公の兇行を知って、正気か、狂気かと慄然としながらも、また羨望をさえ感じる。あたかもこういう思念に疲労して、眠りがたい夜、「千代子の見てゐる前で高木の脳天に重い文鎮を骨の底迄打ち込んだ夢」をみて、自己に戦慄するとともに、風呂場にとびこみ冷い水を頭にかぶせて、怖ろしい罪を浄めようともする。「怪しい力の閃」に伏在する罪の自覚であろう。

「執濃い油絵の様に複雑な」自意識の葛藤、その底にある罪をかいまみて、須永は素朴で控え目な、女としていかにも憐れ深くみえる小間使のお作の姿に「一筆がきの朝貌の様な」すがすがしさをおぼえて、憧憬を感じる。こういうとき、母を送りがてら、不機嫌な須永を案じて千代子が訪れてくる。千代子は高木のことを口にのぼせないでいると、須永は「彼女の技巧《アート》」と邪推し、不覚にもその名を口に出して、なぜ愛してもいず、細君にもしようとしてもいない自分にたいし嫉妬するのか、「貴方は卑怯です」と反撃された。千代子の愛の告白であるが、同時に自己の何ものをも与えず、相手からは一切を奪おうとする愛のエゴイズムにたいする痛烈な批判を意味している。それとともに、『須永の話』をむすぶこの二人の凄じいやりとりは漱石によって「恐れる男」と「恐れない女」となって現れる男女の心情の深みを掘りさげながら、そこに抑えても抑えきれない「我執」——人間存在の根柢にある「怪しい力の閃」に迫ろうとするもののようである。

こういうふうにみてくると、須永の思想は彼をとりまく明治末年の資本制社会の生活機構や封建的家族制を条件としながら、須永の出生の秘密に人間存在そのものを懐疑し絶望するところに成立している。だから須永と千代子との「頗る怪しい絆」の意味が出生の秘密を知って明かになり、「安心して気が楽に」なったにしても、急に解決されるようなものではない。自己責任ならぬこの秘密が人間存在に負うている父母未生以前の、あるいは原罪的なものの自覚の象徴として、「世の中にたつた一人たつてゐる」、淋しいという孤独感を絶望的に深めこそすれ、軽くするようなことはない。小説は旅先からの手紙に「考へずに観る」超越した心境を生活の薬として定立するところに結んでいるが、「一筆がきの朝貌の様な」女にたいする憧憬と同じ思慕であっても、漱石はこれによってこの問題が片づいたと安易に考えているわけではない。逆に自意識の深淵に、さらに深くおりたつことによって、人間存在の底に巣くう「人に見えない結核性の恐ろしいもの」、あるいは「怪しい力の閃き」にいよいよ暗い眼をしてせまってゆかなければならない。『行人』が次に書かれる所以である。

『彼岸過迄』の執筆中に池辺三山が死んだ(二・二八)。修善寺に生死の間にさまよっているとき、長大な軀幹をもって漱石を見舞ってくれた知己三山の思いもかけぬ死を悼んで、『三山居士』(五・二・朝日新聞)を書いた。しかも漱石の斡旋した『土』の作者長塚節は喉頭結核にかかって病牀にあった。『土』のためにその独自性を強調する序文を書いた。漱石もまた胃の調子が悪く苛だち、死の問題についていよいよ厭世的に考えざるをえなかった。そこへ、明治天皇が亡くなられた(七・三〇)。明治に生まれ明治に育った生粋の明治人であった漱石は、明治天皇個人にたいする親愛感を表明するとともに、いわゆる天皇制と称する権力(官僚)機構にたいする忌憚のない批判を加え、すこしも仮借しなかった。(3)「明治のなくなったのは御同様何だか心細く候」(八・八・森次太郎宛)と心境をもらしたのはここから理解される。後の『こゝろ』は遠くここに胚胎する。そこで、この問題はもう少し深く考えたい。中村是公とともに信濃・下野両地方に旅に出て、帰ってから北鎌倉の東慶寺に二〇年ぶりに釈宗演を訪ねて、『初秋の一日』を書いた。しかしこれは参禅のためではなく、中村是公の依頼による宗演の満州巡錫の依頼である。

漱石は、一〇月一三日、第六回文部省美術展覧会(「文展」)の観覧に出かけた。すでに文芸委員会の設置について文展制度の弊害から反対していた漱石は、日本画の新旧両派の角逐から改組なった第六回をみても、政財界の需要や門閥の情実やに煩わされて根本的欠陥は拭うことのできない実情をさらけだし、依然として改まっていないことを知った。そこで『文展と芸術』(一〇・一五―二八・朝日新聞)を書いて、審査の結果が「自分の口を極めて罵った日本画が二等賞を得てゐる。自分の大いに賞めた西洋画も亦二等賞を取つてゐる。して見ると、自分は画が解るやうでもある。又解らないやうでもある。それを逆にいふと、審査員は画が解らない様でもある。又解るやうでもある」と、皮肉をこめたユウモラスな作品評をものした。しかしこの文章で大切なのは、むしろ芸術と功利性の問題であろう。

漱石は冒頭に「芸術は自己の表現に始つて、自己の表現に終るものである」との命題をかかげた。これは芸術の最初最終の目的が自己にあって、他人とは没交渉であることを強調するにあったのであり、社会や親兄弟のような他人を目的にしては不純な「堕落的な仕事」に終ることを警告するものである。しかも新聞雑誌や展覧会に発表しながら仕事をしなければならぬ芸術家は、不幸にしてある程度まで堕落して仕事をしていることになる。しかし本来の芸術家は、芸術家の虚栄心や利害心はどうであれ、自分の仕事中は、「比較的純潔な懐を抱いて、無我無慾に当面の仕事」に没頭するのであり、「此自己に忠実な気分と、全精神を傾けて自己を表現し尽さなければ已まないといふ真面目な努力と勇気と決意」が本来の芸術家の徳であり、そこに「壮快な苦しみ」がある。作品の褒貶・利害その他は結果であって、そこに重大な意味はない。これが文展の審査や及落に大きな意味をもたせるのは本末顚倒した勘ちがいであり、芸術家自身が同じ勘ちがいするのは不見識きわまる。だから、この際、作家と社会公衆とにむかって芸術の根本義を協定したい。現代は個人主義の時代であり、自由を愛するのは自分の天性で、個人主義の立場に立って、「特色ある己れ」を忠実に発揮する芸術にだけ自分は思索を費してきた。「団体が瓦解して個人丈が存在し、流派が破壊されて個性丈が輝やく時期に即して、芸術を云々するのが余の目的である」ことを、改めて確認した。

漱石は『職業と道楽』を敷衍して述べ、個人主義文学の担い手として、あくまでも本来の自己自身になることの決意を表明するとともに、ようやく独占的地位をかためてきた資本制社会のなかにあって、孤独な芸術家の苦衷と運命とを表明したともみられる。持病と闘いながら『彼岸過迄』を書きあげた漱石をおそった深い孤独感でもあれば[4]、また社会公衆にたいする自己の態度の反省であり、次に着手するはずの『行人』をあくまで「特色ある己れ」に忠実であろうとする決意でもあった。

(1) 須永の一人息子である市蔵が父親にもった鋭敏な観察力、母親にたいしては観察の対象としない親炙——この結果、父親が「おれが死ぬと御母さんの厄介にならなくつちやならないぞ。知つてるか」といったことの疑惑、母親が自分の血をひいた田口千代子を市蔵の嫁と定めることで、自分と息子との間の結びつきを確保しようとする苦労や、あるいは母親が亡父を「世間の夫のうちで最も完全に近いものの様に説明」することの内心の努力にたいする疑惑は、漱石が委曲をつくして描くように「中学から高等学校に移る時分」の市蔵の情操を毒し、「僻んだ」ものにする。『彼岸過迄』の重要な伏線であるが、これは市蔵の自我の存在の根の深淵のために、作者の設けた一つのメルクマアルとしての意味において解すべきものと考えたい。

(2) 漱石が社会関係を男女関係の一点に切り落して考えるのは『彼岸過迄』が最初ではないこと勿論である。すでに『文学論』その他でこの点に着目し、実際、この意味で、漱石の全作品は書かれている。それにも拘らず、ここで敬太郎の「観察点」として改めてもちだされたのは、この小説において、外部的条件を前提して切り落され、内部的関係に視点が移されることとの、漱石における意識的なこころみだからである。

(3) 明治天皇の崩御を悼む漱石の感想は、決して盲目的国粋主義ではなく、開明的進歩主義である。このことは大正元年五月一〇日の行啓能の感想から、七月三一日までの日記に明白である。

(4) 芸術家というものは結局孤独だというようなことは、大正元・一二・四・津田青楓宛の手紙に明確に記されているが、『文展と芸術』はその理論的主張である。

二 『行人』

一九一二年(大正元年)、『彼岸過迄』についで、正宗白鳥の『生霊』(大正元・五・一—七・二五)、中村古峡の『殻』(同七・二六—一一・一五)の後をうけて、第七の新聞小説『行人』(大正元・一二・六—二・四・七・中絶・七・一六—一一・一五)を発表した。この執筆中、三度胃潰瘍が発病し(三月下旬)、「いつ死ぬか分らぬ」(五・三〇・松山忠二郎宛手紙)と心弱くももらすような傷手を嚙みしめながら、近代知識人の典型としての漱石の不安と絶望と孤独とを、この一篇のなかに凝集して描いて行くのである。だから、ここには漱石の体験が豊富にとりいれられ、漱石夫妻の暗闘が秘められていた。(1) そこで、『須永の話』を展開して、普通の静かな夫婦関係の根柢にある男女両性の冷たい相剋が主題としてとりあげられる。

まず初めに三つの結婚または夫婦の話が緒口として描かれている。第一は岡田とお兼さんの場合、第二は佐野とお貞さんとの縁談、第三は友人三沢の語る破綻に終った結婚の場合である。これらの結婚はすべて明治時代の慣習によって形式をととのえて行われながら、内容からいえば極めて手軽に結ばれたものである。そこでは男女結合の愛の交りが前提とはされず、むしろ成りゆきにまかせられたという気配さえうかがわれる。岡田の場合がそうであり、現に進行しているお貞さんの場合がそうである。それは、そうであっても、岡田の場合のように尋常普通の夫婦生活は成立するかもしれない。が、危い綱渡りをしているようなもので、一つまちがえば結婚に破れた狂女の場合を生む危険をともなっている。小説『行人』はまさにここから主題に近づき、狂女の場合は最初にこの主題を照らそうとする意図をしめしている。

『行人』の副主人公長野二郎は『彼岸過迄』の田川敬太郎と同じく現代の夫婦生活の断面を「探偵する」役目を背負いながら、後に明かにするように、もっと深く『行人』の世界の内面につながっている。二郎が大阪に出かけて友人の三沢に会うと、思いがけず胃腸病院に入っている。漱石は大阪講演後入院した病院の見聞を凝集して、事細かに人間は相互に深く内面的に理解することが可能であろうかの問題を問うている。その顕著な例は三沢と酒席で相手になった売れっ子の美しい芸妓の場合である。「向うは僕の身体を知らないし、僕は又あの女の身体を知らないんだ。周囲に居るものは又我々二人の身体を知らないんだ。それ計りぢやない、僕もあの女も自分で自分の身体が分らなかつたんだ」。二人は身体に巣くう病の深さをお互いに知らなかったばかりでなく、みずからも知らなかったがために、酒を飲みすぎて、重症の身を病院に横たえる。三沢は知らずして犯した自分の罪の深さを自覚する。これはただ身体の病気ではなくて、人間存在そのものに巣くう病の象徴であろう。だから、美しい芸妓と顔貌の似た狂女の話につながる。三沢の父が媒酌し、不縁になった狂女は三沢の家にひきとられた。三沢が外出するたびに玄関まで送りに出て「早く帰つて来て頂戴ね」という。不幸な結婚の内容を暗示している。この娘は夫の不始末から孤独と沈鬱とに気を狂わせ、狂気の底からはじめて真意をもらしている。三沢にとっては狂女の訴えが別れた夫にたいするものか、自分にたいするものか判別したくないままに、自己にたいする孤独の訴えとして信じようとする。しかしこの娘は人間存在の根源に巣くう病のために、相互に理解ができず、疑惑や孤独のうちに相互に傷つけあい、狂気となって「本体」を現したのであり、その孤独な訴えのなかに人間関係の佗しさやはかなさを叫ばなければならぬ人間の運命を描き出し、まさに『行人』の主題の所在を明示している。

『行人』の主人公は長野二郎の兄夫妻——一郎とお直である。一郎夫妻は宗助夫妻のように過去の罪過もなく、市蔵の場合のように複雑にこじれた関係もなく、世間一般の平凡な結婚をして一人の女子をもうけた尋常普通の夫妻である。それにもかかわらず、相互に理解しがたいために嫉妬に苦しみ、市蔵と千代子との場合にまさる不幸を生んで亀裂を深める哀れな一組の男女である。しからば、まず一郎夫妻の悲劇は性格の悲劇であろうか。

長野一郎は「学者」で、「見識家」で、「詩人らしい純粋な気質」をもった「好い男」である。明治の上流階級に生まれた大学教授として最高の知識人の一人である。古い家族制度の家長権を代表し、今は隠退した昔堅気の父によって「長男に最上の権力を塗り附けるやうにして育て上げた結果」、我儘で気むつかし屋になったようであるが、それはタイラントという意味ではない。むしろ神経が鋭敏なまでに詩人らしい情熱と学者らしい誠実をもって「まこと」を尊重し、「大小となく陰で狐鼠々々何か遣られるのを忌む正義の念」に富んでいる。だから、母が彼に内緒で二郎に小遣を渡したり、今は社会的な勢力のなくなった父の影響力をふりまわしたりする虚偽が気にいらず、その反撥を不機嫌としてみせるだけである。父は社交家であり、隠退してからも社交を好み、朝顔づくりに精を出しているが、一郎によると、「一種妙におつちよこちよいな所」があり、「今日の日本の社会は……皆上滑りの御上手もの丈が存在し得るやうに出来上がつてゐるんだから仕方がない(2)」と思っているものの、「少しも摯実の気質がない」と眉をひそめる。こうして自己の誠実を信じ、周囲の親しい人たちに「本当の所」「純粋のもの」をもとめながら、常に虚偽に裏切られて絶望を味うばかりである。妻のお直にたいしても同じで、日夜一緒にくらし、心の底から愛し、愛されたいと思いながら、しっくりと融けあわぬ何かを感じて、孤独感を深めている。

お直の方はどうであろうか。もともと「無口な性質」で、この気むつかし屋の夫に仕えて気骨のおれるために、淋しい色沢の頬をもっている。夫ばかりでなく、両親の間にはさまり、「火と水の様な個性の差異」のある小姑、大兄さん贔負の二郎の妹お重があり、こういう家の重荷に、尋常普通の明治の娘が母の批評するように冷淡な女にみえるのかもしれない。二郎の見解によると、温かい女ではないまでも、相手から熱を与えると、「温め得る女」であり、天然の愛嬌はないかもしれぬが、「此方の手加減で随分愛嬌を絞り出す事が出来る女」である。また後に考えたように、本来、世間の習俗を越えた「囚はれない自由な女」であり、「何物にも拘泥しない天真の発現」を行動できる女であったろう。しかも「凡てを胸のうちに畳みこんで、容易に己を露出しない」がために、落ついた、品位のある、無口な「しつかりもの」にみえ、いつでもポオカ・フェイスをつくっていられる性質として現れている。お直は妻として、二郎に注意されるまでもなく、自分の夫が「潔白すぎる程潔白で正直すぎる程正直な高尚な男」でもあれば、十分に「敬愛すべき人物」であることを承知していて、何の不足も口にせず、できるだけのことは夫に尽してきている。ある意味では、一種の旋風の起るような状態の一郎を上手に丸めこむ手腕をもっている。それでいて、夫を愛し愛されようと努めながら、何かしっくりいかないものがあって、絶望を深め、この家族の間にあって、「忍耐の像」をつくりあげている。「御世辞を使ふ」ことは夫も嫌いなら、自分も大嫌いといって、積極的に二人の溝を埋めるような手段も余地も発見できない、「大火に攫はれるとか、雷火に打たれるとか、猛烈で一息な死に方がしたい」と二郎にもらすほど、思案に疲れきって、スピリットを失った「腑抜け」「魂の抜け殻」になっていることを悲しくも自覚していた。

「妾なんか丁度親の手で植ゑ附けられた鉢植のやうなもので、一遍植ゑられたが最後、誰か来て動かして呉れない以上、とても動けやしません。凝としてゐる丈です。立枯れになる迄凝としてゐるより外に仕方がないんです。」

ある日、お直が二郎にいっている。この言葉は日本の妻が自己の宿命に耐えて生きる有りかたを雄弁にしめしている。ここには「何うしたつて為るやうに為るより外に道はない」という日本の妻らしい東洋的な諦めが語られるとともに、逆にその故にまた「測るべからざる女性の強さ」——東洋の土についた日本の女性の強さが描かれている。

一郎夫婦の間に生まれた距離は二人の性質のちがいが生んだ悲劇ではなく、むしろ二人の強烈な自我の角逐を含んでいるようである。しかも、二郎のいうように、「同じ型に出来上つた此夫婦は、己の要するものを、要する事の出来ない御互に対して、初手から求め合つてゐて、未だにしつくり反りが合はずにゐる」とすれば、一郎夫婦の間にある深淵はむしろ一郎自身の存在の根源にある深淵であり、性格の悲劇とすれば一郎自身の悲劇といってよいものである。後に一郎自身が謙虚に反省し、またその憧憬したお貞さんに真剣に注意したように、お直との間の距離も実は夫の一郎が妻をスポイルして、みずから招いたものである。

「何んな人の所へ行かうと、嫁に行けば、女は夫のために邪になるのだ。さういふ僕が既に僕の妻を何の位悪くしたか分らない。自分が悪くした妻から、幸福を求めるのは押しが強過ぎるぢやないか。幸福は嫁に行つて天真を損なはれた女から要求出来るものぢやないよ」。

『行人』の悲劇は一郎の悲劇ではあるが、単なる性格の悲劇であろうはずはない。すでに『彼岸過迄』までたどってきた漱石は、もちろん、ここで性格の悲劇をみているのではなくて、人間存在の根源にある病を一郎の存在の仕方を通じて考えている、根本的に人間の運命にかかわる問題に思念をこめていたのであり、岡田夫婦、お貞夫婦、これからできあがる三沢夫婦、二郎夫婦――あらゆる夫婦の間にひそんでいる問題である。漱石はこれをどういうふうに追求していったか。

一郎は「場所の名や年月を全く忘れて仕舞ふ癖」に、「事件の断面を驚く許り鮮やかに覚えてゐる」のが特色だという。これは「事件の断面」を詩的映像として記憶する詩的想像力を意味するようであるが、事件の因果関係ではなくして、事件を「断面」において知的に抽象し、意味を見出す「哲人」の分析的知性でもあるだろう。しかも一郎は不幸にも「現在自分の眼前に居て最も親しかるべき筈の人」――妻を対象にして、その「心を研究」しなければ、居ても立っても居られなくなった。もとより、二郎のいうように、「いくら親しい親子だつて兄弟だつて、心と心とは只通じてゐるやうな気持がする丈で、実際向うと此方とは身体が離れてゐる通り心も離れてゐるんだから仕様がない」ことは知っているが、同時にメレディスの書簡のなかで書いてある「自分は女の容貌に満足する人を見ると羨ましい。女の肉に満足する人を見ても羨ましい。自分は何うあつても女の霊といふか魂といふか、所謂スピリットを攫まなければ満足が出来ない」という知的要求を如何ともできないのである。一郎にとっては女の「正体」が不可解であり、お直の「性質」が不条理であり、これが男にとって、堪えがたい偽瞞となって、これを大様に信じることができない。(3) むしろ「考へて、考へて、考へる丈」であり、考えれば考えるほど、遠ざかるばかりである。こういう不信の眼で、妻の正体をみようとすれば、「兄より却て心置なく話し」をする二郎の情景と、兄より早く結婚する前から二郎の知っていたこととを結びつけて（もちろん、これだけではない）、妻が心の奥の底では二郎を愛しているのではないかという疑惑も生まれてくる。「あゝ己は馬鹿だ」と自嘲しながらも、妻の挙措がすべて「己の考へ慣れた頭を逆に利用して」「向うでわざと考へさせるやうに仕向けて来る」ということにもなる。これはまさに知性の悲劇にちがいない。この悲劇は一郎を追いつめて、二郎に妻の「節操を試す」という「倫理上の大問題」まで決行する。(4) もちろん、何事も起るはずはないし、二郎とても兄の満足のゆく報告ができるはずはない。

その後、一郎一家の生活は平常通りで、変った様子もなかった。一郎はいよいよ学者らしい皺を深く刻み、書斎にこもり、書物と思索の中に沈み、孤独の淋しさを伝えていた。お直とお重との若い女同士の暗闘はつづき、一人娘の芳子は一郎を恐れていた。一郎は「己は講義を作るため計りに生れた人間ぢやない。然し講義を作ったり書物を読んだりする必要があるために肝心の人間らしい心持を人間らしく満足させる事が出来なくなつてしまつた」と学問が、結局、人間らしい生活を抽象化していることを弟にこぼすとともに、自分の妻子や両親をあやす分別や技巧を手にいれるのをいさぎよしとしないほど、真直に成長し、こういう技巧や分別に生きている周囲を呪うように苦々しく思っている。ある日、父が二人の客を招き、「女景清の逸話」として盲目女の話をした。一郎は女が二〇年も解らずに煩悶していたことを一口にごまかす父の軽薄に、ますます周囲の虚偽を感じ、孤立と絶望を深めた。二郎は兄の疑惑を軽くするために家を出ることにした。別を告げに書斎にいくと、パオロとフランチェスカの恋の話をもちだし、「人間の作った夫婦といふ関係よりも、自然の醸した恋愛の方が、実際神聖だから」(5)、時がたつと、肝心の夫の名は世間から忘れられると、陰気な笑い声をたて、永久の敗北者だと、「影を踏んで力んでゐるやうな哲学をしきりに論じた」りした。こういう一郎が二郎の別居によって回復されるはずはなく、明晰だといわれた講義にも前後辻褄のあわないところが出たりした。二郎の別居後、夫婦の間は一郎が手を出すまでに悪化し、それがいよいよ二人を傷つけていることを知った。一郎はテレパシの研究にこって、お重を実験に使ったり、あるいは「死後の研究」やスピリチュアリズムに眼をさらして、「詰らんもんだ」と嘆息する。(6)一郎が精魂をこめて打ちこんでいるかにみえる自己の学問にも動揺と疑惑をむけはじめている徴表であろう。家族のものは一郎の健康を気づかい、その精神状態を心配し、その未来を「恐ろしいX」とまで危んだ。同僚のHさんに勧めてもらって、一郎はHさんと夏休みをすごすこととなった。『Hさんの手紙』はこういう一郎の心の世界を解明する告白として『行人』の末尾につけられている。

『Hさんの手紙』を読むと、一郎が『彼岸過迄』の市蔵の後身として頭と胸との矛盾に苦しむ近代の自意識を表し、『それから』の代助と呼応して、「研究的な僕」から出発して、高い教養と深い教養とを積み重ねながら、このために非実行的、非生活的となり、進退に窮し、不安と絶望とに懊悩する近代知識人の一つのすぐれたタイプであることが、よく納得される。「知は力である」Scientia est potentia と近代の初めにあのデカルトが掲げた知識の力が自縄自縛となったばかりか、両刃の刃となって無為無能の力を自らの上に加え、「永久の敗北者」とつぶやかなければならぬ近代人の姿であり、また漱石の「自画像」でもあった。それ故に、ここでできるだけ論理的に整理して、重複を恐れず簡単にみておかなければならない。

「人間の不安は科学の発展から来る。進んで止まる事を知らない科学は、かつて我々に止まる事を許して呉れた事がない」と、兄一郎はいう。人間の不安の原因を科学の発展にもとめることは笑うべき混同と咎めることはできるであろう。しかし同時に一郎の「多知多解」といわれる分析的知性への信頼が語られている。だからこそ美的にも倫理的にも知的にも鋭敏な「天賦の能力」と「教養の工夫」とをつんで、「是非、善悪、美醜の区別に於て、自分の今日迄に養ひ上げた高い標準を、生活の中心としなければ生きてゐられない」のである。それは現実の生活からは抽象された「高い標準」であるから、現実生活からみれば、「針金の様に際どい線」であろう。よしそうであっても、「自分の斯うと思つた針金の様に際どい線の上を渡つて生活の歩を進めて」行くほかはない。なるほど、Hさんの語るマラルメの逸話よりも烈しい窮屈なものである。しかもこのような「高い標準」を世の中の人にも要求して、「相手も同じ際どい針金の上を、踏み外さずに進んで来て呉れなければ我慢しない」。これはただの我儘ではなくて、自分の思うように働きかける世の中を想像すると、美的にも倫理的にも知的にもはるかに進んだものになると考えられるからである。

もちろん、鋭敏な一郎は、自分が「図を抜いて地理を調査する人」であっても、「脚絆を着けて山河を跋渉する実地の人」でないことを、よく知っている。「研究的な僕」であっても、「実行的な僕」ではないことを心得ている。自分のたてた「高い標準」が非実際的で非生活的であることを知っており、これをさらりと擲って、世間尋常の幸福をもとめることは堕落だと考えている。むしろ「それに振ら下がりながら、幸福を得ようと焦燥《あせ》る」のである。「幸福の研究」ばかりしているかぎり、「幸福は依然として対岸にある」はずである。この矛盾はよく知っている。そのくせ一郎は「普通の人間」となって、同じ経験をしたいと願っている。「僕は迂濶なのだ。僕は矛盾なのだ。然し迂濶と知り矛盾と知りながら、依然として藻搔いてゐる。僕は馬鹿だ」といい、「然し何うしたら此研究的な僕が、実行的な僕に変化出来るだらうか。どうぞ教へて呉れ」とねだるのである。一郎の言行が真摯であればあるほど、周囲の人からは非常識にみえ、我儘にみえる所以である。

こういう研究的自己は当然自分自身をも対象化して、これにむけるとともに、二元としてのこらなければならない。いわんや「昔から内省の力に勝つてゐた」のだから、「自分の心が如何な状態にあらうとも、一応それを振り返つて吟味した上でないと、決して前へ進めなくなつてゐます。だから兄さんの命の流れは、刹那々々にぼつぼつ中断されるのです。食事中一分毎に電話口へ呼び出されるのと同じ事で、苦しいに違ひありません。然し中断するのも兄さんの心なら、中断されるのも兄さんの心ですから、兄さんは詰まる所二つの心に支配されてゐて、其二つの心が嫁と姑の様に朝から晩迄責めたり、責められたりしてゐるために、寸時の安心も得られないのです。」ジェイムズの「意識の流れ」またはベルグソンの「生命の流れ」をかりて、見る自己と見られる自己、研究的自己と行動的自己、「整つた心」と「乱れた心」——つまり内省的な力の威圧、または働きすぎる理知によって分裂し矛盾する「二つの心」の有りかたを解釈する。一郎が「人間全体の不安を、自分一人に集めて、そのまた不安を、一刻一分の短時間に煮詰めた恐ろしさを経験してゐる」というのはこの意味であろう。「書物を読んでも、理窟を考へても、飯を食つても、散歩をしても、二六時中何をしても、其処に安住する事が出来ない」不安でもあろう。充足されおわる目的がないから、「方便」にもならない不安であろう。一郎はこうして「宿なしの乞食」のように二六時中不安においかけられるのである。

研究的自己を周囲にむけて「純粋な誠」をもとめようとすれば、周囲は悉く偽で成立していると考えられ、人生をエレヴェイタの四角な箱の中に限定して牢獄化し、必然的に孤立する孤独感を深めざるを得ない。両親も、妻も、社会もみな「偽の器《うつは》」であって、唾棄すべきものにほかならない。それればかりでなく、社会が自己の誠実すらも理解できないのは当然として、親しいはずの家族たちまでが理解しないのはいかにも不思議でもあれば、むしろ軽蔑すべきことである。Hさんが“Keine Brücke führt von Mensch zu Mensch”というドイツの諺をひいて、人間の相互理解の困難を手軽にみとめようとすれば、「自分に誠実でないものは、決して他人に誠実であり得ない」と、その好意のなかに鋭く「誠を装ふ偽り」をかぎつけて、ひとりさっさと山道を駈けおりながら、“Einsamkeit, du meine Heimat Einsamkeit!”と口ばしりさえする。もちろん、彼とても相互に理解できて、孤独を脱却し、人間の幸福をわかちたい。研究的な自己をさらりと擲って、できれば、世俗の寛容と技巧とで、人間生活をたのしみたい。しかし「誠実」に裏づけられない寛容や技巧は「人格の堕落」であり屈辱であろう。妻君の頭に手を加えた時を顧て、苦渋にみちた顔で、次のようにいう悲痛な言葉には、夫婦の溝の深さを知るばかりでなく、愛情に飢えた悲願がにじみ出ている。(7)

「一度打っても落ち附いてゐる。二度打つても落ち附いてゐる。三度目には抵抗するだらうと思つたが、矢つ張り逆らはない。僕が打てば打つほど向うはレデーらしくなる。そのために僕は益無頼漢扱ひにされなくては済まなくなる。僕は自分の人格の堕落を証明するために、怒りを小羊の上に洩らすと同じ事だ。夫の怒りを利用して、自分の優越に誇らうとする相手は残酷ぢやないか。君、女は腕力に訴へる男より遙かに残酷なものだよ。僕は何故女が僕に打たれた時、起つて抵抗して呉れなかつたと思ふ。抵抗しないでも好いから、何故一言でも云ひ争つて呉れなかつたと思ふ。」

かような一郎にとって「恐ろしいX」としての未来はどこにあるか。

「死ぬか、気が違ふか、夫でなければ宗教に入るか。僕の前途には此三つのものしかない。」

一郎は前途にはこの三つのものしかないとはっきりと自覚している。しからば、まず宗教はどうであろうか。

一郎とても、「天然の儘の心を天然の儘顔に出してゐる」刹那の顔をみれば、宗教心に近い敬虔の念をもって、尊いと思うことがある。「車夫でも、立ん坊でも、泥棒でも、僕が難有いと思ふ刹那の顔、即ち神ぢやないか。山でも川でも海でも、僕が崇高だと感ずる瞬間の自然、取りも直さず神ぢやないか。其外に何んな神がある。」このように人間の顔や山川の自然に神をみることは一種の汎神論的傾向といえるが、「邪念」の彼岸にかいまみる憧憬であって、一郎の分析的知性の苦悩がいわせることに他なるまい。実は「神でも仏でも何でも自己以外に権威のあるものを建立するのが嫌ひな」自我中心主義者である。だから、「神は自己だ」といい、「僕は絶対だ」といい、そこから一切を所有する境地に入ること、それを親しく経験することを理想として望んでいるのである。この自己即絶対の「境地に入れば天地も万有も、凡ての対象といふものが悉くなくなつて、唯自分丈が存する」のであり、「其時の自分は有るとも無いとも片の附かないもの」であり、「偉大なやうな微細なやうなもの」であり、「何とも名の附け様のないもの」であり、これが「絶対」であるとする。「絶対を経験してゐる人が、俄然として半鐘の音を聞くとすると、其半鐘の音は即ち自分だ」という。これが「絶対即相対」で、「自分以外に物を置き他を作つて、苦しむ必要がなくなるし、又苦しめられる掛念も起らない」と、生死を一如とし、生死を超越した禅的理想を望んでいる。「どうかして香厳になりたい」という悲壮な願望である。しかしこれくらい一郎の自我の哲学からかけはなれたものはない。だから「僕の世界観が明らかになればなる程、絶対は僕と離れて仕舞ふ」のである。

一郎は「纔《わづ》かに自己の所有として残つてゐる此肉体さへ（此手や足さへ）遠慮なく僕を裏切る」と、研究的自己の認識の限界を自覚した絶望の声をはなちながら、なお自己の研究的知性を、「意解識想」を、ふりまわさずにいられなかったのだからして、「多知多解」を煩と知ったにせよ、「一撃に所知を亡ふ」ような宗教に身をゆだねてしまえるはずはない。一郎の前途は度し難い人間の罪業の深さのために宗教にさえ入りえないとすれば、残るのは死か狂気かであり、死ぬのもなお未練があるとすれば、自己の身心をふくめて一切を敵としなければならぬ狂気が残るだけであろう。いいかえれば、漱石は一郎を狂気にまで追いつめたのであり、この一郎において狂気という人間の実存性の深淵をまともにみつめながら、そこからの脱却を考えていたとしか考えられない。

すでに述べたように、『行人』の執筆中に胃潰瘍が再発し、「Hさんの手紙」をふくむ『塵労』の部分は中絶後に書きつがれた。[8] 長野一郎が漱石の内面生活の告白であるとすれば、[9]「私は今道に入らうと心掛けてゐます」（大正二・一〇・五・和辻哲郎宛）と漠然といったことは、漱石みずから一八九六年（明治二九年）の『人生』いらい恐ろしさを知っていた、あの「狂気」の底をくぐり、そこから脱却することを切実にもとめているのである。それがどのような「道」であったかは推測できるはずである。他方において、この病中から書画をかいて、その日をすごし、気をまぎらしていた。『行人』脱稿後は、水彩画をもって南画風の境地をたのしんでいた。

（1）漱石の日記断片には明治末年から大正二年のものが欠けている。本多顕彰は、かつて大正二年の日記の欠如について疑問を呈した。『彼岸過迄』のメモが存し、『行人』のメモが現存しないことは、漱石の場合、たしかに本多の指摘するような疑惑をおぼえさせる。新書版全集に新しく入った「大正三年」の日記（『世界』に初出）からも、漱石夫婦の暗闘が再度の胃潰瘍の発病その他の不快と共に、漱石の厭世観を養っていたことを想像させる。

（2）『現代日本の開化』の思想をうけている。

（3）女性的本質の謎という問題は『虞美人草』このかた漱石の問題の一つである。これは和歌の浦に出かけた後に、常識的な二郎が「凡ての女は、男から観察しようとすると、みんな正体の知れない嫂の如きものに帰着するのではあるまいか」という男の観点に立った観察の限界をいうと、一応は考えられる。もちろん、漱石はこのような解釈にとどまっていないことは、本書で追求する通りである。

（4）　妻の節操を試すとは、妻にとって人格上の大きな侮辱であり、いかなる意味においても弁護されるようなことではない。これについて派生する問題はあるが、ここには触れない。ただ一郎の立場に立っていえば、我執が潔白な妻を試みるようなところまで、懐疑に妄想をともなって深まり、こんな生命がけの冒険までしなければならぬ窮状に陥っていたことを知ればよい。小説の構成上は『彼岸過迄』の田口要作の悪戯に似ているが、勿論、思想上の意義は比較にならぬ重要性をもっている。

（5）　自然と道徳の関係は『それから』にも出ているところに同じ。

（6）　『思ひ出す事など』に呼応している。

（7）　お直の方でも同じで、この事件の結果、「美しい己の肉に加へられた鞭の音」を、「夫の未来に反響させる復讐の声」と二郎に思わせるような冷淡な報告をし、また旅行に出かけたのは、「妾を妻と思つていらつしやらない」「兄さんは妾に愛想を尽かしてゐるのよ」といっているところに現れている。

（8）　『行人』の中絶中に、与謝野晶子の『明るみへ』（大正二・六・五—七・一五）が連載された。

（9）　次のような手紙がこれを証明している。

「行人の原稿などは人の事にあらず自分の義務としてまづ第一に何とか片づけべきを、矢張まだ書き終らざるにて……勿論社会とも家族とも誰とも直接には関係なき事柄故他人から見れば馬鹿もしくは気狂に候へども、小生の生活には是非とも必要に候」（大正二・七・一八・中村蓊宛）「『始めて確信し得た(る)全実在』を頂戴した……人の事ではないみんな自分の頭の上の事です。私はあゝいふ意味の事で切実な必要を感じつゝいまだ未程の地に迷つてゐます」（同・九・一・沼波瓊音宛）

三　『こころ』

一九一四年（大正三年）、第八の新聞小説『こころ』（大正三・四・二〇—八・一一）は、長田幹彦の『霧』（大正二・一一・一六—大正三・四・一九）の後をうけて、連載された。『行人』から五カ月、この間に『模倣と独立』の講演その他があるが、次節にまとめて考えることにする。

『こころ』は第二の三部作の終篇であり、第二の三部作に共通する特色と差異をもっている。第一に連作形式をとっているが、前二作とちがって独立性が少く、漱石が単行本「自序」にいうように、『こころ』という総題のもとに入る三篇の短篇の一つ『先生の遺書』を単行本にするときに「『先生と私』、『両親と私』、『先生と遺書』とに区別し」たもの、いいかえれば、この一篇は後から体裁をそろえて連作形式としただけのものである。(1) だから、連作ではなくて、各章と考える方が穏当である。第二に、前二作と同じく、「私」をたてて田川敬太郎や長野二郎のような語り手によって話を展開している。しかし「私」は単なる語り手の敬太郎ではなく、また兄弟であって、疑惑の相手とされる二郎でもなく、「先生」にたいし精神的親子と称してもよい弟子という緊密な関係に立ち、性格が同じになっている。第三に、これは第一の三部作の終篇『門』に対応し、『門』が『それから』の反措定であったように、『行人』の反措定である。すなわち、生活から切りはなされた自己肯定の一郎を狂気に追いつめたに対し、生活の係蹄にかかって人間の罪に陥った先生の自己否定を死に追いつめる。そこで小説の主人公先生夫妻は宗助夫妻と同じく「静かな夫婦」であっても、後にのべるように、その性格も、経歴も、大きくちがっている。そして、第四に、『こころ』において、これまでの作品とちがって、話の進行が数カ年（高校から大学卒業まで）にわたり、数カ月の頂点においてだけ書かれてはいない。ここで「私」は「先生」の内部を「探偵」していく時間が、「探偵」、すなわち「研究的に働きかける」のではなくて、先生夫妻に親炙していく、すなわち「人間らしい温かい交際」を深める時間として、意義をもっている。それは先生にとってまた別の意味をもった時間でもある。

「私」は田舎に山林田畑をもった地主の次男で、東京の高等学校に学んでいる。ある夏、鎌倉に友人と海水浴に出かけて、ふとしたことから、「非社交的」な先生に知りあった。(2) そして東京に帰ってから、先生の家を訪れ、先生が毎月同日に雑司ヵ谷の友人の墓参に行くのを知った。私は先生が「人間を愛し得る人、愛せずにはゐられない人、それでゐて自分の懐に入らうとするものを、手をひろげて抱き締める事の出来ない人」と直観した。それで「近づき難い不思議があるやうに思われながら、「何うしても近づかなければ居られないといふ感じ」がして、だんだん懇意になった。「私」は無心に先生を慕い、「淋しい人間」という先生も「私」のなかにある淋しさを感じとって、「私」の純真を好んでいる。大学生になってからも、学校の講義よりも「世間に名前を知られてゐない」先生の談話を有益と思い、「教授の意見よりも先生の思想の方が有難い」ので、いよいよ敬愛を深めていく。時折、音楽会か小旅行に出かけるだけの先生夫妻も、この純真な青年の訪問に、なにほどかの慰めを見出すようになった。「私」は父の病気のために故郷に帰っても、先生の姿は一日も忘れられず、父と先生とを心のうちで比較する。そして、父よりも先生の命や力が自分の血や肉の中に流れ喰いこんでいるのを知って、今さらに驚く、大学を卒業して故郷に帰った「私」は田舎の両親との間に間隙が大きくなり、自分の職業を先生に頼んだりするのを苦痛とするまで先生を敬愛し、明治天皇の崩御を伝える新聞を読んでいる重態の父のかたわらで、東京の暗い空の方を眺めながら、「一点の燈火の如くに先生の家」を思いうかべるのだ。

さて、「私」がかように先生と人間らしい温かい交際をつづけている三、四年ばかりの間に、先生の厭世的な人生観に深い真実をくみとっていった。それは私の眼には「仲の好い夫婦の一対」と映じる先生夫妻が、ある時、次のような告白をするところから次第に展開される。

「私は世の中で女といふものをたつた一人しか知らない。妻以外の女は殆んど女として私に訴へないのです。妻の方でも、私を天下にたゞ一人しかない男と思つて呉れてゐます。さういふ意味から云つて、我々は最も幸福に生れた人間の一対であるべき筈です」。

先生夫妻が幸福な人間の一対であるべきはずだということの裏には、そうでないことが示唆されている。そして奥さんが「子供でもあると好いんですがね」ともらせば、先生は『門』の宗助のように「子供は何時迄経つたつて出来つこないよ」「天罰だからさ」と高らかに笑う。しかし宗助夫婦とちがって、奥さんの知らぬ先生の秘密であることが匂わされてくる。ここから恋愛罪悪観と神聖観とが「私」には不得要領なままにもち出されている。さらにそれは明治の「自由と独立と己れ」という精神の必然の結果として、一方に自己不信をふくめた人間不信が語られ、他方にこの人間嫌いの孤独の淋しさが述べられる。こういう厭世観の根柢に親友の変死が原因としてあるらしいことも知らされる。また先生は学問や識見においてすぐれているのに、「私のやうなものが世の中へ出て、口を利いては済まない」と沈んだ調子でいう。一時は非常な読書家であったが、現在はその方面に興味がなくなっているようだ。『門』の宗助はいわば読書を捨てて日常生活に埋もれたのに対し、先生は「幾何《いくら》本を読んでもそれ程えらくならないと思ふ所為《せい》」であり、「知らないといふ事がそれ程の恥でないやうに見え出した」からであるという。知識人としての誇りをすてて謙虚になっていることであり、読書が人間形成に役だたないことを知っていることである。最後に財産の問題がある。世の中には悪い人間という特殊な人間があるのではなく、普通の人間が財産に関連して、「いざといふ間際に、急に悪人に変る」と、先生の親族についての経験から重大な忠告をする。

要するに、先生の厭世的人生観は、恋愛、時代、人間不信、財産などの諸問題についての先生の考えかた（思想）であり、「私」を圧迫するような切実な調子をもっている。「私」は、先生の思想の背後に「強い事実」があることをさとった。「自分と切り離された他人の事実でなくつて、自分自身が痛切に味はつた事実、血が熱くなつたり脈が止まつたりする程の事実が、畳み込まれてゐる」と考えた。この故に「私」は先生の過去を知ることで、「真面目に人生から教訓を受けたい」と願うのである。『先生と遺書』はこの要望にこたえるために書かれる。この先生の遺書によって、断章的に描かれてきた先生の思想がその経験的事実によって統一される。したがって、『こころ』の眼目は『先生と遺書』にあるといってよい。

まず初めに先生の告白によって、先生の過去と思想とを相関的に眺めたい。

先生は新潟県の素封家の一人息子である。二〇歳の時に腸チブスによって両親を一時に失い、父の弟、つまり叔父が後事を托された。叔父は「比較的上品な嗜好を有つた田舎紳士」の父とちがって、「事業家」で「県会議員」でもあった。「自分よりも遙かに働きのある頼もしい男」と父に許されていた叔父は、『門』の宗助の叔父と同じに、先生の遺産の管理を托されたのに乗じて、流用し、事業に失敗した。先生が東京の大学に学ぶ間にである。叔父はこれを彌縫するために、『彼岸過迄』の宗蔵の場合に似て、自分の娘つまり従妹との結婚をすすめた。先生がみずから「物を解きほどいて見たり、又ぐるぐる廻して眺めたりする癖」、つまり宗蔵にも似た分析的知性をもって叔父一族の所行に疑惑をもって調査した結果、遺産の横領が明かになった。先生が「私」に語った財産問題についての考えかたはここに根拠する。すなわち、「造り付けの悪人が世の中にゐるものではない」「多くの善人がいざといふ場合に突然悪人になるのだから油断しては不可《いけ》ない」。それは一口にいえば金のためだ。これは漱石がしばしば語ってきた資本制社会における金銭についての考えかたであり、金銭という手段が目的化すること、「下卑た利害心」から結婚問題に利用されること（『それから』の代助の父親の政略結婚にも描かれた）はすでに描かれた。だから、これは従来の作品と同じく自己の誠実を信じ、他人の誠実を疑う、人間不信であり、『こころ』のいわば前提である。

「多くの善人がいざといふ場合に突然悪人になる」ということは、金銭問題だけではない、恋愛問題にもみられる。しかも恋愛問題に関連して、他人を疑い憎む心を自己自身にもむけなければならぬ仕儀になるという痛ましい体験を味った。ここに第二の三部作としての『こころ』に特有な主題が提出されている。

残った遺産を懐に永久に故郷を棄てた先生は軍人の未亡人親娘の家に下宿する。この母娘と親しくなるにつれて、他人に欺かれ、他人を疑い憎んでいたはずの先生は娘を愛するようになった。他人を信じない先生は母が娘を接近させようとしているのではないかと、母に反感をもつ一面、娘にたいする恋愛を深め、母を誤解しているのではないかと惑い、複雑な心をへた。そして、先生の娘にたいする恋が「殆んど信仰に近い愛」であり、「本当の愛は宗教心とさう違つたものでない」と固く信じ、「もし愛といふ不可思議なものに両端があつて、其高い端には神聖な感じが働いて、低い端には性慾が動いてゐるとすれば、私の愛はたしかに其高い極点を捕まへたもの」と考えた。ここに先生の恋愛神聖観の根拠がある。すなわち愛が我執を超えた無私の宗教的な高所に立った極点の姿をとらえて、その働きに驚異するときに発せられたものである。しかし同時に「高い極点」としてあこがれていたことに注意を要する。

こういうとき、先生が子供の時からの親友Kを下宿に同居させたことは、先生の行路に暗い影を投げる第一歩となった。Kは同郷の真宗寺の次男であり、医者の家に養子にやられながら、宗教や哲学にふけり、先生と同じ大学に学んでいる間に離縁・勘当される。古風な禁欲的な「精進」をアルバイトしながらつづけ、昔の聖者のように食うや食わずに励んでいる無口で、孤独な親友を助けるために、先生は母娘を説いて、同居させた。女の価値を認めなかったKは、先生の友情で、女性のいる雰囲気の中で、娘を愛するようになる。先生の思いもかけなかったことである。Kの自白に驚いて、先生は自分の愛を告白するどころか、何事もいえなかった。利害の打算のためではなく、何もいう気がしないほど、意外であった。そして先生は自分の心をうちあける機会を逃がし、悔恨し、またKが「一種の魔物」のように永久に祟られるという恐怖をさえ感じ、逡巡がつづいた。漱石はKの告白後の先生の動揺を刻明に追求し、Kから漠然と「何う思ふ」ときかれると、先生は「復讐以上に残酷な意味」をもって、二人で房州旅行をしたときにいわれた「精神的に向上心のないものは馬鹿だ」と、「狼が隙を見て羊の咽喉笛へ食ひ付くやうに」いいはなった。さらに「覚悟は」と追いうちをかけた。しかも先生は他方で母に娘を妻に欲しいと申しこんで、承諾を得た。先生は、この後で、自己の利己心の発現を知り、良心の呵責を感じた。これは先生やKの不幸を免れる第二の機会であったはずである。先生が直接Kに謝罪したら、問題は別途の方向をとったであろうが、卑怯にも告白し謝罪する機会をにがした。「私は正直な路を歩く積で、つい足を滑らした馬鹿ものでした。もしくは狡猾な男であつた」と、述懐する。親からKに話され、機会は去った。しかもその後のKの態度が超然として立派であったために、「おれは策略で勝っても人間としては負けたのだ」という屈辱感に、謝罪を翌日のばしにのばして、第三の機会を永久に失った。Kは頸動脈をはねて自殺した。Kの「覚悟」の意味がそこにあったと、先生は後から気がついた。Kの遺書は先生の今度のことには一言もふれていないので、「まづ助かつた」と利己的に思った。

先生は今は素直に奥さんに「あなたにも御嬢さんにも済まない事をしました」と、詫びた。「私の自然が平生の私を出しぬいてふら〳〵と懺悔の口を開かした」と、先生は注釈する。しかし恋愛はついに先生をして親友を裏切り罪過をおかさせた。恋愛罪悪観の根拠である。それればかりではなく、人間不信は、『行人』の一郎のように、自己の誠実をだけ保留することを許さず、これにより自己の醜悪を知って自己不信をも含めるところまで深まった。

「叔父に欺むかれた当時の私は、他の頼みにならない事をつくづくと感じたには相違ありませんが、他を悪く取る丈あつて、自分はまだ確な気がしてゐました。世間は何うあらうとも此己は立派な人間だといふ信念が何処かにあつたのです。それがKのために美事に破壊されてしまつて、自分もあの叔父と同じ人間だと意識した時、私は急にふらくしました。他に愛想を尽かした私は、自分にも愛想を尽かして動けなくなつたのです」。

先生は娘と結婚し、幸福な生活がはじまった。妻は知らなかったが、妻を媒介にして、先生はKが「黒い影」としてどこまでもつきまとった。妻に告白したいと思い、妻が自分の罪を許してくれると信じたが、「いざといふ間際になると自分以外のある力が不意に来て私を抑へ付ける」(傍点筆者)のだ。この不安からのがれるために、読書に、飲酒にまぎらそうとすれば、妻やその母に責められた。「世の中で自分が最も信愛してゐるたつた一人の人間」にさえ、理解させる手段があるのに、理解させる勇気が出ず、「何処からも切り離されて世の中にたつた一人住んでゐる」人間の孤独の淋しさを如何ともすることができなかった。そしてKの自決を失恋のためにと簡単に解釈しきることができなくなり、この孤独の淋しさのためではないかと考え、先生もKの歩いた道をKと同じように辿っているという予覚が、世間から隔絶して夫婦だけの生活をしている先生の胸を横切るのだ。この時から「恐ろしい影」が時々胸にひらめいた。初めは偶然外から襲ってきたが、しまいには自分の心が、「其物凄い閃めき」に応じ、やがて「自分の胸の底に生まれた時から潜んでゐるものの如くに思はれ出し」た。漱石はこれを先生に「人間の罪」といわせ、かように自己自身の内奥に罪を感じるがために「不安」であり、「絶望」に転じていく。ここに先生が「私の暗いといふのは、固より倫理的に暗いのです」といった意義があろう。だからこそ「罪滅し」のために妻の母の病気の看護に専心し、妻をいつくしみ、知らない路傍の人に鞭たれたいと望み、「斯うした階段を段々経過して行くうちに、人に鞭たれるよりも、自分で自分を鞭つ可きだ」と思い、「自分で自分を殺すべきだ」考えるようになった。先生は自己の内奥に罪を感じ、キェルケゴオルのいわゆる「死に至る病」をやんでいることが深くとらえられている。

死に至る病には、もはや時間の治癒力は存在しないし、時間は忘却の役をするどころか、却って絶望を深めることとして働くだけである。だから「死んだ気で生きて行かう」と決心しても、どちらかの方向に切って出ようと思えば、恐ろしい力（罪の感じ）がどこからか出てきて、「私の心をぐいと握り締めて少しも動けない」ようにする。「何をする資格もない男」だという囁きは、先生の悲痛な内面の苦闘となって、人生を牢獄化する。この牢獄を破る道はただ死あるだけである。「何時も私の心を握り締めに来るその不思議な恐ろしい力は、私の活動をあらゆる方面で喰ひ留めながら、死の道丈を自由に私のために開けて置く」という意味が理解される。(3) ここに死の倫理的意義が深く問われているとともに、先生をおそう不安が一種の原罪的不安であり、漱石は絶望を人間存在の根源から深くとらえていたと考えられる。

先生の自殺の直接の機縁は明治天皇の崩御と乃木大将の殉死とである。この両者の関連を呑みこむことは、先生のいうように、むつかしい。漱石はこの困難を予想して「私」の父の「あゝ、あゝ、天子様もとうく御かくれになる、己も……」の絶望感と、「乃木大将に済まない。実に面目次第がない。いえ私もすぐ御後から」の倫理観とを用意してある。先生の自殺の決心の機縁の一つは、「時勢の推移から来る人間の相違」ともいうべき、この明治人の心情にあったことはまちがいあるまい。漱石はすでに森円月に「明治のなくなつたのは御同様何だか心細く候」（大正元・八・八）と書きおくり、明治人の心情を共通のものとして表明した。殉死については、「僕の手術（痔の）は乃木大将の自殺と同じ位の苦しみのあるもの」（大正元・九・二四）と小宮豊隆に冗談をいっているが、乃木大将の西南役における軍旗紛失事件にたいする責任感を揶揄しているのではなく、むしろその至誠の「崇高さ」をひとしお深く感じ入っていたことは同じである。[4] むしろ漱石は「自由と独立と己れとに充ちた現代」である明治の精神の終焉をみとめ、「明治の精神が天皇に始まつて天皇に終つたやうな気がした」ことを実感として感じ、「其後に生き残つてゐるのは必竟時勢遅れだといふ感じが烈しく私の胸を打」ったにちがいない。よし乃木大将の殉死は古武士の忠誠心であったにせよ、大将の殉死はこの意味で「明治の精神に殉死」と、先生が解したとみても、飛躍ではない。しかし漱石は明治の終焉に愛着をもったとしても、乃木大将のような武人と同じに天皇信仰から殉死する素朴な真情をいだくほど、絶対の信仰をもっていたのではない。行啓能に行った日記に「皇室は神の集合にあらず。近づき易く親しみ易くして我等の同情に訴へて敬愛の念を得らるべし。夫が一番堅固なる方法也。夫が一番長持のする方法也」（明治四五・五・一〇）と、皇室をとりまく政府・宮内官僚の事大主義を批判していたからである。むしろ漱石にとっては、「自由と独立と己れ」を核心にする自己の個人主義思想の転機を実験小説の終篇に象徴し、乃木さんの生きながらえた長い年月を勘定するように、その道程の苦しさを回想していたとも、考えられる。

もちろん、先生はこの二つの死、とくに殉死に触発されて、Kの決断に似た自由を、「死んだ気で生きて」きた生活に終止符をうったのである。換言すれば、先生が「人間の罪」を背負って、その恐ろしい働きに、たえず鞭うたれ、自己の良心も宗教心も、一挙手一投足も自由でなかったとすれば、死だけが彼に残された自由であったにちがいない。先生の死に至る病は、「個人の有って生れた性格の相違」――この病を自己一身にうけとめ、時間の忘却に日常的生を委ねることのできない人間的実存の奥深い課題としては、「死」以外にはなかったということである。漱石は『こころ』の先生において、人間の罪を追求して、これを決定的に排除しえないかぎり、死を免れない、『行人』の一郎を狂気に追いつめたように、死に追いつめたのである。

まだ『こころ』には問題が残っている。漱石は、その実験小説において、さまざまな方法で告白を同時代の作家たちと同じくもちいながら、キリスト教系の作家（湖処子、藤村、尚江ら）のように、告白に無条件に贖罪的意義をみているわけではないといってもよかろう。これは儒教的・都会的潔癖によるにちがいないが、同時に人間の弱点に感傷的に乗ずる虚偽を許さなかった倫理的癇症にも由来している。のみならず、先生の人間の罪は告白によって根本的に救済されるようなものではなかった。したがって先生の告白は、ただ精神的息子といってよい、たった一人信用する「私」の真情にこたえて、その過去を絵巻物のように展開し、そこから「真面目に人生そのものから生きた教訓」をひきだすためのもので、贖罪をふくんでいない。むしろ人間の罪の働きを悟って、人生の係蹄を事前に免れる教訓とするためのものであったろう。そこに「私は今自分で自分の心臓を破つて、其血をあなたの顔に浴びせかけやうとしてゐるのです。私の鼓動が停つた時、あなたの胸に新らしい命が宿る事が出来るなら満足です」という「新らしい命」への期待がある。これはおそらく漱石の実験小説のもつ生命そのものへの期待であったはずである。

漱石は、『こころ』までにおいて、この人生において立つところをはっきり見きわめつくした、「内部的人間」の追求は極限に達したという自信をもつことができたのであろう。珍しいことには、みずから筆をとって岩波書店の処女出版のために書いた広告文には、次のように出ている（大正三・九）[5]。「自己の心を捕へんと欲する人々に、人間の心を捕へ得たる此作物を奨む」。

（1）　多くの研究書が総題の『先生の遺書』と、その一章『先生と遺書』とを混同して書いている。元来『こころ』が短篇集の総題であり、『先生の遺書』がその中の短篇の一つとして着手されたことは、大正三・三・三〇日の東京朝日の山本松之助宛手紙でも明かである。

（2）　片岡良一は、結婚のために呼び戻される友人から都会の知識人と田舎の生活と乗離、先生が西洋人とだけ交際していることから非社交的な知識人の教養の内容を漱石は含意していると指摘する。鋭い指摘であるが、わたしはこれを伏線としてではなく、条件として描いたと考える。

（3）　先生の死は計画的な死である。後に残る妻のために、後図の憂のないように充分に配慮してあることを、見逃してはならぬ。

（4）　一高講演『模倣と独立』のなかで触れている。

（5）　漱石の『こころ』につづいて、漱石の斡旋で、一一名の作家の短篇がのった。当時の文壇で、漱石が大体どういう作家を認めていたか、分明する。原稿料は一回四円で、当時の大家田山花袋が『国民新聞』連載中の『残る花』と同額であった。

武者小路実篤・死（大正三・八・一二―）　小川未明・石炭の火（八・二六―）

後藤末雄・柳（九・九―）　野上弥生子・或夜の話（九・二一―）
長田幹彦・老兵の話（一〇・四―）　青木健作・梅雨の後（一〇・一九―）
久保田万太郎・路（一〇・三〇―）　田村俊子・山茶花（一一・一〇―）
里見弴・母と子（一一・二三―）　谷崎潤一郎・金色の死（一二・四―）
小宮豊隆・礼吉の手紙（一二・一八―）

四　『私の個人主義』

『こころ』を前後に挾んで、漱石は三度講演を行っている。これらは相互に関連するところが深いので、この講演を中心に、評論について簡単に脈絡をたどっておきたい。

一九一三年（大正二年）一二月一二日、第一高等学校弁論部の招待で、『模倣と独立』を講演した。第七回文展、その他の美術展覧会をみにいって、『文展と芸術』に書いたと同趣旨の批評または感想に出発して模倣と独立、その関係を論じた。

一人の人間は人間全体を代表すると同時に、その人個人を代表する。前者はみずから進んで模倣し、また法律その他によって外圧的に従属させ、特殊の性を失って平等化することを特色としている。後者は自然の天性として独立自尊の傾向をもち、自己を発現し、バラィエティを形づくることを特色としている。前者には自己の標準がないか、これを押し通すだけの勇気を欠いているが、後者には自己の標準があり、理想感があって、これを表現し実行しなければ居ても立ってもいられない。風変りといわれても、どうしてもそうしなければおられない人である。漱石は前者にたいして、後者は自己の標準のあるだけでも恕すべく貴むべきであると、自己本位をたてる。つづいて次のようにいった。

「元来私はかう云ふ考へを有つて居ます。泥棒をして懲役にされた者、人殺をして絞首台に臨んだもの――法律上罪になると云ふのは徳義上の罪であるから公に所刑せらるゝのであるけれども、其罪を犯した人間が、自分の心の径路を有りの儘に現はすことが出来たならば、さうして其儘を人にインプレッスする事が出来たならば、総ての罪悪と云ふものはないと思ふ。総て成立しないと思ふ。夫をしか思はせるに一番宜いものは、有りの儘を有りの儘に書いた小説、良く出来た小説です。有りの儘を有りの儘に書き得る人があれば、其人は如何なる意味から見ても悪いと云ふことを行つたにせよ、有りの儘を有りの儘に隠しもせず漏らしもせず描き得たならば、其人は描いた功徳に依つて正に成仏することが出来る。法律には触れます。懲役にはなります。けれども其人の罪は、其人の描いた物で十分に清められるものだと思ふ。私は確かにさう信じて居る。」

講演の手の入っていない速記であるから、漱石の考えかたが明確につかめないが、厳粛な意義での告白文学が作者にとって浄罪の働きをもっていると確信していることはわかる。しかしその理由は明かでない。さらに告白がそれ自体無条件に贖罪的意義をもっていると考えているのではない。そこに条件があることは次のところに現れているようである。

「然し斯う云ふ風にインデペンデントの人と云ふものは、恕すべく或時は貴むべきものであるかも知れないけれども、其代りインデペンデントの精神と云ふものは非常に強烈でなければならぬ。のみならず其強烈な上に持つて来て、其背後には大変深い背景を背負つた思想なり感情なりがなければならぬ。如何となれば、若し薄弱なる背景がある丈ならば、徒にインデペンデントを悪用して、唯世の中に弊害を与へるだけで、成功は迚も出来ないからである」。

次に強い深い背景について、また成功について、明治維新や乃木希典などの例をあげて説いてあるが、趣旨を敷衍するにとどまっており、漱石自身のものが展開されているわけではない。

つづいて小評論『素人と黒人』(大正三・一・七—一二・東京朝日)を書き、この趣旨を別の角度から論じた。黒人と素人の概念は模倣と独立との対立に相応し、やはり美術展覧会をみての感想に由来する。黒人はその道に熟達したものを指しているが、その実は「技巧」を誇っているのであり、「精神の核」にふれるという深さをもっていない。したがって人間の本体や実質に関係の少い表面を得意とするもので、誰にでも模倣できるものである。大概の人が根気よく努力しさえすればできるし、表面だけの改良を工夫をすれば足りるので、精神修養よりも容易である。しかるに素人はその道に堪能でないとして軽蔑され、黒人の前に出ると、猫の前に出た鼠のようにおとなしくなるが、「今の世は素人が書をかき、画を描く時代」であり、「素人が小説を作る時代」である。なぜならば「芸が是等を遺るのではない、人間が遺る」のである。だから、単に黒人であることをもって誇りとすることはできず、素人でも尊敬すべきだという真理を首肯させたい。文学上の作品では「素人離れのしたさうして黒人染みないものが一番好い」。なぜならば、「自己には真面目に表現の要求がある」というのが芸術の本体を構成する第一の資格であり、「拙」を隠す技巧をもたぬ「心の純なるところ」「気の精なるあたり」が「素人の尊さ」であるからである。昔から大きな芸術家は在来の型や法則にとらわれない創業者であり、創業者である以上は黒人でなくて素人でなければならぬ。黒人と素人との位置を顚倒し、内容主義・中味主義の持論から、独立した素人の精神を強調した。

一九一四年（大正三年）一月一七日、東京高等工業学校文芸部の依頼で行った講演『無題』は要旨のみしか伝っていないが、『現代日本の開化』の要旨によって、自然科学と精神科学とを区別し、前者が普遍法則に拠って個性を排除するを特色としているのにたいし、後者が個人の人格である個性を主とするから自由であるが、その人格の奥に法則があって、これを帰納することができる。ここから文学者の仕事の本体は人間であり、技巧その他は附属品、装飾品であると、ほぼ同じ趣旨のことを説いている。

『こころ』の脱稿後、四度目の胃潰瘍に病臥した後に、一九一四年（大正三年）一一月二五日、学習院輔仁会において、有名な講演『私の個人主義』をおこなった。この講演の第一部は自己の立場を確立するための半生の経験を語り、いわゆる「自己本位」の四字にめざめた経緯を告白するものである。ここで注意すべきことは、「他人本位」を「模倣」と同次元において説明し、「わが所有とも血とも肉とも云はれない」「鵜呑」であるとし、これが「自己本位」の独立自尊と対立して考えられている、つまりここに述べてきたような一連の思想の立脚地、『こころ』において到達した場所から回想整理されていて、半生の思想の探求の径路を概略つかんでの回想であり、したがって直ちに漱石の思想の経歴の実質を語るものではない。わたしは漱石自身のロンドンの経験にいたる過程を、その場所で分析しておいたから、ここには繰返さない。ただこの回想をあたかもロンドンの経験の告白そのものであるかのように取扱う多くの論者の早呑込に注意しておけばよい。ここで重要なのはその個人主義そのものである。

漱石は第二の三部作を書いている最中、文展などの他芸術を観賞しながら、そこから逆に「自己本位」の立場をかためていたといってよい。一九一一年（明治四四年）の朝日新聞の関西講演から、『文展と芸術』その他の評論・講演にみられる静かな展開がこれを語っている。もともと学習院という特殊の学校の「上流社会の子弟」を相手にして語った『私の個人主義』に深い思想の展開を期待することは当を得ていないが、漱石の問題が思わず顔を出しているところに、「自己本位の立場」の展開がある。

漱石のいう自己本位の立場は「自己が主で、他は賓であるといふ信念」に立つものであり、「根のない萍《うきくさ》のやうに、其所《そこ》いらをでたらめに漂よつてゐ」る他人本位を「空虚」とするものである。そこに、「私のやうな詰らないものでも、自分で自分が道をつけつゝ進み得た」という誇高い自覚にもとづく安心と自信に裏打ちされている。漱石の半生の経験は自己の「生涯の仕事」を発見し、この仕事に殉ずる情熱と自負とを証明し、『こころ』の先生が「私」に語ったように、若い世代の人たちにたいする「教訓」をふくんでいる。したがって、個性の発展は自己の幸福のために自己の落ちつくべき場所を発見してこれに邁進してこそ意義があることを強調するとともに、特権階級の子弟として権力や金力が「誘惑の道具」として利用されやすいことを警告しないわけにはいかなかった。本来、個人主義は「利己主義」とは何らの関係のない別種のものであるにせよ、人間の本能的性向からして、あの「万人の万人にたいする闘争」（ホッブス）の修羅場におちいる危険があり、権力や金力を他人の上に濫用して、奸智な利己主義を発揮することが考えられる。

「自分が好いと思った事、好きな事、自分の性の合ふ事、幸にそこに打つかつて自分の個性を発展させて行くうちには、自他の区別を忘れて、何うかあいつもおれの仲間に引き摺り込んで遣らうといふ気になる。其時権力があると前云つた兄弟のやうな変な関係が出来上るし、又金力があると、それを振り蒔いて、他を自分のやうなものに仕上げやうとする。即ち金を誘惑の道具として、其誘惑の力で他を自分に気に入るやうに変化させやうとする。どつちにしても非常な危険が起るのです」。

そこで、漱石は「正義」や「義務」や「責任」の観念を導入して、自己の個人主義を利己主義から区別して、その主張を次のように要約する。

第一に、「自己の個性の発展を仕遂げやうと思ふならば、同時に他人の個性も尊重しなければならないといふ事。」（「正義の観念」がふくまれている）

第二に、「自己の所有してゐる権力を使用しやうと思ふならば、それに附随してゐる義務といふものを心得なければならないといふ事。」

第三に、「自己の金力を示さうと願ふなら、それに伴ふ責任を重じなければならないといふ事。」

こうして漱石は、「倫理的に、ある程度の修養を積んだ人でなければ、個性を発展する価値もなし、権力を使ふ価値もなし、又金力を使ふ価値もない」、「此三者を自由に享け楽しむためには、其三つのものの背後にあるべき人格の支配を受ける必要」があると主張する。漱石がここにいう「正義」「義務」「責任」にはなんの根拠もしめされていないが、カント的意味に解してはならないものであろう、おそらく「人格の支配」による自由の自己制限はスペンサ、ミルたちのイギリス経験論哲学者の説いたところをうけているのであろう、漱石の「道義上の個人主義」はあの「聡明な功利主義者」といわれたものの転化と考えてよいものがある。[1] また「党派心がなくつて理非がある主義」といいかえ、この主義に生きるものは「朋党を結び、団体を作つて、権力や金力のために盲動しない」、それだから「その裏面には人に知られない淋しさも潜んでゐる」、この孤独に耐えて生きていかなければならぬというとき、わたしは第二の三部作、とくに『こころ』の先生のことばをきくような感じがする。漱石がここに説いている近代個人主義は明かに功利主義的倫理の立場からいわれているが、ミルの信じた「完全なる人格の支配」がそうであったように、「道義上の個人主義」は功利主義的立場から説きあかされないものを含んでいたことを、なによりも漱石自身が知っていたはずである。純粋なエゴを培養体とする実験小説のさまざまな可能性への試みは、思わず洩らしたように、ひとりぼっちの淋しさにおいて、自他の人間存在の根源に深いつながりのあることをしめしている。この講演が学習院の特権階級の子弟のために行われた制約は、漱石自身の問題を小説のように理論として深く掘りさげて考えることのできない「教訓」にとどめていたのである。

　漱石の個人主義は、この講演のなかで、政教社の末流反動的国粋主義から攻撃されたことが書かれているように、当時なお危険思想視されていたことを念頭におかなければならぬ。それにもかかわらず、個人主義が同時に国家主義でもあれば、世界主義でもあるといい、個人主義の内容の個人の自由は国の存亡の秋には制約せられることを事実として已むを得ぬものと認めながら、理論としては道義上の個人主義を堅持している。「国家のため、社会のため」という標語が権力や金力の老膾な党派的利己主義者に利用される常套の偽善であることを知っていたればこそ、「国家は大切かも知れないが、さう朝から晩迄国家々々と云つて恰も国家に取り付かれたやうな真似」をする狂信的国家主義を排除した。そして明確に「国家的道徳といふものは個人的道徳に比べると、ずつと段の低いもの」だといい、さらに国家は「詐欺をやる、誤魔化しをやる、ペテンに掛ける、滅茶苦茶なもの」だから、「国家を標準とする以上、国家を一団と見る以上、余程低級な道徳に甘んじて平気でゐなければならないのに、個人主義の基礎から考へると、それが大変高くなって来るのですから考へなければならない」と、つけ加えた。これは第一次ヨオロッパ戦争に参加して、日本が対独宣戦布告（大正三・八・二三）をした三カ月後の講演であった。ここで、惜しいことには、個人主義の立場から、個人と社会との関係、社会と国家との関係が委曲をつくして、充分に考えつくされなかったことであろう。

（1）　金子鷹之助・英国社会哲学史研究・昭和四・六・巌松堂書店。

第七章　晩　年

一　『硝子戸の中』前後

すでに述べたように、『こころ』を書きおわってまもなく、一九一四年（大正三年）九月、漱石は四度目の胃潰瘍にたおれた。笹川臨風に「今度はいつもの病気ではなく胃カタールです」（大正三・九一六）と書きおくっているが、胃潰瘍の発作であったことは疑いがない。三度目の出血（大正二・三・末）からだんだん周期をちぢめてきている。戦後初めて発表された一九一四年（大正三年）の一一月ごろの日記には、この三度目と四度目との病気が漱石夫婦の確執の最中におこっていることを回想している。いま虚心に日記を読んでみると、漱石の痼疾の病勢の進行に相即するように、「妻との不和」は妻の朝寝や按摩癖や浪費やその他日常の細々としたことについての不満の爆発であり、そこには「精神衰弱」といわれるような被害妄想が明晰な論理に裏うちされながら、これを支持している。おそらく漱石は、一方においては妻の無神経な、ふしだらな挙措にいらだち、憎悪し、「十二月から会計を自分でやる事にする」と財布をとりあげるまでに我執をむきだしにしながら、他方において「病苦に犯されて早く死にたいと思ふと世の中の事はどうでもいい気がして」きたこともあったろう。このころ、妻の妹婿の鈴木禎次の父の死（一〇・二九）、東京朝日の編集長佐藤北江

（石川啄木を朝日の校正係に入れた人）の死（一〇・三〇）と、『硝子戸の中』にも書いてあるように、知人が相次いで死んでいる。学習院の若い人たちに『こころ』の先生のように、『私の個人主義』を自己の体験から語って、「理非を明らめ、去就を定め」、結局「一人ぼっち」の寂寥をいいきった後で、彼の断ちがたい我執に最後の断を下すもののように、すでに死への憧憬が芽ばえていた。

死への憧憬は死に犯されはじめた病床の心弱った誇張であり、諦めであり、現実の自己の醜悪にたいする絶望であるが、同時に自己を超える「絶対」への思念であった。一一月一四日、佐藤北江の哀悼誌に断り状を書いた後で、岡田耕三に書いた手紙の中で、あの「生より死を択ぶ」と語ったことの意味が詳しく書かれている。(1)「私は意識が生のすべてであると考へるが、同じ意識が私の全部とは思はない、死んでも自分(は)ある。しかも本来の自分には死んで始めて還れるのだと考へてゐる」。だから「死を人間の帰着する最も幸福な状態だと合点してゐるなら、気の毒でもなく、悲しくもない、却つて喜ばしいのです」といい、「死んだら皆に柩の前で万歳を唱へてもらひたいと本当に思つてゐる」といった。人が生きているかぎり我執を滅すことができず、我執のあるかぎり、人生に幸福を期待できないとすれば、死そのものを至福な状態として讃美するのも当然のことであろう。死が生の相対にたいする絶対として、考えつめてきた「本来の自分」の有り場所に考えられはじめているからである。(2)断絶することのできがたい我執――この人間の罪にたいする勝利は死という絶対の事実によって完成されるはずである。だから「私の死を択ぶのは悲観ではない厭世観なのである」といえる。しかし漱石は『こころ』の先生のように自殺することはしなかった。先生を自殺させることによって、漱石はむしろ生の営みをとりもどすことにあったのである。

漱石は前記岡田耕三宛の手紙の中でいう。「私は今の所自殺を好まない。恐らく生きる丈生きてゐるだらう。さうして其生きてゐるうちは普通の人間の如く私の持つて生れた弱点を発揮するだらうと思ふ。私は夫が生だと考へるからである。私は生の苦痛を厭ふと同時に無理に生から死に移る甚しき苦痛を一番厭ふ、だから自殺はやり度ない」。これよりすこしおくれて、渡辺和太郎宛手紙（同・一二・一〇）にはまた「私は死につゝさうして生きつゝあります」と書いてある。さらにこの二つの手紙の間に『硝子戸の中』のあの生死の岐路に立つ告白をした女、吉永秀子に会って、「私を息苦しくした位に悲痛を極めた」深い恋愛に根ざす経歴に耳を傾けた。[3] しかも「死は生よりも尊とい」と思うようになっている漱石は、この女人に、「もし生きてゐるのが苦痛なら死んだら好いでせう」とは、どうしても勧めることができなかった。そこで、漱石はいう。

「不愉快に充ちた人生をとぼとぼ辿りつゝある私は、自分の何時か一度到着しなければならない死といふ境地に就いて常に考へてゐる。さうして其死といふものを生より楽なものだとばかり信じてゐる。ある時はそれを人間として達し得る最上至高の状態だと思ふ事もある。」しかし「私の父母、私の祖父母、私の曾祖父母、それから順次に遡ぼつて、百年、二百年、乃至千年万年の間に馴致された習慣を、私一代で解脱する事が出来ないので、私は依然として此生に執着してゐる」。死への憧憬と生への執着との内心の争いをへながら、いかに根強く生に執着しているかを痛感する。「既に生の中に活動する自分を認め、又其生の中に呼吸する他人を認める以上は、互ひの根本義は如何に苦しくても如何に醜くても此生の上に置かれたものと解釈するのが当り前である」。そして漱石もまた「凡てを癒す『時』の流れに従つて下れ」と、日本の自然主義者の流儀によって、平凡に傍観する位置に立たされ、美しい心が時間によって薄れ剝げるという嘆きをいたわるより仕方がない。「斯くして常に生よりも死を尊いと信じてゐる私の希望と助言は、遂に此不愉快に充ちた生といふものを超越する事が出来なかつた。しかも私にはそれが実行上に於ける自分を、凡庸な自然主義者として証拠立てたやうに見えてならなかった。私は今でも半信半疑の眼で凝と自分の心を眺めてゐる」と結んだ。もちろん、漱石は時間の自然治癒力に甘んじる「凡庸な自然主義者」であるはずはない。漱石の心の中に静かな嵐がふいていることを感ずるのである。

一九一五年（大正四年）は乙卯の年で、慶応丁卯に生まれた漱石は四度の卯年をむかえて、数え年四九歳になった。第一次世界大戦は拡大して、すでに日本軍は青島を占領、中華民国の日本の山東守備兵撤退の要求が出され、例の日本の二一箇条要求がもち出される年の初めである。前年暮に第三五帝国議会は解散され、この年三月二五日に総選挙が行われることにきまっていた。米価の低落から不景気風が吹きだしていた。「世の中は大変多事である」。漱石は「今年は僕が相変つて死ぬかも知れない」と、寺田寅彦への年始状の端に書きつけながら、「小さい私と広い世の中とを隔離してゐる」「硝子戸の中」にとじこもって、「私の思ひ掛けない事を云つたり為たりする」「思ひ掛けない人」を送り迎えながら、そのことを「興味に充ちた眼」で書いて、七草をすぎてから、年頭の随想として新聞にかかげた。『硝子戸の中』（大正四・一・一三―二・二三）がこれである。

『硝子戸の中』にはさまざまな事柄が書かれている。それはみずからを「小さい私」として、いわばそこから眺められた「他の事」と「私の事」とであり、「心を自由に泳がせる」とか、「微笑」とか述べたように、硝子戸をへだてた距離において、しみじみと語るものである。まず「他の事」とは飼犬のヘクトーの死にはじまって、ある女の告白、太田達人のチャブドー、揮毫をもとめた男、散髪屋の徳、大塚楠緒子のこと、猫のことなどであり、「私の事」とは正月の写真や講演の報酬や病気のことなどもあるが、自分の家や両親や兄弟や過去のことを思いつくままに語るのである。それはかならずしも截然と二つに別れるものではなく、漱石の心のうちでは交錯していることである。

ヘクトーの死は鈴木禎次の父や佐藤北江の死についで、日記（大正三・一〇・三一）に出ている。ある女の告白をはじめ、『思ひ出す事など』と同じく死生を問題とするものが多い。そしてここにはもはや死への恐怖は語られず、理髪店の亭主の姪である芸妓の死を知って驚き、硝子戸の中に坐って、病弱の自分と床屋の亭主だけが「まだ死なずに居る」ような気がしている。病床から起きあがると葬式の供にたち、帰って机の前に坐って、「人間の寿命は実に不思議なものだ……多病な私は何故生き残つてゐるのだらうかと疑つて見る。あの人は何うい訳で私より先に死んだのだらうかと思ふ。」そして時には「自分の生きてゐる方が不自然のやうな心持」になり、「運命がわざと私を愚弄するのではないかしら」と疑いたくもなっている。漱石がいうように、普通、「自分の位地や、身体や、才能や――凡て己れといふものの居り所を忘れがちな人間の一人として、私は死なないのが当り前だと思ひながら暮してゐる場合が多い」のだが、漱石としては「継続中」の病気から「えゝまあ何うか斯うか生きてゐます」と答えなければならないところにおり、自分の生き残って、また新年を迎えている方を喜び、不思議がっている、「我々は自分で夢の間に製造した爆裂弾を、思ひくに抱きながら、一人残らず、死といふ遠い所へ、談笑しつゝ歩いて行くのではなからうか」。死を誇張し、死に親しむことによって、漱石にはある種の覚悟をつくってきているようである。樺太から訪ねてきた太田達人に久しぶりに会って「いやに澄ましてゐるな」といわれて、「うん」と肯定する。「透明な好い心持」は、これに関係があろう。

他面において、漱石は硝子戸の中で世間を遠く眺めながら、「世の中に住む人間の一人として、私は全く孤立して生存する訳に行かない。自然他と交渉の必要が何処からか起つてくる」。漱石は、『行人』の一郎や『こころ』の先生のように、自己肯定にも、自己否定にも、「他と交渉の必要」をみとめるが故に、単純に走ることができない。学習院の講演の報酬から「自分の職業以外の事に掛けては、成るべく好意的に人の為に働いてやりたい」という考えをもっているが、他面、播州の坂越の男のように好意の揮毫を鉄面皮にふみにじって品格の堕落に追いこまれるような目にもあわされる。「悪い人を信じたくない」。「善い人を少しでも傷けたくない」と思えば、他との関係を、経験や前後の関係や四周の状況や「天から授かつた直覚」で、判断しなければならない。あやふやな直覚から他を判断することの危険に、漱石は心を苦しめはじめている。おそらく、この疑いも、このころから漱石に特色として現れていることである。彼はいう。

「もし世の中に全知全能の神があるならば、私は其神の前に跪づいて、私に毫髪の疑を挾む余地もない程明らかな直覚を与へて、私を此苦悶から解脱せしめん事を祈る。でなければ、此不明な私の前に出て来る凡ての人を、玲瓏透徹な正直ものに変化して、私と其人との魂がぴたりと合ふやうな幸福を授け給はん事を祈る。今の私は馬鹿で人に騙されるか、或は疑ひ深くて人を容れる事が出来ないか、此両方だけしかない様な気がする。不安で、不透明で、不愉快に充ちてゐる。もしそれが生涯つゞくとするならば、人間とはどんなに不幸なものだらう」。

漱石は新たに他者との調和を考えようとしているのではないか。『私の個人主義』に説いたような功利主義的倫理では、必ずしも満足できないところにいる。

『硝子戸の中』において、死への憧憬が他者との調和を思い、また自分の過去や家とその周辺をふりかえり、生の「習慣」や生の執着について「自分以外にはあまり関係のない詰らぬ事」の思い出にふみこんでいっても当然である、と思う。書いたものをみてくれといってきた女に注文したように、彼の側から「自分といふ正体」を遡って、自己の生の根源をきわめることを、かつて「告白」について語ったように、いま必要としていたのである。維新当時、庄屋の夏目氏に押しいった盗賊の話に口火をきって、馬場下の風景から「遠い私の過去」の記憶に入っていく。「心を自由に遊ばせて置く」連想であり、その連想には昼寝にうなされた悪夢のようなものまで、母の記憶につながって、なまなましい。しかし『硝子戸の中』に書かれた思い出は「私の罪は……頗ぶる明るい処からばかり写されてゐただらう」というほど、かならずしも生の執着の根にかかわる問題を提出しているとは思われない。ただ重要なことは、漱石が自己の生い立ちの記にすこしでもふれて、『こころ』までの観念的な自己省察から『道草』の告白小説への歩みを踏みだしているということであろう。『硝子戸の中』を書き終って、津田青楓にすすめられて、三月一九日、京都へ旅に出た。青楓や西川一草亭の世話で、木屋町に宿をとり、京都を遊び歩いた。二五日、帰京の予定の日、胃の劇痛のために出発をのばした。この日高田庄吉の妻、異母姉ふさの卦報がとどいた。祇園の大友の女将磯田多佳女(4)が親切に見舞い、また大いに気に入りもした。漱石は、四月一六日、妻鏡子につきそわれて帰京した。

この京都日記に「自分の今の考、無我になるべき覚悟を話す」(三・二一) という言葉が現れ、帰京後、五月頃と推定される「断片」に「大我は無我と一ナリ、故に自力は他力と通ず」という言葉が出てくる。(5)ここから相次いで、漱石学者が注目する「断片」がみえている。そうかと思うと、「生よりも死、然し是では生を厭ふといふ意味があるから、生死を一貫しなくてはならない(もしくは超越)、すると現象即実在、相対即絶対でなくては不可になる」と、『行人』の一郎と同じようなことをいい、「それは理窟でさうなる順序だと考へる丈なのでせう」「さうかも知れない」「考へてそこへ到れるのですか」「たゞ行きたいと思ふのです」という問答がつづいている。そこで、絶対の境地への追求は「理窟」(知的認識) によっては、無限に遠ざかるという一郎の嘆きをくりかえすはずである。ただ漱石は、ここであくまでも生の苦悩 (あるいは有限性、または人間の罪) を媒介にして、この相対性に即して成立する無限性、あるいは絶対の境地をもとめていたという方向を語っている。漱石は青年期からの影響をうけた禅の思想や、神戸の祥福寺の青年禅僧鬼村元成や、その友人の富沢敬道との文通（この二人は大正五年に上京して訪問してきた）などから、自我超克の方法をもとめていた。もちろん、この場合も、漱石山房にのこされた禅籍の書きこみからみると、無条件に禅僧たちの得悟解脱を信ずるほどに、盲目であったのではない。歴史的宗教としての禅宗はどうであれ、幸か不幸か、内在的なものと考えられ、「超越的な神」を建立することのない禅の「見性成仏」の教の系統の上に、特定の宗教にこだわらぬ、彼自身の立場をおしすすめて、彼の「自我」を「絶対我」につきつめる道をもとめていたと解される。

そこで、理性の認識形式としての「形式論理で人の口を塞ぐ事は出来るけれども人の心を服する事は出事ない」と断片に書き、「無論理」でできるかと反問して、「そんな筈もない」と答え、「ころ柿が甘ひ白砂糖を内部から吹き出す[6]」ように、「実質から湧き出すから生きてくる」「論理」、「実質の推移」そのものをあとづけると鮮やかに読まれる「自然の論理」をもって、これに代るものと考えている。ここで、漱石は人間的生の根柢に横わる「実質の推移」をあらわす「自然の論理」をいおうとしているようである。それはいわば「絶対の境地」そのもののもつ論理でもあるだろう。また人間が日常生活をすごすに使っている「抜巧」についても、「形式論理」と同じように、「実質」にかかわりのない憎むべき「虚偽」として、「誠」という「自然の論理」に還る「絶対の境地」——あるいは本来あらゆる人間の知情意の働くもとである創造的生命そのもの、自然そのものから、評価されている。こうして、漱石はこれらの断片のなかに次のような言葉をはさんでいる。

「〇心機一転。外界の刺戟による。又内部の膠着力による。

○一度絶対の境地に達して、又相対に首を出したものは容易に心機一転できる。
○屢絶対の境地に達するものは屢心機一転する事を得。
○自由に絶対の境地に入るものは自由に心機の一転を得。」

死への憧憬を語っていた漱石が「無我」をいい、「生死一貫」をいい、「絶対の境地」をいい、「心機一転」をいって、「則天去私」をもとめ近づいてきていることを語っていよう。しかし「心機一転」——この転心は理性的認識によって得られるものではなかったけれども、また神秘的悟達によって達せられるものではなかったのではあるまいか。「外界の刺戟」によるとともに「内部の膠着力」によって、五〇年に近い生涯をかけて自己の痛苦にみちた我執そのものをつきつめてきた結果、人間の知情意を方向づけている根源的生命そのもの——「絶対の境地」をつらぬく「自然の論理」に思いあたったということである。「大我即無我」とか「自力即他力」とかいう言葉は、この根源的生命としての「絶対の境地」を性格づけるものであって、なんらかの特別な体験や能力や態度を意味するものではなかった。だから、我執を滅却することはできなかったけれども、我執から自由に、これを媒介にして「適度」に方向づけることによって解放できる、自分で親しく経験しうる「心理的」事実としていおうとしていた。漱石にとって、「絶対の境地」は、自由に往来することのできる個性的なものであるとともに、普遍的（絶対的）な一種の「具体的普遍」のもののようである。本人だけが知る特殊な場合が一般に首肯せられる一般の場合となる秘密は、この「具体的普遍」の生命的事実としての「絶対の境地」（無）であるが故であろう。漱石は、この事実に即して『こころ』の前後からとりあげてきた問題、たとえば「何にも知らない門外漢が黒人に勝るのは此所にある。小児が大人に勝るの(は)此処にある」と、断片に書きつけている。しかしこれらは漱石の求道の方向を論理的に考えてはいるが、漱石自身がそこに立って伝統的世界に還ったと考えることはきわめて危険である。その小説は依然として我執に根ざす人間の血みどろの葛藤が描かれているからである。

(1) 松浦嘉一の『木曜会の思ひ出』(大正六・三・新思潮・漱石先生追慕号) によると、これは一一月一二日の木曜会の席上の話であった。
(2) 大正四年二月一五日、畔柳芥舟宛手紙で、『硝子戸の中』の「死は生より尊とい」を敷衍して、「唯私は死んで始めて絶対の境地へ入ると申したいのです、さうして其絶対は相対の世界に比べると尊い気がするのです」といっている。
(3) 早坂礼吾『「硝子戸の中」の一女性』昭和一九・一〇・文学。
(4) 磯田多佳女について谷崎潤一郎が『磯田多佳女のこと』(昭和二一・八—九・新生) を書いている。
(5) この「断片」は、小宮豊隆によると、大正四年夏と推定されている。しかし「断片」の順序に誤りなくば、四月二九日、麹町の加波正太郎の山荘にたいする命名書と、五月一六日、磯田多佳宛手紙の控と推定できる「御多佳へ手紙、アートと人格、人格の感化とは悪人が善人に降参する事」との中間に書かれているから、四、五月ごろとみるべきである。
(6) この「実質の論理」の説明は『道草』第九八章にも用いられている。

二 『道草』

漱石は『硝子戸の中』の終りで書いた。

「私の身の上を語る時分には、却て比較的自由な空気の中に呼吸する事が出来た。それでも私はまだ私に対して全く色気を取り除き得る程度に達してゐなかつた。嘘を吐いて世間を欺く程の衒気がないにしても、もつと卑しい所、もつと悪い所、もつと面目を失するやうな自分の欠点を、つい発表しずに仕舞つた。聖オーガスチンの懺悔、ルソーの懺悔、オピアムイーターの懺悔――それをいくら辿つても、本当の事実は人間の力で叙述出来る筈が無いと誰かが云つた事がある。況して私の書いたものは懺悔ではない。私の罪は――もしそれを罪と云ひ得るならば――頗る明るい処からばかり写されてゐただらう。」

『硝子戸の中』で、自らの生い立ちを語った漱石は、そこではまだ自己の罪を「告白」するところまでいっていないことを知っていた。「人間の罪」（我執）を追求しながら、その観念小説は『硝子戸の中』にいたるまで、ある種の保留（希望または脱出路）がつけられていた。そのために、「もっと卑しい所、もっと悪い所、もっと面目を失するやうな自分の欠点」を、自分の恥部として告白することを敢てするまでの勇気がなかった。ところが、漱石はこれを機縁として、自分にたいする「全く色気を取り除」いて、自己の罪を反省し、告白する小説を書きうる地点に達したと考えた。

漱石は『模倣と独立』という講演で、告白が贖罪的意義をもっていることを大胆にいいきり、それが浄罪として働くためには背後に深い思想または感情の存在することを条件とした。またその後の断片で「或人ハ告白ガイヽト云フ、或人ハ告白ガ悪イトイフ。告白ガイヽノデモ悪イノデモ何デモナイ、人格ノアルモノガ告白スレバ告白ガヨクナリ、シナケレバシナイ方ガヨクナルノデアル」と書いた。しかるに、漱石は『硝子戸の中』を書いて、自己の生いたちを回想してきたのちに、人間の罪を滅しうる「絶対の境地」のあることを知れば、この我執を超えた自我の、人格の深大なる思想に立って、半生の「我執」を固執した自己をありのままに告白することによって、自己の罪を浄めるとともに、その自己からぬけだすことを願わざるを得なかったであろう。いまや彼は「告白スレバ告白がヨクナル」とさえ確信したのである。漱石が第九の新聞小説『道草』を書き、『それから』、『彼岸過迄』『行人』『こころ』の主人公と、あまり変らない自己自身を義《ただ》しとする健三を主人公にたてながら、こうした主人公の半生を「道草」と名づけた真意が秘んでいると考えられる。「内部的人間」の追求という実験を終って、自己自身を客観的に批判しうる地点に達したことである。

『道草』（大正四・六・三—九・一四）は普通に自伝小説といわれ、事実、そうにちがいない。漱石がロンドンから帰った明治三六年から『吾輩は猫である』や『漾虚集』を書いた三八、九年までの三、四年間の身辺の事件を明治三六、七年のことに集約して、密度を高めて書いてある。[1] ここに『文学論』や『吾輩は猫である』を講じたり、書いたりした当時の生活の背景がみずから語られているからである。もっとも「ありのまま」に書いたとはいっても、養父塩原昌之助が無心を申出たのは一九〇九年（明治四二年）三月からであり、落着は一一月末であったから、この事件をくりあげて、小説的構成の骨骼とするというような変容は行っている。しかし、「其罪を犯した人間が自分の心の経路を有りの儘に現はす」（『模倣と独立』）という主体的真実においては、「ありのまま」であるにちがいなく、同時にそういう自己を現在の立場から厳しく反省することにおいて「告白」であっても、単なる「自伝」ということの範囲をはるかにはみだすところがあるわけである。したがって、この小説は、すでに片岡良一の指摘したように、扱われた題材のもつ意味とこれを批判する後年の作者の思想との二重の観点から、吟味されなければならぬものになっている。しかし、ここでは前者をも後者の観点から整理しながら、考えていくことにする。

『道草』は、小雨の降る或る日、健三が学校へ行く途中、自宅に近い太田が原で、ふと、「帽子を被らない男」に出会ったところにはじまる。漱石文学のいかにも手慣れた手法である。しかも、この養父の島田平吉の正体が小説の進行につれて明かになり、一つのライトモティフとなっている点で、これまでのどの小説よりも、きわめて自然でもあれば、効果的にできている。「過去の幽霊」である島田の登場によって、いまは島田と別れた養母のお常（波多野）や、「一人の腹違の姉」比田お夏、寅八夫妻や、「一人の兄」長太郎、また健三の妻お住の実家の父など、健三の「血と肉と歴史とで結び付けられた」近親たちの「因縁」が健三の「温い人間の血を枯らし」てゆくような学究生活の孤独ないとなみをかきみだしている。「親類づきあひよりも自分の仕事の方が彼には大事」だと疎遠にしてきたはずの「過去の自分」をとりまいていた諸事情が現れるとともに、「遠い過去」が断続的に回想もされてくる。それは近代個人主義思想とは相容れない封建的家族制度とその思想という歴史的事実によるものであり、この事実の上に組みたてられた資本制社会のために、古風な義理・人情が金銭に換算され、新装をこらして評価されるという社会的事実を加えて、錯雑化されている。『道草』のおりだす劇は健三夫妻をとりまくこの家族の歴史とその結果とが一本の太い経線として中心に貫いている。他方において、二人の娘をもちながら、なおしっくりと和解のできない健三・お住の片づくことのない不和という陰湿な劇が断続するいく筋かの細い緯線となって、この経線をおりこみおりこみ、どこまでも継続していく。それは日本の歴史的社会的現実に生きる夫婦として、不和の原因をもはや二人の性格のちがいなどとはいえない、それぞれの存在の根深い歴史的素因のなかにもっているものであり、「良心と自由」に生きるはずの啓蒙された夫と、政治家の「比較的自由な空気を呼吸し」て自己の存在を主張する啓蒙されない、野性的に敏感な妻との間に倒影して、怪しいまでに複雑化して苦しめもするものである。

まず養父の島田平吉を初めとする経線の親族と主人公の健三との関係をみて、どこから健三の苦悩が生まれてきたと、漱石は考えているかを考えてみよう。

島田が「彼の不幸な過去を遠くから呼び起す媒介として」健三の前に現れたとき、「中流以下の活計を営んでゐる町家の年寄」という風体にみえた。この第一印象通り、今は継娘を軍人に嫁がせ、そこから仕送りをうけ、因業な高利貸のような暮しをたてている寄生的金利生活者である。健三が洋行帰りの大学教授であるところから、昔の情宜を盾として、脊髄病から重態な継娘の将来を見こして、継娘に代る仕送主をもとめる執念な魂胆であった。むしろ「私も此年になつて倚る子はなし、依怙《たより》にするのは貴方一人なんだから」と、自分勝手な言分から、初めは人を立て、老人の窮状を訴え、毎月の仕送りをもとめ、あるいは「昔通り島田姓に復帰して貰ひたい」といいだし、それを拒絶されると、僅かな小遣にはじまり、足しげく訪ねてきては、次第にまとまった金を強請がましく請求しはじめるのである。もちろん、健三は島田との間が縁が切れ、今はまったく何の関係もない他人であることを承知してはいたが、「其人に世話になつた昔を忘れる」ことはできず、「人格の反射から来る其人に対しての嫌悪の情も禁」じられないが、昔を思うと「恩義相応の情合が欠けていた」のではないかと反省する。

健三は多子家族の実家から、幼時、島田・お常の夫妻の養子になって、吝嗇な夫婦から「異数の取扱ひ」をうけた記憶をもっている。周囲の子供とかけへだてた上等な服装から高価な玩具まで与えられて「不思議な位寛大」であったし、このために「小暴君の態度」に強情・我儘・横着な性向をやしなったとまで考えるほどであった。しかし夫妻は一人っ子の養子を純粋に溺愛したからではなく、金の力で、夫婦がそれぞれに自己の専有物にするためであり、身体だけではなく、「心の束縛」をめがけたのである。だから、夫婦は何かにつけて「彼等の恩恵を健三に意識させよう」とし、「其愛情のうちには変な報酬が予期されてゐた」のである。言いかえれば、日本の家族制度がもっていた将来子供にかかろうとする投資的打算に出るものであり、学問をさせるのも「利廻りの好い」投資位にしか評価できない考えかたにもとづいている。だから、健三の将来を子供のために考えているのではなく、時と場合とによっては「給仕にでも何でもしてしまおう」という自利的計算をもふくめている。島田夫妻が不和となり、実家に引取られた後も、養育料という名義で手切金を払うまではなかなか戸籍を返さず、その時になっても、将来を考えて幼い健三に「今後とも互に不実不人情に相成らざる様心掛度」というような一札をいれさせておくという抜け目なさをもっている。そして、今、健三の前に、こんな形式的な何の意味もない一札を情宜にからめて、無心の種に使い、結局、目的をとげるのである。結局、金銭を目標にし、「損得」以外には世間の義理人情をもかえりみない守銭奴、良心などをもたぬ素町人根性の古い典型である。島田についで、姿を現す養母お常にしても、島田にくらべると、消極的ではあるが、いっそういやらしく、彼の忌み嫌う点では大差があるわけではない。

健三の異母姉お夏とその夫比田寅八の場合にしても、また兄長太郎の場合にしても、健三にとっての関係では同じである。比田は健三の従兄にあたり、会社に勤め、宿直だといっては妾のもとに泊り、「一人で遊ぶために生れて来た男」である。小才がきいて義理がたいようでありながら、無責任で勝手である。義姉は無教育で病身ではあるが、都会風に義理がたい勝手な女で、健三から毎月小遣をもらっているが、それも比田にうまく借りられてしまう。結局、健三はお夏から情にからんだ小遣の増額を要求されている。比田夫妻の生活は町人的市井の駄洒落的な生活気分であり、良心も独立も欠いた遊芸的な放恣な生活である。しかも比田が会社をやめて退職金を手にすると、小遣をもらっている健三に貸しつけて金利を得ようとする。健三が本を書き、学問をすることも金儲けとしてしか評価できない。結局、島田と変るところはないのである。兄の長太郎は東京の小役人であり、みずから「老朽」というように、病身で改革や整理におびえ、弟に要路の人への斡旋を依頼したりする。「彼の半生は、恰も変化を許さない器械の様なもの」として、親譲りの財産も精神も消耗してしまった「過去の人」に他ならない。言いかえれば、比田と同じに遊芸に半生を徒労にもちくずして「自業自得」と述懐するような怠け者であり、髪剃りを顔にのせて熱をとるといった迷信にすがる無能力者になりはててている。

ところで、健三は自己の親族が誰も彼もこのように「頽廃の影」であり、「凋落の色」であることを認めるばかりでなく、妻お住の父――つまり姻族にもこれを認めないわけにいかなかった。すでに健三の外遊中に失脚した妻の父はもと高級官吏であり、内閣の更迭によって貴族院議員や知事に推される大物ではあるが、相場に手を出し、鉱山事業にふみこみ、公金を費消して大きな借財を背負っている。父は世俗的な意味で「役に役つ男」であり、事務家的な「手腕」によって人間を評価する。乃木大将を行政家としての「手腕」から軽蔑もする。娘婿にたいしても「不自然に陥る位鄭寧過ぎた」けれども、これは相手を心から尊敬するのではなく、「或る間隔を置いて」遠ざけておくための技巧であり、「裏側には反対のものが所々に起伏してゐた」。健三が野人として身分格式に拘泥せずに手許にとびこもうとすれば、「超えてはならない階段を無躾に飛び越す」ものとして、上品におさえ、その裏では意地の悪い細工をして、他人の苦痛や利害にはきわめて冷淡である。「世間的に虚栄心の強い」男で、「成るべく自分を他に能く了解させようと力めるよりも、出来るだけ自分の価値を明るい光線に触《あ》てさせたがる性質」である。結局、官僚気質を典型的にあらわしている人物であった。その義父がせっぱつまって連帯保証による金策の話をもちこむと、好い顔のできるはずはなかった。しかもその義父の悲境をみると「如何にも苦しいだらう」という一念に制せられ、こんな場合に、敵討するような卑怯な男ではないと、健三は友人から借財してまで、できるだけの金を用立ててやる。それも一度ならず、二度まで重なっている。

健三の親族は養父島田に代表されるような、江戸町人の伝統をひいた素町人根性で、明治社会への適従を失って、いわばその片隅に寄生する過去的存在であった。健三の姻族は義父のように高級官僚の出身でありながら、一度、その機構に足場を失うと、身分や格式に利己心をつつみながら、かつて「怪力」をてらった娘婿に近づき、一つまちがえば犠牲に供しかねない冷淡な存在であった。つまり健三の周囲は「凡てが頽廃の影であり凋落の色であるうちに」、ただひとり貧しいながら一人で世に立っている健三だけが「親類中で一番好くなつてゐる」とみなされ、この一族の「活力の心棒」のように思われている。こういうふうに、日本の家族主義は、一族の中でどうにか独立自営しかかっている健三にたいして、親族のものが自分だけの打算から、義理人情を名分にして圧力をかけることを可能にしており、この意味で「活力の心棒」とみなされるのである。すると、健三の苦悩は、疎隔にしていた親族の落魄が封建的家族主義の力でその学究生活の静かな軌道を脅かしてきているということになる。しかし果してそれだけであろうか。

健三はかれらとのちがいを平素から「魚と獣程違ふ」ときめていた。「心の底」の「異様の熱塊」から娯楽や社交を断り、学問の世界に没頭し、孤独のうちに「索莫たる曠野《あらの》の方向へ向けて生活の路を歩い」ている。このために親類から「変人扱」にされ、そういうかれらを「教育が違ふんだから仕方がない」と区別していた。そして「彼は生きてゐるうちに、何か為遂《しおほ》せる、又為遂せなければならないと考へ」ているが、「其仕事は決して自分の思ひ通りに進行」しないし、「一歩目的へ近付くと、目的は又一歩彼から遠ざかつて行」って、あせりにあせって、終始いらいらしている。この懊悩に癇癪の発作をおこして、罪もない者に乱暴を働き、乱暴を働かない時でも、腹がたつと、

「よく、実にとか、一番とか、大とかいふ最大級を使つて鬱憤をもらした」。それはまったく身心ともに「温い人間の血を枯らしに行く」のであり、青春を「全く牢獄の裡で暮した」と、近づく青年にもらして驚かした。だから、ある時、彼の方針は「過去の牢獄生活の上に現在の自分を築きあげ」、「其現在の自分の上に是非共未来の自分を築き上げなければなら」ず、彼からみると正しい方針ではあるが、そのまますすめば、「此時の彼には徒に老ゆるといふ結果より外に何物をも持ち来さ」ず、「学問ばかりして死んでしまつても人間は詰まらないね」と、半ば弁解的に、半ば自嘲的にもらしている。そして島田が訪ねてきた宵には、また次のように感じている。

「健三はたゞ金銭上の慾を満たさうとして、其慾に伴はない程度の幼稚な頭脳を精一杯に働かせてゐる老人を寧ろ憐れに思つた。さうして凹んだ眼を今擦り硝子の蓋《かさ》の傍へ寄せて、研究でもする時のやうに、暗い灯を見詰めてゐる彼を気の毒な人として眺めた」。

健三は義父を「彼は斯うして老いた」と憐みながら、自分の半生を回想して、二人の間に、「魚と獣程違ふ」ことなんかありはしないのではないかという感じを催している。つまり、

「島田の一生を煎じ詰めたやうな一句（「彼は斯うして老いた」をさす）を眼の前に味つた健三は、自分は果して何うして老ゆるのだらうかと考へた。彼は神といふ言葉は嫌であつた。然し其時の彼の心にはたしかに神といふ言葉が出た。さうして、若し其神が神の眼で自分の一生を通して見たならば此強慾な老人の一生と大した変りはないかも知れないといふ気が強くした」。

健三はまわりの親族たちから自分を区別して、ひそかに種《しゆ》の異る高等な人士と任じていたにも拘

らず、実は同類の人間に他ならないという自覚をもつにいたっている。これは漱石文学において従来みることのできなかった特色であり、そこに漱石の新しく立っている地点が語られているのではないか。健三の「時間に対する態度が恰も守銭奴のそれに似通つてゐる」ことからはじまって、「習俗《コンベンション》を重んずるために学問をしたやうな悪い結果に陥つて自ら知らなかつた」こと、「相手の長所も判明と理解する」ことができず「自分の有つてゐる欠点の大部分には決して気が付かな」いことなど、随所にその敵視する人たちとの同類性を指摘する言葉を挿入している。もしそうだとすれば、「何時でも自己に始つて、自己に終る」道徳や学問は、いつかれらと同じ境遇に陥らないものでもないという「悲観的な哲学」を用意し、かれらと同じ人間の罪（我執）の係蹄にかかっていることをあかすものであろう。しかも自己の人間存在の根源に帰って、わが非を自白することが敢てできないばかりか、自分のことだけを考えながら、その生活の無意味さに自問自答するのである。

「お前は必竟何をしに世の中に生れて来たのだ」

「分らない」

「分らないのぢやあるまい。分つてゐても、其処へ行けないのだらう。途中で引懸つてゐるのだらう。」

「己の所為ぢやない。己の所為ぢやない。」

こうして健三はただ逃げをうつほかはない。

次に『道草』の緯線となる健三とお住との関係は、こういう親族たちとの経の関係と同じく隔絶した違和感をもち、そこからくる健三の苦悩があった。しかし、漱石は二人の不和を単に性格のちがいというふうに考えることでは満足しようとはせず、この不和の原因を深くさぐって、自己の新しい立場をみせる同類性にまで入っていく。

お住は高級官僚の実家に育ち、官邸に出入する男性から夫の理想的人間像を抱いていた。一口にいえば、自分の父を標準にした有用な人物であり、健三も世間から教育されれば、そういう人物になるものと想像していた。しかるに彼女の夫はまったく予期に反した型であり、「世の中と調和する事の出来ない偏窟な学者」として、いわば無用な人物であって、しかも頑強に自己を固執している。お住はこの夫に反抗すれば、健三は自分を認めない妻を忌々しく思った。こうしてお住は妻にあるまじき冷淡、解らずや、無愛想、不貞寝、ヒステリ、しぶとい、迷信家、などと、夫が批難すれば、健三は不人情で、独断家で、手前味噌で、大風呂敷で、理窟屋で、誰も何もしないのに自分一人で苦しんでいると、妻は返報する。いわば「二人は二人に特有な因果関係を有つて」相互に軽蔑しあい、相手をとざしているのである。妻は夫に「何故もう少し打ち解けて呉れないのか」と思えば、夫妻に「打ち解けさせる天分も技倆も十分具へてゐない」ことを知ってはいないと考える。そこで健三は「二人は互に徹底するまで話し合ふことの出来ない男女のやうな気がした」と述懐するし、またこう述懐するとおりのところがあった。こうして二人は「誰が盲従するものか」「到底啓発しようがないではないか」と、どこまでも「現在の自分を改める必要を感じ得なかった」。

もっとも、筋道の通った頭を持っていない、小学教育だけしか受けていないお住には存外新しい点があり、昔風の形式的な倫理観に囚われない家庭に育っただけに、自由主義的な思想をもっていた。「単に夫といふ名前が付いてゐるからと云ふ丈の意味で、其人を尊敬しなくてはならないと強ひられても自分には出来ない。もし尊敬を受けたければ、受けられる丈の実質を有つた人間になつて自分の前に出てくるが好い。夫といふ肩書などは無くつても構はないから」と感じている。反対に「自分は自分の為に生きて行かなければならない」という主義を実現したがっている学問のある健三の方は、妻に対しては旧式で、「夫の為に存在する妻を最初から仮定」して、「あらゆる意味から見て、妻は夫に従属すべきものだ」とみている。夫から独立した自己の存在を主張をする妻をみると不快に感じ、ややもすると「女の癖に」とか、「何を生意気な」とかという言葉になる。そして妻が「いくら女だつて、さう踏みづけにされて堪るものか」という表情をすると、健三は「女だから馬鹿にするのではない、馬鹿だから馬鹿にするのだ。尊敬されたければ、尊敬される丈の人格を拵へるがよい」と、いつのまにか、妻が彼に投げかけた論理を妻に投げかえし、二人は同じ円い輪の上をぐるぐるまわっている。結局、健三もお住も同類の人間なのである。

もちろん、だから、二人は愛情がないのではない。夫は家計の不如意を知り、妻がひそかに入質しているとわかると、これを「夫の恥」として余計に働いて、黙ってわたすし、妻も別にうれしい顔をせずにうけとるだけである。夫の財布が他人に金をめぐんで空だと心づけば、妻は黙ってなにがしかの金をいれておく心遣いを忘れているわけではない。妻が病気に苦しんでいるのをみると、明日の講義の時間を割いても、夜通し看病し、夫として最も親切で、また最も高尚な処置をとるし、妻は妻で、やがてどんな夫でも構わない、「たゞ女房を大事にして呉れゝば、それで沢山なのよ。いくら偉い男だつて、立派な人間だつて、宅で不親切ぢや私には何にもならないんですもの」と、夫の愛にひたりきろうとする。もっとも健三の解釈のように、実家の没落にあった妻の夫にたいする古い理想像の弁護または崩壊と考えられないわけでもないが、そんなところからでも、夫婦の間の和解はなりたつのである。結局、健三は「感傷的《センチメンタル》な気分に支配され易い癖に、決して外表的《デモンストラチーフ》になれない男」であり、お住もまた同じように我を固執して「何でも眼に見えるものを、しつかと手に摑まなくつては承知出来ない」女であり、「悪い一致」がはてしなくくりかえされるだけである。こうして、明治の自由と独立と己れを主義とする健三にも、また野性的な感じでそれを知っているお住にも、「悪い一致」は、一度、別居をみたように、いつどこで破局をみるかわからぬ危険をはらみながら、「一遍起つた事は何時迄も続くのさ。たゞ色々な形に変るから他にも自分にも解らなくなる丈の事さ」「世の中に片付くなんてものは殆どありやしない」と、苦々しく健三が吐きだすような「継続」にたいする諦観に変っている。

漱石は、『道草』において、島田の登場が健三の心を不愉快な過去にまきこんだところから、この「過去の幽霊」が「現在の人間」でもあれば、「薄暗い未来の影」でもあって、どこまでもついてまわることを追求した。それは島田たち親族の経の線ばかりでなく、お住との夫婦関係の緯の線のなかにもみられるものであり、その根柢に人間の罪（我執）の横たわることを反省し、批判している。しかも、この我執を滅して脱けださないかぎり、どこまで行っても片づくことがないばかりか、こうして無意味に老いて、死にむかって歩むのほかないことを示唆する。しかし、他方において、妻の出産に、「新しく生きたものを拵へ上げた自分は、其償ひとして衰えて行かねばならない」と妻は考え、夫は自分の思想上の仕事に、「自分の血を啜」り「あゝ、あゝ」と、歔じみた嘆息をもらさざるを得ないであろう。かくて、漱石は健三が形式「論理の権威で自己を伴つてゐる事には丸で気がつかなかつた」というような評言をさしはさみながら、「事実の問題」に眼をむけ、自然の論理に思いをひそめる。そして島田に最後の百円をめぐむことについて、形式と理窟とを区別し、あの『断片』にみたころ柿の例をもちいて、「口にある論理は己の手にも足にも、身体全体にもある」実質の論理でなければならぬといっていることに注意すべきである。人間の罪を滅ぼしうる可能なものへの示唆であり、人生そのもの、自己そのものを「事実」に委ねることによって、自己が自己を超えるところにまですすみ出る道をもとめている。そこに、漱石が学生時代に子規にあてて書いた「慈憐主義」が「人類に対する慈愛の心」あるいは「より大いなる慈愛の雲」などという言葉になって散見せられもする所以である。忌憚なくいえば、この「慈愛」が『道草』においては、『硝子戸の中』の「微笑」と同じようにまだ言葉だけにとどまっているかにみえる。『道草』はいわば自己本位の行方を追求しながら、「慈憐主義」の存在しうる余地を作者の立場にあずけてあるのであり、四九歳の漱石の反省として暗示されるにとどまる。だがまた、「事実の問題」に下って、実質の論理に着目することで、愛憐もまた「中から吹き出す」論理として、新たに人と人とのつながりを摸索する可能性を奥深く考えようとしているといえる。それとともに『道草』執筆中の断片に、

「技巧ハ己ヲ偽ル者ニアラズ、己ヲ飾ルモノニアラズ、人ヲ欺クモノニアラズ、己レヲ遺憾ナク人ニ示ス道具ナリ。人格即技巧ナリ」

と書き、技巧をもまた内部からの実質の論理によって考え直し、新たに評価しようとしている。健三が自分自身を「凡ての技巧から解放された自由の人であるかのやうに」信じているという「技巧」（『策略』）とはちがった方向をみせていることに、つながるものであろう。

漱石は、かくて、『道草』において、ただ体験を告白するだけではなかった。その個人主義思想が「自己本位」の立場を自己批判しながら、自己を超える絶対我――自己を無にすることによって自己の甦える「絶対の境地」に静かに立とうとしているようである。

（1）『道草』には健三を「三十六歳」と書いてある。明治三六年とすれば、数え年で三七歳にあたるが、明治人として明治の年号に符合させたのであろう。

三　『明暗』

一九一六年（大正五年）をむかえて、漱石は数え年五〇歳になった。持病の胃潰瘍は小康を得ているとはいえ、なお「継続中」であった。いや、この最後の年を身体の衰弱によってむかえたにちがいない。しかも前年の末から左肩から腕にかけてのリュウマティスの疼痛に苦しめられていたから、いよいよ不快なものであったろう。後に糖尿病と診断された苦しみのなかで、恒例の新年随想『點頭録』（一・一―二一）は書かれた。

元旦にのった『また正月が来た』は年頭の辞として『硝子戸の中』より暗い調子をおびている。また正月がむかえられたという喜びよりも、また正月がやってきたという嘆きがひびいている。生涯をかえりみながら、夢のようだという感じ、「たゞの無として自分の過去を観ずる事」の多くなったことをいいながら、また過去が「炳乎として明らかに刻下の我を照し」ていることをおぼえる。この二つの見方が同時に矛盾なく両存している事実に、普通の形式論理を超越したもののあることをみとめて、この事実に自己をまかせる覚悟をのべた。あの「絶対の境地」を思いうかべながら、多病な身体をひきずって、自分の為すべき仕事に「余命のあらん限りを最善に利用」しようとさえ心がけているといった。それは仕事の量の増加という集積だけではなく、実に病苦のなかで、「質に於ても幾分か改良」を期することであり、このために唐の趙州和尚を思いうかべながら、「自己の天分の有り丈を尽さうと思ふ」ことである。最後の年であることを知っているわたしたちにとっては、こういう言葉にも、悲壮な感じをもたざるをえない。

世界大戦は第二年目に入って、ドイツ・オーストリアの同盟軍は四囲の連合軍を破って優勢に戦をすすめていた。この戦争を背景に、『點頭録』はついで『軍国主義』『トライチケ』の二項目を論じている。漱石としては珍しく時事問題、政治問題に直接に発言したものであり、ここに思想家としての面目が出ている。前者において、戦争が永久にわれわれの内面生活を変化させるような強い結果はどこにもみとめられず、「深刻な事実」であるとともに、「根を張らない見掛倒しの空々しい事実」だと断定する。ドイツに代表される軍国主義が英仏の「個人の自由」の思想を破壊し去るかという点に立って考察をめぐらし、英仏思想界に一部「強制徴兵案」のような不純な思想の食い入っているのを悲しみながら、これを「時代錯誤的精神」として評価する。「待対世界の凡てのものが悉く条件つきで其存在を許されてゐる以上」ヨオロッパの平和も「腕力の平均」にほかならないと予測されるが、高い立場に立ち、視野をひろげてみるなら、戦争は一つの手段であり、その成功に実力をあたえる軍国主義は「活力評価表の上に於て決して上位を占むべきものでない」として、自由と平和とを愛する英仏の精神に暗い期待をこめていた。漱石はこれをみきわめるまで生きのびることはできなかったが、ドイツの軍国主義が一時の勝利をおさめた後に潰え去ったことは、漱石の観点の誤っていなかったことを証する。後者は、さらに、思想問題に立ち入っている。

英仏の批評家は、ドイツの軍国主義について、ヘエゲルからの思想家がどのように影響しているとみているかを紹介する。ハインリッヒ・トライチケの思想がドイツの軍国主義の背後に厳存する事実を指摘する。いま、この要約の特色を論ずることは必要がない。注意すべきは、この中で、近代日本の政治と思想との関連を次のようにいっている点である。

「戦争はとにかく、其他の小事件にせよ、我日本に起つた歴史的事実の背景に、思想家の思想を基点として据ゑ得るものは殆どないやうに思ふ。現代の日本に在つて政治は飽く迄も政治である。思想は又何処迄も思想である。二つのものは同じ社会にあつて、てんでんばらばらに孤立してゐる。さうして相互の間に何等の理解も交渉もない。たまに両者の連鎖を見出すかと思ふと、それは発売禁止の形式に於て起る抑圧的なものばかりである。……日本の思想家が貧弱なのだらうか。日本の政治家の眼界が狭いのだらうか。又は西洋の批評家の解釈に誇張が多過ぎるのだらうか。自分は三つとも否定する訳に行くまいと思ふ。さうして其内で西洋の批評家の誇張が一番少いやうに思ふ」。

この問題について、惜しいことに、これ以上の言及がない。近代日本の政治と思想との対立または離反の禍は、ここに鋭く指摘され、これがまた現代日本の開化の外発性と関連していることをみてとっていたと思われる。そして漱石がこういう問題について感想をさしはさむところまで、視野をひろげてきたことは日本の思想家として新しい地歩を意味していたはずである。残念にも『點頭録』は三項目九回にとどまって、リュウマティスの保養のために湯河原の中村是公のもとに転地、ついに続稿がかかげられなかった。糖尿病と診断が確定して、その手当をうけながら、最後の新聞小説『明暗』が執筆された。

『明暗』(五・二六—一二・一四)は、徳田秋声の『奔流』(四・九・一六—五・一・一四)、谷崎潤一郎の『鬼の面』(一・一五—五・二四)の後をうけて、連載された。職業作家として初めて書いた『虞美人草』このかたの小説らしい小説であり、ここに近代小説家としての漱石の新生が考えられる。『虞美人草』から、その反措定として『坑夫』を書いて、実験小説としての二つの三部作を重ねてきた後に、初めて告白小説『道草』を書いて実験小説から脱け出て、その反措定としていわば高次の『虞美人草』に還ってきたのである。この行程は一種の螺線型をなすものとみとめられるが、このためか次元こそ異れ、『明暗』の『虞美人草』との相似性はいちじるしい。『明暗』には悲劇のセオリのような証明すべき哲学をもっていなかったにせよ、プロットの劇的構成において『虞美人草』を想起させる複雑な作者の趣向がみえる。そこに、いわゆる「則天去私」を示唆する勧懲主義的傾向を帰納したい誘惑を感じさせるものがあろう。また主人公津田由雄とお延との関係は小野さんと藤尾との夫婦生活を思わせる。もちろん、津田は滝沢克己のいうように代助をへた小野さんといえようし、お延は同じく「我の女」であったにせよ、藤尾そのままではありえない。このちがいは、作者の思想の深化が身体化されて、『虞美人草』の男性中心の世界が作者の観念の傀儡化にとどまっているにたいし、『明暗』が江藤淳の指摘するような女性中心の世界であっても、いわば生活感覚として劇的構成の内面化に働いているからである。しかしこのために、完成すれば漱石最大の長篇となったであろう『明暗』の結末を『虞美人草』を下書にして予想することは危険である。なるほど、お延は小林の冷笑に「私はまた生きてて人に笑はれる位なら、一層《いつそ》死んでしまった方が好い」といい、その死の結末を暗示するようであるが、近いうちに夫のために大きな勇気を出す機会もあるから、「今に見ていらつしやい」と津田に預言もするのである。小林は「事実其物に戒飾《かいちよく》される方」がよいだろうといい、また「平生の彼に似合はない粗忽な遣り口」で、病後の療養にひとり温泉に出かけた津田の身に、病気再発か、何かがあると考える方が穏当なようである。漱石の修善寺大患の前後の事情のようなものである。お延の死といった大時代な小説は、この近代小説のどこを押しても、もはや出てくるはずはない。『虞美人草』に相似だといっても、小説家としての漱石の見識は一〇年間の歳月に格段と熟成している。

さて、『明暗』の構成は、すでに唐木順三が精密に分析したように、最初の三章にできあがっている。津田の身体の病気は結核性の悪質のものではないから、根本的手術によって治すことができると、医者は診断する。医者の診断は神の如き作者の意図を寓して、津田の精神の病気の、根本的手術による治癒を予告するものと、解してよさそうである。こう解すれば、たしかに『明暗』は「津田の精神更生記」（唐木）を予約しているとみられる。しかし津田の精神の病気は、津田の愛した清子が、突然、背をむけて関と結婚し、その原因がわからぬままに、いまだに未練をもち、「貰はうとは思つてゐなかつた」延子を妻としていることのうちにある。それが津田自身の存在に負うている人間の罪（我執）だとすれば、『門』の用例にしたがえば「結核性の恐ろしいもの」になり、清子の背反の理由を知るだけでは、根本的手術の効果を期待することも怪しいといえよう。津田が夫婦関係に即して、また吉川夫人その他の周囲の関係に即して、病源と知っている清子との関係を切開することによって、津田という人間全体の底の部分までも治療されなければならぬことになるからである。そうすると、津田の更生は『明暗』の末尾に登場する清子——諸家が「無私」の理想像とする清子との再見における「心機一転」に賭けられているようにみえるが、叙述はそこまで立入っていないだけではなく、もう一度出血か何かの危機をくぐって、結核性の病気であるかどうかは別としても、存在に巣くう結核性のもの（我執）の自覚を通さなければなるまい。一途な代助とは性質のちがった津田にそれを期待することはむつかしい。そればかりではなく、傲慢な吉川夫人がお延を「もつと奥さんらしい奥さんに屹度育て上げて見せる」といった一人呑みこみの「手腕」の方も、お延の性質や吉川夫人に対する関係からみて、津田も疑うように、なんらかの波瀾を予想させるものがある。夫人の妻君教育は、我執の根治について実意のあるものであるにせよ、芝居がかった上流夫人の「技巧」であることを免れない。これがお延の身の上にどのように作用し、またどのように津田にはねかえるか、臆測は単なる臆測以上に出ない。しかも、漱石の小説は結末近くに大転換するのが常套である。だから、漱石は人間の精神の病気である我執を追求し、津田の更生ということはともかく、もっと奥深い事実そのものを市民生活のなかに明暗とりどりに提示することにあったのではないか。

主人公の津田由雄・お延夫妻は新婚六カ月の中産階級出の会社員である。二人はそれぞれに親の実家である京都で知りあい、「想思の恋愛事件」の後に二人だけの世帯を東京にもっておりながら、結婚後半年もたたぬうちに、夫婦の関係の外見の幸福さにもかかわらず、内側では変ったものになっている。この夫婦間の「待対世界」を中心に、夫婦を一体とする対世間関係、夫または妻の津田の周囲に対する関係、妻の延子の周囲に対する関係を展開しながら、人間の醜悪なエゴイズムが描きだす微妙なニュアンスを書きわけるところに、『明暗』が成立している。その詳細をすべてここに分析することは必要はあるまい。まず夫婦の問題から考えて、その周囲を照しながら、思想の核を知ることが当面の問題である。

津田は代助のように「自己の快楽を人間の主題にして生活しようとする」男である。しかし現代日本の窮状の認識から、自己本来の活動を自己本来の目的とするという快楽哲学を用意しているわけではない。むしろ毎日の市民生活に即して、これを快適に過すために、自己の快楽を主眼とする生活感覚において考えていることである。だから人生の真実をもとめて、そこに孤独や不安に脅えることはなく、ただ「自己を裕《ゆた》かに有つ」ことをねがっている。学生時代には父親や教師たちからある程度騙されていたように、ある程度かれらを騙すことを必要とみとめたし、卒業後、父の旧友である吉川の社長をする一流会社に就職してからも、「世間へ出る多くの人が、出るとすぐ書物に遠ざかつて仕舞ふのを、左も下らない愚物のやうに」罵りながら、みずからは読書や知識を生活の真実への追求とは没交渉に、ただ「一種の自信力の貯へ」とし、また「他の注意を惹く粧飾」として、すなわち処世の術として、身につけようとするだけである。「為る事はみんな自分の力で為、言ふ事は悉く自分で言つた」というふうに、自己の才能や力量に強い自信をもち、いわば自己本位に活動してはいるものの、この「自ら重んずる」態度はいつでも「自分の築いた厚い重い壁に倚りかゝつて」、自己をつつみ、世間や他人にむかう態度として現れてくる。この人生には虚偽が必要なのだと考えて、人生の虚偽の中に生き、「嘘吐きな自分を肯《うけが》ふ」とともに「他人の嘘をも根本的に認定する」。そこで利害や虚栄や儀礼につつまれて、すべての人にたいして用心深く、疑い深く、「淡白」ではありえなかった。「自分で自分の穢い所を見るのでさへ、普通の人以上に苦痛を感ずる男」であったというのも、代助のようなギリシア的唯美主義からではなく、ただあらゆる点でその利己的な虚栄心を満たすことにあったとみてよかろう。こうして津田はいわば大正期の平凡な市民生活の生活感覚を身につけ、世俗的な幸福を自由に生きているつもりの俗物なのである。

津田は吉川夫人の媒介で清子という美しい恋人を得た。それが「あつと云ふ」間に、彼を捨てて、関と結婚してしまった。この事件からうけた心の傷は深かったけれども、それについての自覚を欠いているために、自己の責任を感ぜずに、京都の実家で知った延子との恋愛から結婚のうちに癒えたかのようにみえた。この結婚生活で、実父の財産を実質以上に吹聴し、「楽な身分にゐる若旦那」であるかのように妻にみせかけ、盆暮の賞与での返済を条件に、新婚生活の家計の不足を実父から補ってもらった。実父は退職官吏で、実業界に転じ、余生を京都に送っている資産家にはちがいなかった。しかし彼は、一つにはお延にたいする虚栄から、一つにはその派手な生活態度から、実父との約束をたがえて返金せず、父の感情を害してしまった。その上、病気入院から金銭の必要が生じていた。父の弟の藤井は人生の批評家で文筆で生活し、津田は学生時代をここにすごし、「第二の親」とは思ってはいても、「物質的に不安なる人生の旅行者」であったから、金銭上の世話になることはできない。それだけに、叔母のお朝は、津田の性質をよく見ぬき、つねに「贅沢」と批評している。「心が派手で贅沢に出来上がつてゐる」から、「自然真面目さが足りない人」にみえる、「人間は好い加減な所に落ち附くと、大変見つとも好いもんだ」というふうである。この藤井はお延との関係から岡本とのつながりができるが、社会階層のちがいは親近になれず、この津田にたいする批評がお延の上にはねかえり、またはねかえされて、見栄や体面をつくっていることも否定できない。津田の妹のお秀は器量望みの道楽者の堀庄太郎に嫁しているが、この叔母と同様に兄の性向をよくみぬき、これに延子の虚栄という理由を加え、実父の立場から兄夫婦の「贅沢」を手きびしく批判して、津田には「苦手」にあたっている。津田は清子との事件をお延につつみ、心の底では今でも清子を愛しているがために、お延を心から愛することができず、夫婦生活のなかでも技巧を弄している。だから、お延が自分の帯を入質して入院費を工面しようといえば、夫としての虚栄や矜りから、これを素直にうけいれて、弱身をみせることはできない。お延が結婚の支度をしてもらった叔母の岡本精・お住の一家は事業家で、この岡本や吉川は津田の社会的地位を裏づけるものであったから、後に吉川夫人が鋭く批評するように、かれらの手前からお延を大事にしているようにみせかけ、体面をつくろってもいるのである。この点において、お延も同じで、岡本にたいする見栄から、金銭の融通などを申し出る余地はない。要するに、津田の人間全体の根にある我執が人生の虚偽の中に生きて、これに不安を感じないばかりか、疑うこともなく、夫婦関係から「世間」まで体面や面目の虚栄に蔽って、自己自身をも毒しつつ、なおそのことを意識していない。

漱石は『道草』いらい主人公の男性の立場からだけではなく、女性の立場からも自由に描きうる視点を拡げ、『明暗』においてさらに前進している。由雄・お延の夫婦生活、特に津田の生き方は、お延の立場から却って鋭く洞察される。そればかりでなく、両性の葛藤である「愛の戦争」という近代小説の主題は、その微妙な心理の解明を尽して、ここに見事な知的表現を与えている。『明暗』の女性たちは生活感覚を知的に消化した優れた知性の持主で、漱石の知的会話は、面目を一新して、ただの警句にとどまらず、内面的な劇そのものの描出として完成をみたということができる。

お延は京都の資産家の娘であるが、小さい時から東京の岡本夫妻の間に育った。岡本の叔父は「粗放のやうで一面に緻密な、無頓着のやうで同時に鋭敏な、口先は冷淡でも腹の中には親切気のある」人で、この「洒落でありながら神経質に生れ附いた」叔父の気合をのみこんで、お延は「如何にして異性を取り扱ふべきかの修養」をした。このことはお延が自己の真実に誠実ではないというのではないが、男性の扱い方においてある種の駈引をふくむ「技巧」を手にいれているという意味であろう。京都に帰省中、「津田を見出した」ときに「すぐ彼を愛した」。この結婚で、「冒険から結末に至る迄、彼女は何時でも彼女の主人公であつた。又責任者であつた」。彼女は自主的に自己自身の存在にめざめたが故に、「自分の料簡を余所にして、他人の考へなどを頼りたがつた覚え」はないという意味で「我の女」でもあれば、「自分で自分の理窟を行為の上に運んでゆく女」、新しい女でもある。しかるに、結婚して一月もたたないうちに、夫は「手前勝手な男」に思われ、その「要求する犠牲には際限がない」という疑惑が浮び、「良人といふものは、たゞ妻の情愛を吸ひ込むためにのみ生存する海綿に過ぎないのだらうか」と、思いはじめていた。

彼女はたしかに津田と相愛し、これを結婚によって完成しようとした。そして結婚において津田と見解を一つにした。しかし彼女が一目で津田に惹きつけられたのは、初対面の時の彼の大人びた沈着な挙動であり、彼女の父の「老人向きの雑談」に臨機に順応して捌いた巧者な扱い、冷悧な老成した挙措にあったであろう。まさに本性をつつんだこういう見栄は、純一無垢な彼女の恋愛とはちがって、その中に彼女から離れる要因をふくんでいるはずのものである。両親や岡本は「最初会見の当時から、既に直観的に津田を嫌つてゐた」ようであり、「あの男は日本中の女がみんな自分に惚れなくつちやならないやうな顔附をしてゐる」と露骨に批評し、藤井の叔母は「色々選り好みをした揚句、御嫁さんを貰つた後でも、まだ選り好みをして落ち附かずにゐる」と看破している。彼女は女性らしく全的に彼を愛そうとし、そういう愛を、直接に訴えて憐みを乞うような見苦しい真似がしたくない「意地」からして、時には「夫の先を越すといふ悪い結果」を生む行為において、時には「非常に気の利いた証拠」をあげる行為において、日常の瑣末事のなかに現している。こういう妻の技巧をともなった所作を眺めると、津田は可愛と思いながらも、「さう御前のやうな女とばかり遊んぢやゐられない。己には己でする事がある」と、「相手を見縊つた自覚」にみちびかれる。津田は延子をすなおに愛するためには、心の一点でいまだに人妻になった清子への未練をもっているからである。お延はぼんやりと二人の間に邪魔が入って、胸と胸とがぴたりとくっつかない疑いをもちはじめている。夫に裏切られた口惜しさ、夫の性質について勘ちがいをした口惜しさに胸をしめつけられながら、「自分の眼で自分の夫を選ぶ事が出来た」幸福において、「夫婦和合の適例」のように認められている岡本にも、また誰にも訴えることはできない。つまり、お延の「我」が見栄となって働くのである。夫の入院中、一夜の観劇（従妹の見合）の後で、彼女を羨望し、崇拝する従妹と語り合いながら、津田を頭において、激した口調で、「たゞ自分で斯うと思ひ込んだ人を愛するのよ。さうして是非其人に自分を愛させるのよ」と、むしろ自分の覚悟を語った。そしてその夜、「自分と津田との間柄」にある「不安の大根」の「正体」は分らぬながらも、疑いの事実をひっくりかえすことによって、疑いを拭い去ろうと、新たな決意をする。

しかし、この決意は無意味に等しい。津田の友人の小林が「津田の過去」を暗示し、津田の妹お秀が「嫂さんを大事にしてゐながら、まだ外にも大事にしてゐる人がある」というのを障子越しにきいた。しかも岡本からもらった小切手が役だって夫婦の敵を追いはらい、お延にとって二人の愛の「復活の曙光」をみとめはしたものの、二人が融け合った「我」は表面的であった。津田が小林から吉川夫人の訪問を知ってお延に与えた不用意な伝言から、彼女はお秀を訪ねて思わしい結果を得られなかったために、吉川夫人やお秀が「自分に対して仕組まれた謀計」を「内密に何処かで進行してゐる」と気づいて、急に心細くなった。そしてただ一人頼りとしている夫だけは共謀者の仲間入りはしていまいと念じながらも、女としての「恐ろしい生存」に、一点の疑いをもって津田を訪ね、度胸比べと技巧比べの「平和な暗闘」をくりかえした。

お延は「完全な愛」また「絶対の愛」という近代的な恋愛観を現実の結婚生活に貫徹させせようとしている知性的な女である。このことはお秀を訪問したときに、「一体一人の男が一人以上の女を同時に愛する事が出来るもの」かという問をめぐって問答した際に最もよく面目をみせている（地の文は省略する）。

「だつて自分より外の女は、有れども無きが如しつてやうな素直な夫が世の中にゐる筈がないぢやありませんか」

「あるわよ、あなた。なけりやならない筈ぢやありませんか、苟も夫と名が附く以上」

「さう、何処にそんな好い人がゐるの」

「それがあたしの理想なの。其所迄行かなくつちや承知が出来ないの」

「いくら理想だつてそりや駄目よ。その理想が実現される時は、細君以外の女といふ女が丸で女の資格を失つてしまはなければならないんですもの」

「然し完全の愛は其所へ行つて味はれるでせう。其所迄行き尽くさなければ、本式の愛情は生涯経つたつて、感ずる訳に行かないぢやありませんか」

堀庄太郎という道楽者を夫にし、二人の子持の一歳年上のお秀は、姑や小姑と同居し、「妻としての興味を夫から離して」、母らしい愛情を子供にそそぐ、「心が老《ふ》け」た女である。この「世帯染みた」お秀は、お延の完全な愛を冷笑し、こういう一途なものではない、「家」のなかでの生活感覚としての愛情をいうのである。「外の女を女と思はずにゐられる位な夫なら、肝心のあなただつて、矢つ張り女とは思はないでせう」、「それよりか好きな女が世の中にいくらでもあるうちで、あなたが一番好かれてゐる方が、嫂さんに取つても却て満足ぢやありませんか。それが本当に愛されてゐるといふ意味なんですもの」というお秀の論理は、直に一夫多妻の是認を意味するものではない以上、老成した生活感覚からきた日常の相対的な愛情の真相を伝えている。もちろん、ここには伝統的倫理に根ざす論理を想定しないわけにはいかないが、人間関係の微妙な実相はお秀の意見にあるかもしれない。しかしお延の場合、夫の愛を独占し、他の介入を許さない、夫婦一体の理想的な愛であり、女性からみた純粋でもあれば、絶対でもある愛の貫徹を主張する。個人主義的な恋愛観ではあるが、「生一本」にすぎる理想は愛の拘束性を厳格に考えすぎて、社会生活の現実における相対的な働きをも見失って、生存の危機をも招きかねないものである。

とにかく、お延と津田との「平和な暗闘」は、この「絶対の愛」の貫徹をめがけて、「夫に勝つ」ことでも、いわんや周囲が想像するように贅沢三昧をすることでもなく、ただただ夫の「真実相」を明かにして、自分の疑いを晴らすことを主眼としている。この「真実相」をつきとめることが「津田の愛を対象に置く彼女の生存上、絶対の必要」であると思いこみ、「それ自身が大きな目的」であった。そうであれば、「前後の関係から、思慮分別の許す限り、全身を挙げて其所へ拘泥」するのは当然で、それが「彼女の自然」であるとしても、愛の思慮分別が要求する、みずから望みもせぬ虚栄や技巧や虚偽を弄するようになるから、「大きな自然」には背いたことになる。津田との距離がひらく悪循環はさけがたい。彼女の努力が津田を追いつめながら、平素の憐みを乞わないという「意地」をわすれ、本心の愛をさらけだし、夫の愛を嘆願することになる。津田はそういうお延が気の毒になって、いっそのこと思いきって何もかもさらけ出そうとする。津田の告白の可能な転機である。しかし「利害心」や温泉行のことから、「妥協」を申出て、転機は去る。お延は暗に告白したにも等しい申出に口惜しがるとともに喜んだ。夫婦はある程度弱点をみせあったことによって、「事前の夫婦」は「事後の夫婦」ではなく、このことは両者の関係に微妙な心理的なはねかえりを伴っている。漱石はそこを深く描ききっている。とにかく、津田・お延の不幸な葛藤は清子に代表される問題に煮つまってきているようにみえる。

すでに一言したように、清子はこの小説において漱石の問題を解く鍵となる理想像の有り場所をしめすはずである。『坊っちやん』の「お清」いらい、漱石の作品には作者の心の拠りどころとなるものの理想化が女性像のなかにおこなわれ、清子の名をあたえられている例がある。しかし流産の後療養にきている清子に津田が再会するのは末尾に近く、きわめて平凡な人妻としての外郭が描かれているにとどまる。「一寸の余裕も与へない女、」「随時随所に精一杯の作用を恣に」し、「自分にも五分の寛ぎさへ殘して置」けない女である延子との対照において、清子は緩漫な逼らない優悠《おつとり》している苦のなさそうな女、向いあっていると伸び伸びした女、「信と平和の輝き」が静かな眼に内面から光っているような女、去来するものを去来するものとして送迎する女であり、没我・没技巧の特色をきわだたせて描こうとしているようである。お延、お秀、吉川夫人とそれぞれの個性的な女性の内面に入って十分に描いている漱石は、清子については津田の側から主に描かれ、まだ問題の核心をしめすところまできていない。それだけに、漱石学者は書かれた範囲の僅かな材料――それも主として津田の側からみられたものによって、望むような漱石の最後の境地を描きあげている。漱石の理想化が生前の周辺の人たちの神話によってつくりだされる所以である。

津田が保護者の吉川夫人の勧めにしたがい、病後の療養を名として、清子の「反逆」の原因をつきとめ、自己の未練に結着をあたえるために、軽便鉄道から馬車と、温泉のある自然の中に入っていく。漱石は『草枕』を思わせるような自然の中に津田をともないながらも、「あゝ世の中には、斯んなものが存在してゐたのだつけ」と述懐させ、この述懐を瘠馬のように「失はれた女の影を追ふ彼の心」にむすびつけ、冷たい山間の冷気や、神秘的に黒くぼかす夜色や、その中に自分の存在の呑みつくされることを重ねて、「思はず恐れた。ぞつとした」ので、まったく『草枕』と基調が異っている。しかもめざす人の泊った宿屋にあって、なお津田は今のままいつまでも煮えきらぬためにある自由、馬鹿になって構わず進む、馬鹿にならずに自分の満足の行く解決、この三つの途のいずれとも決しかねている。こうして人気のない湯壷への廊下で、不意に清子にめぐりあった。清子は硬くなったまま棒立ちになり、蒼くなって土人形のように倒れそうになった。津田が声をかけようとすると、くるりと後をむいてとまらずに引き返し、電燈を消した。漱石は、ここに結婚するはずの清子があっというまに他の男に結婚したことを再現し、その謎に入るきっかけを与えているようにもみえる。翌日、彼が面会をもとめてきたときの無雑作な無器用で子供染みた態度との対照において、細かに描きこまれるし、また二人だけの会話のなかにも、陰見する。しかし、清子の驚きは、おそらく津田が待伏せしたものという疑いと関係があり、「たゞ貴方はさういふ事をなさる方」という性向への知悉に関係している（津田との結婚を捨てた理由でもあろう）とすれば、この清子の挙措に深い形而上的な意味づけを与えることは読みすぎではあるまいか。清子は『草枕』の中の那美子のような神秘化された存在として作者に描かれてはいない。

『明暗』の分析を通して明かなことは、清子は利己心または我執から解放され、見栄や虚栄や嘘偽をもたない、いわば大我の自然に生きている、それ故に没我でも没技巧でもある、開け放れた女として描かれ、逆に津田の我執から生れる見栄や嘘偽や技巧を看破できる女であるというふうに解されるのである。清子には吉川夫人の見舞だと果物籠を利用するような津田の技巧を必要としなかったから、「何うでも構はないといふ風」をとれるし、「あらゆる津田の質問に応ずる準備を整へてゐる人」のように落ちついてもいられる。だから津田も彼女の前に出ると、「そんな真似をしても始まらないといふ気が、技巧に走らうとする彼を何処となく抑へ附けた」というふうに、素直な態度にかえもする。こういう清子の人間全体の有りかたは、自我を超えたところに自我をしめすと考えれば、「絶対の境地」とも、「則天去私」ともいうことができないわけではない。

なお『明暗』において重要な人物は藤井のもとで雑誌記者をやり、津田の友人でもある小林であろう。こういう人物はすでに『二百十日』の圭さん、『野分』の白井道也、高柳周作だちから『門』の安井に先蹤をもっている。みずから「善良なる細民の同情者」と名のる小林は、『明暗』の世界に、新しい社会的「待対世界」をつくり出しているものである。漱石は社会学的素養が早くからあり、森田草平に教えられてドストイエフスキに親しみ、大正期の時代思潮に考えるところがあって、「水に油を点した」（正宗白鳥）ような小林の登場をみせたのであろうが、作者にとってはそれ以上の意義があった。すなわち、第一に津田・お延の関係をはじめ、藤井家、岡本家、吉川家の中上流階級などにおいて口にせられている「愛」とはちがう「人類に対する慈愛の心」が、『道草』の場合にはまだ板につかず、ここに初めてその場所から説かれはじめている。漱石の慈憐主義が初期作品に呼応して息を吹きはじめたのである。小林は津田を縄暖簾ふうな居酒屋につれこんで、この店の客を「自分の兄弟分でも揃つてゐるやうな顔」をしてみまわしながら、土方や人足が「人間らしい崇高な生地をうぶの儘有つてる」ことを説き、「たゞ其人間らしい美しさが、貧苦といふ塵埃で汚れてゐる丈」だという。もちろん、ここには小林の津田に対するいやがらせや「自家の弁護」があるかもしれない。しかし漱石が小林の口をかり、ドストイエフスキの小説から次のように述べることは、人間の同胞意識、連帯意識のなかにある「愛」を尊いものとし、もしいうならば、自我を超えた自我の「絶対の境地」、人間的生命そのものから根拠づけようとしている。

「如何に人間が下賤であらうとも、又如何に無教育であらうとも、時として其人の口から、涙がこぼれる程難有い、さうして少しも取り繕はない、至純至精の感情が、泉のやうに湧き出して来る事を誰でも知つてる筈だ」。

ここに、小林がお延に古外套をもらいに行った際、その「厭な奴」としての無頼な態度の底に、時にはお延の自我をうちこらす「天」の配剤——「自分の小さな料簡から敵打ち」しているのではなくて「天がこんな人間になつて他を厭がらせて遣れと僕に命ずる」という小林の論理を書いている漱石がいるのではないか。

第二に、小林は文筆家藤井の弟子として、白井道也系のルンペン・インテリゲンティアの系譜をひいた「無籍もの」(outlaw)であり、上流階級の破廉恥な、したがって「奇警」な批判者である。しかし明治社会の政治的状況が、こういう批判者を「書物の上」のものに追いつめ、無能力者としたのとはちがって、大正社会に入っての比較的に政治的に自由な状況において、社会的基盤をもちはじめていることを意味していよう。小林によっては大正教養派の思想的支柱となった人格主義が口にせられず、自由平等の要求の上に、「紳士」の階級的否認や「平民的」主張がいわれ、無政府思想が人類同胞意識から結合しはじめていることに留意すべきであろう。小林の人間像の背景に大杉栄のような人物を想定することは、漱石の個人主義思想の系譜から考えて、かならずしも無理ではないはずである。ここに登場する小林の知性能力は「下賤無教育」とはちがった高度のものをしめしている。漱石が「個人」を土台に「社会」を視野にいれはじめているという説には、根拠があると、わたしは考える。

第三に、小林は朝鮮行について津田と会食し、餞別をもらう。その席に原という貧しい青年画家が現れ、津田は原が小林に送った手紙を読まされる。叔父に欺かれ、窮境に落ちこみながら、苦痛を訴えることによって、「僕がまだ人間の一員として社会に存在してゐるといふ確証を握る」と、連帯意識を表明する。津田はこれを別世界のこととしてつっぱねるが、小林は「君の道徳観をもう少し大きくして眺めたら」無関係ではないとし、餞別金の一部をわたす。小林の津田教育であり、この点はすでに第一に説いたことである。ここで注意すべきは前衛芸術の無名画家が「特殊な人」である津田と対立させられていることである。「彼の所謂特殊な人とは即ち素人に対する黒人であった。無知者に対する有識者であつた。もしくは俗人に対する専門家であつた」。漱石が黒人よりも素人を尊っとんだことを思い併せるならば、この貧しい無名画家の「真其物の発現」の前に、この「特殊な人」の自惚がいかに根拠なきものであるかを思い知らせ、『明暗』の複雑な構成における小林の存在の意義が大きいことを明かにしている。

『明暗』は醜悪な人間の生臭い「百鬼夜行」の絵模様であった。それだけに、漱石は「毎日百回近くもあんな事を書いてゐると大いに俗了された心持になります」ので、反対に「三四日前から午後の日課として漢詩を作ります。日に一つ位です。さうして七言律です」（大正五・八・二一・久米正雄・芥川竜之介宛）ということにもなる。この手紙に書きつけた七言律には、『明暗』の意図がもられている。

仙ヲ尋《タツ》ヌレドモ未ダ碧山ニ向ツテ行カズ　住シテ人間ニ在レドモ道情足ル

明暗雙雙三萬字　石印ヲ撫摩シテ自由ニ成ル

『明暗』を書いている漱石が、他方において良寛の書を愛し、文人画を好み、書画に心を遊ばせながら、漢詩を「日課」として作っていた。唐木順三はこれを解して初期とは逆に小説の職業的制作にたいする漢詩や書画に「求道の、本心の直接的表現となつてきてゐる」と、論じている。詩と小説の位置が逆転したとみとめるのは、「則天去私」への道行が、小説の別世界への移行となって、漱石の内心の求道がそこに直接表現を見出しがたいとするからであろう。たしかに晩年の漱石は道をもとめ、こういう直接表現は人間臭い小説には適しなかったであろう。なるほど、漱石は神戸から若い禅僧の鬼村元成や富沢敬道が訪れてきたときには喜んで歓迎し、かれらに礼拝までした。そしてかれらの帰国後、「私は私相応に自分の分にある丈の方針と心掛で道を修める積です。気がついて見ると至らぬ事ばかりです。行住坐臥ともに虚偽で充ち〳〵てゐます。恥づかしい事です。此次御目にかゝる時にはもう少し偉い人間になつてゐたいと思ひます」（同・一一・一〇・鬼村元成宛）とか、「変な事をいひますが、私は五十になつて始めて道に志ざす事に気のついた愚物です。其道がいつ手に入るだらうと考へると大変な距離があるやうに思はれて吃驚してゐます。あなた方は私には能く解らない禅の専門家ですが、矢張り道の修業に於て骨を折つてゐるのだから、五十迄愚図々々してゐた私よりどんなに幸福か知れません」（同・一一・一五・富沢敬道宛）と書いている。これらの表現から、漱石は禅に尊敬をもっていたにせよ、その志す道がかならずしも宗教的伝統にもとづくものではなく、「私相応に自分の分のある丈の方針と心掛」で修められるものであり、相対的な自我から絶対的な自我（無）に徹していくことであることを知ることができよう。

真蹤寂莫杳トシテ尋ネ難シ　虚懐ヲ抱イテ古今ニ歩マント欲ス
碧水碧山何ゾ我有ラン　蓋天蓋地是レ無心
依稀タル暮色月草ヲ離レ　錯落タル秋声風林ニ在リ
眼耳雙ナガラ忘レ身モ亦失フ　空中独リ唱フ白雲吟

一一月二〇日夜の最後の詩作であり、「則天去私」の境地の悟得に立った絶唱であるといわれている。しかしわたしは漢詩における漱石の個性的価値をみとめ、この絶唱であることに同意するにせよ、漢詩という伝統的詩形がみせる慣用句や常套語の制約から、この詩を多くの解説者のように漱石の悟達を証拠づけるものとは考えない。むしろ漱石は認識者から存在者への道を歩みながら、自己そのものの根源をきわめて「絶対の境地」に出入したればこそ、「待対世界」にある人間をもとりあげて、たとえば小林において「社会」の観点に新しい息吹きを吹きこんでいけたのではあるまいか。こうして、わたしは『明暗』を完成したら、その上なお小説を書いたであろうかと設問し、これに否と答え、小説の筆は絶つだろうといった唐木順三に同じるわけにはいかない。漱石の作品が描く螺旋状の軌道は、新しい次元において、初期作品群か三部作群かを指呼し、むしろ辰野隆のいうように前者につけば、或は個人意識から連帯意識を掘りさげる独自の「社会小説」の可能性をも考えられるし、また後者につけば彼の思索を深めて個人我から絶対我を具現する実験としての新しい思想小説の可能性を思わなければならない。そしてこれは、過渡的な大正文学に、漱石らしい土性骨を通すさらに偉大な業績をうちたてることになったであろう。しかし不幸にして「天」は漱石にそれだけの齢を藉さなかった。

漱石は一一月二一日築地の精養軒における辰野隆・江川久子（山田三良の義妹）の結婚披露式に列席した。翌日、机上の原稿紙に189と『明暗』の回数を書いたままうつぶせ、ひとり苦しんでいた。胃潰瘍の五度目の発作であった。二八日、大内出血があり、一二月八日、絶望状態となって、翌九日、午後六時四五分亡った。東京大学英文科で共にシェイクスピアの評訳をし、競争講座の形になった柳村・上田敏の死（七月九日）よりおくるること五ヵ月、奇しくも同じ日であった。東京大学医科大学で、長与又郎執刀のもとに、遺骸は解剖された。漱石の脳の重さは一六二〇グラム（同年齢者平均一三六八グラム）で、記録された日本人の脳の重さでは最高の部であり、大脳皮質の回転は太くはないが、きわめて緻密でよく発達していたと、報告された。一二月一二日、青山斎場で葬儀が行われ、雑司ケ谷の墓地におさまった。鎌倉から釈宗演が上京して導師となり、戒名を選んだ。

文献院古道漱石居士

『明暗』は、漱石歿後も、なお五日あまりつづいて新聞紙上にのり、一二月一四日、一八八回をもって中絶した。そして、漱石の死とともに明治の真の終焉がみられた。

漱石の歿後六年、一九二二年（大正一一年）七月九日、森鷗外もまた歿した。大正大震災の前年のことである。鷗外はすでに漱石の死の翌年をもって、ほぼ文学活動をやめていたから、鷗漱二家の筆を絶った一九一六、七年をもって、近代日本文学の大きな転機と考えられるだろう。

夏目漱石年譜

年号	年齢	事項	作品	参考事項
1867年(慶応3)	1	二月九日(旧暦一月五日)、江戸牛込馬場下横町(現在、新宿区牛込喜久井町一)で生まれた。父、夏目小兵衛直克(五〇歳)、母、千枝(後妻、四一歳)の五男末子。長女佐和、次女ふさ(以上異母姉)、長男大一、次男栄之助、三男和三郎直矩、四男久吉(四歳で死亡)、三女ちか(二歳で死亡)の兄姉があった。 夏目家は、江戸町奉行支配下の町方名主で、かなりの勢力があった。生活は裕福であったが、当時すでに家運は傾きかけていた。 生後まもなく四ッ谷の古道具屋(一説によると源兵衛村の八百屋)に里子に出され、やがてつれもどされた。		一一月九日(旧一〇月一四日)大政奉還、王政復古。 *正岡子規、幸田露伴、芳賀矢一、上田萬年ら生まる。
1868年(慶応4年 明治元年)	2	塩原昌之助(二九歳)の養子となり、同家に引きとられた。塩原はもと四谷大宗寺門前の名主の出で、内藤新宿北町裏十六番地に在った。翌年四月、四十一番組の添年寄となって、浅草三間町に移った。		一〇月二三日(旧九月八日)、明治と改元。 *美妙、紅葉、蘆花、透谷ら生まる。

1871 年（明治 4）	5	養父は四十一番組添年寄を免ぜられ、内藤新宿に引揚げ、一時妓楼伊豆橋に住んだ。養父は金之助を塩原家の長男として戸籍に登録、後離縁の際の面倒の因となった(これは五年のことか)。		五月二三日（旧四月五日）、戸籍法公布(一一月施行)。八月二九日（旧七月一四日）、廃藩置県。
1872 年（明治 5）	6	七月、養父は第三大区十四小区の戸長になり、翌年三月、第五大区五小区の戸長に変り、浅草諏訪町に住んだ。		太陽暦実施（旧一二月三日をもって明治六年一月一日とす)。
1874 年（明治 7）	8	春頃、養父が未亡人日根野かつを妾としたため、養父母間に不和が生じた。一時生家に引きとられたが、しばらくして浅草寿町十番地の養父の妾宅に戻った。十二月、浅草寿町の戸田学校の下等小学八級に入学。		板垣退助、江藤新平ら民選議院設立建白書を出す。*上田敏、高浜虚子、平田禿木ら生まる。
1876 年（明治 9）	10	養母やすは塩原家と離縁して実家に帰る。金之助は塩原家に在籍のまま生家に移る。（養父は、二月、戸長を免ぜられた)。市ケ谷山伏町の市ケ谷学校の下等小学三級へ転校。十月卒業。		三月三一日、三井銀行設立。八月米人クラーク来日。一〇月、熊本神風連の乱。秋月の乱。
1877 年（明治 10）	11	一月一三日、養父昌之助が下谷西町四の新築の家に移った。八月一一日、日根野かつはれんを連れ子として、塩原家に入籍（れんを金之助の妻とする考えであった)。		二・一五—九・二四・西南戦争。五月二六日、木戸孝允死去。

1878年(明治11)	12	四月二九日、市ケ谷学校の上等小学八級を卒業。 異母姉佐和死去(二三歳)。 一〇月二四日、神田猿楽町錦華学校の小学尋常科二級後期卒業、東京府第一中学校、(校長・村上珍休)に入学。	「正成論」(二月一七日作、友人島崎柳塢らとの廻覧雑誌に発表)。	五月一四日、大久保利通暗殺さる。 八月、竹橋騒動、フェノロサ東京大学講師として来朝。
1881年(明治14)	15	一月二一日、実母千枝死去(五五歳)。 第一中学校を退学、麴町の三島中洲の二松学舎に入り、漢学を学ぶ。		一〇月、板垣退助、自由党結成。
1882年(明治15)	16	この頃、漢籍や小説を読み文学に関心を示したが、長兄から職業にならぬととめられた。		一〇月、東京専門学校創立。
1883年(明治16)	17	九月、大学予備門受験のため、私立成立学舎(神田駿河台)に入学、英語を学ぶ。 橋本左五郎、太田達人、中川小十郎、佐藤友熊らが同級にいた。		四月、新聞紙条令改正。 六月、鹿鳴館開く、岩倉具視死去。 九月、井上哲次郎、東大で東洋哲学史を開講。
1884年(明治17)	18	小石川極楽水(文京区竹早町)の新福寺の二階で、橋本左五郎と自炊生活をしながら、成立学舎に通学。 九月、大学予備門予科に入学。同級に中村是公、芳賀矢一、正木直彦、福原鐐二郎、橋本左五郎がいた。 入学直後、盲腸炎を患った。		五月、群馬事件をはじめ、自由党の諸事件おこる。 八月、森鷗外、横浜出帆、ドイツ留学の途に上る。 一一月、成島柳北死去。

1885 年（明治 18）	19	中村是公ら約一〇人で神田猿楽町の末富屋に下宿した。	漢作文「観菊花偶記」執筆。	五月、我楽多文庫筆写回覧本創刊。 六月、坪内逍遙「当世書生気質」刊行はじまる。 九月、坪内逍遙「小説神髄」刊行はじまる。 一〇月、フランス東洋艦隊所属トリオンファント号で、ピエール・ロティ来朝、鹿鳴館舞踏会に出席。 一一月、大阪事件。
1886 年（明治 19）	20	四月、大学予備門が第一高等中学と改称。七月、成績が低下し、その上腹膜炎を患い進級試験が受けられず、原級にとどまった。この落第が転機となり、以後卒業まで首席を通した。この頃、自活を決意し、中村是公とともに本所の江東義塾の教師となった（月給五円）。塾の寄宿舎に移った。		三月、帝国大学令公布。 六月、明治学院創立、東北学院創立。 一二月、婦人矯風会創立。 ディクソン、東大英文学教授となる。
1887 年（明治 20）	21	三月、長兄大一（三一歳）、六月、次兄栄之助（二八歳）が共に肺病のため、死んだ。夏、中村是公らと江之島に遊び、富士登山。 急性トラホームに罹り、自宅に帰る。		二月、民友社をおこし、「国民之友」創刊。 七月、「以良都女」創刊。 一二月、保安条令公布。 ブッセ、東大哲学教師。

1888年（明治21）	1889年（明治22）
22	23
一月、塩原姓を夏目姓に復した。復籍に際し、塩原昌之助あてに「今般私儀貴家御離縁に相成因て養育料として金弐百四拾円実父より御受取之上私本姓に復し申候就ては互に不実不人情に相成らざる様致度存候也」という一札を入れた。 七月、第一高等中学校予科を卒業。 九月、英文学の専攻を決意し、本科一部（文科）に入学。同級に山田美妙らがいた。子規は松山藩の常盤会寄宿舎に入った。	一月、正岡子規と知り合う。 五月、子規吐血。見舞の手紙に初めて俳句を記した。また、子規の詩文集「七艸集」を漢文で批評、それに漱石の号を初めて用いた。 この頃、校長木下広次後援のもとに国家主義の学生結社が成立、入会を誘われたが、自分の中途半端な立場を指摘して拒絶した。子規の賛同を得る。 七月、兄直矩と興津に遊んだ。 八月七日—三〇日、学友と房州を旅行、紀行漢詩文「木屑録」を書き、子規に送って批評を求めた。以後、二人の仲は急速に親しくなった。
	「『七艸集』評」（五月）。 「木屑録」（八—九月）（昭和七年一二月、岩波書店から復刻される）。 他に、漢作文「居移気説」、擬古文「対月有感」「山路観楓」の作がある。
四月、市町村制公布。 四月、政教社結成「日本人」発刊。 五月、「我楽多文庫」第一号発売。 六月、高島炭坑事件。 七月、「東京朝日新聞」創刊。 九月、森鷗外ドイツから帰朝、田辺太一の演芸矯風会設立さる。	一月、「新小説」創刊。 二月一一日、大日本帝国憲法発布、文相森有礼暗殺さる。 七月一日、東海道線（新橋—神戸間）開通。 一〇月、「しがらみ草紙」創刊。 一〇月、外相大隈重信、玄洋社員におそわる。 一一月、木挽町に歌舞伎座設立さる。

年	年齢	事項	作品	社会
1890 年（明治 23）	24	七月、第一高等中学校本科卒業。八月—九月、二〇日間ほど箱根に遊び、漢詩十数首を作った。九月、帝国大学文科大学英文科に入学、文部省貸費生となった。この年から翌年にかけて厭世的になった。	「故人来」（三月、大八州学会雑誌。擬古文「故人到」に加筆、改題したもの）。他に西詩意訳「母の慈」「二人の武士」がある。"Japan and England in the Sixteenth Century"（七月、Museum）	一月、森鷗外の「舞姫」（国民之友）発表。四月、ラフカディオ・ハアン来朝。五月、東京に初めて市街電車敷設。一〇月三〇日、教育勅語渙発。一一月二九日、第一回帝国議会開会。
1891 年（明治 24）	25	七月、特待生となる。この頃、駿河台の井上眼科で会った女に初恋を覚えた。夏、中村是公、山川信次郎らと富士登山。嫂（和三郎直矩の妻）死去（二五歳）。八月、入学当初からの夢、英語で文学上の述作をせんとの抱負がくずれ始めた（八月三日付子規宛の手紙）。一二月、J・M・ディクソンの依頼で「方丈記」を英訳。（明治二六年「日本亜細亜協会会報」に "A Description of My Hut" として、ディクソンの名で掲載された。		一月、内村鑑三不敬事件。三月、川上音二郎、書生芝居上演。五月一一日、大津事件。六月二四日、中村正直死去。七月、森鷗外「水沫集」出版。一〇月、濃尾地方大地震。「早稲田文学」創刊。
	26	四月、徴兵の関係上、分家。北海道後志国岩内郡吹上町一七に移籍し、北海道平民となった。	翻訳「催眠術」（E・ハート）（五月、哲学会雑誌）。「老子の哲学」（六月執筆、東洋哲学	正岡子規、陸羯南の日本新聞社に入る。同紙に「獺祭書屋俳話」（六

1892年（明治25）	1893年（明治26）	1894年（明治27）
	27	28
五月、東京専門学校講師となる。 七月、『哲学雑誌』編集委員となる。 子規が学年試験に落第退学。 暑中休暇を利用して、子規と京都から堺に遊ぶ。一旦、子規と別れて岡山の次兄の妻小勝の実家片岡家に滞在、ついで松山に行き、子規と再び交遊。ここで初めて虚子に会った。	一月、帝国大学文学談話会で「英国詩人の天地山川に対する観念」と題して講演。 寄宿舎に移り、翌年九月初めまで居住。 七月、文科大学英文科第二回卒業。大学院に入学。英文学研究にたいする不安にとらわれる。 一〇月、校長外山正一の推薦で、東京高等師範学校英語教師に就任（年俸四五〇円）。	春、肺結核の徴候を認めて療養に努め、弓道を習う。 八月、松島へ旅行。帰ってから湘南海岸に遊んだ。 一〇月、小石川表町七三の法蔵院に引越す。 一二月、鎌倉の円覚寺塔頭帰源院に入り、宗演のもとで参禅（翌年一月迄）このとき
科目論文）。 「文壇に於ける平等主義の代表者『ウオルト・ホイットマン』Walt Whitman の詩について」（一〇月、哲学雑誌）。 「中学改良策」（一二月執筆、教育学科目論文）。 翻訳「詩伯『テニソン』」（A・ウード）（一二月—二六年三月、哲学雑誌）	「英国詩人の天地山川に対する観念」（三—六月、哲学雑誌）。	
—一〇月）をかかぐ。 七月、二三—四日、岡山県下の大洪水。 一一月、内田魯庵訳『罪と罰』出版。	六月一一日、ケーベル、東京帝大の教師として来朝。 七月、高山樗牛東大哲学科に、上田敏、土井晩翠ら英文科に入学。 一〇月、宮崎湖処子『ウオルズウオルス』刊。	一月、京都七条から伏見油掛まで日本最初の市街電車開通。 五月一六日、北村透谷自殺。 六月二〇日、東京地方に大地震。 八月一日、日清戦争起

年	年齢	事項	作品	社会
		宗活を知る。		る。 一〇月、ドレフュース事件。
1895年（明治28）	29	「ジャパン・メール」の記者を志願、禅についての英語の論文を提出したが不採用に終った。 四月、高等師範学校と東京専門学校を辞し愛媛県尋常中学校(松山中学)教諭に就任(月給八〇円)、松山に赴く。生徒に松根東洋城、真鍋嘉一郎がいた。 八月、従軍中の子規が、喀血したため帰郷、二カ月ほど漱石の下宿に住む。 秋頃より句作に熱中、俳壇に出る。 一二月、上京、二八日中根鏡子（貴族院書記官長中根重一長女）と見合いし、婚約をとりきめる。翌年一月七日まで東京に滞在。	「愚見数則」一一月、保恵会雑誌(松山中学校校友会誌)。	一月、「太陽」「帝国文学」創刊。 二月三日、正岡子規、「日本新聞」従軍記者として東京を発つ。 四月一七日、日清講和条約調印。 四月二三日、露独仏三国干渉。 七月、高山樗牛「太陽」文学欄主筆となる。 一〇月、京城事変（大院君の乱）。
1896年（明治29）	30	四月、松山中学を辞し、第五高等学校講師に就任(月給一〇〇円)、熊本に赴く。初め菅虎雄の家に同居、のち熊本市光琳寺町に一戸を構えた。 六月九日、中根鏡子(二〇歳)と結婚。 七月、教授に昇進。 九月初め、鏡子とともに約一週間北九州を旅行。 九月中旬、市内合羽町二三七に転居。	「人生」一〇月、竜南会雑誌(第五高等学校校友会誌)。	一月、「めざまし草」創刊。 三月、樗牛と森鷗外と夢幻劇などについて論争。 六月、三陸地方大海嘯。 七月、「新小説」「新声」「世界の日本」創刊。 一〇月、樗牛、「太陽」

		一〇月、教師をやめ上京しようかと考え、義父中根重一に相談。 一一月、修学旅行で天草・島原へ行く。 同月頃、書斎を漾虚堂と名づけた。		を辞して、第二高等中学教授となる。 一一月二三日、樋口一葉歿。
1897 年（明治 30）	31	三月、春休み、菅虎雄を久留米に見舞い、高良山に登る。 春、中根重一より東京商業学校教師の職を紹介されたが断る。しかし、帰京の望みと、文学で立ちたいという気持は強まった。 六月二九日、実父直克死去（八四歳）、旧友米山保三郎も病死（チブス）。 七月初め、鏡子を伴ない上京。虎ノ門の貴族院書記官長官舎に泊る。 滞京中に鏡子が流産し、鎌倉に転地療養。鏡子を見舞いに鎌倉に行った際、帰源院に宗活を訪ねたり、病床の子規を見舞ったりした。 九月一〇日、ひとり熊本に帰る。一一日、熊本県飽託郡大江村四〇一に転居。 一〇月、鏡子帰る。 一〇月末、福岡・佐賀県に出張を命ぜられた。 年末から正月にかけて、山川信次郎と小天温泉に旅行。	随想「無題」（一月執筆）。 『トリストラム・シャンデー』（三月、江湖文学）。 「祝辞」（一一月・竜南会雑誌）。 漢詩「無題」（一二月執筆）	一月、松山で「ホトトギス」創刊。 三月、「学鐙」創刊。 五月一〇日、足尾銅山被害民騒擾事件。 八月、島崎藤村「若菜集」出版。 同月、米価高騰のため各地に米騒動。 一二月、「労働世界」創刊。赤痢流行、死者二万二千人にのぼる。

1898 年（明治 31）	32	前年末より、漢詩を多く作り、長尾雨山に添削を乞う（翌年四月頃まで続く）。三月末、市内井川淵町八に転居。七月、内坪井町七八に再び転居。夏休み、浅井栄熙のもとで打坐。九月から一一月まで、鏡子の悪阻とヒステリー症に悩む。同じ頃、寺田寅彦らに俳句を教えた。一一月、修学旅行で山鹿地方へ行く。	漢詩「春興」「失題」「春日静坐」「菜花黄」（以上三月執筆）。「不言之言」（一一―一二月、ホトトギス）。	六月三〇日、最初の政党内閣、隈板内閣（憲政党内閣）成立。一〇月、「ホトトギス」東京で発刊。
1899 年（明治 32）	33	一月一日、同僚の奥太一郎とともに出立、宇佐・耶馬溪に遊び、日田から吉井・追分をへて帰る。五月三一日、長女筆子出生。六月二一日、英語主任となる。九月初旬、山川信次郎と阿蘇山に登る。この年前後、紫溟吟社（熊本の新俳句同人）に関係した。加賀宝生の謡曲を習いはじめた。	「英国の文人と新聞雑誌」（四月、ホトトギス）。「小説『エイルヰン』の批評」（八月、ホトトギス）。	一月、東京市にペスト流行。七月、条約改正実施。九月、大西祝ドイツ留学から帰朝。一〇月一一日、南阿戦争はじまる。
	34	四月、市内北千反畑七八旧文学精舎跡に転居。同月、教頭心得となる。五月、英語研究のため、二年間、イギリス留学を命ぜられた（現職のままで、留学費は年一八〇〇円）。七月、上京。留守宅は妻の実家牛込区矢来町三。九月八日、ドイツ汽船プロイセン号で横		四月、「明星」創刊。四月一四日からパリ万国博覧会開催（一一月一二日まで）。五月一五日、義和団事件起り、六月一五日、日本派兵に決す。六月、高山樗牛、美学

1901 年（明治 34）	1900 年（明治 33）
35	
一月二七日、次女恒子出生。 二月九日、狩野亨吉、大塚保治他宛の書簡で、帰国したら熊本には帰らず、東京で就職したい旨を訴えた。 四月二五日、ブレット家と共に市内 Tooting に転居。 五月五日、ベルリンより池田菊苗が来英、約一カ月半同居。彼に刺激されて、「文学論」の執筆を思い立つ。 七月二〇日。81 the Chase, Clapham Common の Miss Leale 方に移る。 これ以後、帰国までの約一年半「文学論」の準備のため下宿にとじこもる。留学費の不足、その他に苦しみ神経衰弱になる。 この年から英詩を作り始めた。	浜を出帆。芳賀矢一、藤代禎輔ら四名も同時に留学した。 一〇月二八日、夜、ロンドン到着、76 Gower Street に下宿。三一日、ロンドン塔を見物。 一一月—一二月、ユニヴァーシティ・カレッジのケア教授の講義を聴講。 一一月一二日、市内 85 Priory Road, West Hampstead に居を移す。 一一月下旬、シェイクスピア研究家クレイグ博士に個人教授を受け、私宅に通う（翌年一〇月まで続いた）。 一二月、6 Flodden Road, Comberwell New Road, London, S.E. のブレット夫人家に転居。
「倫敦消息」（五—六月、ホトトギス）。 英詩 "Life's Dialogue"（八月執筆）。	
一月二二日、イギリスのヴィクトリア女王歿。 二月三日、福沢諭吉歿。 七月、内村鑑三、黒岩涙香、幸徳秋水、堺利彦ら「理想団」を結成。 八月、高山樗牛「美的生活を論ず」（太陽）を発表。 一二月、上田敏『文芸論集』『最近海外文学』出版。 一二月一二日、中江兆民歿。	研究のためドイツ等に留学を命ぜられる。喀血して延期となる。 九月、伊藤博文、立憲政友会組織。

	1902 年（明治 35）	1903 年（明治 36）
年齢	36	37
事項	この年の初め頃より「文学論」をまとめ始めた。二月頃にはかなりの見通しがついた様子（三月一五日付、中根重一宛の書簡）。旧友中村是公と再会。 九月、強度の神経衰弱に陥る。他の留学生を通じて発狂の噂が日本に伝えられた。気分転換のため自転車を稽古。 一〇月、スコットランド旅行。 一二月五日、ロンドンを発ち、帰途についた。	一月二三日、東京帰着。中根家の離れ（牛込区矢来町三中の丸、妻子が住んでいた）に落ち着く。 三月三日、本郷区駒込千駄木町五七に移転。同三一日、第五高等学校教授を辞任した。 四月、第一高等学校講師に就任（年俸七〇〇円）。同時に小泉八雲の後任として、東京帝国大学英文科講師を兼任（年俸八〇〇円）。上田敏も就任。 四月—六月、東大で一週三時間「英文学形式論」を講義。課外に『サイラス・マーナー』を講じた。 七月頃、神経衰弱が昂じ、約二カ月妻子と別居（帰国まもなく、教職に専念するか文学者の道に進むか悩んでいた）。 九月、東大で「文学論」を開講。一週三
作品		「自転車日記」（七月、ホトトギス）。 英詩 "Silence" "Dawn of Creation"（八月執筆）その他。 他に、このごろの執筆という擬古文『無題』がある。
社会	一月三〇日、日英同盟協約調印。 六月、「芸文」創刊。 九月一九日、正岡子規歿。 一二月一七日、教科書疑獄事件起こる。 一二月二四日、高山樗牛歿。	三月、小泉八雲、東大講師解任（明治二九年九月就任）。 四月一三日、国定教科書公布（翌四月一日実施）。 五月二一日、一高生藤村操華厳滝に投身自殺（「巌頭之感」は有名）。 六月二四日、東大七博士対露強硬論。 七月二六日、頭山満らの対外同志会結成。 一〇月一八日、社会主義協会主催非戦演説会開催。 一〇月三〇日、尾崎紅

年	年齢	事項	作品	社会
		時間で、三八年六月講了。ほかに『マクベス』の評釈。 一〇月末、三女栄子出生。この頃、水彩画をたしなみ始め、書もよくする。 一一月、神経衰弱が再び昂じ、翌年四、五月頃まで続く。		葉死去。
1904年(明治37)	38	二月一九日、東大山上御殿の英文会で「ロンドン滞在中の演劇見物談」が行なわれた。 二月、東大で『リア王』の評釈。 四月、明治大学講師を兼任(月給三〇円)。 同月、英詩の制作をやめ、英語の散文を書き始めた。 七月、この月以降、俳体詩、連句、その他の諸種の長詩を試みた。 一二月、東大で『ハムレット』評釈。 一二月、虚子に勧められて初めて創作の筆を執る。「吾輩は猫である」と題され、山会(子規門下、碧梧桐・虚子・坂本四方太らの文章会)で虚子が朗読。 この年、神経衰弱は一進一退の状態をつづけた。	「マクベスの幽霊について」(一月、帝国文学)。 翻訳「セルマの歌」(オシアン)「カリックスウラの詩」(同)(以上二月、英文学叢誌)。 新体詩「水底の感」(二月執筆)。 〃「従軍行」(五月、帝国文学)。 俳体詩「送別」(七月執筆)。 俳体詩「富寺」その他(一〇月、ホトトギス)。 俳体詩「尼」(一一月—一二月、虚子と合作)。「冬の夜」(一二月、ホトトギス)。	二月一七日、日露戦争起こる。 三月一七日、東京全市に電車開通。 四月三日、斎藤緑雨死去。 四月二五日、金州丸事件。 九月二六日、小泉八雲死去。 一一月、「七人」創刊。 一二月、孫文再び亡命して来朝。 *三越呉服店開店。
	39	一月、「吾輩は猫である—第一」が「ホトトギス」に発表され、文名が挙る。 三月一一日、明治大学で「倫敦のアミューズメント」と題して講演。 六月、「文学論」講了。	「吾輩は猫である・第一—第六」(一月—九月、ホトトギス)。 「倫敦塔」(一月、帝国文学)。 「カーライル博物館」(一月、学鐙)。 「カーライル博物館所蔵 カーライル	一月一日、旅順陥落。 九月一日、ポオツマスで日露講和条約調印(一〇月一六日公布)。 九月五日、日比谷焼打

1905年（明治38）

九月、「十八世紀英文学」開講。一週三時間で、四〇年三月の退職まで続ける。（のちの『文学評論』）ほかに「オセロ」の評釈。

一〇月、『吾輩は猫である—上編』初版二〇日で売り切れる。

一二月一五日、四女愛子出生。

この年、半ば頃から教師か文学者かの問題に再び悩む。また、年末頃より森田草平その他の弟子たちが頻繁に出入りするようになる。


蔵書目録」（二月、学鐙）。

俳体詩「ある女の訴ふるを聴けば」（三月、ホトトギス）。

「幻影の盾」（四月、ホトトギス）。

「琴のそら音」（五月、七人）。

「一夜」（九月、中央公論）。

『吾輩は猫である・上編』（一〇月、服部書店）。

「薤露行」（一一月、中央公論）。


事件。

九月一二日。島村抱月、英独から帰朝。

一〇月二九日、東京音楽学校初めて有料の上野音楽会を開演。

東北地方は七〇年来の大凶作のため大飢饉。

1906年（明治39）

40

前年にひきつづき、神経衰弱は一進一退の状態。

七月、狩野亨吉より、京都帝国大学文学科新設に際し講座担当を誘われたが断わる。

七月一七日、「吾輩は猫である・第一一回」（最終回）脱稿。二六日、「草枕」起稿（八月九日脱稿）。

八月三一日、三女栄子が赤痢で大学病院に入院。

九月一六日、義父中根重一死去。

秋、『文学論』出版の準備に着手。整理を中川芳太郎に委嘱、一一月中旬より校閲、翌年までかかり、半ば以上書き直した。

一〇月中旬、面会日を木曜日の午後三時以後と定める。これが「木曜会」となっ

「吾輩は猫である・第七—第一一」（一月—八月、ホトトギス）。

「趣味の遺伝」（一月、帝国文学）。

「坊っちゃん」（四月、ホトトギス）。

『漾虚集』（五月、大倉書店。「倫敦塔」その他を収録）。

「草枕」九月、新小説）。

「二百十日」（一〇月、中央公論）。

『吾輩は猫である・中篇』（一一月、大倉書店）。


一月、坪内逍遙、島村抱月の文芸協会設立、「早稲田文学」復刊。

一月、伊藤左千夫「野菊の墓」（ホトトギス）発表。

二月、韓国に統監府設置。

〃　日本社会党結成。

三月、島崎藤村『破戒』自費出版。

三月三一日、鉄道国有法公布。

五月、鈴木三重吉処女作「千鳥」（ホトトギス）発表。

六月、南満州鉄道会社

た。

一一月、読売新聞社から入社を勧められたが、断る。

一二月二七日、本郷区西片町一〇のろの七に転居。


設立。

八月一日、東京市電の値上から、九月上旬、暴動事件となる。

九月、「趣味」創刊。

1907 年 (明治 40)

41

二月二四日、朝日新聞社から招聘の話があり、交渉が続く。

三月一五日、池辺三山(東京朝日主筆)の訪問を受ける。朝日入社を決意、大学・高等学校に辞表を提出。

同月二八日、京都に旅行、三一日、鳥居素川と会い、四月四日、大阪朝日社長村山竜平と会った。四月一二日帰京。

四月、朝日新聞社に入社(月給二〇〇円)。

四月二〇日、美術学校文学会で「文芸の哲学的基礎」と題して講演。

五月二八日、朝日に「虞美人草」の予告を出す。非常な評判を呼んだ。

六月五日、長男純一出生。

六月一七日、西園寺公望首相の文士招待会(雨声会)の出席を断る。

七月、寺田寅彦の科学記事を「東京朝日」に掲載するよう取り計らう。

九月二九日、牛込区早稲田南町七に転居。移転後、神経衰弱はおさまったが、胃病に悩むようになる。

一一月、荒井某が訪問「坑夫」の素材を売り込み、書生としてしばらく住み込む。


『鶉籠』(一月、春陽堂。「坊っちゃん」「草枕」「二百十日」を収録)。

「野分」(一月、ホトトギス)。

「作物の批評」「写生文」(以上一月、読売新聞)。

「京に着ける夕」(四月、大阪朝日新聞)。

「入社の辞」(五月三日、朝日)。

「文芸の哲学的基礎」(五月四日―六月四日、東京朝日新聞)。

「『虞美人草』予告」(五月二八日、朝日新聞)。

『文学論』(五月、大倉書店)。

『吾輩は猫である・下篇』(六月、大倉書店)。

「虞美人草」(一二七回、六月二三日―一〇月二八日、大阪朝日新聞、一〇月二九日、東京朝日新聞)。

「『鶏頭』(高浜虚子著)序」(一一月執筆)。


二月四日、足尾銅山に大ストライキ起こる。

二月二四日、社会党に結社禁止。

三月二〇日から七月三一日まで、上野公園に東京勧業博覧会ひらかる。

三月、金融恐慌(一〇月、ニュウ・ヨオクに金融恐慌)。

三月九日、在郷軍人団結成。

四月、有島武郎、米英留学から帰朝。

九月、「新思潮」創刊。

九月二日、陸羯南死去。

九月一四日、綱島梁川死去。

一〇月、第一回文部省美術展覧会開催。

	1908 年 (明治 41)	
	42	43
一二月一〇日、「坑夫」を起稿、翌年一月二九日に脱稿した。	二月一五日、青年会館で「創作家の態度」と題して講演。 三月二六日、森田草平・平塚雷鳥の心中行、「煤煙」事件報道さる(草平を自宅に引きとる(四月一〇日まで)。 八月、「三四郎」起稿、一〇月六日脱稿する。 九月一三日、モデルの猫の死亡通知を友人に出す。 一〇月、『文学評論』の校閲に着手。年末までこれに専心した(滝田樗蔭と森田草平が浄書)。校正は翌年二月までかかる。 一二月一七日、次男伸六出生。 この年より翌年にかけて『禅門法語集』を耽読する。	一月一九日、文相小松原英太郎招待による文芸の奨励発達についての懇談会に出席(出席者はほかに、森鷗外、幸田露伴、巌谷小波、上田敏、上田萬年、芳賀矢一、島村抱月、塚原渋柿園など)。 二月頃、高浜虚子の勧めで謡を習う。
	「坑夫」(九六回、一月一日—四月六日、朝日新聞)。 『虞美人草』(一月、春陽堂)。 「創作家の態度」(四月、ホトトギス、講演原稿に補筆)。 「文鳥」(六月一三日—二一日、大阪朝日新聞、のちホトトギス一〇月号に転載)。 「夢十夜・第一夜」(七月一日、大阪朝日新聞)。 「夢十夜」(七月二五日—八月五日、朝日新聞)。 「『三四郎』予告」(八月一九日、朝日新聞)。 「三四郎」(一一七回、九月一日—一二月二九日、朝日新聞)。 『草枕』(九月、春陽堂)。 「田山花袋君に答ふ」(一一月、国民新聞)。	「元日」(一月、朝日新聞)。 「永日小品」(一—二月、東京朝日新聞[一六篇]、一—三月、大阪朝日新聞[二四篇])。 「コンラッドの描きたる自然に就て」(一月、国民新聞)
	四月、島崎藤村の「春」連載。 六月一五日、川上眉山自殺。 六月二二日、赤旗事件。 六月二三日、国木田独歩死去。 八月、永井荷風、米仏留学から帰朝。 一〇月、「アララギ」創刊。 一〇月一三日、戊申詔書宣布。	一月、「スバル」創刊。 〃　森田草平「煤煙」(朝日)連載。 三月、森鷗外「半日」(スバル)を発表、漱石の活動に刺戟されて創

1909年（明治42）	
	44
三月、小宮豊隆を相手にドイツ語を習い始める。 三月、養父塩原昌之助から金を無心された（一一月まで続いた）。 五月三一日、「それから」起稿（八月一四日脱稿）。 六月、「太陽」の第二回名家投票（一二五名）に文芸家の最高点で当選、金盃を贈呈されたが、受賞を断る。 七月三一日、中村是公（当時満鉄総裁）に会い、満韓旅行に誘われた。 八月二〇日、持病の胃カタルに苦しむ。 九月初め—一〇月中旬、満州・朝鮮を旅行（中村是公は先発）。 　九月二日東京発、三日大阪より船で大連へ。同六日大連着。旅順、熊岳城、営口、湯崗子、奉天、撫順、ハルピン、長春、安東、平壌、京城、仁川、開城を見物、一〇月一三日京城発、一四日下関着。大阪、京都に寄り、一七日帰京。 一一月二五日、朝日新聞文芸欄が創設され、主宰となる（森田草平に編集させ、小宮豊隆が援けた）。	二月二二日、「門」の予告出る（六月五日頃脱稿）。 三月二日、五女ひな子出生。 六月一八日、胃潰瘍のため、内幸町の長与胃腸病院に入院。
「文壇の趨勢」（一月、趣味）。 『文学評論』（三月、春陽堂）。 「明治座の所感を虚子君に問れて」（五月、国民新聞）。 『三四郎』（五月、春陽堂）。 「太陽雑誌募集名家投票に就て」（六月、太陽）。 「虚子君へ」（六月、国民新聞）。 「それから」（一一〇回、六月二七日—一〇月一四日、朝日新聞）。 「長谷川君と余」（八月、朝日新聞）。 「『額の男』を読む」（九月、大阪朝日新聞）。 「満韓ところどころ」（五一回、一〇月二一日—一二月三〇日、朝日新聞）。 「『夢の如し』を読む」（一一月、国民新聞） 「日英博覧会の美術品」（一二月、朝日新聞文芸欄）。	「東洋美術図譜」（一月、朝日新聞文芸欄）。 「客観描写と印象描写」（二月、朝日新聞文芸欄）。 「門」（一〇四回、三月一日—六月一
作活動活溌となる。 四月、日糖事件起る。 四月、東京高商は東京大学に併合されることに反対、総退学事件起る。 五月一〇日、長谷川辰之助（二葉亭四迷）インド洋上に客死。 六月、警視庁疑獄事件。 一〇月二六日、伊藤博文ハルピンで暗殺さる。 一一月、小山内薫の自由劇場創立。 一二月、東京山手線電車試運転。	三月、森鷗外の「青年」連載。 四月、「白樺」創刊。 五月二五日、大逆事件の検挙。

1910年（明治43）

七月三一日、退院。

八月六日、転地療養のため修善寺温泉菊屋旅館に赴く。病状悪化し、二四日、多量の吐血のため人事不省となり、危篤状態になった（〃修善寺の大患〃）。

一〇月一一日、帰京。長与胃腸病院に再入院（翌年二月まで）。


二日、朝日新聞）。

「草平氏の論文に就て」（三月、朝日新聞文芸欄）。

『四篇』（五月、春陽堂。「永日小品」「満韓ところどころ」を収録）。

「長塚節氏の小説『土』」（六月、朝日新聞）。

「文芸とヒロイック」「艇長の遺書と中佐の詩」「鑑賞の統一と独立」「イズムの功過」（以上七月、朝日新聞文芸欄）。

「好悪と優劣」（七―八月、朝日新聞文芸欄）。

「自然を離れんとする芸術」（石井柏亭『新日本画譜』序）（八月執筆）。

「思ひ出す事など」（一〇月二一日―四四年二月二〇日、朝日新聞）。


六月、長塚節「土」連載。

八月一四日、東京市に大洪水、隅田川氾濫。

八月二二日、日韓併合条約調印。

一〇月二四日、山田美妙死去。

一一月九日、大塚楠緒子死去。

一一月二九日、白瀬中尉の南極探検隊品川出発（朝日新聞社後援会をつくる）。

*帝国劇場設社。

45

二月二〇日、文学博士号授与の通知を受ける。辞退を申し出たが了承されず、四月半まで文部省と折衝がつづく。物わかれとなった。

二月二六日、退院。

六月一七日、長野県教育会の依頼に応じ長野に赴き、一八日「教育と文芸」と題して講演。帰途、高田、直江津、諏訪を旅行、二一日帰京。

六月二八日、東大の美学研究会で「文芸と道徳」を講演。


『門』（一月、春陽堂）。

「博士問題とマードック先生と余」「マードック先生の日本歴史」（以上三月、朝日新聞文芸欄）。

「博士問題の成行」（四月、朝日新聞文芸欄）。

「文芸委員は何をするか」「田中玉堂氏の『書斎より街頭へ』」（以上五月、朝日新聞文芸欄）。

「坪内博士とハムレット」（六月、朝日新聞文芸欄）。


一月、西田幾多郎の『善の研究』出版さる。

一月一八日、大逆事件判決。

二月二〇日、文学博士が佐佐木信綱、幸田露伴、有賀長雄、森塊南に同時にさずけられた。

二月、南北朝正閏問題起こる。

五月一六日、文芸委員

	1911年（明治 44）	（明治 45・大正元）
		46
	七月一〇日、ケーベルの招待を受ける。 同月二一日、中村是公を訪ね、鎌倉に遊ぶ。 八月、大阪朝日新聞社主催の講演会のため関西に赴く。 一一日東京発。一三日、明石で「道楽と職業」、一五日和歌山で「現代日本の開化」、一七日堺で「中味と形式」、一八日大阪で「文芸と道徳」を論じた。 この直後、胃潰瘍再発のため今橋三丁目湯川胃腸病院に入院。 九月一四日、帰京。神田区錦町佐藤病院で痔を手術、翌春まで入院。 一〇月、池辺三山が東京朝日新聞主筆を辞職、同月二四日文芸欄が廃止となる。 一一月一日漱石も辞表を提出したが、池辺三山、弓削田精一（外勤部長）らに再考を求められて辞意を撤回（二〇日）。 一一月二九日、五女ひな子急死。 一二月末、「彼岸過迄」起稿。	四月初め、胃の具合悪く、神経がいらだった。 八月一七日―三一日、中村是公と塩原・日光・軽井沢・上林に遊ぶ。 九月二六日―一〇月二日、痔の再手術で佐藤病院に入院。 この頃、書をたしなみ、南画風の水彩画をよくかく。
	「子規の画」「ケーベル先生」「学者と名誉」「変な音」「手紙」（以上七月、朝日新朝文芸欄）。 「教育と文芸」（七月、信濃教育）。 『吾輩は猫である』（縮刷本）（七月、大倉書店）。 『切抜帖より』（八月、春陽堂。「思ひ出す事など」および「文芸欄」に書いた小論文を収録）。 『朝日講演集』（一一月、朝日新聞社）。	「彼岸過迄」（一一九回、一月一日―四月二九日、朝日新聞）。 「三山居士」（三月、朝日新聞）。 「『土』について」（長塚節『土』の序）（五月執筆）。 「余と万年筆」（六月、万年筆の印象）。 「明治天皇奉悼之辞」（八月、法学協会雑誌）。
	会官制公布（森鷗外ら一六名委員に任命された。漱石は入っていない）。 九月、「青鞜」創刊。 同、森鷗外「雁」連載。 一〇月一〇日、清国に辛亥革命勃発。 一二月三一日、東京市電ストライキ。	二月二八日、池辺三山死去。 四月一三日、石川啄木死去。 七月、美濃部、上杉の憲法論争。 七月三〇日、明治天皇死去。

1912 年	1913 年（大正 2）	1914 年（大正 3）
	47	48
一一月頃から孤独感つよまる。 一一月三〇日、「行人」起稿。孤独感にわざわいされ執筆がはかどらなかった。	一月頃、強度の神経衰弱が再発、六月頃まで続く。 三月末、胃潰瘍再発（三度目）、五月下旬まで病臥。このため「行人」は中絶、深刻な心の痛手となった。 五月二八日、池辺三山追悼会に出席。 九月頃、本籍を北海道後志国より籍を戻し、東京府平民となる。 一一月、「行人」完結後、画に凝って、津田青楓と交際した。 一二月一二日、第一高等学校で「模倣と独立」と題して講演。	一月一七日、東京高等工業学校で「無題」を講演。 八月一日、「心」脱稿。 九月中旬、胃潰瘍（四度目）のため、約一カ月病臥。 一一月二五日、学習院にて「私の個人主義」と題して講演。 この年から翌年にかけて良寛の書に傾到した。
「初秋の一日」（九月執筆）。 『彼岸過迄』（九月、春陽堂）。 「文展と芸術」（一〇月、朝日新聞）。 「行人」（一二月六日—一一月四日、朝日	『社会と自分』（講演集）（二月、実業之日本社）。 「行人続稿について」（九月一五日、朝日新聞）。 「塵労」（「行人」続稿）（五二回、九月一六日—一一月一五日、朝日新聞）。	「素人と黒人」（一月、朝日新聞）。 『行人』（一月、大倉書店）。 「心」（一一〇回、四月二〇日—八月一一日、朝日新聞）。 「ケーベル先生の告別」「戦争から来た行き違ひ」（八月、朝日新聞）。 『心』（一〇月、岩波書店。自装）。
一〇月、第六回文部省美術展覧会ひらく。 一〇月、大杉栄「近代思想」創刊。	一—二月、憲政擁護運動高揚。 二月一一日、桂内閣総辞職。 三月、三宅雪嶺『明治思想史』。 五月、中沢臨川「ジェームスよりベルグソンへ」（早稲田文学）。 一〇月、和辻哲郎『ニイチエ研究』。 一一月、岩波書店開業。	一月、「我等」創刊。 一月二三日、シーメンス事件。 四月、阿部次郎『三太郎の日記』。 七月二八日、第一次世界大戦勃発。 八月一五日、パナマ運河開通。 八月二三日、日本ドイツに宣戦布告。

1915 年（大正 4）	（大正 5）
49	50
二月一四日、「硝子戸の中」脱稿。三月一九日、京都に旅行。二五日、胃病が悪化、寝込む。磯田多佳（祇園の芸者茶屋、大友の女将）や西川一草亭、津田青楓の世話を受ける。電報により、妻・鏡子が急ぎ西下。病臥中、異母姉ふさの訃報に接した。四月、鏡子の京都見物の後、一六日帰京した。「道草」を起稿。一一月九日—一七日、中村是公と湯河原に遊ぶ。一二月、芥川竜之介、久米正雄が門下生に加わる（林原耕三の紹介による）。年末、リュウマティスに悩む。	一月二八日—二月一六日、リュウマティス治療のため、湯河原の中村是公のもとで転地療養（腕の痛みのため、執筆中の「点頭録」を中止した）。四月、リュウマティスではなく糖尿病と診断され、以後約三カ月間、真鍋嘉一郎の治療を受ける。五月中旬、胃の工合悪く寝込む。五月二〇日頃、「明暗」起稿。かたわら書・画をかき、八月中頃からは多くの漢詩をつくった。秋頃より、俳句に禅味が増す。また「私」ということを問題にするようになる。
「硝子戸の中」（三九回、一月一三日—二月二三日、朝日新聞）。「私の個人主義」（三月、輔仁会雑誌）。『硝子戸の中』（四月、岩波書店。自装）。「道草」（一〇二回、六月三日—九月一四日、朝日新聞）。「津田青楓君の画」（一〇月、美術新報）。『道草』（一〇月、岩波書店）。『金剛草』（一一月、至誠堂。「ケーベル先生」などを収録）。	「点頭録」（一月一日—二一日、朝日新聞）。「明暗」一八八回、五月二六日—一二月一四日、朝日新聞）（大正六・一月岩波書店）。
一月一八日、対支二一カ条要求。一月三一日、株式相場暴騰、戦争景気はじまる。二月八日、長塚節死去。三月二五日、第一二回総選挙（大浦内相の選挙干渉）。六月、増師問題にからむ議員買収事件。九月、「新社会」創刊。一一月、大正天皇即位式。	一月、森鷗外「渋江抽斎」（毎日）連載。一月五日、朝永三十郎『近世に於ける「我」の自覚史』出版。二月、芥川竜之介「鼻」（新思潮）発表。四月、スミス冒険飛行。六月、タゴール来朝。七月九日、上田敏死去。八月、赤木桁平「遊蕩文学の撲滅」（読売）発表。

1916年

一一月一六日、最後の木曜会。

一一月二一日、辰野隆・久子結婚式に出席。胃潰瘍起り、病状しだいに悪化。本人の希望により、真鍋嘉一郎を主治医と決めた。二八日、大内出血がある。

一二月二日、再度の大内出血で絶対安静面会謝絶となった。

一二月九日、午後六時四五分死去。

同月一〇日、東京帝国大学医科大学で、長与又郎執刀のもとに解剖。

同月一二日、青山斎場にて葬儀。導師は釈宗演、戒名は文献院古道漱石居士。

同月二八日、雑司ケ谷墓地に埋葬。


九月一日、工場法施行。

一〇月九日、大隈内閣辞職。


【備考】
一、「作品」欄には、原則として、「談話筆記」を省略した。
二、「参考事項」欄には、漱石の作品に現れる社会的・文学的事件を併せ掲げるように、留意した。
三、松岡譲、荒正人その他既刊の年譜を参照し、必要な訂正を施し、漱石文学の読破に便利なように編成した。
四、再版において、東京都都政史料館石川悌二氏の調査(『戸籍からみた漱石幼時の複雑な家庭環境』・国文学・解釈と鑑賞・昭和三九・三)にもとづき、必要な訂正を加えた。

夏目氏系譜

夏目左近将監国平……四兵衛直情——(養子)四兵衛直晴——(養子)小兵衛直克——直道——(養子)小兵衛直基

四兵衛直情　一七〇二年(元禄一五年)名主となる
四兵衛直晴　一七七三年歿
小兵衛直克　(臼氏氏)
小兵衛直基　一八五二年歿

斎藤こと(一八二五—一八五三)
＝小兵衛直克(一八一七—一八九七)
＝高橋千枝(一八二六—一八八一)

斎藤こと の子
- 佐和(福田庄兵衛妻)(一八四六—一八七八)
- ふさ(高田庄吉妻)(一八五二—一九一五)

高橋千枝 の子
- 大一(大助)(一八五六—一八八七)
- 栄之助(臼井氏)(一八五八—一八八七)直則
- 和三郎(直矩)(一八五九—一九三一)
- 久吉(一八六二—一八六五)
- ちか(一八六四—一八六五)
- 金之助(一八六七—一九一六)

中根重一(—一九〇六)——鏡子(一八七七—一九六三)

金之助＝鏡子 の子
- 筆子(一八九九生)松岡譲夫人
- 恒子(一九〇一—一九三六)
- 栄子(一九〇三生)
- 愛子(一九〇五生)
- 純一(一九〇七生)
- 伸六(一九〇八生)
- 雛子(一九一〇—一九一一)

主要参考文献

赤木桁平・評伝夏目漱石・大正六・五・新潮社
高浜虚子・漱石氏と私・大正七・一・アルス
森田草平・文章道と漱石先生・大正八・一一・春陽堂
寺田寅彦、小宮豊隆、松根東洋城・漱石俳句研究・大正一四・七・岩波書店
島為男・夏目さんの人及び思想・昭和二・一〇・大同館
夏目鏡子述、松岡譲筆録・漱石の思ひ出・昭和三・一一・改造社（流布本・角川文庫）
西宮藤朝・虞美人草論・昭和三・四・三星社
野上豊一郎・漱石のオセロ・昭和五・五・鉄塔書院
西谷碧落居・俳人漱石論・昭和六・五・厚生閣
松岡譲・漱石先生・昭和九・一一・岩波書店
野上豊一郎・漱石先生と謡・昭和一〇・三・小山書店
小宮豊隆・漱石襍記・昭和一〇・五・小山書店（流布本・角川文庫）
木村毅・樗牛・鷗外・漱石・昭和一一・一・千倉書房
和田利男・漱石漢詩研究・昭和一二・八・人文書院
小宮豊隆・夏目漱石・昭和一三・七・岩波書店（分冊三冊本・昭和二八・八―一〇）

北山隆・夏目漱石の精神分析・昭和一三・一〇・岡倉書房
山岸外史・夏目漱石・昭和一五・一二・弘文堂
内田百閒・漱石山房の記・昭和一六・二・秩父書房（流布本・角川文庫）
松岡譲・漱石・人とその文学・昭和一七・六・潮文閣（増訂版・河出文庫）
吉田六郎・作家以前の漱石・昭和一七・一〇・弘文堂
小宮豊隆・漱石の芸術・昭和一七・一二・岩波書店
森田草平・夏目漱石・昭和一七・九・甲鳥書林
滝沢正巳・夏目漱石・昭和一八・一〇・三笠書房
森田草平・続夏目漱石・昭和一八・一一・甲鳥書林
岡崎義恵・漱石と則天去私・昭和一八・一一・岩波書店
栗原信一・漱石の文芸理論・昭和一八・一一・帝国図書
赤門文学会編・夏目漱石・昭和一九・六・高山書院
板垣直子・鷗外・漱石・藤村・昭和二一・七・巌松堂
松岡譲・漱石の漢詩・昭和二一・九・十字屋書店
森田草平・漱石の文学・昭和二一・一二・東西出版社（流布本・現代教養文庫）
岡崎義恵・漱石と微笑・昭和二二・三・生活社
和田利男・漱石のユーモア・昭和二二・五・人文書院
矢本貞幹・漱石の精神・昭和二三・八・秋田屋

平田次三郎・夏目漱石・昭和二三・一〇・河出書房
金子健二・人間漱石・昭和二三・一一・いちろ社
津田青楓・漱石と十弟子・昭和二三・一・世界文庫
岡崎義恵・鷗外と漱石・昭和二六・四・要書房
小宮豊隆・知られざる漱石・昭和二六・七・弘文堂
稲垣達郎・夏目漱石・昭和二七・五・福村書店
佐古純一郎・漱石の文学における人間の運命・昭和三〇・二・一古堂
小林孚俊・漱石と坊っちゃん・昭和三〇・三・山田書店
片岡良一・夏目漱石の作品・昭和三〇・八・厚文社
松岡譲・漱石の印税帳・昭和三〇・八・朝日新聞社
唐木順三・夏目漱石・昭和三一・七・修道社
板垣直子・漱石文学の背景・昭和三一・七・鱒書房
塩谷賛編・夏目漱石事典・昭和三一・八・創元社
滝沢克巳・漱石の『こころ』と福音書・昭和三一・一〇・洋々社
同・漱石文学における結婚と人生・昭和三一・一一・洋々社
江藤淳・夏目漱石・昭和三一・一一・東京ライフ社（増補版・勁草書房）
夏目伸六・父・夏目漱石・昭和三一・一二・文芸春秋新社（流布本・角川文庫）
荒正人・夏目漱石・昭和三二・一二・五月書房

村田茂雄・漱石の悲劇・昭和三二・五・理論社
岩上順一・漱石入門・昭和三四・一二・中央公論社
夏目伸六・猫の墓・昭和三五・六・文芸春秋社
荒　正人・評伝夏目漱石・昭和三五・七・実業之日本社
杉山和雄・夏目漱石の研究・昭和三八・五・南雲堂桜楓社
千谷七郎・漱石の病跡・昭和三八・八・勁草書房
柴田宵曲・漱石覚え書・昭和三八・二・日本古書通信社
高木文雄・漱石の道程・昭和四一・一二・審美社
蒲池正紀・夏目漱石論・昭和四二・一・日本談義社
夏目伸六・父漱石とその周辺・昭和四二・三・芳賀書店
松岡　譲・ああ漱石山房・昭和四二・五・朝日新聞社
宮井一郎・漱石の世界・昭和四二・一〇・講談社
夏目伸六・父と母のいる風景・昭和四二・一二・芳賀書店
吉田六郎・「吾輩は猫である」論——漱石の猫とホフマンの猫・昭和四三・一二・勁草書房
駒沢喜美・漱石——その自己本位と連帯と・昭和四五・五・八木書店

（付記）漱石文献は一冊の書にまとまるほど、おびただしいものがある。ここには漱石の名を冠した主要な単行本だけを抜いた。

あとがき

本書はわたしのささやかな漱石勉強である。中学生のころから何度となくくりかえして読んできた漱石について、一度、しっかりと究め、わたしの考えをまとめておきたいと思って、この数年来、せっせと勉強してきた。しかし読めば読むほど、漱石の問題は奥深く、とうてい簡単にかたづけることはできない。わたしの大学時代に自殺した芥川竜之介は尊敬していた作家であるが、竜之介の年齢を越えた今のわたしにとっては、昔ほどの魅力がない。しかし漱石は漱石の年齢をこえた今のわたしにとっても、よくわかったといいきる自信ができないほど、大きく深いものがある。だから、本書はわたしの漱石勉強の中間報告のようなものだといったら、よいかもしれない。

わたしは、本書では本叢書の趣旨である漱石の思想を中心として、整理することにつとめた。周知のように、漱石については研究書が山ほどあり、わたしはすべてに眼を通したとはいいきれない。小宮豊隆、滝沢正己、吉田六郎、片岡良一、荒正人、江藤淳らの新旧の研究書は一通り読み通してきたから、知らずにその影響をとどめているところも多かろう。できるだけ、注意して断っておいたが、わたし自身の考えと思いこんでいるところができていないとは限らない。しかしわたしは、今まで部分的研究にとどまったようなところを、漱石の人と思想との内的関連から、全体的に統一的に内部理解をほどこし、是非を判断しながら、その生成と発展を追求し、わたし自身の見解をしめし、一歩でも二歩でも深めようと努力してみた。

すこしでもわたしの独立の見解を発揮しているところがみとめられるなら、わたしとしては喜ばしい限りである。そして、また、おそらく漱石の全作品に眼を通して、こういう形で全体をまとめたものは、わたしの知るかぎり本書が初めてであろう。この意味で、本書は漱石ハンド・ブックとして漱石の思想を研究するものにとっては独立した意義があるだろうと信じている。漱石文献の多い中に、敢て本書を加える所以である。

わたしは文芸評論を思想史からこころみてきた一人である。したがって、思想史的方法について一家言がないわけではない。だが、文学者はかならずしも自己の思想を生のままに作品に表現するとはかぎらないから、人間としての漱石に親しむことなくしては、また漱石の思想をも十分に明らかにし、これを究明することはできないと信じている。だから、本書においては、作品の発展を奥深いところからとらえ、その思想をとりだすように努めるところがあった。本書が初め約束した紙数の一倍半を越えながら、いわばレジュメにとどまったところのあるのを、わたし自身でも感じている。作品を離れて截断に赴けば、気のきいた問題の処理もできないわけではないが、今のわたしにとっては、まず漱石理解をやりぬくことの方が大切であった。いずれ機会をみて、漱石の問題を独立に考える若干の論文を書きたいと思っている。そこに明治人漱石の日本の文化の問題、日本人の思想の問題などをいろいろととりあつかい、近代日本の文化や思想についての将来をも論じたい。

本書はもう数年前に脱稿していなければならぬものであった。この企画を最初にいってくれた東大出版会の山田宗睦君は出版会をやめて、哲学評論家としてすでに活躍している。そして今の斎藤至弘君の手にわたってからでさえ、もう二年近い歳月がたっている。漱石にだけ没頭できなかった身辺の事情によるものとはいえ、こんなに延引してしまったことの不甲斐なさを思うばかりである。しかも今日まで辛抱強く待ってくれた山田・斎藤両君の嘱にどれだけ答えることができたか、いまはただ深い感謝の意を表するだけである。わたしの貧しい知識と思索とをもって、さらに新しい勉強をつづけ、いっそう漱石研究を深めることをもって、知己に謝することが残された道であろう。

一九六一年一二月二七日、歳末の慌しい日に稿を終える。

瀬沼茂樹

著者略歴
1904年　東京に生れる
1929年　東京商大卒業
　　　　文芸評論家
1988年　没

近代日本の思想家 5
夏目漱石

1962年 3月20日　初　　版　第1刷
1970年 7月25日　UP選書版　第1刷
2007年 9月21日　新 装 版　第1刷
［検印廃止］

著　者　瀬《せ》沼《ぬま》茂《しげ》樹《き》

発行所　財団法人　東京大学出版会
　　　　代 表 者　岡本和夫
　　　　〒113-8654
　　　　東京都文京区本郷 7-3-1 東大構内
　　　　電話 03-3811-8814　Fax 03-3812-6958
　　　　振替 00160-6-59964

装　幀　間村俊一
印刷所　株式会社平河工業社
製本所　牧製本印刷株式会社

ISBN978-4-13-014155-0　Printed in Japan

近代日本の思想家　全11巻

四六判　1〜10　定価各二九四〇円

1　福沢　諭吉　遠山　茂樹
2　中江　兆民　土方　和雄
3　片山　潜　隅谷三喜男
4　森　鷗外　生松　敬三
5　夏目　漱石　瀬沼　茂樹
6　北村　透谷　色川　大吉
7　西田幾多郎　竹内　良知
8　河上　肇　古田　光
9　三木　清　宮川　透
10　戸坂　潤　平林　康之
11　吉野　作造　松本三之介
（二〇〇八年初春刊）